KB126046

중국소설개론

※ 이 연구는 2023년도 상명대학교 교내연구비를 지원받아 수행하였음.
(This research was supported by a 2023 Research Grant from Sangmyung University.)

중국소설 개론

시오노야 온 지음
조관희 옮김

學古房

일
러
두
기

1 이 역서가 저본으로 삼은 것은 『지나문학개론강화支那文學槪論講話』(다이닛뽄유벤카이大日本雄弁會, 1919)이다. 여기에 1983년에 다시 펴낸 『중국문학개론中國文學槪論』(講談社, 1983)와 쥔쭤君左의 중역본 『중국소설개론』(『중국문학연구』, 중문출판사, 1971년)을 참고하였다.

2 책에 나오는 중국인들의 인명과 지명은 고대나 현대를 불문하고 모두 원음으로 표기하였다. 아울러 중국어의 한글 표기는 문화체육부 고시 제1995-8호 '외래어 표기법'에 의거하되, 여기에 부가되어 있는 일부 표기 세칙은 적용하지 않았다. 대표적인 것이 설면음 ji, qi, xi의 경우다. 이를테면, '浙江'과 '蔣介石'의 경우 '외래어 표기법'에 따르면 '저장', '장제스'로, 표기해야 하지만, 나는 이게 부당하다고 여겨 원음 그대로인 '저쟝'과 '쟝졔스'로 표기하였다.

3 [] 표시를 한 것은 독자들의 이해를 돕기 위해 번역자가 임의로 추가한 것이다. 일본어 문장은 우리말과 달리 문장 자체가 길고 완곡하게 비틀어 쓰는 경우가 많다. 그래서 때에 따라서는 문장의 앞뒤를 바꾸거나 지나치게 긴 문장을 짧게 끊어주고 정리할 필요가 있다. 같은 맥락에서 원문에는 없지만 문맥상 필요에 따라 번역자가 임의로 추가해야 하는 경우도 있다.

4 각주는 모두 역자 주이다.

　이 책은 일본의 중문학자 시오노야 온의 저서『중국문학개론』가
운데 소설 부분만을 따로 떼어 번역한 것이다. 저간의 사정은 앞서
나온 우리말 번역본『중국문학개론』의「옮긴이의 말」에서 모두 설명
했기에 여기서는 다시 거론하지 않겠다. 다만『중국소설개론』은『중
국문학개론』과 달리 번역의 저본을 1983년에『중국문학개론中國文學
槪論』(講談社, 1983)이 아니라 초간본인『지나문학개론강화支那文學槪
論講話』(다이닛뽄유벤카이大日本雄弁會, 1919)으로 삼았다. 그것은『중
국소설개론』이 갖고 있는 의의 때문이다.

　주지하는 대로 근대 이전에는 문학사나 소설사와 같은 개념이 없
었다. 서구 문명의 영향을 받은 뒤 동아시아에도 근대적 개념의 문학
사와 소설사가 등장했다. 이 책의 저자인 시오노야 온은 젊은 시절
독일에 유학한 적이 있어 그때 문학사 연구에 대한 새로운 시각을
갖게 되었고, 나중에 도쿄대학에 복직한 뒤 대중강연을 통해 중국문
학 전반에 대한 개론서를 집필했다. 이때 그때까지 제대로 된 문학
장르의 하나로 대접받지 못하고 있던 희곡과 소설을 통시적으로 개
술하였다. 이것은 중국에서도 아직 시도되지 않았던 일로 그야말로
파천황 격인 의의가 있다. 물론 시오노야 온이 처음부터 본격적인

중국소설사를 집필할 생각이 있었던 것은 아니었다. 하지만 그 결과물은 최초의 중국소설사라 해도 좋을 만한 것이었다.

당연하게도 중국의 학자들 역시 이에 큰 자극을 받았다. 심지어 지금까지도 그 권위를 인정받고 있는 루쉰의 『중국소설사략』(이하 『사략』으로 약칭함) 역시 큰 틀에서 시오노야 온의 저작에서 크나큰 계발을 받았다(자세한 것은 부록으로 첨부된 옮긴이의 「시오노야 온의 『중국문학개론강화』와 루쉰의 『중국소설사략』 비교」를 참고할 것). 이런 의미가 있기에 옮긴이는 소설 부분만을 따로 떼어내어 번역해 별도의 책으로 내게 된 것이다. 또 그런 의의가 있기에 번역의 저본 역시 대중들의 눈높이에 맞추어 번다한 인용문을 삭제한 1983년의 고단샤 본이 아니라 원래의 모습을 그대로 간직하고 있는 초간본을 선택했다. 아울러 시오노야 온은 이 책에서 일본 학자이기에 중국의 소설 문학을 이야기하면서 일본의 그것과 대비시키고 일본의 사례를 많이 거론했다. 옮긴이는 이것 역시 그 나름의 가치가 있다고 여겨 가급적이면 상세한 역주를 달아 우리에게 생소한 일본의 전통적인 소설 문학을 소개하고자 했다.

이런 식으로 초간본에 실린 조금은 번다한 인용문과 역주 등을 더하다 보니 어지간한 단행본 한 권 정도의 분량이 되어버렸다. 한마디로 소설 부분을 『중국문학개론』에서 따로 분리한 것은 번역의 저본이 다를 뿐 아니라 분량마저 소설 부분과 그 나머지 다섯 개의 장이 엇비슷해져서 장절 간의 불균형이 심해졌기 때문이다(이것은 옮긴이가 번역한 『중국문학개론』의 「옮긴이의 말」에서도 언급한 바 있다).

물론 앞서 말한 바와 같이 시오노야 온의 『중국소설개론』이 갖고 있는 의의뿐 아니라 그 나름의 한계도 있다. 주요하게는 아무래도

중국소설 연구가 본격적으로 이루어지기 전에 집필되었기에 충분한 자료 조사의 축적이 이루어지지 않은 상태에서 집필되었다는 점을 먼저 들 수 있다. 가장 대표적인 것이 청대를 대표하는 소설 가운데 하나로 손꼽히는 『유림외사』에 대한 언급이 전혀 없다는 것이다. 하지만 이것이 어찌 시오노야 온의 잘못이겠는가? 이것은 전인미답의 새로운 길을 개척한 선구자가 짊어져야 하는 일종의 숙명과 같은 것이라 할 수 있다. 그런데 자료 면에서 보자면 시오노야 온이 오히려 중국에서 진즉이 사라져버린 소설들을 새롭게 발굴해 중국 학자들에게 소개한 것들도 있다. 이를테면, 당 전기 『유선굴』과 송대의 잔본殘本 '오대평화五代平話'와 『경본통속소설京本通俗小說』 같은 것들이 그러하다.

이런 기초 자료의 부족이라는 한계로 시오노야 온의 『중국소설개론』은 본격적인 소설사로 보기 어려운 측면이 있는 게 사실이다. 하지만 많은 사람들이 공통으로 지적하고 있듯이 신화와 전설, 그리고 당 전기의 내용상의 분류 등은 시오노야 온만의 독창성이 있고, 이후 중국의 소설연구가들에게 큰 영향을 준 바 있다. 대표적인 것이 루쉰의 『사략』이다. 루쉰 역시도 자신이 『사략』이 시오노야 온의 저작에서 일정한 영향을 받았다는 사실을 인정하기도 했다. 그런데 당시 루쉰과 적대 관계에 있던 모 인사는 여기서 한 걸음 더 나아가 『사략』이 시오노야 온의 저작을 '표절'했다는 모함을 하기도 했다(자세한 것은 부록으로 첨부된 옮긴이의 「『중국소설사략』 표절 논쟁」을 참고할 것). 물론 이것은 정확한 분석에 근거한 문제 제기가 아니었기에 논란은 금방 사그러들었지만, 루쉰은 그로 인해 심적 고통을 겪기도 했다. 결론적으로 두 책은 각각 그 나름의 특징과 의의가 있어 중국소설사 연구에 큰 획을 그은 기념비적인 저작임에는 틀림없다(자세한 것은 부록으로 첨부된 옮긴이의 「시오노야 온의 『중국문학개론강화』와 루쉰의 『중국소설사략』 비교」를 참고할 것).

보잘 것 없는 번역을 하는 과정에서 많은 이들의 도움을 받았다. 그 중에서도 외우 김영문 선생의 한문 번역과 『수신기』 자료에 대한 강종임 선생(동국대)의 도움을 특기한다. 아울러 서양 미술사에 관한 부분은 미술사가 노성두 선생의 절대적인 도움을 받았다. 그의 도움이 없었다면, 인용된 유럽의 화가와 작품에 대한 기본 정보는 고사하고 어설픈 일본어 가타가나로 표기된 이름조차 해결하기 어려웠을 것이다. 이에 특별히 고마움을 표한다. 그것뿐이랴. 옮긴이의 부족한 일본어 실력으로 20세기 초의 고답적인 일본어 번역을 수행한다는 것은 만용에 가까운 일일 지도 모른다. 여기에 그 부족함을 채우기 위해 쥔쥐君左의 중역본 『중국소설개론』을 주요하게 참고하였음도 밝혀둔다. 그럼에도 불구하고 있을지도 모르는 오역과 오탈자 등은 오롯이 옮긴이의 잘못이다. 부디 제현들의 가차 없는 질정을 기대한다.

2023년 봄
옮긴이

제1장

신화 전설

어느 나라 국민을 막론하고 태고적 미개한 세상에서는 신화와 전설을 갖고 있지 않는 경우는 없었다. 인도가 그렇고, 그리스가 그렇고 중국도 물론 신화와 전설이 많이 있었다. 다만 태고의 한 민족의 거주지로서는 비교적 자연의 혜택이 부족했던 황허黃河 유역으로 이주했던 한족의 성격은 극히 실제적이어서, 농업을 장려하고, 오직 이용후생의 일상생활을 추구해 공허한 이론과 공상을 배척했다. 그로 인해 깊이 생각하고 명상에 잠길 여유가 없었기에, 옛날부터 신화와 전설을 집성해 웅대한 시편詩篇과 유현幽玄한 소설을 만들어 낼 수 없었다.

게다가 순수한 한민족 사상의 대표자였던 쿵쯔孔子는 평생 스스로 '괴력난신怪力亂神'을 말하지 않았다.[1] 그의 가르침은 온전히 수신修

---

1) "공자께서는 괴이한 것과 힘센 것, 어지러움과 귀신을 이야기하지 않으셨다.子不語怪力亂神."(『논어』「술이述而」)

身과 치국治國의 실용을 설파할 뿐이었고, 고상하고 심원한 죽음과 삶의 이치나 천명에 관한 논의는 쉽사리 자신의 제자들에게 가르치지 않았다. 게다가 모든 태고의 황당무계한 전설을 배격했기에, 이에 따라 유가의 무리는 신화와 전설을 취하지 않았다. 오히려 도가나 잡가 중에는 신화와 전설을 갖고 있는 것이 적지 않았다. 그런데 한대에 유가가 국교로 정해지고 나서는 사상의 속박이 심해져서 종래의 전설 류는 많이 사라져버렸다. 불행하게도 중국소설은 오래도록 발전할 기운機運을 만나지 못했던 것이다.

이상에서 말한 바와 같이 신화, 전설의 단편적인 것은 『장자』(곤鯤과 붕鵬 이야기, 달팽이 뿔 위의 전쟁, 고야姑邪의 선인仙人 같은 것들), 『열자』(우공이산愚公移山, 과보축일跨父逐日, 용백국龍伯國의 대인 같은 것들), 『한비자』의 「설림說林」 편, 그리고 『좌전』 등에서 산견된다. 이것으로 생각해 보면, 당시 전설로 전해졌던 것이 결코 적지 않았다는 것을 알 수 있다. 그런데 현존하는 선진先秦시대의 책 중에서 신화와 전설이 많이 수록되어 있어 소설의 선구가 되는 것을 찾아보면, 먼저 『초사』의 「천문天問」 편과 『산해경』을 꼽지 않을 수 없다. 「천문」 편은 왕이王逸의 「서」에서 기술한 대로 취위안屈原이 형초荊楚 지역의 사묘祠廟에 있는 그림과 조각을 보고 그것에 제題한 문사이다.

> 「천문」은 취위안이 지은 것이다.……취위안은 쫓겨난 뒤, 산과 늪가를 방황했는데, 초楚 땅에 선왕先王을 제사 드리는 묘廟와 공경公卿의 사당이 있어, [그 벽에] 천지산천의 신령神靈의 화려하고 불가사의한 모습과 옛 성현의 괴물스러운 소행이 그려져 있는 것을 보고, 한숨을 내쉬고 물음으로써 쌓여 있던 분노를 표출하고, 근심어린 생각들을 풀어냈다.[2]

그 옛날 위禹 임금이 이미 치수를 마친 뒤 구정九鼎을 주조하고 그 표면에 구주九州의 조수鳥獸와 초목, 이매螭魅, 망량魍魎의 그림을 새겼다는 것이 『좌전』에 보인다. 현재 산둥 성山東省 우량 석실武梁石室 등의 벽화에도 이런 류의 그림이 남아 있다. 더욱이 초국楚國 땅 위안수이沅水와 샹수이湘水 사이에서는 그 풍속이 귀신을 신봉했기에, 이런 신화, 전설과 관계있는 도화가 많이 있었다. 그런데 취위안은 이런 그림들을 보고 한숨을 내쉬고 하늘에 묻고 겸하여 가슴 속에 맺혀 있는 것을 토해냈던 것이다. 그 예를 하나둘 들어보면 먼저 해에 대해서는 이렇게 물었다.

> 탕곡湯谷에서 나와 몽사蒙汜로 가고, 밝음으로부터 어둠으로 가
> 니 몇 리를 가는가?3)

탕곡은 혹은 양곡暘谷이라고도 하는데 해가 뜨는 곳이고, 몽사는 해가 지는 곳이다. 『회남자』의 「천문훈」에서도 태양의 운행에 관해 양곡에서 나와 함지咸池에서 목욕하고, 이윽고 우연虞淵에 들어가 몽곡蒙谷에 이르기까지 모두 열여섯 곳, 5억 1만 7천 3백 9리를 간다고 기록되어 있다.4) 결국 천체의 관측에 바탕한 신화이다. 취위안이 제

---

2) 원문은 다음과 같다. "天問者, 屈原之所作也.……屈原放逐, 憂心愁悴. 彷徨山澤.……見楚有先王之廟及公卿祠堂, 圖畫天地山川神靈, 琦瑋僑佹,. 及古賢聖怪物行事. 呵而問之, 以渫憤懣, 舒寫愁思."

3) 원문은 다음과 같다. "出自湯谷, 次于蒙汜. 自明及晦, 所行幾里？"

4) 해당되는 내용의 원문과 번역문은 다음과 같다. "해는 양곡에서 써서 함지에서 목욕하고 부상에 이른다. 이를 신명이라 한다. 부상에 올라 비로소 운행하려 하니 이를 비명이라 한다. 그리고 곡아에 이르니 이를 단명이라 한다. 또 증천에 이르는데 이를 조식이라 한다. 그리고 상야에 이르니 이를 안식이라 한다. 또 형양에 이르는 것을 우중이라 한다. 그리고 곤오에 이르

시題詩한 곳은 희화羲和가 해 수레를 타고 가는 그림도 있었으리라.

이것을 읽어 보면 현재 영국박물관에 소장되어 있는 유명한 고대 그리스 조각에서, 태양신 헬리오스가 마차를 몰고 바다에서 나오는 것을 표현한 그림과 이탈리아의 명장 귀도 레니Guido Reni5)의 '오로라'의 그림에서 아침 해를 받아 곱게 물든 구름彩雲이 길게 뻗쳐 있는 곳에 여신이 헬리오스의 마차를 이끌고 나아가는 광경을 상기시키는 것이다. 실제로 동서의 천체 신화는 뜻밖에도 궤를 같이 한다.

또 달에 관해서는 다음과 같이 기술했다.

[찼다가 이우는 달] 밤의 빛은 무슨 성질일까?

는 것을 정중이라 한다. 또 조차에 이르는 것을 소환이라 한다. 그리고 비곡에 이르는 것을 포시라 한다. 또 여기에 이르는 것을 대환이라 한다. 그리고 연우에 이르는 것을 고춘이라 한다. 또 연석에 이르는 것을 하용이라 한다. 비천에 이르러 여기에 그 여자를 머물게 하고 여기에 그 말을 쉬게 하는 것을 현거라 한다. 또 우연에 이르는 것을 황혼이라 한다. 그리고 몽곡에 이르는 것을 정혼이라 한다. 또 해가 우연의 물가로 들어가 몽곡의 언덕에서 밝는다. 여기까지 구주 칠사를 가는 것이 5억 1만 7천 3백 9리이다. 日出于暘谷 浴于咸池 拂于扶桑 是謂晨明 登于扶桑 爰始將行 是謂朏明 至于曲阿 是謂旦明 至于曾泉 是謂蚤食 至于桑野 是謂晏食 至于衡陽 是謂隅中 至于昆吾 是謂正中 至于鳥次 是謂小還 至于悲谷 是謂餔時 至于女紀 是謂大還 至于淵虞 是謂高春 至于連石 是謂下春 至于悲泉 爰止其女 爰息其馬 是謂縣車 至于虞淵 是謂黃昏 至于蒙谷 是謂定昏 日入于虞淵之汜 曙於蒙谷之浦 行九州七舍 有五億萬七千三百九里"

5) 귀도 레니Guido Reni(1575~1642년)는 바로크 시대의 이탈리아의 화가이다. 귀도 레니는 볼로냐의 음악가 집안 출신이었던 다니엘레 레니Daniele Reni와 기네브라 데 포치Ginevra de'Pozzi 사이에서 태어났다. 레니가 팔라초 팔라비치니 로스피글리오시Palazzo Pallavicini-Rospigliosi에 위치한 "오로라 별장"이라는 성의 중앙 홀 천장에 그린 프레스코 작품은 오늘날 그의 걸작으로 평가되고 있다. 이 작품은 태양의 신 아폴로와 그의 황금전차가 세상에 빛을 가져오는 새벽(오로라)을 따라가는 모습을 표현하고 있다.

[초하루 보름으로] 죽었다간 도로 살아나니.
[상아가 도망가 있다는데] 그 이익 대체 뭐라고.
[두꺼비와 계수나무와] 토끼를 뱃속에 키울까?[6)]

여기서 '밤의 빛夜光'은 달이고, '죽었다간 도로 살아나니'는 보름
이 되었다가 그믐이 되어 달이 이지러졌다가 차츰 다시 차오르는 것
을 의미하고, '토끼를 뱃속에 키울까'라는 것은 달 속의 그림자를 말
하는 것이다. 진晋의 푸쉬안傅玄[7)]의 「의천문擬天問」에서는 "달에 무
엇이 있나? 흰 토끼가 약을 빻고 있지"[8)]라 하였고, 리바이李白의 「비
룡인飛龍引」에서는 또 이것에 의거해 "옥녀를 태우고, 천제 곁을 지
나노라. 천제는 흰 토끼가 찧은 약 처방을 내리시니"[9)]라고 하였다.
　일찍이 [내가] 라이프치히대학에 있을 때 콘라츠 교수의 『초사』
강의를 들었는데, 교수는 토끼가 절구공이를 들고 절구를 찧는 그림
을 칠판에 그려, 청강자로부터 큰 갈채를 받았던 일을 기억하고 있다.
우리에게는 전혀 진기할 게 없는 일이지만, 서양의 학생들에게는 어

---

6) 원문은 다음과 같다. "夜光何德, 死則又育? 厥利惟何, 而顧菟在腹" 참고로
　『초사·천문楚辭天問』은 손정일의 번역을 그대로 옮겨 왔다. (손정일, 『초사
　「천문」연구楚辭天問研究』, 연세대 중문과 대학원 석사논문, 1990.)
7) 푸쉬안傅玄(217~278년)은 자가 슈이休奕로, 베이디 군北地郡 니양 현泥陽縣
　(지금의 산시陝西 통취안야오저우 구铜川耀州區 동남쪽) 사람이다. 위진魏晋
　시기 문학가, 사상가이다. 소년 시절 아비를 따라 허네이河内로 가서 경학
　을 열심히 공부하여 『부자傅子』 등의 저서를 편찬하기 시작했다. 나중에
　높은 자리에 올랐으나 저술을 그치지 않았다. 쓰마옌司馬炎이 진왕晋王이
　되었을 때, 푸쉬안을 산기상시散骑常侍로 삼았다. 이후 여러 관직을 전전하
　다 함녕咸寧 4년(278년) 62세를 일기고 세상을 떠났다. 시호는 "강剛"으로
　뒤에 청천후清泉侯로 추증되었다.
8) 원문은 다음과 같다. "月中何有, 白兔擣藥"
9) 원문은 다음과 같다. "載玉女 過紫皇. 紫皇乃賜白兔所擣之藥方"

지간히 재미있게 느껴졌던 듯하다. 이에 덧붙여 교수는 인도에도 똑같은 사상이 있는 것 같다고 첨언했는데, 중국과 인도, 이집트, 그리스 등의 신화를 비교연구해 보는 것은 실로 흥미로운 것이라 생각한다.

다음으로 홍수 전설에 관해서는 궁궁共工의 신화가 있다.

> [사람들을 위한 치수에서] 쿤鯤이 꾀한 바 무엇이고,
> [같은 목적이었는데] 위禹가 이룬 바 무엇인가?
> [일명 궁궁인 수신] 캉후이가 잔뜩 화가 나자
> [천주가 꺾여] 땅은 어찌해서 동남쪽으로 기울었나?[10]

쿤鯤은 알다시피 위禹 임금의 아비로, 야오堯의 명을 받아 9년 대홍수를 다스렸는데, 쉽사리 공을 이루지 못했다. 그래서 [그 다음 임금인] 순舜은 그 아들 위를 천거해 홍수를 다스리게 했는데, 13년 걸려 겨우 물과 흙을 평정할 수 있었다. 캉후이康回는 궁궁의 이름으로, 『열자』나 『회남자』에도 똑같은 기사記事가 더 상세하게 나와 있다.

> 궁궁 씨가 좐쉬顓頊와 제왕의 자리를 놓고 다투다 화가 나서 부저우산不周山을 건드렸다. 이에 하늘을 떠받치는 기둥이 꺾이고 사면의 땅을 매달고 있던 땅의 끈이 끊어져, 하늘은 서북쪽으로 기울고, 해와 달과 별들도 그쪽으로 쏠렸으며, 땅은 동남쪽이 차지 않아 모든 냇물과 물들이 모여들게 되었던 것이다.[11](『열자』「탕문」)

예전에 궁궁 씨가 전욱과 천하를 다투다가 이기지 못하자, 노하여

---

10) 원문은 다음과 같다. "鯀何所營? 禹何所成? 康回憑怒, 地何故以東南傾?"
11) 원문은 다음과 같다. "共工氏與顓頊爭爲帝, 怒而觸不周之山, 折天柱, 絶地維, 故天傾西北, 日月星辰就焉; 地不滿東南, 故百川水潦歸焉."

부저우산에 머리를 처박고 죽어버렸다. 그런데 대 이변이 일어나 하늘을 지탱하는 기둥이 부러지고 땅을 버텨주던 끈이 끊어졌다. 그로 인해 하늘은 서북쪽으로 기울고, 일월성신은 서쪽으로 나아갔고, 땅은 동남쪽이 무너져 큰 구멍이 생겨나 하천이라는 하천은 모두 동으로 흘러가게 되었다. 이에 또 [하늘을] 우러러 천문을 관찰하면 일월은 동으로부터 나와 서로 가고, [땅을] 내려다보아 지리를 관찰하면 모든 하천이 동쪽으로 흘러 바다로 간 것에서 나온 신화이다. 또 괴물에 관해서는 다음과 같은 것이 있다.

> [인어를 닮은] 능어鯪魚는 어디에서 살까?
> [사람까지 잡아먹는] 기퇴魃堆는 어디 머물까?[12]

능어는 인어이고 기퇴는 괴물 새로 모두 『산해경』에 나온다(기퇴는 같은 책에 '기작魃雀'으로, 능어는 '능어陵魚'로 되어 있다).

> 능어는 사람 얼굴에 손과 발은 물고기의 몸이고, 바다 속에 있다.[13] (「해내북경海內北經」)

> 북호의 산에……새가 있다. 그 모양은 닭과 같고, 머리는 하얗고, 쥐 발에 호랑이 발톱을 갖고 있는데, 그 이름을 기작이라 한다. 역시 사람을 먹는다.[14] (「동산경東山經」)

---

12) 원문은 다음과 같다. "鯪魚何所? 魃堆焉處?"
13) 원문은 다음과 같다. "陵魚人面, 手足, 魚身, 在海中" 이하 『산해경』의 우리말 번역은 정재서 역, 『산해경』(민음사, 1996년)을 참고하였음을 밝혀둔다.
14) 원문은 다음과 같다. "北號之山……有鳥焉, 其狀如雞而白首, 鼠足而虎爪, 其名曰魃雀, 亦食人."

이羿는 유궁有窮의 후后로 활쏘기의 명인이었다. 이가 해를 쏘았다는 이야기는 『회남자』에도 나온다. 야오 임금 때에 열 개의 해가 나란히 나와 초목이 마르고, 천하에 가뭄이 들었기에 야오 임금은 이에게 명하여 그 가운데 아홉 개를 쏘아 떨어뜨리고 하나만 남겨두게 했다고 한다. 해 안에 준조踆鳥(세 발 까마귀)가 있다는 것 또한 같은 책에 보인다. 뒤이어 또 같은 책에 다음과 같은 이야기도 나온다.

> 이가 서왕모에게 불사약을 청하니, 헝어가 [그것을] 훔쳐 [먹고] 달로 달아났다.[15]

헝어姮娥는 이의 아내로, 달 속으로 달아나 두꺼비가 되었다고 한다. 대저 『산해경』이나 『열자』, 『회남자』 등에도 신화와 전설이 많이 보존되어 있기 때문에, 이것들을 섭렵해 중국의 신화와 전설을 편찬한다면 어지간한 것을 이루어낼 수 있을 것이다.

『산해경』은 『한서예문지』에는 형법가形法家에 있고, 『수서隋書』 이하로는 지리서의 기원으로 덧붙여졌는데, 『사고전서제요四庫全書提要』에는 소설가 부에 속해 있다. 원래는 주周나라와 진秦나라 사이에 나온 잡서雜書로, 여기에 후대 사람들이 덧붙인 것이다. 『사기』 「대완전大宛傳」 찬贊에서 "『우 본기』와 『산해경』에 있는 모든 괴물들에 대해 나는 감히 언급하지 않겠다"[16]라고 했던 바, 쓰마쳰司馬遷.은 이 책을 틀림없이 보았을 것이다. 또 뒤집어서 "남왜南倭, 북왜北倭는 연燕에 속한다"[17](「해내북경海內北經」)라고 한 것은 의심할 바 없이 훨

---

15) 원문은 다음과 같다. "羿請不死之藥於西王母, 姮娥竊以奔月"
16) 원문은 다음과 같다. "至禹本紀, 山海經所有怪物, 余不敢言之也"
17) 『산해경』의 원문은 "개국은 겨연의 남쪽, 왜의 북쪽에 있다. 왜는 연에

씬 후대의 사람이 가필한 것이다. 지리서라기보다는 오히려 여러 지역의 이문異聞과 전설을 수록한 것이다.

대체로 이 책에는 그림이 첨부되어 있다. 타오위안밍陶淵明의 「『산해경』을 읽고讀山海經」의 시에 "『목천자전』을 두루 보고, 『산해경도』를 훑어보고泛覽周王傳, 流觀山海圖"라고 한 것을 보면 틀림없다. 그런데 본문은 그 그림의 설명을 기술한 것으로, 완전히 에마키繪卷[18] 류이다. 이렇듯 『초사』나 『산해경』을 보고 있자면, 고대에 이런 류의 학문이 있었다는 것을 대충 상상할 수 있다. 곧 『주자어류朱子語類』에서는 다음과 같이 기술했다.

> 『산해경』을 물었다. 가로되, "1권에서 산천을 말한 것은 좋은데, 이를테면 금수의 외형을 말한 것과 같고, 왕왕 한나라 궁실 중의 묘사한 바를 기록한 것, 남향과 북향을 이야기한 것과 같은 것으로 이것이 화본이라는 것을 알 수 있다.[19]

왕잉린王應麟은 이것에 근거해 다음과 같이 말했다.

> 『산해경』은 여러 이물과 날짐승 길짐승 류를 기록한 것이다. 동향東向을 운위한 것이 많고, 혹은 동쪽 끝東首을 말하는데, 본래 그림으로 인하여 그것을 서술한 것으로 의심된다. 예전에 이런

속한다蓋國在鉅燕南, 倭北。倭屬燕"이다. 이것은 시오노야가 잘못 인용한 듯하다.

18) 에마키繪卷는 두루마리로 된 일본의 이야기 그림으로, 에마키모노繪卷物라고도 하는데, 『회인과경繪因果經』 등 중국의 불교회화에 그 유래를 두고 있으며 일본 문학, 특히 소설과 긴밀한 관계를 맺으며 발전하였다.

19) 원문은 다음과 같다. "問山海經。曰 :「一卷說山川者好。如說禽獸之形, 往往是記錄漢家宮室中所畫者, 說南向北向, 可知其爲畫本也。」"

학문이 있었으니, 「구가」, 「천문」이 모두 이런 류이다.[20]

대저 『산해경』에 보이는 신화와 전설 중에서 가장 유명한 것은 「곤륜산」과 「서왕모」에 관한 것이다. 그런데 후대에 이르러 곤륜산을 말하면 천국이라 하고, 서왕모라 말하면 신선이라 하여 중국인이 이상으로 여기는 바가 되었는데, 그 시초는 결코 그렇지 않았다. 상고시대의 지리서인 『서경』「우공편禹貢篇」과 고대의 사전인 『이아爾雅』 중에 보이는 곤륜이라는 명칭은 서쪽 지방 황허 상류의 지명에 불과하다. 또 서왕모도 『이아』에 의하면 서융西戎의 나라 이름이다.

> 짐승 가죽으로 짠 융단은 곤륜, 석지, 거수에서 나왔으니, 서융도 질서가 잡혔다.[21](「우공편」)
> 황허는 곤륜허에서 나온다.[22](『이아』「석수釋水」)
> 삼성은 곤륜구가 되었다.三成爲崐崘丘.(『이아』「석구釋丘」)
> 고죽, 북호, 서왕모, 일하를 일컬어 사황이라 한다.[23](『이아』「석지釋地」)

그런데 『산해경』에 이르게 되면 『장자』, 『열자』, 『초사』, 『죽서기년』(급총汲冢에서 출토되었는데, 다만 지금 전하는 것은 원본이 아니다) 등과 마찬가지로, 곤륜산과 서왕모가 태고의 전설로부터 일변하여 소설화되었다. 「곤륜산」의 기사는 여러 곳에서 산견되는데, 시험

---

20) 원문은 다음과 같다. "山海經記諸異物飛走之類. 多云東向, 或曰東首, 疑本因圖畫而逃之. 古有此學, 如九歌天問, 皆其類也."
21) 원문은 다음과 같다. "織皮崑崙, 析支渠搜, 西戎卽敍."
22) 원문은 다음과 같다. "河出崑崙虛"
23) 원문은 다음과 같다. "昆侖縣圃, 其尻安在? 增城九重, 其高幾里?"문은 다음과 같다. "觚竹·北戶·西王母·日下, 謂之四荒."

삼아 이것을 초록하면 다음과 같다.

괴강산槐江山……낭간琅玕과 황금과 옥이 많이 묻혀 있다. 그
남쪽에서는 단속丹粟이, 북쪽에서는 빛깔 좋은 황금과 은이 많이
난다.. 바로 여기가 천제의 평포平圃로서……남쪽으로 곤륜이 아
름다운 빛과 자욱한 기운 속에서 바라다 보이고,……곤륜의 언덕
은 사실은 천제의 하계의 도읍으로, 신 육오가 맡고 있다. 이 신의
형상은 호랑이의 몸에 아홉 개의 꼬리, 사람의 얼굴에 호랑이 발
톱을 하고 있는데, 이 신은 하늘의 아홉 구역의 경계와 천제의
정원의 사계절을 주관하고 있다.[24](「서산경」)

해내의 곤륜허가 서북쪽에 있는데 천제의 하계의 도읍이다. 곤
륜허는 사방이 팔백 리이고, 높이가 만 길이나 되며, 산 위에는
그 높이가 다섯 심이고, 둘레가 다섯 아름이나 되는 목화가 자라
고, 옥으로 난간을 두른 아홉 개의 우물이 있다. 또 앞에 아홉
개의 우물이 있고, 문에는 개명수開明獸라는 신이 지키고 있다.
이곳은 온갖 신들이 사는 곳으로, 이들은 여덟 구석의 바위굴과
적수의 물가에 사는데, 동이의 이羿와 같은 사람이 아니면 오를
수가 없다.[25](귀푸郭璞의 전에 이르길, 이羿는 일찍이 서왕모에게
약을 청하여, 그 도를 얻었다고 했다.)(「해내서경」)

곤륜의 남쪽 못은 깊이가 300길이다. 개명수는 몸 크기가 호랑

---

24) 원문은 다음과 같다. "槐江之山。丘時之水出焉, 而北流注于泑水。其中多
嬴母, 其上多青雄黃, 多藏琅玕、黃金、玉, 其陽多丹粟, 其陰多㕮黃金銀。實
惟帝之平圃, 神英招司之, 其狀馬身而人面, 虎文而鳥翼, 徇于四海, 其音如
榴。南望昆侖, 其光熊熊, 其氣魂魂" "昆侖之丘, 是實惟帝之下都, 神陸吾司
之, 其神狀虎身而九尾, 人面而虎爪. 是神也, 司天之九部及帝之囿時."

25) 원문은 다음과 같다. "海內昆侖之虛, 在西北, 帝之下都。昆侖之虛, 方八百
里, 高萬仞。上有木禾, 長五尋, 大五圍。面有九井, 以玉爲檻。面有九門,
門有開明獸守之, 百神之所在。在八隅之巖, 赤水之際, 非仁羿莫能上岡之
巖。"

이 비슷하고, 아홉 개의 머리를 가졌는데, 모두 사람의 얼굴이다.
동쪽으로 곤륜산의 정상을 향해 서 있다.[26]([「해내서경」])

곤륜산은 실제로 서북의 명산으로, 제帝의 하계의 도읍이었다. 그런데 아마도 신 육오와 개명수는 동일한 것인 듯하다. 『천문』편에서도 다음과 같이 나온다.

[황제가 내려온다는] 곤륜산의 현포
[구름 속에 걸린 듯한 꽃밭] 그 기슭은 어디 있나?
[현포보다 더 높고 일명 천정天庭인] 증성은 아홉 층
[곤륜의 높이는 2천 5백 여리] 이곳 높이는 몇 리나 될까?[27]

그 주[청의 쟝지蔣驥의 『산대각주초사山帶閣注楚辭』]에서는 "곤륜산은 세 단계로 이루어져 있다. 위는 증성增城이라 하고, 다음은 현포玄圃라 한다[28]고 하였고, 『회남자』에서도 "층성은 아홉 겹으로 되어

---

26) 원문은 다음과 같다. "昆侖南淵深三百仞。開明獸身大類虎而九首, 皆人面, 東嚮立昆侖上"
27) 원문은 다음과 같다. "昆侖縣圃, 其尻安在? 增城九重, 其高幾里?"
28) 청의 쟝지蔣驥의 『산대각주초사山帶閣注楚辭』에 의하면 다음과 같다. "『수경주』: '곤륜산은 세 단계로 이루어져 있다. 맨 밑의 것이 번동이고, 두 번째가 현포, 세 번째가 증성인데 이곳이 바로 대제가 거처하는 곳이다.' 『회남자』: '증성은 아홉 겹으로 되어 있는데 높이는 1만 1천리 114보 2척 6촌이다.……고尻는 거居와 같다. 일설에는 앉을 때 엉덩이가 닿는 곳을 고라 한다.' 현포는 신인의 밭이다. 그 아래에 매인 곳이 없이 허공에 걸려 있기에 그 앉을 곳이 어디인지를 묻는 것이다. 증성은 또 그 위에 있는데, 높이 올라갈수록 더욱 기이하다.' 『水經注』: '昆侖山三級, 下曰樊桐, 二曰 玄圃, 三曰增城, 是爲大帝之居.' 『淮南子』: '層城九重, 高萬一天里百十四步 二尺六寸.…尻, 與居同. 一說臀尾所坐處爲尻.' 玄圃, 神人之圃. 下無所系懸 空而居, 故問其所坐何處也. 增城, 又在其上, 則愈高而愈奇矣."

있는데, 높이는 1만 1천리 114보 2척 6촌이다[29]"라 했으며, 또는 곤
륜산에 5성 12루가 있다는 등으로 나와 있다. 그 뿐만 아니라『열자』,
『목천자전』에 주나라 목왕穆王이 팔준마를 몰고 천하를 주유하다가
곤륜산에 이르러 요지瑤池에서 서왕모와 연회를 열었다고 하는 것에
의해 곤륜산은 이윽고 천국이 되고 말았다. 타오위안밍陶淵明의 시에
도 곤륜이 나온다.

> 아득히 먼 괴강의 재, 이것을 현포의 언덕이라 이른다.
> 서남으로 곤륜 터 바라보니, 광휘와 기운 맞갈 게 없다.
> 뚜렷이 밝은 낭간 빛 비춰나고, 깨끗하게 맑은 요수 흘러간다.
> 한스럽기는 주 목왕 때 태어나서, 편승하여 한번 와 놀지 못한
> 것이라.[30]

다음으로 서왕모에 관한 기사를 초록하면 아래와 같다.

> 옥산玉山은 서왕모가 살고 있는 곳이다. 서왕모는 그 생김새는
> 사람 같고, 표범 꼬리에 호랑이 이빨을 하고 있으며, 휘파람을
> 잘 불었다. 더벅머리에 머리 장식을 하고 있었고, 하늘의 재앙과
> 다섯 가지 형벌을 맡아 보았다.(「서산경」)[31]

> 사무산 위에는 어떤 사람이 몽둥이를 잡고 동쪽을 향해 서 있다.
> 혹은 구산이라고도 한다. 서왕모가 책상에 기대어 머리장식을 꽂

---

29) 원문은 다음과 같다. "層城九重, 高萬一天里百十四步二尺六寸"
30) 원문은 다음과 같다. "迢迢槐江嶺, 是謂玄圃丘, 西南望崑墟, 光氣難與儔,
亭亭明玕照, 落落淸瑤流 恨不及周穆, 託乘一來遊"
31) 원문은 다음과 같다. "玉山, 是西王母所居也. 西王母其狀如人, 豹尾虎齒而
善嘯, 蓬髮戴勝, 是司天之厲及五殘.(「西山經」)"

고 있고, 남쪽에는 세 마리의 파랑새가 있어서 서왕모를 위해 음식을 가져 오는데, 곤륜허의 북쪽에 있다.(「해내북징(海內北經)」)32)

　　서해의 남쪽, 유사의 언저리, 적수의 뒤쪽, 흑수의 앞쪽에 큰 산이 있으니 그 이름을 곤륜구라 하였다. 그곳에는 사람의 얼굴을 하고 호랑이 몸에 꼬리가 온통 하얀 신이 있었다. 그 밑에는 약수弱水의 연못이 있어 그곳을 둘러싸고 있다. 그 밖에는 염화의 산이 있는데 물건을 던지면 금방 타버린다. 또 머리장식을 꽂고 호랑이 이빨에 표범 꼬리를 한 사람이 동굴에 살고 있었으니, 이름을 서왕모라 하였다. 이 산에는 온갖 것들이 다 있다.(「대황서경」)33)

이에 의하면 서왕모는 '표범 꼬리에 호랑이 이빨'을 한 신으로 되어 있다. 쓰마샹루司馬相如가 『대인부大人賦』에서 "내가 이에 오늘 서왕모를 눈으로 보니 머리가 눈처럼 하얗다. 옥장식한 꾸미개를 쓰고서 동굴 속에서 살고 있는데 다행히도 세 발 달린 까마귀가 있어서 그녀를 위해 일한다"34)라고 한 것은 『산해경』의 "더벅머리蓬髮"가 노파가 된 것이고, 리바이李白의 「비룡인飛龍引」에서도 "아래로 요지를 보고 왕모를 만나니, 눈썹이 희끗희끗 가을 서리 같구나35)"라 하였다. 이것

---

32) 원문은 다음과 같다. "蛇巫之山, 上有人操柸而東向立。一曰龜山。西王母梯几而戴勝杖案此字當衍, 其南有三靑鳥, 爲西王母取食, 在昆侖墟北.(「海內北經」)"
33) 원문은 다음과 같다. "西海之南, 流沙之濱, 赤水之後, 黑水之前, 有大山, 名曰昆侖之丘. 有神人面虎身有尾皆白處之. 其下有弱水之淵環之. 其外有炎火之山, 投物輒然. 有人戴勝, 虎齒豹尾, 穴處, 名曰西王母. 此山萬物盡有.(「大荒西經」)"
34) 원문은 다음과 같다. "吾乃今目睹西王母皬然白首, 載勝而穴處兮, 亦幸有三足烏爲之使"
35) 원문은 다음과 같다. "下視瑤池見王母, 蛾眉蕭颯如秋霜"

들은 아직 옛날의 의미를 잃지 않았는데, 후대에 서왕모가 신선이나 미인이 된 것은 전적으로 『한무내전』에 근거한 것이다. 그래서 타오위안밍의 시에서는 '호랑이 이빨에 표범 꼬리'나 '백발에 머리 장식을 했다白首戴勝'는 설을 취하지 않고, 묘령의 선녀가 되었다.

> 옥당은 노을을 넘어 치솟아 있고, 서왕모는 묘령의 얼굴에 화색 띄운다.
> 천지와 함께 같이 태어났으니, 몇 살이 되었는지는 알지 못한다.
> 신령한 변화는 다해 버림 없으니, 거처하는 집은 산 하나뿐이 아니다.
> 도도히 술기운 돌아 새 노래 부르니, 어찌 세속에서 하는 말 흉내 내겠나.36)

『목천자전』은 곧 주나라 목왕의 서정西征에 관한 소설로, 『죽서기년』과 마찬가지로 진晉의 태강太康 연간에 급총汲冢(지 현汲縣에 있는 전국시대 위魏나라 왕의 묘)에서 발굴된 것이라 전해지는데, 요컨대 『열자』나 『산해경』 등에 의해 한대 이후 나온 것인 듯하다. 당대의 시인은 현종 황제와 양귀비에 관한 것을 지을 때 이것을 드러내놓고 말하는 것을 피하고, 목천자나 한 무제의 고사를 인용했기에 갈수록 서왕모를 미인으로 만들기에 이르렀다. 이를테면 리바이李白의 「청평조淸平調」 3수의 첫 번째에서 군옥산은 서왕모의 거처이다.

> 구름 같은 치마저고리 꽃 같은 얼굴
> 봄바람 이는 난간에 이슬 맺힌 농염한 꽃

---

36) 원문은 다음과 같다. "玉堂凌霞秀, 王母怡妙顏. 天地共俱生, 不知幾何年. 靈化無窮已, 館宇非一山. 高酣發新謠, 寧效俗中言."

군옥산 산정 위에 살던 서왕모련가
달빛 아래 요대 거닐던 유융씨려나.37)

---

37) 원문은 다음과 같다. "雲想衣裳花想容, 春風拂檻露華濃. 若非群玉山頭見,
會向瑤台月下逢."

제2장

양한육조 소설

제1절 한대소설

대저 소설이라는 말은 『한서 · 예문지』에 처음 보인다.

소설가의 무리는 대개 패관稗官에서 나왔으며, 길거리와 골목
의 이야기나 길에서 듣고 말한 것으로 지었다. 쿵쯔孔子께서 말씀
하시기를, "비록 작은 기예라 할지라도 거기에는 반드시 볼 만한
것이 있을 것이나, 너무 깊이 빠져들어 헤어나지 못할까 두려우
니", 그래서 "군자는 그것에 종사하지 않는 것이다"라고 하셨다.
그러나 [그렇다고 해서] 없애지도 않았는데, [그 까닭은] 마을에
서 어줍잖은 지식을 가진 이가 한 말이라도 가능한 수집 보존하
여 잊혀지지 않도록 하였기 때문이었다. [그러므로] 어쩌다 한 마
디라도 취할 만한 것이 있다 하더라도, 그것 역시 꼴베는 사람이
나 나뭇꾼 또는 정신 나간 이의 의견일 따름이다.[1]

그런데 패관에 관해서는 그 주에 다음과 같이 나와 있다.

루춘如淳의 주에 의하면, "좁쌀을 패라고 한다. 길거리나 골목
의 이야기는 그 부스러기 말이다. 임금이 마을의 풍속을 알고자
하였기에 패관을 두어 그것을 말하게 하였던 것이다"[2]

이것으로 보자면 소설은 그 글자가 의미하는 바와 같이 여항閭巷의
하찮은 말이다. 주대에 시를 채집하는 관이 있어 여러 나라의 속요를
취해 민풍民風을 살폈듯이, 한대에는 패관稗官이라는 관리가 있어 여
항의 사소한 이야기들을 채집하여 임금 된 자가 정치의 득실을 아는
데 참고했다. 그런데 『한서·예문지』에 열거한 것은 소설 15가, 1,380
편이다.

『이윤설伊尹說』 27편
『육자설鬻子說』 19편
『주고周考』 76편
『청사자靑史子』 57편
『사광師曠』 6편
『무성자務成子』 11편
『송자宋子』 18편

---

1) 원문은 다음과 같다. "小說家者流, 蓋出于稗官, 街談巷語, 道聽塗說者之所
造也. 孔子曰: "雖小道, 必有可觀者焉, 致遠恐泥." 是以君子弗爲也, 然亦弗
滅也. 閭里小知者之所及, 亦使綴而不忘, 如或一言可采, 此亦芻蕘狂夫之議
也." 참고로 이상의 번역문과 자세한 것은 루쉰(조관희 역), 『중국소설사』
(소명출판, 2005)의 해당 내용을 참고할 것.
2) 원문은 다음과 같다. "如淳曰：「稗音鍛家排. 九章『細米爲稗』. 街談巷說,
其細碎之言也. "王者欲知閭巷風俗, 故立稗官, 使稱說之.""

『천을天乙』 3편

『황제설黃帝說』 40편

『봉선방설封禪方說』 18편 무제 때

『대조신요심술待詔臣饒心術』 25편 무제 때

『대조신안성미앙술待詔臣安成未央術』 1편

『신수주기臣壽周紀』 7편 항국項國의 어圉 지방 사람으로 선제宣帝 때

『우초주설虞初周說』 943편

『백가百家』 139권

이상 소설 15가 1380편.

이 밖에 같은 책의 도가, 잡가, 신선 등 각각의 부部에서도 소설에
속할 만한 서목이 적잖이 들고 있다. 그렇다면 실제로는 더 많았을
것이다. 하지만 15가의 저작은 하나도 전해지지 않기에, 그 내용은
전혀 알 수 없는데,『이윤설』이하『황제설』에 이르는 9편은 고대의
전설을 모아 놓은 것이다. 대다수가 정상에서 벗어난 천박한 것으로,
게다가 가탁한 것은 반구班固도 자신의 주에서 명기했다. 명백하게
한대의 작품으로 주한 것 4가와 동시대의 작으로 인정할 수 있는
1가를 합치면 5가가 되는데, 그 중에서도 위추虞初를 첫 번째로 꼽는
다. 실제로 위추는 후세 사람들로부터 소설의 비조로 떠받들어지고
있다. 위추에 관해서는 『한서』주에 다음과 같이 기록되어 있다.

허난河南 지방 사람이다. 무제 때 방사시랑方士侍郎이었는데, 황
거사자黃車使者[의 직함으]로 룽隴 지방에 [사자로] 나갔다. 잉사
오應劭는 "그의 설은 『주서周書』를 바탕으로 하였다"라고 했고,
옌스구顏師古에 의하면, "『사기』에서는 '위추는 뤄양 사람이다(虞
初, 洛陽人)'라고 하였으니, 곧 장형張衡의 『서경부西京賦』에서 '소설
구백은 본래 위추로부터 나왔다.小說九百, 本自虞初'라고 했던 바로

그 사람이다."[3]

위추는 방사方士로 의술에도 밝았다. 무제의 총애를 얻어 말을 타고 누런 옷黃衣을 입었기에 '황거사자'로 간쑤甘肅[원문에서는 룽隴] 지방에 출장을 나갔다. 그런데 그의 책『주설』은 주대의 전설을 집록한 것이다. 대저 무제 때에는 한 왕실이 일어난 지 1백년으로, 문제文帝와 경제景帝 두 황제의 풍부한 재력을 이어받아 흉노를 정벌해 막남漠南 [지역]에 [그들의] 군주의 조정을 없애버리고, 여기에 더해 새로운 서역 남이南夷의 교통이 열려 한의 위세가 멀리 사방에 전파되었다. 그런데 황제는 이미 현세의 부귀와 안락을 누렸기 때문에, 그 것보다는 장생불사를 구하고자 하는 생각이 절실해 자못 신선의 설을 믿고 방사를 중용했다.

이에 리사오쥔李少君, 사오웡少翁 등이 다투어 신괴기방神怪奇方을 헌상해 일세의 특별한 총애를 입었다. 위추 역시 이런 방사들 가운데 한 사람이었기에, 그의 책 역시 신선과 기괴한 이야기를 수집한 것이었다는 사실은 어렵지 않게 상상할 수 있다. 하지만 이른바 가담항어街談巷語와 도청도설道聽塗說 류의 작품이었기 때문에 그에 따라 일어나기도 하고 없어지기도 해서 후세에 전하지 않는 것은 무리도 아니다.

그러므로 당시의 소설은 똑같이 소설이라는 이름으로 일컬어지긴 했어도, 기껏해야 신화, 전설이나 동화 류에 지나지 않아, 오늘날의 이른바 소설과 전기傳奇와 같이 대우주의 진리를 밝힌다거나, 고금을

---

3) 원문은 다음과 같다. "河南人. 武帝時, 以方士侍郎, 隴黃車使者. 應劭曰其說以周書爲本. 師古曰史記云虞初, 洛陽人, 卽張衡西京賦: 小說九百, 本自虞初者也."

관통하는 크나큰 교훈을 드리운다거나, 인정세태의 기미機微를 열어
준다거나, 기이한 운명의 경로를 기술하거나, 고원高遠한 인생의 이
상을 이야기하는 류의 것은 아니다.

이하는 『한위총서漢魏叢書』에 실려 있는 양한, 육조 소설 가운데
주요 작품들을 그 대략적인 것을 간략하게 기술하겠다.

> 『신이경神異經』 1권……구본舊本. 한의 둥팡쉬東方朔가 지었다
> 고 한다.(『사고전서제요四庫全書提要 소설가류』)

둥팡쉬는 위추 등과 마찬가지로 박학과 능변으로 한 무제의 총애
을 받았던 패관稗官의 인물이다. 일본에서라면, 마치 골계로서 도요
토미 히데요시의 총애를 받았던 소로리 신자에몬曾呂利新左衛門[4]과
같은 것이다. 『한서』의 「논찬」에서도 다음과 같이 기술했다.

> 둥팡쉬의 해학과 언어적 유희. 예언. 수수께끼 맞추기에 관한
> 것들은 천박하고 경솔하였으나, 일반 대중에게 널리 유행하였고,
> 아이들과 목동들도 [그에게] 현혹되지 않는 이가 없었기에, 후대
> 의 호사가들이 기괴한 말과 이야기들을 취할 때 둥팡쉬가 지었다
> 고 기탁하게 되었던 것이다.[5]

---

4) 소로리 신자에몬은 일종의 만담인 라쿠고落語의 시조로 알려져 있으며,
   도요토미 히데요시豊臣秀吉의 오토기슈御伽衆[주군이나 다이묘의 곁에서
   말상대를 하는 사람. 또는 그 관직]로 임명되었던 인물이다. 생졸년은 분명
   치 않은데, 사망한 해에 대해서는 1597년과 1603년, 그리고 1642년의 여러
   설이 있다.
5) 이상의 번역문과 자세한 것은 조관희 역, 『중국소설사』(소명출판, 2005),
   87쪽을 참고할 것. 원문은 다음과 같다. "朔之詼諧逢占射覆, 其事浮淺, 行
   于衆庶, 兒童牧竪, 莫不眩耀, 而後之好事者因取奇言怪語附著之朔."

또 같은 책 「예문지·잡가부」에는 둥팡쉬 20편의 명목이 있는데, 애석하게도 전하지 않는다. 그가 지었다고 하는 것은 겨우 이 『신이경』과 다음에 드는 『해내십주기海內十洲記』 두 가지가 있을 뿐으로, 『한위총서』에 수록되어 있는데, 물론 견강부회에 지나지 않는다. 지금 남아 있는 판본에는 진晉의 장화張華의 주가 있다.

장화는 박학다식한 사람으로 그의 저서로는 『박물지博物志』가 있는데, 『신이경』의 주석을 지었다는 것은 본전本傳에는 기록되어 있지 않다. 그렇다면 『신이경』의 주석도 의심할 바 없이 가탁인 것이다. 그러나 『수서隋書』 「경적지」에는 분명하게 둥팡쉬 찬, 장화 주라고 되어 있기에 그 위작이 상당히 오래되었으니, 수대 이전의 산물인 것은 확실하다. 『사고전서제요』에서는 『신이경』의 문사가 화려한 것으로 미루어 육조의 문사의 손에 의해 이루어졌을 거라 단정했다.

그 내용은 완전히 『산해경』을 답습한 것이다. 사황四荒의 일을 서술한 것은 상당히 괴탄불경怪誕不經한데, 당대의 시인들은 여기에서 소재를 취하여 그 재기와 문재才藻를 함양했다. 이를테면, 『산해경』에 서왕모가 있다면, 본서[『신이경』]에는 동왕공東王公이라는 것이 있다. 개권 제1 「동황경東荒經」의 첫머리는 다음과 같다.

동황산 중에는 큰 석실이 있는데, 거기에는 동왕공이 살고 있다. 키는 1장이고, 머리카락은 백발이며, 새의 얼굴과 사람의 생김새에 호랑이 꼬리가 있다. 머리에는 흑곰을 쓰고, 좌우를 둘러본다. 항상 옥녀와 함께 번갈아 가며 투호를 즐기는데, 매번 1천 2백 개를 던진다. 만약 들어갔는데, 도로 튀어나오지 않으면 하늘이 그 때문에 '허허'하고 감탄한다(장화는 감탄하는 것이라고 말한다). 화살이 튀어나와서 잘 맞추지 못하면(적중하지 못한 것을 말한다), 하늘이 그것을 비웃었다(장화가 말하기를, '비웃는다'는

것은 하늘의 입에서 불이 나와 빛나는 것이라 했다. 지금 하늘에
서 비는 오지 않고, 번개만 치는 것이 하늘이 비웃는 것이다).6)

옥녀가 투호를 하는 이 이야기는 이미 진陳의 쉬링徐陵의 『옥대신
영玉臺新詠』의 서문에 인용되어 들어가 있는데,7) 그 뒤 매우 많이 인
용되었다. 리바이李白의 「양보음梁甫吟」에서도 당시 여자들이 그를
배알하고자 하는 일이 성행한 것을 비웃으며 다음과 같이 말했다.

> 나는 용을 더위잡고 어진 임금 뵈려 하나
> 천둥장군 진동하며 하늘 북을 울려대네.
> 임금 곁에 투호하는 여러 미인들
> 삼시 세 때 크게 웃어 번개를 치게 하고
> 어둠 속에 번쩍이며 비바람을 일으키네.
> 겹겹이 닫힌 궁문 들어갈 수 없어서
> 이마로 빗장 찧으니 문지기가 노발대발.8)

또 [『신이경』에 의하면] 곤륜산崑崙山에 희유希有라는 큰 새가 있어
왼쪽 날개를 펼쳐 동왕공을 덮고, 오른쪽 날개는 서왕모를 덮었다.
그런데 그 등 위의 깃털이 없는 곳 1만 9천리도 있어, 서왕모는 매년

---

6) 번역문은 김지선 역, 『신이경』(살림, 1997년), 231쪽을 참고하였다. 이하
『신이경』의 번역문 모두 그러하다. 원문은 다음과 같다. "東荒山中, 有大石
室, 東王公居焉, 長一丈, 頭髮造白, 人形鳥面而虎尾, 載一黑熊, 左右顧望.
恒與一玉女投壺, 每投千二百嬌, 設有入不出者, 天爲之口醫噓. (華日. 嘆
也), 矯出而脫誤不接者(言失之), 天爲之笑.(華云: 言笑者, 天口流火焰, 今天
下不雨, 而有電光, 是天笑也)"
7) 해당 원문은 다음과 같다. "雖復投壺玉女, 爲觀盡于百驍"
8) 원문은 다음과 같다. "我欲攀龍見明主, 雷公砰訇震天鼓, 帝旁投壺多玉女,
三時大笑開電光, 倏爍晦冥起風雨, 閶闔九門不可通, 以額叩關閣者怒."

그 날개 위에 올라 동왕공을 만난다고 하는 이야기(「중황경」)⁹⁾는 『산해경』의 삼청조三靑鳥로부터 나온 것으로 곧 칠석 날 까막까치가 놓은 다리도 여기서 나온 것은 아닐까 생각한다. 그런데 대미大尾에 있는 불효조不孝鳥의 이야기와 같은 것은 완전히 우의寓意적이고, 교훈적이다.

> 불효조不孝鳥는 모습이 사람과 비슷하고, 몸에는 개의 털에다 이빨과 돼지의 어금니가 있다. 이마 위에 있는 무늬는 불효不孝를, 입 아래 있는 무늬는 자애롭지 못함不慈을, 코 위에 있는 무늬는 부도不道를, 왼쪽 겨드랑이에 있는 무늬는 남편 사랑愛夫을, 오른 쪽 겨드랑이에 있는 무늬는 아내에 대한 연민憐婦을 나타낸다. 이 때문에 하늘이 이 기이한 새를 만들어, 이로써 충효를 나타내었다.¹⁰⁾

그밖에 선인善人이나 성인의 이야기도 있다. 『산해경』에 보이는 황탄荒誕한 이야기에는 별도의 우의는 없다. 또 『장자』나 『열자』의 우언은 심오한 철리哲理를 빌어 설명한 것인데, 『신이경』에 이르면 천박한 동화를 취해 교훈의 뜻을 기탁한 것이 많아졌다. 곧 이것은 대개 당시

---

9) 해당 내용은 다음과 같다. "위에는 큰 새가 있어, 이름은 희유라고 한다. 남쪽으로 향하여, 왼쪽 날개를 펴서 동왕공을 덮고, 오른쪽 날개를 펴서 서왕모를 덮는다. 등 위 조그마한 부분에는 깃이 없으며, 1만 9천리를 서왕모는 해마다 이 새의 날개 위에 올라 동왕공에게 간다. 上有大鳥, 名曰希有. 南向, 張左翼覆東王公, 右翼覆西王母, 背上小處無羽, 一萬九千里, 西王母歲登翼上之東王公也."

10) 원문은 다음과 같다. "不孝鳥, 狀如人, 身犬毛, 有齒, 猪牙, 額上有文曰不孝, 下有文曰不慈, 鼻上有文曰不道, 左脅有文曰愛夫, 右齊有文曰憐婦, 故天立此異鳥, 以顯忠孝也."

의 일종의 새로운 사조인데, 선진先秦의 소설을 다시 손질하고, 고괴古怪한 재미를 가미한 것으로 세간에서 쉽사리 유행할 수 있었다. 이 점은 둥팡쉬의 전에 보이는 골계담과 약간 비슷한 바가 있다.

그래서 본서는 비록 원래는 가탁한 것에서 나왔지만, 그 가운데 얼마간은 둥팡쉬의 만언漫言을 전하는 바가 없지는 않다. 일본의 다키자와 바킨瀧澤馬琴의 소설서는 우의적인 것이 많아, 그의 『무소보에 고초모노가타리夢想兵衛胡蝶物語』에 있는 기괴한 조수를 취해 교훈을 기탁한 것11)과 같은 것은 『신이경』의 취향을 많이 취해 탈화脫化한 것이다.

『해내십주기』 1권……구본舊本 한의 둥팡쉬東方朔가 지었다고 한다.(『사고전서제요四庫全書提要 소설가류』)

본서도 앞서 말한 대로 둥팡쉬가 지은 것이라 하는데, 물론 가탁이다. 개권開卷 제1에 본서의 연기緣起가 상세하게 실려 있는데, 이에 의하면 한 무제는 서왕모로부터 팔방八方 거해巨海 중에 조주祖洲, 영주瀛洲, 현주玄洲, 염주炎洲, 장주長洲, 원주元洲, 유주流洲, 생주生洲, 봉린주鳳麟洲, 취굴주聚窟洲 등의 십대주가 있고, [이것들은] 인적이 드

---

11) "이 작품은 장자莊子의 호접몽胡蝶夢을 모티프로 삼아 주인공 무소보에夢想兵衛의 꿈 이야기를 그린 편력체遍歷体 우화소설寓話小説이다. 작품은 무소보에가 독특한 특징을 지닌 각 나라를 방문하고 각 편의 마지막에 작가의 언설을 덧붙여 독자들에게 교훈을 전달하는 형식을 취한다. 바킨은 권선징악, 인과응보를 작품의 주된 사상적 바탕으로 삼았고 작품을 통해 독자를 교화하려는 태도가 엿보이는 작가이기 때문에 이러한 언설에 더 역점을 두었다."(홍성준, 「『무소보에 고초모노가타리夢想兵衛胡蝶物語』론-작품 내 이국적 요소를 중심으로」, 『일어일문학연구』 114권, 한국일어일문학회, 2020년, 250쪽.

문 곳이라는 이야기를 들었다. 또 둥팡쉬가 비범한 인물이라는 것을 알고 곧 그를 곡실曲室로 불러 친히 십주의 소재와 산물 등에 관해 물었다. 이에 둥팡쉬는 일일이 자기가 아는 바를 풀어내고, 해내십주와 창해도滄海島, 방장주方丈洲, 부상扶桑, 봉구蓬丘, 곤륜崑崙의 위치와 산물 등을 들어가며 답하였다. 이것을 필기한 것이 바로 본서이다.

안컨대 무제가 서왕모로부터 십주의 이야기를 들었다는 것은 『한무내전漢武內傳』에 나오고, 무제가 둥팡쉬가 이인異人이라는 사실을 알았다는 것은 『한무고사漢武故事』에 나온다. 그래서 본서는 위의 두 책에 이어서 나온 소설로 서로 연관이 있다. 특히 본서에서 상上이라고 해야 할 것을 한 무제라 하고, 그 시호를 쓴 것 같은 것으로 볼 때 [이 책은] 명백하게 둥팡쉬가 지은 것이 아니다.

봉린주의 속현교續弦膠, 취굴주의 반혼수反魂樹는 아주 유명한데, 곤륜산과 서왕모도 본서에 이르러 이상화되었다. 곤륜산에는 삼각三角이 있어, 북은 랑풍전閬風巓, 서는 현포당玄圃堂, 동은 곤륜궁이라 하고, 그 일각에 금을 쌓아놓은 천용성天墉城이 있어 면적이 천리이고 성 위에 금대金臺가 다섯 곳, 옥루가 12곳 있다. 또 벽옥碧玉의 당堂, 경화瓊華의 실室, 자취단방紫翠丹房이 있고, 비단 구름錦雲이 해에 빛나고, 붉은 노을朱霞이 아홉 가닥 빛을 발하여, 이루 형언할 수 없을 정도로 아름다웠다. 이곳이 서왕모가 사는 곳이다. 여기에 이르면 서왕모는 이미 괴물이나 요정이 아니고, 완전히 신선이다. 그런데 그 용모는 『한무내전』에 상세히 기록되어 있다.

『한무고사漢武故事』 1권……구본舊本 한의 반구班固가 지었다고 한다.(『사고전서제요四庫全書提要 소설가류』)『한위총서』에는 없음

『한무내전漢武內傳』 1권……구본舊本 한의 반구班固가 지었다고

한다.(위와 같음)

　이상의 두 책은 모두 한 무제의 궁중 안에서 [벌어진] 일사逸事와 유문遺聞을 기록한 것이다. 무제는 앞서 서술한 바 대로 영특한 군주였는데, 만년에는 신선과 요망한 설을 대단히 미신迷信하여 우괴迂怪한 방사들을 총애하였다. 신선에 관한 이런 기문奇聞은『사기』의「효무본기孝武本紀」,「봉선서封禪書」나『한서』의「교사지郊祀志」등에 실려 있는데, 실로 소설가의 좋은 소재이다. 본서는 오로지 이것에 근거해 수식하고 부연한 것이다. 그런데 모두 반구가 지었다고 한 것은 물론 후대 사람의 가탁이다. 반구는 유명한 역사가로『한서』의 찬자撰者인데, 이 두 책은『한서』의 기사에 바탕한 것이라 이름을 반구에 가탁한 것이다.

　다만 두 책 모두『수서』「경적지」에 저록되어 있는데, 반구의 찬이라고 하지는 않았다. 어느 것이든 육조시대 사인詞人의 손에 의해 이루어진 듯하다. 특히『사고전서제요』에서는 장화의『박물지』에 있는 한 무제가 서왕모를 궁중에 맞아들였다는 기사가『한무내전』과 부합하기에, 혹은 위진 간의 문사가 지은 것인지도 모른다. 앞서 인용한 타오위안밍陶淵明의 시를 보더라도『한무내전』에 근거한 것이라 생각된다.

　오늘날 전하는 본은 두 책 모두 완전하지 않다. 당대의 시인이 취해서 소재로 삼은 곳, 주석가가 근거해 전고로 삼은 곳은 금본今本에 보이지 않는 것이 많다. 이를테면 갑장주렴甲帳珠簾, 무릉옥배茂陵玉杯 (이상『한무고사』), 주조창朱鳥窗(『한무내전』)과 같은 것이 그러하다. 특히『수당지隋唐志』에서는 각각 2권이라 했는데, 지금은 1권으로 되어 있기에 원래는 더 많았을 것으로 생각된다. 지금의『한무고사』

는 진실로 단편[소설의 체제]이다.

그 가운데 유명한 것은 누구나 알고 있는 금옥장교金屋藏嬌와 신군神君의 이야기이다. 무제가 어려서 아직 교동왕膠東王이었을 때 숙모인 장공주長公主가 왕을 무릎에 앉히고 물었다. "아가야 아내를 맞이하고 싶지 않니?" 그리고는 좌우의 미인들을 가리켰는데, 모두 그의 마음에 들지 않았다. 공주는 자기 딸인 아쟈오阿嬌를 가리키며 어떠냐고 묻자, 왕은 웃으며 만약 아쟈오를 아내로 맞이한다면 마땅히 금으로 집을 지어 그녀를 살게 하겠노라고 대답했다.12) 바이쥐이白居易의 「장한가」에 "금으로 만든 집에서 화장하고 교태로 황제 모시는 밤金屋粧成嬌侍夜"은 이것에 근거한 것이고, 또 리상인李商隱의 「무릉茂陵」이라는 율시의 후련에 다음과 같은 구절이 있다.

─────────────

12) 전체 내용은 다음과 같다.
   황제는 을유년 칠월 칠일에 의란전에서 태어났다. 네 살이 되자 교동왕膠東王으로 옹립되었다. 몇 해가 지나 장공주가 그를 안아서 무릎 위에 올려놓고 물었다.
   "얘야, 아내를 얻고 싶니?"
   교동왕이 대답했다.
   "아내를 얻고 싶어요."
   장공주가 측근의 시녀 백여 명을 가리키니, 모두 마음에 차지 않는다고 말했다. 마지막으로 자기의 딸을 가리키며 말했다.
   "아쟈오는 어떻니?"
   이에 웃으며 대답했다.
   "좋아요. 만약에 아쟈오를 아내로 얻는다면 금으로 만든 집을 지어 살게 하겠어요."
   장공주는 크게 기뻐하며 황제에게 요청하여 드디어 혼사를 이루었다.
   帝以乙酉年七月七日生于猗蘭殿, 年四歲, 立爲膠東王. 數歲, 長公主抱置膝上, 問曰, "兒欲得婦不?" 膠東王曰, "欲得婦." 長主指左右長御百餘人, 皆云不用. 末指其女問曰, "阿嬌好不?" 于是乃笑對曰, "好. 若得阿嬌, 當作金屋貯之也." 長主大悅, 乃若要上, 遂成婚焉.

옥 복숭아 훔쳐낸 둥팡쉬 부러워하고, 금옥을 지어 아쟈오 살
게 하네.13)

이것 역시 마찬가지로 이 책의 고사이다. 다음으로 신군의 일은
『사기』와 『한서』에 모두 나온다. "무제가 신군을 수궁에 두었다. 신
군 중 가장 존귀한 것은 태일이라 부른다. 때로 갔다가 때로 오는데,
올 때는 바람처럼 숙연하고, 항상 장막 안에서 말한다."14) 진정 신선
과 같은 면모다.

　　휘취빙霍去病이 [아직] 한미한 시절에 신군에게 몇 차례나 기도
　를 하였다. 이에 [신군이] 그 모습을 드러내며 스스로 몸을 꾸미
　고, 취빙과 교접을 하려 했다. 취빙은 이에 응하지 않으며 그를
　질책하며 말했다. "나는 신군을 청결히 여겨 재계하고 복을 기원
　했건만 이제 음탕한 일을 하고자 하니 이는 신명이 아니다." 그리
　고는 [관계를] 끊고 다시 가지 않았다. 신군 역시 부끄러워했다.
　취빙이 깊은 병에 걸리자, 황제가 명을 내려 신군에게 기도하게
　했다. 신군이 말했다. "휘 장군은 정기가 적어 수명이 길지 않으
　니, 내 일찍이 태일의 정으로 이를 보완해 수명을 늘일 수 있도록
　하려 했으나, 휘 장군은 그 뜻을 알지 못하고 [나와의] 관계를
　끊어버렸습니다. 이제 병이 나면 반드시 죽을 것이니 구할 수 없
　을 것이오." 취빙은 이내 죽었다.15)

───────────────

13) 원문은 다음과 같다. "玉桃偸得憐方朔, 金屋修成貯阿嬌"
14) 원문은 다음과 같다. "文成死明年, 天子病鼎湖甚, 巫医無所不致。游水發根
　　言上郡有巫, 病而鬼下之。上召置祠之甘泉。及病, 使人問神君, 神君言曰：
　　"天子無憂病。病少愈, 强与我會甘泉。"于是上病愈, 遂起, 幸甘泉, 病良已。
　　大赦, 置壽宮神君。神君最貴者曰太一, 其佐曰太禁, 司命之屬, 皆從之, 非可
　　得見, 聞其言, 言与人音等。時去時來, 來則風肅然。"(『한서漢書』「교사지郊
　　祀志」)

이에 근거하면 신군은 이미 정체를 폭로했는데, 이른바 태일의 정이 무엇인지 진정 사람들로 하여금 그 오묘함을 알 수 없게 만든다.

『한무내전』은 전적으로 무제가 서왕모를 궁중에서 맞이하는 기사이다. 이것도 『사기』, 『한서』에 있는 신군을 맞이하는 이야기에서 탈화脫化해 온 것이라 생각된다. 그 요지는 무제가 도를 좋아해 신선을 구하고자 하는 뜻이 간절했기에 서왕모가 결국 7월 7일에 무제의 궁에 임해 성대한 연회를 베풀고 또 시녀 귀미상郭密香을 보내 상원부인上元夫人을 영접케 하니 무제는 왕모로부터 오악진형도五岳眞形圖를 받고 또 상원부인으로부터 육갑령비십이사六甲靈飛十二事의 비전을 받았던 바, 무제는 욕심이 지나쳐 그 가르침에 따라 진眞을 닦지 않고 백량대柏梁臺에서 화염을 일으키다가 비권을 잃어버리고 무제 역시 붕어했다. 이 편은 『한무고사』에 비해 문장이 크게 아름답고 배우排偶도 화려해 자못 육조六朝의 색채가 드러나 있다. 서왕모와 상원부인도 자못 신선과 같이 상품으로 묘사되어 있다.

칠월 칠석 날이 되자 [비빈妃嬪이 거처하는] 궁액宮掖을 청소하고 전殿 위에 자리를 만든 뒤, 자줏빛 비단을 땅에 깔고, 백화百和의 향을 피우고, 구름 같은 비단 장막을 드리우고, 오색찬란한 등을 켜고, 옥문의 대추를 늘어놓고, 포도주를 걸러놓고, 몸소 안주거리를 살펴 천관天官의 음식을 준비하였다. 황제는 옷을 차려 입고 섬돌 아래 서서 칙령을 내려 단문端門 안에는 망령되게 엿보는 자가 없게 하였다. 안팎으로 고요하게 삼가며 구름수레를 기

---

15) 원문은 다음과 같다. "霍去病微時, 數自禱神君, 乃見其形, 自修飾, 欲與去病交接, 去病不肯, 神君亦慚。 及去病疾篤, 上令為禱神君, 神君曰：“霍將軍精氣少, 壽命不長。 吾嘗欲以太一精補之, 可得延年, 霍將軍不曉此意, 遂見斷絕。 今疾必死, 非可救也。” 去病竟死。"

다렸다.

그날 밤 이경이 지나자, 갑자기 서남쪽에서 마치 흰 구름과 같은 것이 일더니 환하게 빛나며 뭉게뭉게 밀려 왔다. 곧바로 궁정으로 가로질러 오더니 순식간에 가까워졌다. 구름 속에서 피리와 북소리, 그리고 사람과 말들의 소리가 들렸다.

반식경이 지나자 서왕모가 도착했다. 궁전 앞으로 신들이 내려오는 것이 마치 새가 모여드는 듯 했다. 어떤 이는 용과 호랑이를 타고 오고, 어떤 이는 흰 인麟16)을 타고 오고, 어떤 이는 흰 학을 타고 오고, 어떤 이는 헌거軒車17)를 타고 오고, 어떤 이는 천마를 타고 왔다. 신선 수천 명이 모이자 궁궐 안이 환하게 밝아졌다. 도착하고 나서는 그들 시종하던 선인들은 어디론가 사라져 버리고 서왕모만이 아홉 색깔의 얼룩룡이 모는 붉은 구름의 수레를 타고 있는 것이 보였다. 따로 오십 명의 천선18)이 있었는데, 모두가 한 길 남짓한 키에 하나같이 고운 빛깔의 털로 만든 절節을 쥐고 있었고, 금강의 영새를 차고 있었으며, 천진天眞의 관을 쓰고 있었다. [이들은] 모두 궁전 아래 머물렀다.

서왕모는 두 시녀의 부축을 받으며 궁전 위로 올라왔다. 시녀는 약 열 예닐곱 살 정도로 푸른 비단 저고리를 입고, 사람을 매혹시키는 눈매를 가졌으며, 청순한 자태가 진실로 미인이었다! 서왕모가 궁전에 오르자 동쪽을 향해 앉았다. 황금으로 된 저고리袷襦19)를 입었는데 무늬가 선명하였고, 거동이 기품 있었다. 허

---

16) 뿔이 하나 달린 전설상의 동물로, 수컷은 기麒이고, 암컷이 인麟이다.

17) 대부 이상의 고관이 타는 수레.

18) 갈홍葛洪의 『포박자抱朴子』 내편「논선論仙」에 다음과 같은 내용이 실려 있다. "내 생각으로는 『선경』에 의하면, 상사는 형체도 함께 허공으로 올라가기에, 천선이라 부른다. 중사는 명산에서 노닐기에, 지선이라 부른다. 하사는 먼저 죽고 나서 허물을 벗기에, 시해선이라 한다. 按『仙經』云, 上士擧形昇虛, 謂之天仙; 中士遊於名山, 謂之地仙; 下士先死後蛻, 謂之尸解仙."

19) 답촉袷襦은 도가에서 입는 옷으로, 속칭 답의袷衣라고도 한다.

리에는 영비靈飛의 대수大綬와 분경分景의 검20)을 차고, 머리는 태화太華의 쪽21)을 졌으며, 태진신영太眞晨嬰의 관冠을 쓰고, 검은 옥으로 된 봉황 무늬玄璃鳳文의 신을 신었다. 나이는 삼십 여 세 정도 되어 보이고, 키는 중간 정도였으며, 신비로운 자태는 부드럽고, 얼굴은 절세미인으로 진정 신비스러운 사람이었다!

[서왕모가] 수레에서 내려 상床에 오르자, 황제는 무릎을 꿇고 절을 하고 인사를 마치고 서 있자 [서왕모는] 황제를 불러 같이 앉게 했다. 황제는 남면을 하고 왕모는 스스로 하늘의 음식을 차려냈는데, 진정 비상할 정도로 정갈했다. 진귀한 음식이 풍성히 차려졌는데, 향기로운 꽃과 갖가지 과일, 자줏빛 지초가 시든 듯 드리워지고, 가루가 찬합을 가득 채웠다. 맑은 향의 술은 이 땅위의 것이 아니었으니 향기가 특히 절묘해 황제는 그 이름을 알 수 없었다.

[서왕모가] 다시 시녀에게 명하여 복숭아를 가져오게 했다. 잠시 후 복숭아 일곱 개를 소반에 받쳐 내왔는데, 크기는 오리 알만 했고, 둥근 모양에 푸른색을 띠었다. 서왕모에게 바치자 왕모는 네 개를 황제에게 주고 자기는 세 개를 먹었다. 복숭아는 맛이 감미롭고 입 안에 그 맛이 가득 찼다. 황제가 먹고 나서 그 씨를 수습하자 왕모가 물었다. "그걸로 뭐 하시게요?" 황제가 답했다. "이걸 심고자 합니다." 왕모가 말했다. "이 복숭아는 3천 년에 한번 열매를 맺을 따름인데, 중국 땅은 토질이 척박해 심어도 자라질 않습니다." 이에 황제가 그것을 버렸다.

『도장道藏』「동진부洞眞部」「기전류記傳類」에 실린 『한무제내전漢武帝內傳』에는 "황금겹촉黃金袷襡"으로 되어 있다.
20) 『도장道藏』본에는 "腰分頭之劍"으로 되어 있다. 칼끝이 갈라져 있는 검을 허리에 찼다는 의미이다.
21) 『도장道藏』본에는 "頭上大華髻"로 되어 있다. 그 주注에 위에 꽃을 꽂고 밑을 쪽찐 것이라 한다.

그 자리에서 술을 몇 순배 따르고는 왕모가 시녀인 왕쯔덩王子
덩에게 팔랑八琅의 [악기] 오璈를 타게 하고, 또 시녀 둥솽청董雙成
에게는 운화雲龢의 생笙을 불게 하고, 또 시녀 스궁쯔石公子에게는
곤정昆庭의 종鐘을 치게 하고, 또 시녀 쉬페이츙許飛瓊에게는 진령
震靈의 황簧을 치게 하고, 시녀 롼링화阮凌華에게는 오령五靈의 석
石을 치게 하고, 시녀 판청쥔范成君에게는 동정洞庭의 경磬을 치게
하고, 시녀 돤안샹段安香에게는 구천九天의 균鈞을 짓게 하였다.
이에 여러 소리가 낭랑하게 울려 오묘한 소리가 허공에 흩어졌
다. 또 시녀 안파잉安法嬰에게는 원령元靈의 곡曲을 부르게 했
다.22)

---

22) 원문은 다음과 같다. "至七月七日, 乃修除宮掖之内, 設座殿上, 以紫羅薦地,
燔百和之香, 張雲錦之帳, 然九光之燈, 設玉門之棗, 酌蒲萄之酒, 躬監肴物,
爲天官之饌。帝乃盛服立于陛下, 敕端門之内, 不得妄有窺者。内外寂謐。以
俟雲駕。到夜二更之後, 忽見西南如白雲起, 鬱然直來, 徑趨宮庭, 須臾轉近.
聞雲中簫鼓之聲, 人馬之響。半食頃, 王母至也. 縣投殿前, 有似鳥集, 或駕龍
虎, 或乘白麟, 或乘白鶴, 或乘軒車, 或乘天馬, 群仙數千, 光曜庭宇. 既至,
從官不復知所在, 唯見王母乘紫雲之輦, 駕九色斑龍, 別有五十天仙, 皆身長
一丈, 同執彩毛之節, 佩金剛靈璽, 戴天真之冠, 咸住殿下。王母唯扶二侍女
上殿。侍女年可十六七, 服青綾之袿, 容眸流盼, 神姿清發, 真美人也！王母上
殿, 東向坐, 著黃金褡襦, 文采鮮明, 光儀淑穆, 帶靈飛大綬, 腰佩分景之劍,
頭上太華髻, 戴太真晨嬰之冠, 履玄璃鳳文之舄, 視之可年三十許, 修短得中,
天姿掩藹, 容顏絕世, 真靈人也！下車登床, 帝拜跪, 問寒溫畢, 立如也。因呼
帝共坐, 帝南面, 向王母。母自設膳, 膳精非常。豊珍之肴, 芳華百果, 紫芝萎
蕤, 紛若填樏。清香之酒, 非地上所有, 香氣殊絕, 帝不能名也。又命侍女索
桃, 须臾, 以鑿盛桃七枚, 大如鴨子, 形圓, 色青, 以呈王母。母以四枚與帝,
自食三桃。桃之甘美, 口有盈味。帝食輒录核。母曰："何謂？"帝曰："欲種
之耳。"母曰："此桃三千歲一生实耳, 中夏地薄, 種之不生如何！"帝乃止。
于坐上酒觴数過, 王母乃命侍女王子登弹八琅之璈, 又命侍女董雙成吹雲龢
之笙, 又命侍女石公子击昆庭之钟, 又命侍女许飛瓊鼓震靈之簧, 侍女阮凌
華拊五靈之石, 侍女范成君击洞庭之磬, 侍女段安香作九天之钧。于是众聲
澈朗, 靈音骇空。又命侍女安法嬰歌元靈之曲。"

이 대목의 문장으로 그가 얼마나 기려綺麗하고 얼마나 성대하게 서술했는지 알 수 있다. 여기서 서왕모는 진정한 신선, 살아 있는 미인이 되어 『산해경』에서의 호랑이 이빨에 표범 꼬리를 한 무서운 역신疫神과는 완전히 다른 존재가 되어버렸다. 특히 서왕모의 시녀 왕쯔덩, 둥솽청, 스궁쯔, 쉬페이츙, 롼링화, 판청쥔, 된안샹, 안파잉 등이 신선의 노래仙曲를 연주하는 대목은 아득히 하늘의 음악을 듣는 듯하여 마치 이탈리아의 명장名匠 줄리오 로마노[23]가 그린 아폴론과 아홉 뮤즈가 춤을 추는 그림을 방불케 한다.

> 『별국동명기別國洞冥記』 4권……구본舊本 후한의 궈셴郭憲이 지었다고 한다.(『사고전서제요四庫全書提要 소설가류』)

이 책은 4권으로 나뉘어져 있는데, 사실은 60칙의 자잘한 견문零聞과 부스러기 말瑣語들을 기록한 것이다. 첫머리에 궈셴의 자서가 있어, 그 중에 "한 무제는 똑똑하고 뛰어난 군주로, 둥팡숴는 골계滑稽를 빌어 군주에게 간언을 하고, 도교에 정통해 있어, 귀신세계의 오묘함을 환히 드러나게 하였다"[24]는 말에서 제목을 취했다고 했는데, 문장이 극히 졸렬해 후대 사람이 견강부회한 흔적이 역력히 드러나

---

23) 줄리오 로마노Giulio Romano(1499~1546년)는 이탈리아의 화가이자 건축가로 실제 이름은 줄리오 삐피Giulio Pippi이다. 줄리오는 어렸을 때 라파엘의 견습생이 되었고 그의 워크숍에서 매우 중요한 위치에 있었기 때문에 1520년 라파엘이 죽은 뒤 G 페니G. Penni와 함께 마스터의 최고 상속자 중 한 명으로 지명되었다. 그는 또한 그의 주요 예술 집행자가 되기도 했다. 그 뿐 아니라 라파엘 사후 줄리오는 자신의 스승이 남긴 미완성 작품을 완성하기도 했다.
24) 원문은 다음과 같다. "漢武帝明俊特異之主, 東方朔因滑稽以匡諫, 洞心于道敎, 使冥迹之奧, 照然顯著."

있다. 이 책은 전적으로 『십주기』 등을 모방한 것으로, 무제와 둥팡쉬에 관한 괴탄한 이야기들이 많이 실려 있다. 그렇기에 『한무동명기』라고도 한다. 제3권 첫머리에 동명초洞冥草에 관한 기사가 있다.

천한天漢 2년에 황제가 창룡각에 올라 선인이 되는 방법을 동경하여, 여러 방사를 불러 변방의 일들을 이야기하게 하였다. 둥팡쉬가 자리에서 내려와, 붓을 잡고 무릎을 꿇고는 앞으로 나왔다. 황제가 말했다.
"대부가 짐을 위해 해 줄 말이 있는가?"
둥팡쉬가 말했다.
"신은 북쪽의 끝을 여행하다 종화산種火山에 도착했습니다. [그곳은] 햇빛과 달빛이 미치지 못하는 곳이었는데, 청룡이 촛불을 물고 산의 네 귀퉁이를 비추고 있었습니다. 또 정원도 있었는데, 모두 신기한 나무와 신기한 풀이 심어져 있었습니다. 명경초明莖草라는 풀이 있었는데 밤에는 마치 금으로 만든 등과 같이 빛나고 가지를 꺾으면 횃불이 되어 귀신의 모습을 비출 수 있습니다. 선인仙人 닝펑甯封은 항상 이 풀을 복용하여 밤이 되어 어두워지면 배에서 바깥으로 빛이 새어나오는 것을 볼 수 있었습니다. 이 풀은 동명초洞冥草라고도 부릅니다."
황제가 이 풀을 따서 진흙과 섞어 운명관雲明館의 벽에 바르게 하였는데, 밤에 이곳에 앉아 있으면 등불이 필요 없었다. 이것은 또 조매초照魅草라고도 한다. 이것을 발밑에 깔면 물을 밟아도 가라앉지 않았다. (3권)[25]

---

25) 원문은 다음과 같다. "天漢二年, 帝升蒼龍閣, 思仙術, 召諸方士言遠國遐方之事. 唯東方朔下席操筆跪而進. 帝曰, "大夫爲朕言乎?" 朔曰, "臣游北極, 至種火之山, 日月所不照, 有靑龍銜燭火以照山之四極. 亦有園圃池苑, 皆植異木異草; 有明莖草, 夜如金燈, 折枝爲炬, 照見鬼物之形. 仙人甯封常服此草, 于夜瞑時, 轉見腹光通外. 亦名洞冥草." 帝令錛此草爲泥, 以도塗雲明之

예전에는 이 문장을 개권 제1에 두었던 듯한데, 『동명기』라는 이름
은 여기서 나왔다. 요컨대 이 단락의 문장으로 전체를 추측할 수 있
다. 촉룡燭龍에 관한 것은 『천문편天問篇』과 『산해경』(「대황북경」)에
도 보인다.

궈셴郭憲은 자가 쯔헝子橫으로 강직하고 충성스런 문사였다. 그는
왕망王莽의 부름에 응하지 않았기에 왕망이 그를 죽이려 했는데, 바
닷가로 도망을 쳐 몸을 숨겼다가 뒤에 광무제 때 벼슬길에 나아가
직간으로 황제의 뜻을 거슬러 당시 관동關東의 강직한 궈쯔헝關東魠
魠[26]郭子橫이라는 말이 있었다. 뒤에 도가에 입문해 『후한서』「방술전
方術傳」에 실렸다. 이른바 술을 머금었다 내뿜어 불을 껐다는 류의
전설은 당연히 믿을 만하지 않다. 말할 필요도 없이 이 책은 궈셴이
지은 게 아니다. 문장이 화려한 것으로 보아 육조시대 문인의 손에서
나온 것인 듯하다. 또 사구詞句가 곱고 화려하기에妍華 후대의 문인들
에 의해 채용採用되는 바가 되었다.

> 『비연외전飛燕外傳』 1권……구본舊本 한의 링쉬안伶玄이 지었다
> 고 한다.(『사고전서제요四庫全書提要 소설가류』존목存目)

이것은 한나라 성제成帝의 황후인 자오페이옌趙飛燕의 별전이다.
링쉬안은 전한 말 사람으로 스스로 양슝揚雄과 같은 시대라고 했는
데, 하지만 역사에는 [그 이름이] 보이지 않는다. 자서自序가 있어 이
에 의하면, 그의 자는 쯔위子于이고, 루수이潞水 사람으로 화이난淮南
의 상相을 역임했다고 한다. 그의 첩인 판퉁더樊通德가 자오 황후의

館, 夜坐此館, 不加燈燭; 亦名照魅草; 以藉足, 履水不沈. (卷三)"
26) 꿩꿩魠魠은 강직하다는 뜻이다.

고종사촌동생—판이樊嬺의 조카, 부저우不周의 자식-이었기에 자오 황후 자매의 일사逸事를 자주 말해서, 귀셴憲은 이 책을 지었다고 한 것이다(『사고전서제요』에 근거한 것으로 현행본에는 귀셴의 서가 없다). 이 책의 내용은 오로지 자오 황후가 그 누이동생인 허더合德(소의昭儀가 되어 성제의 은총을 입었다)와 서로 [황제의] 총애를 다투는 전말을 기록한 것이다. 규방에서 [일어나는] 은밀하고 외설적인 묘사는 설령 판이樊嬺가 아무리 [궁중 내의 사람들과] 친근했다 하더라도 직접 목격했을 리가 없고, 만일 그것을 알더라도 미주알고주알 퉁더에게 은밀히 고하지 않았을 것이다. 성제의 사인死因이며, 자오 소의가 책임을 지고 자살한 일 역시 그로부터 궁중의 비밀을 알 수 없었을 것이다. 이것이 이 작품의 거짓되고 망녕됨을 바루지 못하는 바이다. 곧 그 문장의 화려함을 보면 도저히 서한시대의 작품으로 보기 어렵고, 아마도 육조시대에 나왔을 것이다. 다만 여기에 실린 일들은 후세의 사인들이 자못 시문의 전고로 즐겨 가져다 썼다. 시험 삼아 그 예를 하나 둘 들어보겠다. 이를테면, 허더가 궁으로 들어가는 상황은 다음과 같다.

황제가 운광전에 납시어 판이로 하여금 허더를 들라 하니 허더 가 사례하며 말했다. "귀인의 언니는 잔학하고 질투가 심해 황은 도 쉽게 말살할 것이고, 치욕을 당하면 죽음도 아까워하지 않을 것입니다. 언니의 허락[가르침]을 받을 수 없으면, 차라리 제 몸 [목숨]을 던져서라도 언니의 치욕을 대신하고자 할 뿐 한 발짝이 라도 몸을 돌리지는 않겠습니다." 그 목소리가 평온하면서도 맑 고 절실해 좌우에 있는 이들 모두 쯔쯧거리며 혀를 찼다. 황제는 이에 허더를 돌려보냈다. 선제 때 피향박사였던 나오팡청淖方成이 백발로 궁에서 가르쳤는데, 나오부인이라 불렸다. 황제의 뒤에 있다가 침을 뱉으며 말했다. "이것들은 화가 될 물이니 반드시 불을 끄고야 말리라."27) 황제는 판이의 계책을 써서 황후를 위해 달리 원조관遠條館을 열고 자용운기장紫茸雲氣帳, 무늬 옥으로 만든 궤几, 적금구층박산赤金九層博山을 하사하고, 판이로 하여금 황후를 풍간하여 다음과 같이 말하게 했다. "폐하께옵서 오랫동안 자식이 없으니, 궁중에서 천만세의 계획을 생각하리오? 어찌 폐하께 [다른 후궁을] 올려 황자를 구하지 않으시는지요?" 황후가 판이의 계략에 넘어가 그날 밤 허더를 들이니, 황제는 매우 기뻐했다. 그녀의 몸짓을 거들어주고 가까이하며 입으로 그녀의 몸을 애무하다 쓰다듬지 않은 곳이 없었으니, 그녀의 몸을 일러 온유향溫柔鄕[따뜻하고 나긋나긋함의 본향]이라고 했다. [황제가] 판이에게 말했다. "이제 나는 이 온유향에서 늙어갈 테니, 한 무제를 본받아 백운향(白雲鄕[신선 세계]을 찾을 수 없게 되었다."28) 판이가 만세를 부르며 축하했다. "폐하께서 진실로 선녀를 얻으셨습니다." 황제가 즉시 판이에게 교문[상어무늬]鮫文 만금萬金과 비단 스물 네 필을 하사였다. 허더는 더욱 총애를 얻어 자오 첩여趙婕妤의 칭호를 받았다.29)

---

27) 한나라는 오행으로 따져 화火에 해당한다. 그러므로 "화수멸화禍水滅火"라는 말은 화火에 해당하는 한나라를 멸망시킬 화禍가 되는 물이라는 뜻으로 자오페이옌 자매를 가리킨다.

28) 선녀 같은 허더合德의 미색에 너무나 만족해서 불로불사의 신선세계를 찾지 않겠다는 뜻인 듯.

29) 원문은 다음과 같다. "帝御雲光殿帳, 使樊嬺進合德, 合德謝曰: "貴人姊虐妒, 不難滅恩, 受耻不愛死, 非姊教, 愿以身易耻, 不望旋踵." 音词舒闲清切, 左右嗟賞之嘖嘖。帝乃歸合德。宣帝時, 披香博士淖方成, 白髮教授宮中, 號淖夫人, 在帝後, 唾曰: "此禍水也, 滅火必矣!"帝用樊嬺計, 爲后別開遠條馆, 賜紫茸雲氣帳, 文玉几, 赤金九層博山, 緣令嬺諷后曰: "上久亡子, 宮中不思千萬歲計邪？何不時進上, 求有子？"后德嬺計, 是夜進合德, 帝大悅, 以辅属體, 無所不靡, 謂爲温柔鄕。謂嬺曰: "吾老是鄕矣, 不能效武皇帝求白雲鄕也。"嬺呼萬歲, 贺曰: "陛下真得仙者。"上立賜嬺鮫文萬金, 锦二十四

'온유향'30)이라는 말이 원래 여기서 나왔으니, 후대의 이야깃거리
가 되었다. 또 나오팡청淖方成의 "이것들은 화가 될 물이니 반드시
불을 끄고야 말리라"는 말은 비록 쓰마광司馬光의『자치통감』에 인용
되어 있으나31), 이것은 잘못으로,『사고전서제요』에서 이미 상세하
게 이에 대한 변론을 했다. 한나라 황실이 화덕火德이라는 논의는 전
한 때 사람의 말이 아니고, 후대 사람의 견강부회임이 명백하다. 이
책에서는 자오 황후 자매가 황제의 총애를 다투는 모습이 아주 자세
하게 그려져 있다.

> 황후가 사통한 궁노宮奴 옌츠펑燕赤鳳이라는 자는 씩씩하고 민
> 첩하여 관각觀閣[높은 건물]을 뛰어넘을 수 있을 정도였고, 소의
> [合德]와도 사통했다. 츠펑이 처음 소빈관少嬪館32)을 나왔을 때 황
> 후가 마침 행차했는데, 그 때가 10월 5일이었고, 궁중의 옛 전통
> 에 따르면 영안묘靈安廟로 올라가는 날이었다. 이날 훈熏을 불고
> 북을 치고, 손을 잡고 발을 구르며 "적봉래赤鳳來"33)라는 노래를

疋。合德尤幸, 號爲趙婕妤。"
30) '온유향'은 "훈훈薰薰하고 부드러운 마을"이라는 뜻으로, 아름다운 여자의
   부드러운 살결. 또는 그 촉감을 비유하며, 여기서 한 걸음 더 나아가 미인의
   처소를 가리키기도 한다.
31) "화수멸화禍水滅火"는『통감』31권에 실려 있는데 다음과 같이 기록되어
   있다. 비연 자매가 [황제의] 부름을 받고 입궁하자, "선제 때 피향박사披香
   博士였던 나오팡청淖方成이 황제의 뒤에 있다가 침을 뱉으며 말했다. '이것
   들은 화가 될 물이니 반드시 불을 끄고야 말리라.'(有宣帝時披香博士淖方成在
   帝後, 唾曰'此禍水也, 滅火必矣!')"
32) 황후의 처소는 원조관遠條館이고, 소빈관少嬪館은 소의의 거처이다.
33) "적봉赤鳳"의 본래 의미는 전설 상의 신조神鳥를 가리킨다. 그런데 자오
   황후와 사통한 궁노宮奴의 이름이기도 해 후대에는 정부情夫를 가리키는
   말로도 쓰였다. "적봉래"는 악곡명樂曲名으로「적봉황래赤鳳皇來」라고도

불렀다. [이 노래를 부르자 황후가 자신의 정부 츠펑과 오해하여] 황후가 소의에게 말했다. "츠펑이 누구를 위해 왔느냐?[너를 위해 온 게 아니냐?]" 소의가 말했다. "츠펑이 언니를 위해 왔지, 어찌 다른 사람을 위해 왔겠어요?" 황후는 화를 내며 술잔을 소의의 치마에 던지며 말했다. "쥐새끼가 사람을 물 수도 있겠구나?[하찮은 놈이 배신할 수도 있겠구나?]" 소의가 말했다. "저런 옷을 입으면 자신의 발만 볼 것인데, 어찌 다른 사람을 물 수 있겠어요?" 소의는 평소에 자신의 몸을 낮추며 황후를 섬겼는데 뜻밖에도 황후의 대답이 포악한 것을 보고 황후를 주시하며 다시 말을 하지 않았다. 판이는 비녀를 풀어 머리를 땅에 찧고 피를 흘리며 소의를 부축하여 황후에게 사죄의 절을 올리게 했다. 소의는 절을 하고 흐느끼며 말했다. "언니는 같은 이불을 덮고 함께 긴 밤을 보내면서 모진 추위에 잠 못 이루던 일을 어찌 잊고 이 허더로 하여금 언니의 등을 안게 하세요?[왜 저를 등지고 차갑게 대하느냐는 뜻] 오늘 귀하게 되어 모든 것이 남보다 낫기에 밖에서는 싸울 일이 없는데, 우리 자매끼리 안에서 서로 싸우는 일을 감내해야 하나요?" 황후도 울면서 소의의 손을 잡고 자옥구추紫玉九雛의 비녀를 뽑아 소의의 머리채에 꽂아주며 다툼을 그쳤다. 황제는 은밀히 그 일을 들었지만 황후를 두려워하며 감히 묻지 못하고 소의에게 물었다. 소의가 말했다. "황후가 저를 질투한 것은 한나라 황실의 화덕 때문이니 황제 폐하를 적룡봉赤龍鳳으로 여기신 것입니다['적봉래(赤鳳來)'라는 노래를 듣고 자신의 정부 적봉을 연상하면서 질투한 황후의 행위를 밝힐 수 없으므로 적봉은 적룡봉이며 그것은 황제를 비유한 것이라고 둘러댐] 황제는 그의 말을 믿고 크게 기뻐했다.[34]

한다.

34) 원문은 다음과 같다. "后所通宮奴燕赤鳳者, 雄捷能超觀閣, 兼通昭儀。赤鳳始出少嬪館, 后適來幸, 時十月五日。宮中故事, 上靈安廟。是日吹塤擊鼓,

이 대목은 자오 황후가 얼마나 지독스럽게 질투를 했고, 소의가 얼마나 부드럽고 지혜롭게 [처신했으며], 황제가 얼마나 미혹에 빠졌는지 완전히 눈앞에서 펼쳐지는 듯하다. 이런 문필은 진정 극히 가볍고 절묘하면서도 아름답다. 이 책은 진즉이 일본에 전해져 이를테면 유명한 무라사키 시키부紫式部의『겐지 모노가타리』에서 여러 부인들이 총애를 다투는 모습과 흡사한데, 모두『비연외전』과『유선굴』류의 필묵을 모방한 것이다.

> 『잡사비신雜事秘辛』1권……지은이의 이름이 드러나 있지 않
> 다.(『사고전서제요四庫全書提要 소설가류』존목存目)

이른바 잡사라는 것은 한나라 궁궐의 잡사를 기록한 것이고, 비라는 것은 비서秘書의 뜻이며, 신辛은 권질卷帙의 번호이다. 본서의 내용은 후한 환제桓帝의 의덕懿德황후(이름은 잉瑩이고, 대장군 승씨충후상乘氏忠侯商의 딸)가 간택되어 입궁해 책립冊立되었던 소사小史를 기록한 것이다. 후대 사람들이 칭찬한 곳은 조정의 사자인 우거우吳姁가 칙명을 받들고 량상梁商의 집에 이르러 딸인 잉瑩의 처소에 들어가 신체를 검사하는 대목이다. 문사가 기이하고 아름답지만奇艷, 몹

歌連臂踏地, 歌赤鳳來曲。 後謂昭儀曰 : "赤鳳爲誰來？"昭儀曰 : "赤鳳自爲姊來, 寧爲他人乎？"後怒以杯抵昭儀裾曰 : "鼠子能嚙人乎？"昭儀曰 : "穿其衣, 見其私足矣, 安在嚙人乎？"昭儀素卑事後, 不虞見答之暴, 孰視不復言。 樊嫕脫簪叩頭出血, 扶昭儀爲拜後。 昭儀拜, 乃泣曰 : "姊寧忘共被夜長, 苦寒不成寐, 使句德擁姊背邪？今日垂得貴, 皆勝人, 且無外搏。 我姊弟其忍內相搏乎？"後亦泣, 持昭儀手, 抽紫玉九雛釵爲昭儀簪髻乃罷。 帝微聞其事, 畏後不敢問, 以問昭儀。 儀曰 : "後妒我爾, 以漢家火德, 故以帝爲赤龍鳳。"帝信之, 大悅。"

시 외설적인 혐의가 있다. 그 가운데 발에 관한 부분이다.

> 발은 길이가 팔 촌이고, 종아리와 발등은 봉긋하니 어여쁘고,
> 발바닥은 평평하고 발가락은 오무려져 있으며, 비단을 묶어 버선
> 을 삼으니, [발을] 거두어 정돈한 것이 [황제의 처소인] 금중 같이
> 은미하다.35)

혹자는 이것을 두고 전족이 이미 한나라 궁정에서 행하여졌다고
했다. 팔촌이면 [발이] 크다고 할 수 없지만, 이 책에서 말하는 지거
장指去掌[손가락 끝에서 손바닥까지] 4촌이라는 것과 비교하면 그 비
례를 알 수 있다. 그래서 내가 생각하기에는 『사기』「화식열전」에서
말하는 조趙나라 미녀와 정鄭나라 미희들이 얼굴을 아름답게 다듬고,
소리 고운 거문고를 손에 잡고, 긴 소매 나부끼며, 가벼운 신을 신었
다고 한 것은 대개 춤을 출 때 앞머리가 뾰족한 신발을 신은 것이다.
또 위안메이袁枚의 전족 이야기纏足談에서도 다음과 같이 말했다.

> 내가 한대의 예서를 해석함에 한의 무량사武梁祠의 노래자老萊
> 子의 어미와 증자曾子의 아내를 그린 것이 모두 신발 끝이 뾰족했
> 다.36)

그런데 이것은 오늘날 중국의 일반적인 부녀의 전족이 아니라 서
양 부인네의 작은 신발 같은 것이다. 일반적으로 전족은 오대에 시작

---

35) 원문은 다음과 같다. "足長八寸, 踁跗豊姸, 底平指斂, 約繼迫襪, 收束微如
禁中."
36) 원문은 다음과 같다. "余按漢隷釋, 漢武梁祠, 畵老萊之母, 曾子之妻, 履頭
皆銳."

되어(『철경록輟耕錄』), 송원대에 성행했다.

　곁가지 이야기는 그만하고, 이 책은 명대 양선楊愼[37)의 위작으로, 『사고전서제요』에서 이미 거론한 바 있다. 또 그 가운데의 전고는 정사와 들어맞지 않는 점이 매우 많은데, 이미 후전형胡震亨[38)과 야오스린姚士粦이 [쓴] 두 개의 발跋에서 상세하게 변론한 것은 의심의 여지가 없다. 다만 이 책의 문장은 광채가 혁혁하니, 한대의 유풍을 갖고 있어, 마치 플로라Flora의 그림의 자태畵姿가 비너스의 소상塑像을 대하는 듯하다.[39) 이에 본문은 인용하지 않고 선대 사람의 비평을

---

37) 양선楊愼(1488~1559년)은 자가 융슈用修이고 호는 성안升菴이며 명나라 신두新都(지금의 쓰촨 성四川省에 속함] 사람으로 한림학사翰林學士를 지냈다. 저작은 많아 백여 종에 이르며 명나라 만력萬曆 연간 장스페이張士佩가 그 주요한 것을 모아 『승암집升菴集』 81권을 편찬하였다.

38) 후전형胡震亨(1569~1645년)은 명대의 문학가, 장서가로 자는 쥔창君鬯으로 나중에 다시 샤오위안孝轅으로 바꾸었다. 츠청산런赤城山人이라 자호自號했고, 만년에는 둔써우遯叟라 하였다. 저쟝浙江 하이옌海盐 우위안 진武原镇 사람으로 선대부터 학문을 하여 장서가 만 권이었다. 만력 25년(1597년) 과거에 급제해 허페이슴肥의 지현知縣이 되어 치수로 선정을 베풀었다. 숭정 말년에는 은퇴하고 칩거했다. 평생 책을 좋아해 밤낮없이 독서에 몰두하여 당시 사람들이 박물군자라 불렀다. 저술도 풍부한데, 당시 유명한 급고각汲古閣에서 펴낸 책들은 대다수가 후전형이 편정編定한 것이라 했다.

39) "여기서 플로라는 고대 로마 꽃의 여신으로, 봄의 전령이기도 하다. 대개 꽃바구니를 들고 있기도 하고 들꽃을 따는 처녀의 모습으로 재현된다. 한편 비너스는 잘 알려진 대로 사랑의 여신으로, 사랑, 애정, 육욕, 육탐, 불륜을 의미하기도 하지만, 고대의 비너스는 우주와 생명의 원리로서 사랑을 상징한다. 사랑이 없으면 세상은 멈추고 소멸하기 때문에 죽음, 파멸, 소멸에 대항하는 가장 큰 힘을 가진 여신이었다. 아울러 플로라는 작은 신이고, 비너스는 큰 신이다. 플로라의 모습이 비너스의 자태를 연상시킨다는 것은 두 가지 의미가 있다. 하나는 생명의 탄생을 알리는 봄의 전령으로서 플로라가 사랑의 여신 비너스의 레벨을 넘본다는 의미이고, 또 하나는 미술 도상에서 플로라가 서 있는 모습이 비너스의 자태와 유사하다는

들어보도록 하겠다.

　　예로부터 문자로 아름다움을 묘사한 것으로는 [『시경』] 위시衛
詩의 아름다운 쫭장莊姜[40]을 넘어서는 것이 없다. 기타 쑹위宋玉

의미이다.

[하지만] 만약 르네상스 미술을 다루는 부분에서 플로라와 비너스를 연관
지어 설명하고 있다면, 조금 더 구체적으로 따져보아야 한다. 르네상스
시대에 플로라는 회화에서만 등장하고 조각은 미미한 소조와 공예 밖에
없다. 그리고 비너스는 회화에 많이 등장하기는 하지만, 대부분 고대의
비너스 조각의 조형을 베낀 도상들이다. 그래서 르네상스 미술에서 누구의
작품을 암시하는지 모르겠지만, 플로라가 비너스와 닮았다고 한다면, 그건
당연히 회화작품에 등장하는 플로라의 유형이 고대 조각의 조형에서 비롯
한 르네상스 회화 속의 비너스를 닮았다는 의미가 된다.

르네상스 플로라의 유형은 크게 두 가지이다. 피렌체 플로라는 서 있는
전신 유형이고, 베네치아 플로라는 앉아 있거나 상반신만 보이며 젖가슴을
노출한 유형이다. 르네상스 비너스도 두 가지 유형이다. 피렌체 비너스는
서 있고, 베네치아 비너스는 눕거나 비스듬히 세워 기댄 자세를 취한다.
만약 언급된 '이 책'이 피렌체 르네상스를 주로 다루고 있다면, 서 있는
전신 유형의 플로라가 서 있는 비너스의 자세를 닮았다고 보는 것이 합리
적이다. 앞서 언급한 바와 같이 서 있는 유형의 피렌체 비너스는 고대의
비너스 조각을 베낀 것이다. 가령 보티첼리는 시스티나 벽화 작업을 할
때 로마에 소재한 카피톨리노의 비너스 조각을 직접 보았고, 또 피렌체에
는 현재 우피치 미술관에 있는 메디치의 비너스를 알고 있었을 것이다.
이것도 고대 로마 시대의 작품이다. 그래서 이 책이 단순 일반 독자를
겨냥한 책이라면, 보티첼리의 그림 프리마베라에 등장하는 비너스와 플로
라를 연상하게 한다고 볼 수 있다.

한편, 르네상스 시대에는 소조와 공예 이외에 비너스 조각은 제작되지 않
았기 때문에, 원래의 문장은 이렇게 고치면 좋을 듯하다. '그림 속의 플로라
는 고대 비너스 조각을 닮았다.'"(이 대목에 관한 역자의 질문에 대한 미술
사학자 노성두의 답변)

40) 위衛나라 장공莊公이 제나라의 태자 더천得臣의 누이를 부인으로 맞이했는
데 그녀의 이름이 쫭장莊姜이었다. 그녀는 아름다웠지만 자식이 없어 위나

의 "희롱하는 눈으로 곁눈질할 때면, 눈에서 물결 같은 빛 반짝이 도다"41), [한 무제의 총애를 받았던 창우倡優인] 궈서런郭舍人의 "황비의 입술 깨무니 엿과 같이 달도다"42), 당 현종의 "부드럽고 따스한 것이 새로 벗긴 가시연밥43)", 두무杜牧의 "여리여리한 [죽 순 같이] 작은 전족 안의 가벼운 구름"44)과 같은 몇 가지 말들은 모두 그 형용하는 바가 절묘하여 일세의 아름다움을 묘사하는 데 충분하다. 하지만 아직 그윽하게 감추어진 것을 그려내지 못하고, 말하는 이가 차마 말하지 못한 것은『잡사비신』이 사람의 심중을 흔드는 바와 같다. 또 잉瑩의 거처, 머리를 가다듬고 옷을 벗는 그윽한 소리가 들리는 듯하고, 그 사이에서 두 사람[잉과 우거우 吳婦]이 응대하는 광경은 비록 지금으로부터 천백 여 년이 떨어져 있어도 오히려 눈으로 보고 귀로 듣는 듯이 역력하다. 그 조어造 語로 말하자면 어루만지되 손에 남아 있지 아니하고, 손가락들은 옥을 새긴 듯하며, 유두는 콩이 나온 듯하고, [은밀한 곳은 습윤하 고 선홍빛을 띤 것이] 마치 불구슬을 토해내는 듯하다는 등등은 모두 이 노파가 입으로 술술 불러낸 듯하니, 후세에 붓을 물고 글을 쓰는 자가 감히 바라지 못할 대목이다. 이 같은 점과 다른

라 사람들은 그녀를 위해「석인碩」이란 노래를 지어 불렀다. 장공이 진陳나 라에서 다시 부인을 맞이했는데 이름은 리구이厲嬀였고 샤오보孝伯를 낳은 후 일찍 죽었다. 리구이의 동생 다이구이戴嬀가 환공을 낳았는데, 좡쟝은 환공을 자신의 아들로 삼았다.

41) 해당 구절은「초혼招魂」에 나온다.「초혼」의 작자에 대해서는 취위안屈原 (『사기』)이라는 설과 쑹위宋玉(왕이王逸의『초사장구』)라는 설이 있다.
42) 이것은 류처劉徹의 시「백량시柏梁诗」25구句에 나오는 구절이다.
43) 여기서 '가시연밥'의 원문은 '계두육鷄頭肉'인데, 식물 명 이외에도 여인의 유두를 은유한다.
44) 이것은 두무杜牧의 시「영말咏袜」의 한 대목이다. 시의 전체 원문은 다음과 같다. "鈿尺裁量減四分, 纖纖玉筍裹輕雲。五陵年少欺他醉, 笑把花前出畫 裙。"

점을 억지로 들춰내며 서로 의심할 일이겠는가? 야오스린[의 「『잡사비신』발雜事秘辛跋」]과 후전헝[의 「『잡사비신』발雜事秘辛跋」]이 구한 증거는 방대하지만, 그것은 문장의 기묘한 점에 대해서 말한 바가 아니다.[두 사람의 작업은 주로 위작을 논한 것이지, 문장의 기묘한 점을 말한 바가 아니다.](『잡사비신』「부록」)45)

실로 이 책은 만장의 기염을 토하고 있으니, 도학선생이나 고증학자 등은 모두 문장의 오묘함을 논하기에 부족하다.

이상에서 한대의 주요한 작품들은 모두 다 들었는데, 모두 후대 사람의 위작임이 분명하다. 이것을 요약하면 한대의 소설은 무제 때 가장 성행했다. 다만 앞서 말한 대로 무제는 교만하고 사치스럽고 음일淫逸하여 신선을 좋아했기에 한대의 소설이라고 칭하는 것은 모두 그 영향을 입어 신선에 대한 이야기가 아니면, 모두 궁궐의 애정담이다. 이밖에 『회남자』 중에 고대의 신화 전설이 많이 들어 있는데, 『열자』, 『장자』, 『산해경』 등에도 서로 들고나는 기사가 있다. 또 다음의 두 책이 있다.

『오월춘추吳越春秋』 6권······한의 자오예趙曄 지음
『월절서越絶書』 15권······한의 위안캉袁康 지음, 한의 우핑吳平 교정

---

45) 원문은 다음과 같다. "自古以文字類寫娟麗, 無過衛詩之美莊姜. 其他若宋玉之娛光眇眄目增波, 郭舍人之䫻妃女脣甘如飴, 唐玄宗之軟溫新剝鷄頭肉, 杜樊川之纖纖玉笋裏輕雲之數語, 皆妙於形容, 亦足寫一時之艶, 然未摩畫幽隱, 言人所不忍言, 若秘辛之搖人心目也. 且自如塋燕處, 度髮解衣, 以至幽鳴可聽, 其間兩人周旋光景, 雖去今千百餘年, 猶歷歷如眼見而耳聞之也. 至其造語, 若拊不留手, 築指刻玉, 胸乳菽發, 火齊欲吐之類, 咸此嫵率率口創, 有後來含毫所不敢望者, 何得橫索同異, 相與疑之. 叔祥孝轅, 證據博矣, 然非所以語於文章之妙也. 繡水沈士龍識.(『雜事秘辛』「附錄」)"

[이것들은] 『사고전서제요』「사부 재기류史部 載記類」에 저록되어 있는데, 모두 후한 사람이 지은 것으로, 지금 전하는 것은 전서全書가 아니다. 두 책은 모두 오나라와 월나라의 홍망에 관한 사전史傳으로, 그 중 '우쯔쉬伍子胥가 강을 건너다', '펑후쯔風湖子가 검을 말하다', '노인이 원숭이로 화하다', '궁쑨성公孫聖이 삼호삼응三呼三應하다' 같은 것들은 다분히 소설적인 기사記事이다. 『사고전서제요』에서는 『월절서』의 문장을 평하되, 그 문장이 종횡으로 맺힌 데가 없어 『오월춘추』와 같은 류이지만, 박려오연博麗奧衍한 면에서 그것을 넘어선다고 하였다. 이것들은 나중에 후대의 연의소설, 곧 군담軍談의 비조가 되었고, 또 원곡 등에서 많이 끌어다 쓰는 전고典故가 되었다.

제2절 육조소설

육조의 소설 역시 신선도술에 드나들며, 모두 『십주기』나 『동명기』와 같은 류인데, 여기서 주의할 것은 불교의 영향이 점차 소설에 나타난다는 것이다. 대저 불교는 후한 초에 중국에 전래되었는데, 당시는 아직 일반에 유행할 정도는 아니었다.

위진 이후 유명한 승려들이 배출되었고, 경전의 번역이 시작되었으며, 파셴法顯, 쑹윈宋雲 등의 무리는 구법을 위해 천축에 들어갔다. 게다가 양 무제 때에는 유명한 달마대사가 중국에 건너와서 무제를 필두로 선웨沈約 등도 삼보에 귀의했다. 또 북위의 후胡 태후는 불교를 독실하게 믿어 룽먼龍門에 석불을 새겼고, 남북조를 통틀어 불교가 가로지르며 유행했던 기세가 있었다. 그리하여 불교는 소설 중에도 침투하여 점차 독서인 사이에 보급되기에 이르렀다.

『습유기』 10권······진진秦46)의 왕쟈王嘉가 지었다.(『사고전서제요四庫
全書提要 소설가류』)

왕쟈는 부진苻秦의 방사였다. 이 책은 1권부터 9권까지는 포희庖犧,
신농神農부터 오제五帝, 삼왕三王, 양한, 삼국을 거쳐 진晉의 시사時事
에 이르는 기이한 이야기와 진기한 견문을 기록했는데, 특히 주周
목왕穆王, 연燕 소왕昭王, 진秦 시황始皇을 위해 전傳을 세웠으며, 제10
권에는 곤륜산, 봉래산 등의 전설을 실려 있다. 전적으로 궈셴郭憲의
『동명기』를 모방했는데, 모두 황탄하고 요망한 말들이다. 비록 그 일
들은 믿을 수 없지만, 문장은 자연히 풍염豐艶하고 욕려縟麗하여 사객
詞客들의 이야깃거리로 적당하다. 그 중 제자帝子와 황아皇娥의 연희
謙戲(소호少昊)47), 쉐링윈薛靈芸의 입내入內(위魏)48)는 뛰어난 문장이

------

46) 여기서의 진秦은 푸졘苻堅이 세운 이른바 '전진前秦'을 가리킨다.
47) 이것은 소호少昊의 탄생에 대한 이야기로 해당 부분의 원문과 번역문은
다음과 같다.
"소호少昊는 금덕金德으로 왕이 되었다. 어머니는 황아皇娥로 선궁璇宮에
살며 밤에는 베를 짰고, 낮에는 작은 뗏목을 타고서 물 위를 떠다니기도
했는데, (하루는) 궁상窮桑 근처의 아득한 나루를 지나게 되었다. 그 때
어떤 신동神童이 나타났는데 용모는 보통 남자들보다 빼어나게 잘 생겼고,
백제白帝의 아들 즉 태백太白의 정령이라고 했으며, 바닷가로 내려와서 황
아랑 즐겁게 놀았다. 구성진 가락을 연주하니 즐거움이 넘쳐, 돌아가야
한다는 사실마저 잊어 버렸다.······백제의 아들은 황아 곁에 앉아서 오동나
무로 만든 봉峯과 개오동나무로 만든 거문고를 탔고, 황아는 거문고에 기대
어 맑은 목소리로 노래를 불렀다. 少昊以金德王. 母曰皇城, 處璇宮而夜織, 或乘
桴木而晝遊, 經歷窮桑滄茫之浦. 時有神童, 容貌絶俗, 稱為白帝之子, 即太白之精, 降
乎水際, 與皇娥謙戲, 奏娛娟之樂, 游漾忘歸······帝子與皇娥并坐, 撫桐峯梓瑟, 皇城
倚瑟而清歌."[『습유기』의 번역문은 김영지, 「『습유기』 시론 및 역주」(1993년
이화여자대학교 대학원 석사논문)을 참고했음.]

다. 다만 제자와 황아가 칠언시를 창화唱和하고 있는 것은 명백하게 상고의 시식詩式이 아니다49). 오히려 칠언시가 육조 때 일어났다는 것을 증명해주고 있다. 또 곤륜산의 기재도 아주 장엄하게 묘사되어 있다.

---

48) 해당 부분의 원문과 번역문은 다음과 같다.
"문제文帝가 사랑하는 미인의 성姓은 쉐薛이고 이름은 링윈靈芸으로 창산常山 사람이다. 부친의 이름은 예鄴로 찬향 정장鄕亭長을 지냈고, 어머니는 천 씨陳氏 부인이다.⋯⋯링윈의 나이 15세가 되자 용모가 몹시 빼어났고 이웃의 소년들이 밤마다 엿보러 왔으나 끝내 보지 못했다. 함희咸熙 원년, 구시谷習가 창산 군常山郡의 군수를 하다가 정장亭長의 집에 예쁜 딸이 있고 집이 아주 가난하다는 말을 들었다. 당시 문제는 양가의 규수를 선발하여 궁으로 불러 들이고 있었다. 구시는 천금의 보물과 뇌물로써 그녀를 맞이하려 했고 결정되자 문제에게 바쳤다. 링윈은 부모님과 이별하고서 몇 날 몇 일을 흑흑 흐느껴 울었는데 눈물이 흘러 내려 옷깃을 적셨고, 수레를 타고 길을 갈 때는 옥으로 만든 타호睡壺에 눈물을 받았더니 호리병이 붉게 물들었다.⋯⋯文帝所愛美人, 姓薛名靈芸, 常山人也. 父名鄴, 為鄴鄕亭長, 母陳氏, 隨鄴舍於亭傍, 居生窮賤, 至夜, 每聚隣婦夜績, 以麻蒿自照, 靈芸年至十五, 容貌絶世, 隣中少年夜來竊窺 終不得見, 咸熙元年, 谷習出守常山郡, 聞亭長有美女而家甚貧, 時文帝選良家子女, 以入六宮, 習以千金寶賂聘之, 既得, 乃以獻文帝, 靈芸聞別父母, 戲欷累日, 涙下霑衣, 至升車就路之時, 以玉唾壺承涙, 壺則紅色⋯⋯"

49) 시의 원문과 번역은 다음과 같다. 과연 시의 체제 등이 상고시대의 것이라고 보기 어려운 게 사실이다.
"하늘은 맑고 땅은 넓어 아득한데, 만상은 돌고 돌아 변화막측하네. 넓은 하늘에 잠겨 푸르름을 바라보며, 뗏목을 타고 가볍게 흔들거리다가 태양 곁으로 왔네. 天淸地曠浩茫茫, 萬象迴薄化無方, 洽天蕩蕩望滄滄, 乘桴輕漾著日傍, 當其何所至窮桑, 心知和樂悅未央."
"사방팔방이 아득하여 도달하기 어려워도, 빛을 몰고 그림자 좇아 바닷가에 이르렀네. 선궁의 밤은 고요한데 창문 옆에서 베를 짜고 있구나. 오동나무 꼭대기와 무늬 있는 개오동나무는 높이가 천심이니, 개오동나무 베어 거문고와 가야금을 만들었네. 청아한 가락 유창하나 그 즐거움은 다하기 어려워, 바닷가에 와서 잠시 머무르려 하네.四維八埏眇難極, 驪光逐影窮水域, 璇宮夜靜當軒織, 桐峯文梓千尋直, 伐梓作器成琴瑟, 淸歌流暢樂難極, 滄湄海浦來棲息"

곤륜산은 서방에서는 수미산이라 하는데, 칠성의 아래에서 대하고 있고, 벽해 중에서 나왔다.50)

이렇게 말한 것은 불가의 수미산의 이상을 섞어 넣은 것이기에, 바로 불교의 영향의 소재를 확인할 수 있다.

『수신기』 8권……구본에는 진晉의 간바오干寶가 지었다고 했다.(『사고전서제요四庫全書提要 소설가류』)

간바오는 동진東晉 사람으로 박람강기하여 그 재기로 알려져 원제元帝 때 불려가 저작랑이 되어 『진기晉紀』30권을 지었는데, 훌륭한 역사가良史라는 말을 들었다. 간바오는 그의 계부의 하녀가 다시 살아나고, 그의 형이 기가 끊어졌다가 다시 깨어나는 등의 불가사의한 일에 느낀 바 있어 결국 고금의 신지神祇, 영이靈異, 인물, 변화를 찬집撰集해 『수신기』 20권을 지어 류탄劉惔에게 보이니 류탄은 "경은 귀신의 둥후董狐51)라 할 만하다"고 칭찬했다. 그런데 원서는 20권으로 각자가 편을 이루었는데, 나중에 산실되어 다 전하지는 않는다. 급고각汲古閣 마오 씨毛氏의 『진체비서津逮秘書』 중에 수록된 본은 20권이긴 하지만, 이미 원서는 아니다. 한위총서 본은 겨우 8권뿐이다. 그러나 내용도 고아古雅하고, 문자도 간결해 실로 육조 소설 중 백미이다. 그 가운데에는 불교의 설이 많이 가미되어 있는데, 혹은 자비

---

50) 원문은 다음과 같다. "崑崙山者, 西方曰須彌山, 對七星之下, 出碧海之中."
51) 둥후는 중국 춘추시대에, 진晉나라의 사관史官(?~?)으로 폭군 영왕靈王이 자오촨趙穿에게 살해되었을 때, 이를 치지 않고 임금에게 간하지도 않은 상경上卿 자오둔趙盾의 행위를 죄라고 직필直筆로 기록하여, 후세에 양사良史로 알려졌다.

를 설하고, 윤회를 말하거나, 혹은 화상의 불력佛力에 의해 요괴의
변화를 퇴치하는 등이 있다. 이를테면, 연燕 혜왕惠王[52] 묘 위의 여우
가 서생으로 변하여 [당시] 사공司空이었던 장화張華의 박학다식을
시험하는 것이나, 쭝난산終南山의 도사 쉬치쉬안徐啓玄이 왕 대부의
문 앞을 지나다 원기怨氣가 충천한 것을 보고 그 양녀 진잉金英을 죽
여 숙세宿世의 원한 맺힌 것을 제거한 것, 리추빈李楚賓이 괴수를 활
로 쏘아 둥위안판董元範의 우환을 제거한 것, 장안루張安儒가 죽었을
때 호녀귀胡女鬼가 찾아와서 안루의 시신과 술을 마시며 담소한 것,
돼지의 정령이 소녀로 변해 은밀히 리펀李汾의 서재로 찾아와 사통한
것 등과 같은 재미있는 이야기가 아주 많아, 후대의 『전등신화』와
『요재지이』의 원류가 되었다. 이제 불교의 색채가 있는 두 가지 이야
기를 인용해 참고하고자 한다.[53]

　　펑리후彭蠡湖 가에 리진칭李進勣이라는 시골 사람이 있어 펑리
　후의 고기를 [잡아] 파는 것을 업으로 삼아, 늘 큰 배에 물고기를
　가득 싣고 진링金陵과 웨이양維揚의 저자에 [내다 팔기를] 몇 년이
　되었다.
　　어느 날 아침 다시 진링에서 물고기를 팔기 위해 밤에 싼산三山
　의 포구에 배를 댔다. 그 날 저녁 바람이 자고 물결은 맑아, 달빛

---

52) 소왕昭王의 잘못이다. 이 이야기는 『수신기』 18권에 나온다.
53) 시오노야가 참고한 『수신기』는 이른바 '패해본稗海本'(『수신기사종搜神記
四種』, 陝西旅游出版社, 1993. 832~833쪽)으로, 일반적인 통행본이라 할
수 있는 20권 본에는 해당 고사들이 수록되어 있지 않다. 이 20권 본은
"송대宋代에 이미 유실된 것을 명대明代의 후잉린胡應麟이 『법원주림法
苑珠林』 및 각 유서類書 가운데에서 집록輯錄하여 완성한 것"이다.(강종
임姜宗姙, 「『수신기』 세계관 연구-"神"의 의미 층위를 중심으로」, 이화
여대 석사논문, 1993. 21쪽)

이 대낮 [같이] 밝았다. 진칭은 강가를 걷다가 배 안에서 수많은 사람들이 불경을 낭송하는 소리를 듣고 놀라 기이하게 여겼다. 강가에서 듣자니, 그 소리가 아주 청량했다. 이에 배에 올라 살펴보니 배 안의 고기들이었다. 진칭은 혼잣말을 했다. 나의 비루한 견해로는 [물고기] 장사가 중생들의 윤회의 몸을 바꿀 줄은 헤아리지 못했구나. 이에 물고기들을 모두 강물에 놓아주었다. 막 물고기를 놓아주면서 말했다. 여러 물고기들이 이미 신통한 것을 [알게 되었으니], 나중에 아무개가 곤경에 처했을 때 은혜를 갚기를 바라노라.

그리고는 업을 바꿔 땔감을 팔았다. 몇 년이 지나 뗏목을 크게 만들어 땔감을 싣고 진링에서 그것을 팔고자 했다. 아직 도착하기 전에 때마침 큰 바람이 불어 뗏목이 가라앉아 일시에 침몰했다. 진칭만은 강물에 떨어져 빠지지 않았는데, 발 아래 뭔가 밟히는 것이 있었다. 잠깐 사이 바람이 불어 대나무 몇 가닥이 진칭의 몸 옆으로 와서 진칭은 그 대나무에 의지하여 약간 어려운 상황에서 벗어나 보니 큰 물고기 수백 마리가 진칭의 발 아래에 있어 그것을 타고 대나무에 의지한 채 앞으로 나아가 강 가운데 있는 섬에 이르러 땅 위로 올라갈 수 있었다. 물고기들을 돌아보니 이미 각기 흩어졌다.

밤이 되어 강을 건널 수 없어 그대로 섬에서 머물게 되었다. 밤이 깊어지자 홀로 앉아 근심 걱정을 하다 두 줄기 눈물이 흘러내리면서 곤경에 빠진 자신의 신세를 한탄했다. 그러던 차에 갑자기 땔감더미의 틈 사이로 불빛이 나왔다. 진칭이 손으로 더듬어 황금 두 근을 얻어 옷소매에 품으니 근심 걱정이 사라졌다. 잠시 후 한 흰옷을 입은 한 사람이 물결 속에서 솟구쳐 나오더니 진칭에게 말했다. 파도가 쳤을 때 생명을 구하고 황금을 얻은 것은 예전에 여러 물고기들을 놓아주었던 데 대해 각기 그대에게 은혜를 갚은 것이라고 말하고는 이내 사라졌다. 아침이 되니 수십 마리의 물고기가 일엽편주를 끌고 왔는데, 배 젓는 노도 갖추어져 있어 진칭은 강가로 가서 [집으로] 돌아갈 수 있었다.

　내가 일찍이 불경을 보니 시천 천자天子의 보은을 논한 것이
어찌 이와 다르겠는가!(5권)[54]

　이 이야기는 일본의 『우라시마 모노가타리浦島物語』[55]와 비슷하다.

---

54) 원문은 다음과 같다. "彭蠡湖側, 有鄕人李進勣者, 以販彭蠡湖魚爲業, 常以
大船滿載其魚於金陵及維揚肆中, 積有年矣. 一旦復販魚於金陵, 夜泊三山
之蒲, 其夕風靜波澄, 月色如晝. 進勣乃步於岸側, 聞船內有千萬人誦經聲,
勣驚而異之, 伺聽於岸, 其音淸亮非常, 就卽登舟察之, 乃船內魚耳. 進勣曰:
由我鄙見, 販易衆生輪迴之身, 不可測也. 因悉放魚於江中. 臨放魚時, 言曰
諸魚旣各通靈, 他日某若困苦, 敢希方便垂恩矣. 由是改業, 販鬻荻薪, 數年
之間, 大作簰筏, 載薪於金陵貨之. 未到間, 値大風吹溺簰筏, 一時沈沒, 惟進
勣墮於江中不溺, 足下如有所履; 俄而吹風飀竹數竿, 至於進勣身側, 進勣扶
此竹, 而稍獲其濟, 乃見大魚數百頭於進勣足下, 乘之, 及有竹頭, 共拽竹而
行於時到於洲, 乃得登岸. 回顧諸魚, 各已散去. 至夜不得度江, 卽棲於洲上,
將更深矣, 進勣卽獨坐愁苦, 兩淚迸灑, 嗟身之蹇躓, 一至於玆, 忽見荻叢碎
罅中光芒然, 進勣卽以手摸之, 獲金二斤乃袖於懷中, 愁悶頗息. 俄見一人者,
白衣向波心踴立, 謂進勣曰: 潮來得存性命及獲金, 乃於前者所放諸魚, 今各
報子恩也. 言訖不見. 待旦, 卽有魚數十頭, 又拽一葉舟來, 橈棹俱備, 進勣因
得及岸而歸矣. 余嘗覽佛書, 見論十千天子報恩, 何異於是乎. "(卷五.)

55) 『우라시마 모노가타리浦島物語』는 일본의 옛날이야기인 오토기바나시御伽
話 가운데 하나이다. 주인공인 우라시마 다로浦島太郞라는 젊은 어부가 어
떤 맑은 날 낚시를 하던 중 작은 거북이 한 마리가 아이들에게 괴롭힘을
당하고 있는 걸 발견한다. 다로는 거북이를 구해주고 바다로 돌아가게 하
였다. 다음 날 거대한 거북이가 그에게 나타나 그가 구해준 거북이가 용왕
의 딸이며, 용왕이 그에게 감사하고 싶어 한다고 말한다. 다로는 용궁성에
가서 용왕과 공주 오토히메乙姬를 만난다. 다로는 그 곳에서 그녀와 함께
며칠간 머물렀다. 다로는 다시 그의 마을로 돌아가고 싶었고, 그녀에게
떠나게 해달라고 말했다. 공주는 어떤 일이 있어도 절대 열어보지 말라며
이상한 상자(玉手箱: 타마테바코) 하나를 주어 떠나보낸다. 다로가 거북이
를 타고 바닷가로 돌아가니 바깥 세상은 이미 300년이 지난 이후였고,
그의 집과 어머니는 모두 사라져 있었다. 슬픔에 빠진 다로는 별 생각

예전에 즈쉬안志玄이라는 중이 있었는데, 허쉬河朔 사람으로 오보강五步罡56)에 능했다. 청결한 계율을 지켜 비단 옷은 입지 않고 무명옷만 입으며, 여러 주읍州邑을 두루 다니면서 성 안에 있는 절에서는 거주하지 않고 오로지 외곽의 산림에서만 묵었다.

쟝저우絳州 성의 동쪽 10리 쯤 떨어진 곳에서 한밤중에 묘지 옆 숲에서 숙박을 하는데 달빛이 대낮처럼 밝았다. 갑자기 여우 한 마리가 숲속에서 나오더니 마른 해골을 머리 위에 놓고 그것을 흔들었다 떨어진 것은 버리기를 서너 차례 하더니 흔들어도 떨어지는 게 없게 되었다. 이에 풀과 나뭇잎을 취해 몸에 묶고는 갑자기 한 여자로 변했는데, 눈과 눈썹이 그린 듯하여 세상에 비할 바 없이 [아름다웠다.] 소복을 입고 길을 나서 아직 어디로 갈지 정하지 않고 서 있는데, 갑자기 동북쪽에서 말이 오는 소리가 들렸다. 이 여자는 곧 소리를 내며 울었는데, 그 구슬픈 소리가 차마 들을 수 없을 정도였다.

이윽고 한 사람이 말을 타고 와서는 여자가 슬프게 우는 것을 보고 말에서 내려 말했다. "낭자는 이 깊은 밤에 어째서 여기에

없이 공주가 준 상자를 열어보았다. 그 안에서 하얀 구름이 나오더니 다로를 늙게 만들었다. 그리고 우라시마 다로는 학이 되어 하늘로 날아갔는데, 바다 위에서 거북이를 만났고 이를 본 사람들은 "학은 천년, 거북이는 만년"이라 노래했다.

이 이야기의 모티프는 『일본서기日本書紀』와 『망요슈萬葉集』, 『단바노쿠니 풍토기 일문丹後國風土記逸文』 등과 같은 문헌에 기록되어 있다. 곧 유랴쿠 천왕(雄略天皇) 22년(478년) 가을 7월 조에 단바노쿠니丹波國 요사 군餘社郡 스가가와管川 사람인 미즈에노 우라시마코瑞江浦嶋子라는 사람이 배를 타고 낚시하러 나갔다가 큰 바다거북을 잡았는데, 그 거북이 여자로 변해서 우라시마코의 아내가 되었고, 함께 바다로 들어가 봉래산蓬萊山까지 가서 신선들의 세계를 보고 돌아왔다고 하는 기록이 있다.

56) 도교에서 도사가 별에 예배를 드릴 때 신령을 부르는 일종의 동작으로, 걸음걸이가 북두칠성을 밟는 듯하다 해서 '보강답두步罡踏斗'라 하는데, 여기서 '강罡'은 북두칠성의 손잡이 부분을 가리키고, '두斗'는 북극성이다.

있는 게요? 그리고 어쩔 셈인지 듣고자 하오." 여자는 눈물을 닦
으며 대답했다. "소첩은 이저우易州에 사는데, 재작년 부모님이
북문에 있는 장 씨 집안에 저를 시집보냈습니다. 불행히도 소첩
의 지아비가 작년에 이른 나이로 죽어버려 집안이 몰락해 의지할
바가 없게 되었습니다. 부모님은 멀리 계시니 어찌 이 홀로된 고
통을 아시겠습니까. 소첩이 부모님을 그리는 마음이 간절해 이저
우로 돌아가고자 하나 여자 몸으로 길을 몰라 슬프고 한스러워
그리했던 것입니다. 어째서 그것을 물으시는 겐지요?"

사인使人이 말했다. "아녀자의 애달픈 이별의 일은 나는 감히
뭐라 할 말이 없지만, 고향에 돌아가는 것은 큰일이 아니지요.
내가 이저우에서 직책을 기다리다 어제 사령을 받고 파견되었다
가 이제 다시 이저우로 돌아가는 길이니, 낭자께서 말을 채찍질
해 가는 약간의 번거로움이 싫지 않으시면, 내가 편의를 봐 드릴
테니 말에 올라 길을 떠나시지요." 여자는 이에 눈물을 거두고
사례하며 말했다. "그렇게 신세를 질 수 있다면 그 덕을 어찌 잊
겠습니까?"

말을 마치고는 여자가 말에 오르기를 청하는 차에 즈쉬안이
묘지 옆 숲에서 나와 군사軍使에게 말했다. "이것은 사람이 아니
라 요망한 여우가 화한 것이오." 군인이 말했다. "스님께서는 어
찌 허튼 말로 이 여인을 무고하시는 게요." 즈쉬안이 말했다. "그
대가 만약 믿지 못한다면, 잠시 있으면 그대와 더불어 [저것을]
물리칠 것이오." 군인이 말했다. "그것이 사실이오?"

이에 즈쉬안이 결인結印[57]을 하고 입으로 진언을 외우며 석장
錫杖을 흔들며 크게 일갈했다. "어찌 속히 본 모습으로 변하지 않
는가?" 여자는 혼절해 넘어지더니 늙은 여우로 화해 죽어버렸다.
선혈이 마른 해골에 흐르고 풀과 나뭇잎은 그대로 온몸을 덮었

---

57) 불보살佛菩薩의 서원誓願을 나타내는 한 방법으로 진언종眞言宗의 수행하
는 사람이 손가락 끝을 이리저리 맞붙이는 형식.

다. 군인이 그것을 보고 그제야 이것이 사실임을 믿고 정중히 두
번 절을 한 뒤 탄식을 하며 가버렸다.(7권)[58]

늙은 여우가 마른 해골을 머리 위에 높고 변화하는 것이 진정 그림
과 같이 묘사되었다. 일본의 소시草子[59] 등에도 이런 류의 이야기가
많이 있다.
　　교쿠테이 바킨曲亭馬琴[60]은 많은 책을 읽고 아는 게 많아 중국의

---

58) 원문은 다음과 같다. "昔僧志玄, 河朔人也. 工五步罡. 持清潔戒, 行不衣紗
穀, 唯着布衣. 行歷州邑, 不住城中寺宇, 惟宿郭外山林. 至絳州 城東十里,
夜宿於墓林下, 月明如晝, 忽見一野狐於林下, 將枯骨髑安頭上, 便搖之, 落
者棄却, 如此三四度, 搖之不落, 乃取草葉裝束於身體; 逡巡化為一女子, 眉
目如畫, 世間無比. 着素衣於行路, 立猶未定, 忽聞東北上有鞍馬行聲, 此女
子便作哭泣, 哀悲不堪聽. 俄有一人乘馬而來見女子哀泣, 下馬曰: 娘子深夜,
何故在此? 竟如何? 僕願聞之. 女子掩泣而對曰: 妾住易州, 前年為父母聘於
北門張氏為新婦, 不幸妾夫去歲早亡, 家事淪落, 無所依投, 尊堂遠地, 豈知
此孤苦. 妾思父母心切, 擬歸易州, 緣女子不悉路途, 所以悲恨. 若何問之?
使人曰: 適將謂女子哀怨別事, 某不敢言, 若要還鄉, 亦小事, 某是易州等職,
昨因差使令, 却返易州, 娘子若不嫌鞭馬稍粗, 僕願輒借便, 請上馬赴前程.
女子乃收淚謝曰: 若能如此負戴, 德何可忘? 言訖, 請娘子上馬之次, 志玄從
墓林而出, 語軍使曰: 此非人類, 是妖狐化之. 軍人曰: 和尚莫謾語相誣此女
子. 志玄曰: 君若不信, 可住少時, 當與君變却. 軍人曰: 是實否? 於是志玄結
印口誦真言, 振錫大喝: 何不速變本形. 女子悶絕而倒, 化為老狐而死, 鮮血
交流枯髑髏, 草葉尚滿其身. 軍人見之, 方信是實. 途頂禮再拜, 嗟訝而去.(卷
七)"
59) 소시草子는 일본 고대문학 장르 가운데 하나로 수필 류의 단편적인 글을
가리키는데, 중국의 필기筆記와 비슷하며, 『마쿠라노소시枕草子』가 대표적
이다. 이것은 11세기 초 세이쇼나곤清少納言이라는 뇨보(女房: 우리나라의
상궁에 해당하는 고위 궁녀)가 천왕비인 데이시定子 후궁에 출사해 경험한
궁중 생활을 바탕으로 쓴 것으로, 당시 귀족들의 생활, 연중행사, 자연관
등을 개성적인 문체로 엮었다. '마쿠라노소시枕草子'라는 제목이 의미하는
바는 '베갯머리에 두고 보는 가벼운 읽을거리'라는 뜻이다.

아속雅俗 체의 각종 소설에 정통해, 재능 있는 필치를 종횡으로 휘둘러 혹은 번역을 하기도 하고, 혹은 번안을 한 것이 기상천외했다. 그의 『핫켄덴八犬傳』[61]은 『수호전』의 취향으로 권두의 후시히메伏姬가

---

60) 교쿠테이 바킨曲亭馬琴(1767~1848년)은 에도 시대 후기의 요미혼 작가이다. 원래 이름은 다키자와 오키쿠니滝沢興邦이다. 교쿠테이 바킨이라는 필명은 중국의 고전에서 따왔다고 한다. 성씨와 필명이 섞인 '다키자와 바킨瀧澤馬琴'이라는 이름은 메이지 시대 이후에 널리 알려진 것으로, 바킨이 생전에 쓴 이름은 아니다. 호는 쇼사도슈진著作堂主人이다.

바킨은 에도 동쪽의 하타모토旗本(사무라이 계급의 하나)인 마츠다이라 노부나리松平信成의 밑에서 일하던 사람의 아들로 태어났다. 24세 때 우키요시浮世畵師(풍속화가)이자 극작가인 산토 교덴山東京傳을 방문한 뒤 그의 제자가 되었다. 1791년에는 당시에 에도에서 유행하던 미부쿄겐壬生狂言(교토의 미부데라壬生寺에서 열리던 것에서 유래한 가면 무언극)을 소재로 한 『츠카이하타시테니부쿄겐盡用而二分狂言』이라는 책을 '교덴의 문인, 다이에이 산진京傳門人大栄山人'이라는 이름으로 내며 집필 활동을 시작했다. 그 후, 홍수로 집을 잃자 교덴의 식객으로 생활했다. 이 때 교덴의 구사소시본을 대신 써주는 일을 맡아 필사로도 알려지게 되었다.

1796년에는 출간한 요미혼 『다카오센지몬高尾船字文』이 출세작이 되었으며, 1802년에는 교덴의 삽화를 여비로 삼아 간사이 지방으로 여행을 떠났다. 간사이 지방의 문인들과 교류한 바킨은 간사이 지방의 명승지들을 돌아본 기행문 『기료만로쿠羇旅漫録』를 남기기도 했다. 그 후, 1814년부터 28년 동안 『난소사토미핫켄덴南総里見八犬傳』을 집필하는 데 몰두했는데, 1830년대에 나이가 70세에 가까워지면서 시력을 점차 잃게 되었고, 1839년에는 실명하기에 이르러 직접 글을 쓸 수 없게 되어 며느리에게 글을 대신 쓰게 하도록 했다. 1848년에 82세의 나이로 숨을 거두었다.

61) 정식 명칭은 『난소사토미핫켄덴南総里見八犬傳』으로 일본의 요미혼讀本 중 하나이다. 에도江戸 시대 후기인 1814년부터 간행되기 시작해 1842년에 완결된 총 98~102권에 달하는 장편 소설이다. 무로마치室町시대 아와 국安房國(지금의 지바 현千葉縣 남부)을 배경으로, 아와 사토미 가安房里見家의 딸인 후시히메伏姬와 신견神犬인 '야쯔후사八房'의 인연으로 이어진 8명의 젊은이, '핫켄시八犬士'가 주인공이다. 이름에 '견犬' 자가 들어가 있는 '핫켄시'들은 저마다 인仁·의義·예禮·지智·충忠·신信·효孝·제悌 등의 문자

한 말은 완전히 이 책(『수신기』)의 '3권卷三'의 반호盤瓠의 고사에 근거한 것이다.

옛날 고신씨의 시대에 방왕이 난을 일으켜 나라가 존망의 위기에 빠졌다. 이에 제帝가 천하의 [능력 있는 자들을] 소집해 방 씨의 머리를 가져오는 자에게 천근의 황금을 하사하고 미녀를 상으로 내리겠노라 하였다. 여러 신하들은 방 씨의 병사가 강력하고 말들이 큰 것을 보고 그를 잡는 것을 어려워했다. 제신에게 개가 한 마리 있었는데, 이름을 반호라 하였고, 그 털은 오색이었다. 항상 제신을 따라다녔는데, 그 날 이 개가 갑자기 사라져 사흘이 지나도록 종적을 찾을 수 없었다. 제신은 이를 괴이하게 여겼다.

그 개는 방왕에게 가서 투항했다. 방왕은 이를 보고 크게 기뻐하며 좌우의 신하들에게 말했다. "고신씨가 이제 망하려나? 개마저 주인을 버리고 내게 투항을 했구나. 나는 반드시 흥하리라." 이에 방 씨는 크게 연회를 베풀어 개를 위해 경하했다. 그 날 밤 방 씨는 술을 마시고 누웠는데, 반호는 왕의 머리를 물고 돌아왔다.

제신은 개가 방 씨의 머리를 물고 온 것을 보고 크게 기뻐하며 고기를 후하게 먹였으나 먹지 않았다. 하루가 지나 제신이 개를 부르자 역시 일어나지 않았다. 제신이 말했다. "어찌하여 먹지 않고 불러도 오지 않는 게냐? 내가 [원래 약속했던] 상을 주지 않아서 그런 것이냐? 그럼 오늘 너에게 약속한 상을 내리면 되겠느

가 담긴 구슬들인 '인의팔행仁義八行'의 구슬'을 가지고 있으며, 몸의 어딘가에 모란 모양의 반점이 새겨져 있다고 한다. 간토 지방의 여러 지역에서 태어난 이들은 저마다 역경을 겪으며 성장하지만, 인연이 맞닿아 서로를 알게 되어 사토미 가문 아래서 모이게 된다는 내용을 담고 있다. 108명의 호걸들이 양산박으로 모인다는 내용을 담은 『수호전水滸傳』의 영향을 받았지만, 『수호전』과는 달리 충신, 효자 등은 복을 얻고 간신과 악인은 벌을 받는다는 유교적 도덕을 바탕으로 한 전형적인 권선징악의 모습들을 담고 있다.

냐?" 그러자 반호는 제신의 이 말을 듣고 펄쩍 뛰어올랐다. 이에
제신은 반호를 회계후會稽侯에 봉하고, 다섯 명의 미녀를 하사한
뒤 회계군 일천 호를 식읍으로 내렸다.

　뒤에 [반호는] 아들 셋과 딸 여섯을 낳았는데, 아들이 태어날
때는 비록 인간의 모습이나 여전히 개 꼬리를 달고 있었다. 그
뒤 자손들이 창성해 견융의 나라라 하였다. 주나라 유왕幽王이 바
로 이 견융에게 피살되었으며 지금의 토번이 곧 반호의 자손들이
다.(3권)[62]

　반호의 전설은 송대宋代 판예范曄의 『후한서後漢書』「남만전南蠻傳」
에도 보이는데, 그 자손은 지금의 창사長沙의 우링武陵의 만蠻으로,
그 주해註解에 천저우辰州 루시 현盧溪縣의 서쪽에 우산武山이라는 산
이 있어 산의 높이가 만 길萬仞이나 되고 산 중턱에 반호의 석실石室
이 있어 수만 명을 수용할 수 있다 하였다. 사와라 도쿠스케佐原篤
介[63] 군이 주재하는 『상하이주보上海週報』(제257호에서 259호까지)

---

62) 원문은 다음과 같다. "昔高辛氏時, 有房王作亂, 憂國危亡。帝乃召募天下,
有得房氏首者, 賜金千斤, 分賞美女。群臣見房氏兵強馬壯, 難以獲之。辛帝
有犬, 字曰盤瓠, 其毛五色, 常隨帝出入, 其日忽失此犬, 經三日以上, 不知所
在。帝甚怪之。其犬走投房王。房王見之大悅, 謂左右曰: 辛氏其喪乎? 犬猶
棄主投吾, 吾必興也。房氏乃大張宴會, 爲犬作樂。其夜, 房氏飲酒而臥, 盤
瓠咬王首而還。辛見犬銜房首, 大悅, 厚與肉糜飼之, 竟不食, 經一日, 帝呼
犬, 亦不起。帝曰: 如何不食, 呼又不來, 莫是恨聯不賞乎? 今當依召募賞汝
物, 得否? 盤瓠聞帝此言, 即起跳躍。帝乃封盤爲會稽侯, 美女五人, 食會稽
郡一千戶。後生三男六女, 其男當生之時, 雖似人形, 猶有犬尾。其後子孫昌
益, 號爲犬戎之國。周幽王爲犬戎所殺。只今土著,乃盤瓠之孕也。(卷三)"
63) 사와라 도쿠스케佐原篤介(1874~1932년)는 메이지 시기의 언론인이다. 도
쿄에서 태어났으며 도쿄 부립중학과 간다神田 공립학교를 졸업하고, 1893년
게이오대학 법률과를 졸업했다. 1899년 지지신뽀時事新報에 입사해 『마이니
치신문每日新聞』, 『아사히신문朝日新聞』의 통신원이 되었다. 상하이의 차이

에 무명씨의 잡록雜錄이 있는데, 「저쟝浙江 추저우處州의 반호의 유종遺種」이라 제하였고, 현재 추저우 지방에 서커奢客라는 종족이 있는데, 자칭 반호의 유종遺種이라 하면서 조상을 제사지내며, 특이한 풍속을 여전히 보존하고 있다고 하였다.

> 『수신후기』 2권……구본에는 진의 타오첸陶潛[타오위안밍陶淵明; 옮긴이]이 지었다고 했다.(『사고전서제요四庫全書提要 소설가류』)

『수당지隋唐志』에는 『속수신기』 10권으로 되어 있고, 『진체비서』본에도 역시 10권으로 되어 있는데, [나는] 한위총서 본은 당송의 총서 중에서 채록한 것이라 단정한다. 물론 타오첸이 지은 것은 아니다. 타오첸에게 유명한 「도화원기桃花源記」가 있어 후대 사람이 가탁한 것이다. 모두 단편적인 이야기로 별로 재미있지도 않다.

> 『이원異苑』 10권……송의 류징劉敬이 지었다.(『사고전서제요四庫全書提要 소설가류』)
> 『속제해기續齊諧記』 1권……양梁의 우쥔吳均이 지었다.(『사고전서제요四庫全書提要 소설가류』)
> 『술이기述異記』 2권……구본에는 양의 런팡任昉이 지었다고 했다.(『사고전서제요四庫全書提要 소설가류』)

이상의 세 가지는 똑같이 신괴神怪의 황탄한 이야기를 수록한 것으

나가제트사에 들어갔다가 상하이머큐리신문의 편집장이 되어 『상하이일보上海日報』를 발간했다. 이후 1926년에는 만주로 가서 펑톈奉天의 『성경시보盛京時報』의 사장으로 시사문제를 논하며, 만주국의 언론계를 이끌었다.

로 별반 차이가 없다. 『이원』은 『진체비서』 중에 있고, 『한위총서』에는 수록되지 않았다. 『술이기』는 단편적인 기록으로 『사고전서제요』에서는 그 문장이 자못 쓸데없이 길고 잡스러워冗雜 대개 여러 소설을 표절해 만든 것으로 일일이 그 표절의 흔적을 들어가며 후대 사람의 가탁이라 단정했다. 마지막으로 크게 그 모양을 바꾼 것이 『환원지』이다.

> 『환원지還冤志』 1권……수隋의 옌즈투이顔之推가 지었다.(『사고전서제요四庫全書提要 소설가류』)

원래 3권이었는데, 한위총서 본은 1권이 되었다. 옌즈투이는 원래는 양나라 사람인데 북제北齊에서 벼슬을 살다 수대에까지 이르렀다. 불법을 독실하게 믿었다는 것은 그가 지은 『안씨가훈顔氏家訓』 중의 「귀심편歸心篇」에서 인과의 이치를 크게 이야기하고 있는 것으로 명백하다. 이 책은 위로는 춘추로부터 아래로는 진송晉宋에 이르는 사례를 들며 인과응보의 설을 실증한 것이다. 옌즈투이는 육조에서는 드물게 보는 고문가이기에, 그 문사는 대단히 고아古雅한데, 특히 소설 체의 쓸데없이 번거로운 것冗濫과는 다르다는 평을 들었다. 그러나 그 응보를 [앞세운] 감계鑑戒는 아주 천박해 『수신기』 같은 흥미진진함은 없다.

그밖에 『서경잡기西京雜記』, 『박물지博物志』, 『세설신어世說新語』, 『고사전高士傳』, 『신선전神仙傳』, 『침중서枕中書』, 『금루자金樓子』, 『화양국지華陽國志』, 『불국기佛國記』, 『낙양가람기洛陽伽藍記』, 『수경주水經注』, 『형초세시기荊楚歲時記』 등 가운데도 소설적인 소재가 있어 후대 사람들의 전고典故가 된 것이 적지 않다.

제3장

소설도 일반 문학의 발달과 함께 당대에 이르러 현란한 지경에 이르렀다. 종전의 한당漢唐 소설은 신선담이 아니면 궁궐 내의 애정 담으로, 거기에 변변치 못한 일화逸話와 기문奇聞에 지나지 않는데, 당대의 소설은 단편이면서도 한 사람이나 한 가지 일에 관해 정리된 것이었다. 그 뿐 아니라 그 작자로 위안전元稹, 천훙陳鴻, 양쥐위안楊 巨源, 바이싱젠白行簡, 돤청스段成式, 한워韓偓 같은 유명한 재사가 많 았는데, 그 중에는 물론 가탁한 것도 있었다. 그렇다고는 해도 과거 시험에 급제하지 못한 불우한 수재 무리가 선협仙俠, 염정艶情을 빌어 무료하고 공평치 못한 불만의 감개를 토로한 것이었기에, 사건은 신 기하고, 감정은 처연하며, 문장은 전려典麗하여 풍운風韻이 풍부한 일 창삼탄一唱三歎의 묘미가 있다. 홍마이洪邁는 이렇게 말했다.

당대 소설唐人小說은 무르익지 않을 수 없다. 사소한 연애거리 로 (그 내용이) 매우 처연하여 애간장이 끊어지며, 신묘한 경지神

遇가 있음에도 스스로 알지 못하는 바, 당시唐詩와 더불어 한 시대
의 뛰어남이라 칭할 수 있다.[1]

그렇긴 하지만 요컨대 문인의 여업餘業으로, 술 마시기 전이나 차
마신 뒤의 이야깃거리에 지나지 않아 큰 진리를 말해준다거나 큰 교
훈을 드리우는 바는 없다. 아무래도 당대문학이 후세에 중시된 것은
리바이李白나 두푸杜甫의 시나 혹은 한위韓愈나 류쭝위안柳宗元의 문
장과 같은 것이지 이런 소설들 때문은 아니었고, 아울러 당시 소설
가운데 『수호전水滸傳』이나 『서상기』 같은 걸작도 없었다. 진정으로
중국 소설이 일어난 것이 원대 이후라고 한다면, 당대의 이른바 전기
傳奇 소설은 한 편으로 정리한 일사逸事와 기담奇談 류에 지나지 않는
다. [하지만] 후대의 희곡 소설 중 여기서 소재를 취한 것이 많고,
유명한 『서상기』나 『비파기』의 남본도 모두 당대의 전기에 있다는
것은 이미 앞서 설명한 대로다.

『사고전서제요』에서는 소설을 세 가지로 나누었다.[2]

---

1) 원문은 다음과 같다. "唐人小說, 不可不熟。小小情事, 凄惋欲絶, 洵有神遇
而不自知者。與诗律可稱一代之奇."
2) 『사고전서제요』의 전체 내용은 다음과 같다.
"……[소설의] 원류와 파별을 더듬어 보면 모두 세 파가 있다. 그 하나는
잡사雜事를 서술한 것이고, 다른 하나는 이문異聞을 기록한 것이며, 또 하나
는 쇄어瑣語를 엮어 놓은 것이다. 당·송唐宋 이후에는 작가가 더욱 많아져
그 가운데에는 근거 없는 내용으로 진실성이 없는 것도 있고, 허무맹랑한
괴담으로 듣는 이를 현혹케 하는 것도 적지 않았으나, [읽는 이에게] 교훈
적인 의미가 깃들어 있거나 견문을 넓혀주며 고증에 도움이 될 만한 것도
그 속에 섞여 있었다. 반구班固는 "소설을 짓는 사람들은 대부분 패관稗官
에서 나왔다"라고 말했는데, 루춘如淳의 주에 의하면, "임금이 마을의 풍속
을 알고자 하였기에 패관을 두어 그것을 말하게 하였던 것이다"라고 하였
다. 그렇다고 한다면, 널리 구하여 채집하는 것 역시 옛 제도이므로 번잡하

그 하나 잡사雜事를 서술한 것

그 둘 異聞을 기록한 것

그 셋 쇄어瑣語를 엮어 놓은 것

『한위총서』의 예로 말하자면, 『서경잡기西京雜記』, 『세설신어世說新語』는 첫 번째 부류이고, 『신이경神異經』, 『십주기十洲記』는 두 번째 부류, 『박물지博物志』, 『술이기述異記』는 세 번째 부류에 속한다. 그러나 그 구별은 그다지 분명한 것은 아니다. 이에 모리 가이난森槐南은 다시 이것을 아래와 같은 세 부류로 고쳤다.

(1) '별전別傳'(한 사람이나 한 가지 사건에 관한 일사逸事와 기문奇聞으로 이른바 전기소설傳奇小說)

(2) '이문쇄어異聞瑣語'(가공의 괴담怪談이나 진귀한 견문)

(3) '잡사雜事'(역사 바깥의 여담으로 허구와 진실이 반씩 섞여 실록의 결핍된 부분을 보완하는 것)

그런데 이 분류 목록에 의하면, 『집이기集異記』, 『박이기博異記』, 『두양잡편杜陽雜編』, 『유양잡조酉陽雜俎』 등은 두 번째 부류에, 『조야첨재朝野僉載』, 『명황잡록明皇雜錄』, 『개원천보유사開元天寶遺事』, 『본

다고 해서 반드시 폐기할 것만은 아니다. [여기에서는 그 가운데] 기품 있는 것들을 선별하여 기록함으로써 견문을 넓히되, 비루하고 황당무계하여 [사람들의] 이목을 어지럽히는 것은 물리치고 싣지 않을 것이다. …

迹其流別, 凡有三派: 其一敍述雜事, 其一記錄異聞, 其一綴緝瑣語也. 唐宋而後, 作者彌繁, 中間誣謾失眞, 妖妄熒聽者, 固爲不少, 然寓勸戒, 廣見聞, 資考證者, 亦錯出其中. 班固稱"小說家流蓋出於稗官", 如淳注謂 "王者欲知閭巷風俗, 故立稗官, 使稱說之." 然則博采旁搜, 是亦古制, 固不必以冗雜廢矣. 今甄錄其近雅馴者, 以廣見聞, 惟猥鄙荒誕, 徒亂耳目者, 則黜不載焉."

사시本事詩』,『교방기敎坊記』 등은 세 번째 부류에 속한다. 이것에 근거해 보자면, 세 번째 부류는 소설로 보기에 부족하고, 두 번째 부류에는 소설적인 소재가 미미하게 있는데, 대저 당대소설의 정화는 첫 번째 부류인 별전에 있기에, 이하 그 가운데 주요한 것을『당인설회唐人說薈』(일명『당대총서唐代叢書』)로부터 이끌어내고자 한다. 결국 모리 가이난의 이른바 별전을 여기서는 전기소설이라 명하고 시험 삼아 '별전'과 '검협劍俠', '염정艶情', '신괴神怪'로 세분했다.

1. '별전'(역사 이외의 일문逸聞)

『해산기海山記』,『미루기迷樓記』,『개하기開河記』,『리위공별전李衛公別傳』,『규염객전虯髥客傳』,『리림보외전李林甫外傳』,『동성로부전東城老父傳』,『고력사전高力士傳』,『매비전梅妃傳』,『장한가전長恨歌傳』,『태진외전太眞外傳』

2. '검협'(무협 남녀의 무용담)

『홍선전紅線傳』,『류무쌍전柳無雙傳』,『검협전劍俠傳』

3. '염정'(재자가인의 애정 이야기)

『곽소옥전霍小玉傳』,『리와전李娃傳』,『장태류章台柳』,『회진기會眞記』,『유선굴游仙窟』

4. '신괴'(신선도석神仙道釋의 요괴담)

『류의전柳毅傳』,『두자춘전杜子春傳』,『남가기南柯記』,『침중기枕中記』,『비연전非烟傳』,『리혼기離魂記』,『주진행기周秦行記』,『목인천전睦仁倩傳』,『장자문전蔣子文傳』,『인호전人虎傳』

제1절 별전

『해산기海山記』······한위韓偓가 지었다. 『당인설회唐人說薈』
『미루기迷樓記』······한위韓偓가 지었다. 『당인설회唐人說薈』
『개하기開河記』······한위韓偓가 지었다. 『당인설회唐人說薈』

이상 세 가지는 모두 수 양제에 관한 일사逸事를 기록한 것이다. 『사고전서제요』의 존목 중에 수록되어 있으며, 그 문사가 비루하기에 대저 송대 사람이 의탁한 것으로 단정한다. 『해산기』는 양제가 즉위한 일부터 붓을 놀려 중간에는 주로 창안長安에 서원西苑을 만든 것을 서술하고, 말미에는 쟝두江都의 이궁에서 [양제가] 시해되기까지의 경과를 기술했다. 시험 삼아 서원西苑에서의 유행遊幸의 두 세 개를 보면 서원은 둘레가 2백리로 그 안에 16개의 원院이 있고, 매 원마다 스무 명의 미인이 있다. 다시 다섯 개의 호수를 개착했는데, 매 호수는 사방 10리로 호수 가운데는 토석을 쌓아 산을 만들었고, 정전亭殿을 극히 사치스럽게 지었다. 또 북해北海를 개착했는데, 둘레가 40리로 봉래蓬萊, 방장方丈, 영주瀛州의 세 산을 만들었다. 황제는 늘 용봉가龍鳳舸를 띄우고 유행하다가 「망강남望江南」 사詞 8결闋을 지었다. 그런데 「망강남」 사는 만당의 리더위李德裕가 처음 만든 체식體式으로 수나라 때 어찌 전사塡詞의 도리가 있었겠는가. 그러니 이것은 명백하게 후대 사람이 거짓으로 지은 것僞撰이다.

어느 날 저녁 황제가 북해에 배를 띄우고 노닐다 해산海山에 올랐다. 달빛은 몽롱하고 [세속의] 온갖 소리가 침잠하여 고요하니, 황홀한 가운데 한 사람이 작은 배를 타고 그를 찾아왔다. 문득 보니 진陳의 후주後主였다. 황제는 어렸을 때 후주와 사이가 좋았기 때문에 그

때 그가 이미 죽었다는 사실을 깜빡 잊고 그를 반갑게 맞이했다. 그런데 후주는 오언으로 된 장편의 시를 한 수 지어 황제의 교만함과 사치스러움을 나무라며 풍자했다譏諷. 황제가 화가 나 그를 질책하며 가라고 했다. 후주는 돌아가면서 1년 뒤에 오공대吳公臺 아래서 만나자고 말하더니 물속으로 잠겨버렸다. 황제는 그제서야 그가 이미 죽었다는 사실을 깨닫고 크게 놀랐다.

하루는 명하원明霞院의 미인 양楊 부인이 보고하기를 옥리玉李가 한밤중에 활짝 피었다고 했다. 황제는 기쁘지가 않아 그것을 베어버리고 싶어 했는데, 어느 날 저녁 신광원晨光院의 저우周 부인이 다시 와서 보고하기를, 원중의 양매楊梅가 갑자기 피었다고 했다. 뒤에 매와 리가 동시에 열매를 맺었다. 황제가 두 과일 중 어느 것이 나은지 묻자, 원비院妃가 말하기를 양매가 좋긴 하지만 맛이 시니 옥리의 달콤함만 못하다고 했다. 원중의 사람들 역시 대부분 옥리가 맛이 좋다고 했다. 황제는 탄식하며 말했다. 양매를 싫어하고 옥리를 좋아하는 것은 인정人情인가, 하늘의 뜻인가? 뒤에 황제가 장차 양저우揚州에 행차하려 할 때 원비가 와서 보고하기를 양매는 이미 말라 죽었다고 했다. 황제는 과연 양저우에서 죽었다.

하루는 뤄수이洛水의 어부가 잉어 한 마리를 헌상했다. 금빛 비늘과 붉은 색 꼬리가 선명한 것이 사랑스러웠다. 황제는 크게 기뻐하며 어부의 성을 물으니 성은 졔解 씨인데 그 이름은 없다고 하였다. 이에 황제는 주필朱筆로 물고기의 이마에 '해생解生' 두 글자를 써서 북해에 놓아주었다. 뒤에 황제가 북해에 행차했을 때 이 잉어는 이미 한 길 남짓 자라 물 위에 떠올라 황제를 보고는 다시 잠기지 않았다. 황제와 후비가 같이 물고기의 이마를 보니 붉은 색 글자가 아직 남아 있는데, 다만 '해'가의 반쪽이 소멸되어 '각角' 자만 남아 있었다. 소후소后가 크게 놀라며 잉어에게 '뿔角'이 있으면 용이라고 말했다. 황제는 내 자신이 천자이거늘 어찌 그 뜻을 모를 리가 있느냐며 활을 당겨 쏘니 물고기는 이내 잠겨버렸다.

이른바 옥리가 무성하고 양매가 말라죽었다는 것은 수나라가 양 씨고, 당나라가 리 씨이니 당이 흥하고 수가 망한다는 뜻을 빗댄 것이다. 잉어鯉 역시 리李와 음이 통하고 일각日角3) 용안龍顔은 천자의 상象이니, 당 태종이 어렸을 때 관상을 보는 자가 그에게 용봉의 자태에 천일天日의 외모를 가졌다고 했다. 진 후주의 일은 리상인李商隱의 시구에 근거한 것이다.

수나라 궁전隋宮

자천紫泉4)의 궁전을 안개와 노을로 잠가두고,
황폐한 성5)을 얻어 제왕의 집으로 삼고자 했다.
옥새가 이마 튀어나온 이에게 돌아갈 운명이 아니었던들,
비단 돛배6)는 하늘 끝까지 이르렀으리라.
이제는 썩은 풀에 반딧불이 없고7),

---

3) '일각日角'은 이마가 해처럼 튀어나온 얼굴형으로, 관상학적으로 제왕이 될 사람의 모습이라 일컬어지며, 여기서는 당唐 고조高祖를 가리킨다.
4) 쯔취안紫泉은 쯔위안紫淵으로 창안長安 북쪽에 있는 물 이름이다, 당唐 고조高祖의 이름이 리위안李淵이었으므로 천泉으로 피휘한 것.
5) '황폐한 성蕪城'은 수나라의 쟝두江都(지금의 양저우揚州)를 가리킨다. 옛 이름은 광링廣陵으로 바오자오鮑照의 「무성부蕪城賦」이래로 '무성蕪城'이 쟝두의 별칭이 되었다. "대업大業 원년(605년) 백성 10만을 징발하여 한수이邗水에 운하를 뚫어 창쟝長江과 통하게 하였다. 창안長安으로부터 쟝두江都에 이르기까지 이궁離宮 40여 개소를 두었다.大業元年, 發民十萬, 開邗溝入江, 自長安至江都, 置離宮四十餘所."(『隋書』)
6) 원문 '금범錦帆'은 수 양제가 타던 용주龍舟이다.

세월이 흘러 수양버들엔 저녁 까마귀가 있다.[8]

지하에서 진 후주陳後主를 만난다면,

어찌 다시 옥수후정화玉樹後庭花를 물어 볼 수 있으랴.[9][10]

---

7) 이 구절은 옛날에는 썩은 풀이 반딧불이 된다고 생각했는데, 수양제 때 놀이에 쓰느라 다 잡아들여 지금은 찾아볼 수 없다는 과장적인 표현이다, "대업 말년에 천하에는 이미 도적이 일어나고 있었는데, 양제는 경화궁景華宮에서 반딧불 여러 말을 구해다가 밤에 놀러 나가서는 그것을 풀어 놓아 그 빛으로 산의 골짜기를 비추었다.大業末, 天下已盜起, 帝於景華宮徵求螢數斛, 夜出遊山放之, 光照山谷."(『수서』)

8) "민간에 버드나무 한 그루가 있으면 비단 한 필을 주겠다는 조서를 내리니, 백성들이 앞 다투어 그것을 바쳤다. 또 직접 심도록 명을 내려 양제 자신이 한 그루를 심고 군신들이 차례대로 심었는데, 심기가 끝나자 양제는 어필御筆로 수양버들에게 양 씨楊氏 성姓을 하사하여 '양류楊柳'라 하였다.詔民間有柳一株賞一縑. 百姓爭種之. 又令親種, 帝自種一株, 君臣次第種, 栽畢, 帝御筆寫賜垂楊柳姓楊, 曰楊柳也."(『開河記』)

9) "양제는 쟝두江都에 있으면서 어리석은 생각이 더욱 심해졌다. 일찍이 오공의 저택 계대雞臺에서 노닐다가, 눈앞이 어지러워지면서 진 후주와 만난 적이 있었는데, 진 후주는 아직도 양제를 전하라고 불렀다. 후주의 무녀舞女 수십 명 가운데 한 사람이 특히 빼어나 양제가 눈길을 주자 후주가 말했다. "장리화張麗華입니다." 그리고는 바다고둥에 붉은 좁쌀로 새로 빚은 술을 따라 양제에게 권하였고, 양제는 그 것을 마시고 매우 즐거워하며 장리화에게 옥수후정화를 춤출 것을 청하였다. 장리화는 천천히 일어나 한 곡을 마치었다. 후주가 양제에게 물었다. "소비蕭妃를 이 사람과 비교하면 어떻습니까?" 양제가 말했다. "봄의 난초와 가을의 국화는 각기 한 시절에서 빼어난 것이시." 후주가 양제에게 물었다. "용주로 놀러 다니는 즐거움입니까? 처음에는 전하께서 정치를 하시며 요순堯舜의 위에 있다고 말씀드렸습니다만, 오늘 다시 여기서 한가로이 노니시니 지난번에는 어찌 그 죄가 이리 심하다는 것을 보지 못했는지요?" 양제가 홀연히 깨어나 그를 꾸짖었으나 어른거리며 보이지 않았다.煬帝在江都, 昏恛滋深, 嘗遊吳公宅雞臺, 恍惚與陳後主相遇, 尙喚帝爲殿下, 後主舞女數十, 中一人迥美, 帝屢目之, 後主曰: "卽麗華也." 乃以海鰲酌的紅粱新醞勸帝, 帝飮之甚歡, 因請麗華舞玉樹後庭花. 麗華徐起, 終一曲, 後主問帝: "蕭妃何如此人?" 帝曰: "春蘭秋菊, 各一時之秀也."

리더위, 리상인은 모두 만당 때 사람이니 이 작품[『해산기』]의 작자는 두 사람과 그리 멀리 떨어져 있지 않다.

『미루기』는 양제가 만년에 교만하고 사치하여 여색에 탐닉한 가운데 명장名匠 샹성項昇에게 명하여 곡방소실曲房小室, 유헌단함幽軒短檻 등 극히 아치雅致한 궁전을 건축하게 [한 일을 서술]했다. 몇 년에 걸쳐 만들었던 바, 황제의 주문대로 높고 낮은 누각樓閣高下이 처마와 창문을 가리듯 비추고軒窗掩映, 그윽한 방과 구불구불한 건물幽房曲室에 옥으로 만든 붉은 난간玉欄朱楯이 서로 연속되어 사방이 돌아가며 합쳐져回環四合, 구불구불한 집曲屋이라는 말 그대로 서로 통하고, 천개의 문과 만 개의 출입구千門萬戶가 상하 모두 황금과 푸른 옥돌上下金碧이고, 금으로 만든 규룡이 기둥 아래金虯棟下 엎드려 있고, 옥으로 만든 짐승이 출입구 옆에玉獸戶傍 쭈구리고 있어, 벽과 섬돌壁砌이 빛을 내뿜고, 창에는 해가 비추니, 극히 정교함이 예전에는 이것과 비할 게 없었다. 사람들이 잘못 들어갔다가 하루 종일 나오지 못했다. 황제는 크게 기뻐하며 신선이 그 안에서 노닐더라도 역시 미혹되리라 하여 이것을 미루라 이름 지었던 것이다. 황제는 또 화공에게 명하여 사녀士女의 회합도를 그리게 하였던 바, 이것을 누각 중에 걸어두는 등 극히 음일淫逸하게 놀았다. 이 작품의 마지막 대목은 다음과 같다.

後主問帝曰: "龍舟之遊樂乎? 始謂殿下致治在堯舜之上, 今日復此逸遊, 曩時何見罪之深耶?" 帝忽寤, 叱之, 然不見"(『隋遺錄』)

10) 전체 시의 원문은 다음과 같다. "紫泉宮殿鎖煙霞, 欲取蕪城作帝家, 玉璽不緣歸日角, 錦帆應是到天涯 於今腐草無螢火 終古垂楊有暮鴉 地下若逢陳後主 豈宜重問後庭花"

대업 9년에 황제가 장차 쟝두에 행차하니, 미루궁에 사람이 있어 큰소리로 '야가夜歌'11)를 불렀다. "허난河南에서는 양류가 시들고, 허베이河北에서는 이화李花가 번성하네. 양화楊花는 날아가 어느 곳에 떨어지는고. 이화는 스스로 열매 맺네." 황제는 그 노래를 듣고는 옷을 입고 일어나 궁녀를 불러 물었다. "누가 너에게 그 노래를 부르게 했느냐? 너 스스로 한 것이냐?" 궁녀가 말했다. "신에게 민간의 아우가 있사온데 [거기서] 이 노래를 얻어 들었사옵니다. 길거리의 많은 아이들이 이 노래를 부르옵니다." 황제는 말없이 한참을 있다가 말했다. "하늘이 계시를 하는구나. 하늘이 계시를 하는구나." 황제는 술을 대령하게 하고는 스스로 노래했다. "궁의 나무 그늘 짙으니 제비 날아들고, 옛부터 흥망성쇠 흐드러져 비애를 이루누나. 다른 날 미루는 다시 좋은 꼴 보려나. 궁중에는 아리따운 연정 붉은 빛을 토해내리." 노래를 마치고는 슬픔을 이기지 못했다. 가까이 있는 시종이 상주했다. "까닭 없이 슬퍼지옵니다." 다시 노래를 부르니 신하들이 모두 알지 못했다. 황제가 말했다. "묻지 말라. 나중에 스스로 알게 될 게야." 뒤에 황제가 쟝두에 행차하니 당나라 황제가 병사를 일으켜 호령을 하고 입경했다. 태종이 말했다. "이 모두가 백성들의 고혈로 만든 것이다." 이에 불 태우라 명했다. 한 달이 지나도록 꺼지지 않았다. [이 모두가] 앞서의 민요와 시에 이미 예견된 것이다. 비로소 세대의 흥망이 우연이 아님을 알겠더라.12)

---

11) 야가는 '상가자喪歌子'라고도 하며 일종의 상가喪歌이다.

12) 원문은 다음과 같다. "大業九年, 帝將再幸江都。有迷樓宮人, 抗聲夜歌雲: 河南楊柳謝, 河北李花榮。楊花飛去落何處, 李花結果自然成。帝其歌, 披衣起聽, 召宮女問之, 雲: 孰使汝歌也? 汝自爲之邪? 宮女曰: 臣有弟在民間, 因得此歌。曰: 道途兒童多唱此歌。帝默然久之, 曰: 天啟之也! 天啟之! 帝因索酒自歌雲: 宮木陰濃燕子飛, 興衰自古漫成悲。他日迷樓更好景, 宮中吐豔戀紅輝。歌竟不勝其悲。近侍奏: 無故而悲 又歌, 臣皆不曉。帝曰: 休問。他日自知也。後帝幸江都, 唐帝提兵, 號令入京, 見迷樓, 太宗曰: 此皆民血所

"허난河南에서는 양류가 시들고, 허베이河北에서는 이화李花가 번성하네."라는 속요를 읽으면 또 도쿠카와德川 막부 만년에 유행했던 노래가 생각난다. "싸리에 꽃 피고, 접시꽃 시들면, 서쪽에서 말 재갈 소리가 난다."[13] 이것은 앞서의 양매, 옥리와 같은 암시로 수와 당의 흥망이 갈마들 때 이런 류의 동요가 아주 많았다. 앞서 인용했던 것과 마찬가지로, 칠언절구의 남상으로 보이는 수대의 무명씨의 송별가 역시 양제가 순행을 나갔다 돌아오지 못한 것을 풍자한 것이다.

> 버드나무 푸릇푸릇 땅위에 드리우고,
> 버들 솜 뿌옇게 하늘로 날아가네.
> 버들가지 다 꺾고 나면 꽃도 다 날아가리.
> 길 가는 이에게 묻노니 돌아오려나, 돌아오지 않으려나.[14]

『개하기』는 양제가 쟝두를 순행하기 위해 마수머우麻叔謀 등에게 명하여 볜허汴河를 개착해 강물을 화이수이淮水와 서로 통하게 한 일을 기록한 것이다. 공사 중 여러 사람들의 능묘를 파헤치니 여러 가지 기괴한 것들이 있었다. 덧붙여 말하자면, 양제의 운하 개착은 시황제의 장성 수축과 더불어 중국의 2대 사업이다. 운하의 개착에 관해서 [말하자면] 한 사람의 놀이를 위해 해내海內의 힘을 기울여 만민의 원망과 고통을 사서 [양제 자신의] 몸이 죽고 나라가 망하게 되었지만, 오늘날에 이르러는 남북의 조운漕運의 간선이 되어 후세에 큰

爲也! 乃命焚之。經月火不滅。前謠前詩皆見矣。方知世代興亡, 非偶然也。"
13) 원문은 다음과 같다. "萩に花咲き, 葵が枯れる, 西でくすわの音がする."
14) 원문은 다음과 같다. "楊柳靑靑著地垂, 楊花漫漫攪天飛. 楊條折盡花飛盡, 借問行人歸不歸?"

공적으로 남았으니, 아무짝에도 쓸모없는 장성과는 도저히 같이 논할 수 없다.

『리위공별전李衛公別傳』……무명씨가 지었다.

(일본의 가토 기요마사加藤淸正라 할 수 있는) 당의 위국공衛國公 리징李靖이 아직 한미한 신분일 때 일찍이 산속에서 사냥을 하다가 길을 잃었다. [그러다가] 등불을 보고 하룻밤 묵어가기를 청했던 바, 붉은 문과 흰 벽의 대저택이 곧 용왕의 집이었다. 때마침 용왕은 집에 없었고, 용모龍母가 집을 지키던 차에 리징을 크게 환대하였다. 그런데 한밤중에 천제로부터 급히 비를 내리라는 명이 내려왔는데, 공교롭게도 용왕의 부재로 크게 곤경에 처했다. 용모는 손님이 이인異人이라는 것을 알고 리징에게 용왕 대신 비를 내리게 해달라고 청했다. 이에 리징은 용모로부터 자세한 방법을 배워 비를 내리게 하는 기구雨器를 갖고 말에 오르니 말은 구름을 타고 바람을 제어해 순식간에 하늘 위로 올라 발굽을 박차고 울음을 우는 순간, 병 속의 물을 한 방울씩 말갈기에 떨어뜨렸다. 홀연 섬광이 이는 곳에 구름이 열리고 자신의 마을이 보였다. 리징은 마음속으로 항상 이 마을 사람들에게 신세를 졌으니, 오늘이야말로 비를 많이 내리게 해 가뭄을 벗어나게 할 요량으로 용모의 말을 어기고 자기 마음대로 20여 방울을 떨어뜨렸다. 이윽고 [비가] 내려 와 지상은 스무 자 정도의 큰 홍수가 나서 용모는 천제로부터 질책을 받고, 80대의 채찍질을 당했다. [용모가] 울면서 리징에게 그 사연을 알리고 용왕이 돌아오기 전에 빨리 이곳을 떠나라고 권했다.

떠나려고 할 때 용모는 그에게 아무것도 예를 차릴 게 없으니 그에게 두 하인을 선물로 바쳤다. 두 사람을 데리고 가든 한 사람을 데리고 가든 마음대로 하라고 하고는 두 하인을 불러냈다. 하인 하나는 동곽東廓에서 나왔는데, 용모가 부드럽고儀貌和悅, 기쁜 기색에 절도가 있었다怡然有度. 그런데 다른 하인은 서곽西廓에서 나오되, 분기탱천하고 노기를 억누르고 서 있었다. 리징은 곧 사나운 자를 달라고 하여 함께 문을 나서 몇 걸음 만에 돌아보니 거대한 저택도 보이지 않았고, 하인의 모습도 순식간에 사라져버렸다. 홀로 길을 더듬어 마을로 돌아와 보니, 큰물이 나서 커다란 나무 끝만 겨우 드러나 있을 뿐 한 사람도 보이지 않았다. 나중에 리징이 대장군이 되어 큰 공을 세웠지만, 끝내 재상이 될 수 없었던 것은 필경 문아한 쪽의 하인을 취하지 않았기 때문이었다.

세간에서는 "관동에서는 재상이 나오고, 관서에서는 장군이 나온다"고 하였으니, 만약 리징이 두 하인을 모두 취했다면, 장상將相을 겸할 수 있었을 것이라 단언한다. 진정 재미있는 이야기로 비를 내리게 하는 대목은 뛰어난 문장이다. 이 작품이 왜 『당인설회』에 수록되지 않았던 것일까? [내가] 근거한 것은 『고금설해』 본이다. 말이 나온 김에 똑같이 리징에 관한 『규염객전虯髯客傳』을 들어보도록 하겠다.

『규염객전虯髯客傳』……장웨張說가 지었다. 『당인설회唐人說薈』

리징은 포의布衣로써 수隋의 사공司空인 양쑤楊素를 배알하고, 함께 국사를 이야기했다. 그때 붉은 털이개紅拂를 든 기妓[그래서 이름이 홍푸紅拂이다]가 있었는데, 혜안을 갖고 있어 객이 대 호걸임을 알아보고 밤에 은밀히 리징의 처소에 들어 의사를 타진하고는 함께 타이위안太原으로 돌아가기로 했다. 도중에 규염의 이인과 만났는데, 홍푸와 똑같이 장 씨 성인지라 남매의 약을 맺고 리징과 이야기를 나누고는 크게 기뻐하며 대장의 그릇이라고 생각했다. 이윽고 타이위안에 이르러 객은 리징에 의해 리스민李世民(훗날 당 태종)을 배알하고 물러나 진정한 천자가 될 것이라고 감탄했다. 리징과 나중에 창안에서 만날 것을 약조하고, 자신의 재보財寶를 모두 리징에게 주면서 말했다. 자신은 이번 생에 큰 공을 세우고 싶은데, 이제 진정한 왕이 이미 나왔으니, 내게는 진즉이 소용이 없어졌다. 타이위안의 리 씨는 진정 영명한 군주이니, 삼년이나 오년이면 반드시 천하태평을 이룰 것이다. 그대는 불세출의 재주를 갖고 있으니, 그를 잘 보좌하라. 10년 뒤 동남쪽 수천 리 밖에서 이변이 일어나면, 바로 내가 뜻을 이룰 때이니 요행히도 그대와 누이가 술을 뿌려 나를 축하해 달라. 말을 마치고 말에 올라 가버리니 몇 발자국 만에 더 이상 보이지 않았다. 리스민이 병사를 일으키자 리징은 규염객의 금을 그에게 바치고 결국 대업을 성취했다.

정관 10년 때마침 남만南蠻 사람이 상주하되, 바닷배 천 척에 기갑병 천 명이 부여국에 들어가 그 군주를 살해하고 자립했다 하였다. 리징은 규염객이 성공했음을 알고 훙푸와 함께 술을 동남쪽에 뿌려 축하했다. 부여국은 조선의 북쪽, 만주(지금의 중국 동북부 지방)에 있어 동남 해상은 아니다. 또 당대에 백제는 부여의 후예로, 정관 10년 외부인이 백제를 정복한 일이 있는데, 사전史傳에서는 보이지 않는다. 이것은 허구이다. 본서의 말미에 "혹은 말하기를, 위공의 병법은 그 절반은 규염객이 전한 것이다"라고 끝맺었다.

규염객이 몇 차례 리징과 약속하는 대목은 이챠오圯橋의 노부老父가 장량張良을 시험한 것과 같고, 일본의 구라마 덴구鞍馬天狗15)의 줄거리와 비슷하다. 덧붙이자면 명의 『육십종곡』 중의 『홍불기』는 이것을 남본으로 한 것이다.

『리림보외전李林甫外傳』……무명씨가 지었다. 『당인설회唐人說薈』

리린푸李林甫는 이른바 구밀복검口蜜腹劍의 음험한 천보天寶 연간의
재상이다. 그런데 이 책에서는 그가 신선의 적에 오른 인물로 묘사되
어 있다. 일찍이 한 도사가 그에게 백일승천白日昇天 하는 게 좋은지,
20년 간 재상 노릇하는 게 좋은지 물어보았다. 리린푸는 후자를 선택
했던 바, 도사는 음덕을 행하기를 간곡히 권유했다.

과연 나중에 현종에게 등용되어 재상이 되었는데, 도사가 한 말을
잊고 음적陰賊을 행하였기에 도사로부터 재차 경계警戒하는 말을 들
었다. 또 리린푸는 안루산安祿山이 두려워하는 사람이었다. 안루산의
주위에는 항상 동두철액銅頭鐵額의 음병陰兵 5백 명이 수호하고 있었
고, 리린푸의 신변에는 청의동자 하나가 향로를 들고 있었는데, 동두
철액의 음병들이 향로의 연기를 무서워하여 물러났기 때문이었다.

당대에는 도교가 크게 유행하여 리린푸의 딸 텅쿵騰空은 여도사가
되었을 정도였고, 리린푸 자신도 말할 필요 없이 도교를 믿었다. 말
하자면 [당시] 도사들은 당시 권신을 이용해 포교에 힘썼는데, 리린
푸가 도교를 믿었기에, 그래서 초열지옥에 떨어졌어야 할 악인을 오
히려 천상계의 인물로 묘사했던 것이다. 요컨대 이 작품은 도교의
악취가 풍기는 소설로, 리린푸가 도서의 가르침을 받드는 대목은 완
전히 『사기』의 「유후세가留侯世家」의 문장을 본뜬 것이다.

---

15) 일본의 전설상의 무장이다. 교토 인근 구라마산鞍馬山에서 은거하다 나중
   에 일본 최고의 무사라 일컬어지는 미나모토노 요시츠네源義經에게 무술을
   전수했다.

『동성로부전東城老父傳』……천훙陳鴻이 지었다.『당인설회唐人說薈』

이것은 현종 때 투계鬪鷄가 성행했던 것을 기록한 것이다. 쟈창賈昌 (동성로부)은 소년 시절에 새의 말을 잘 알아들었는데, 투계로 현종 의 총애를 입어 신계동神鷄童이라 일컬어졌다. 당시 사람이 그를 두 고 다음과 같이 노래했다.

> 아들 낳으면 글 가르칠 필요 없고,
> 닭싸움 말달리기가 공부시키기보다 낫네.
> 쟈 씨 댁 소년은 이제 겨우 열세 살이지만
> 부귀와 영화는 당대에 견줄 이 없네.
> 능히 닭 발톱으로 승부를 기하고
> 화려한 옷차림으로 천자를 따르네.
> 창안 천리 밖에서 아버지 죽으니,
> 길거리 영구차는 인부들 시켜 끌게 하네.16)

쟈창이 청명절에 리산驪山 온천궁溫泉宮에서 투계를 지휘하는 대목 은 묘사가 훌륭하다. 리바이李白의 「고풍시古風詩」(제24수)에도 다음 과 같은 구절이 있다.

> 길에서 만난 싸움닭 꾼,
> 갓이며 수레덮개 어찌나 번쩍이는지.

---

16) 원문은 다음과 같다. "生兒不用識文字, 鬪鷄走馬勝讀書。賈家小兒年十三, 富貴榮華代不如。能令金鉅期勝負, 白羅繡衫隨軟輿。父死長安千裏外, 差 夫持道挽喪車。" 참고로 이하 전기의 인용문 번역은 정범진 역, 『앵앵전』 (성균관대출판부, 1995)을 참고하였음을 밝혀둔다. 물론 『앵앵전』에 수록 되지 않은 작품은 옮긴이가 번역한 것이다.

콧김으로 무지개 찌를 듯하니,

지나는 사람 모두 두려워 떠네.

세상에 귀 씻는 늙은이 쉬유許由 없으니,

누가 요 임금과 다오즈盜跖를 분간하리오.17)

　　이것으로 쟈창 등이 전성기를 누리며 득의양양했던 모습을 알 수
있다. "아들 낳으면 글 가르칠 필요 없고, 닭싸움 말달리기가 공부시
키기보다 낫다"는 것은 「장한가」 중의 "이로 하여금 세상 모든 부모
들의 마음이 아들보다 딸 낳기를 중히 여기도다"18)라는 대목과 진정
딱 맞는 한 쌍을 이룬다. 당시 사회의 향락적이고 퇴폐적인 일면을
엿볼 수 있는 좋은 사료이다. 홍마이洪邁는 이 작품의 문장을 극히
찬상하여 다음과 같은 비평을 남겼다.

　　이 전을 읽게 되면 현종 때의 전성기 모습이 엄연하게 눈앞에
　　펼쳐진다. 쟈창을 묘사한 일단에 이르면, 고향을 떠나 총애를 잃
　　은 것이 더욱 처연한 느낌을 기탁할 만하다.19)

『고력사전高力士傳』……궈스郭湜가 지었다. 『당인설회唐人說薈』
『매비전梅妃傳』……차오예曹鄴가 지었다. 『당인설회唐人說薈』
『장한가전長恨歌傳』……천훙陳鴻이 지었다. 『당인설회唐人說薈』
『태진외전太眞外傳』……웨스樂史가 지었다. 『당인설회唐人說薈』

---

17) 원문은 다음과 같다. "路逢鬪雞者, 冠蓋何輝赫, 鼻息干虹蜺, 行人皆怵惕,
世無洗耳翁, 誰知堯與跖."
18) 원문은 다음과 같다. "遂令天下父母心, 不重生男重生女."
19) 원문은 다음과 같다. "讀此傳, 玄宗全盛, 儼然在目. 至寫昌一段, 去國失寵,
尤足寓凄感也."

이상 네 가지는 명황내전明皇內傳이라고도 할 수 있는데, 현종 때의 궁궐 비사를 아는 데 좋은 사료이다. 가오리스高力士는 현종의 충복이었다. 물론 정인군자正人君子는 아닌데, [행실을] 삼가고 근면하며 恪勤 충성을 다해, 현종의 성세에는 항상 좌우에서 모시며 귀비의 총애를 입었다. 천보의 난에는 촉중蜀中까지 따라가 어려움을 다 맛보았다. 현종이 경사로 돌아온 뒤 적신賊臣 리푸궈李輔國가 권력을 농단하며 현종과 숙종 사이를 이간질함에도 가오리스는 변함없이 현종에게 충성을 다해 결국 리푸궈에 의해 우저우巫州로 폄적되었다. 오래지 않아 현종과 숙종이 차례로 붕어하자 가오리스는 애통해 하다가 병이 나서 79세에 죽었다.『고력사전』은 달리 기이한 것은 없어 실록에 가깝다.

『매비전』은 현종의 총희寵姬 쟝차이핑江采蘋의 전기이다. 개원 중에 가오리스가 민웨閩粵로 사신을 나갔을 때 차이핑의 미색을 보고 선발해 입궁했다가 갑자기 총애를 입었다. 당시 창안의 대내大內, 대명大明, 흥경興慶 세 궁전 및 동도東都의 대내, 상양上陽 두 궁에는 거의 4만의 궁인宮人이 있었는데, 비를 얻고 나서부터는 황제가 궁인들을 흙먼지와 같이 보았는데, 궁인들 역시 스스로 못 미친다 여겼다. 비는 문장을 잘 짓고 성격이 담박淡泊하여 매화를 좋아했기에 매비라는 호를 하사했다.

그런데 양귀비가 궁에 들어온 이래로 갑자기 총애를 잃었고, 귀비는 질투가 심해 매비와 [황제의 사이]를 크게 틀어놓았다. 현종이 어느 날 밤 매비를 불러 은밀하게 예전의 환락을 풀었던 바, 갑자기 귀비가 들이닥쳐 두 사람을 갈라놓았다. 매비는 자신의 불우함을 슬퍼하여 가오리스에게 천금을 주고 사인詞人을 구해 쓰마샹루司馬相如의 「장문부長文賦」를 모방해 그것으로 천자의 마음을 돌리려 했으나,

가오리스는 양귀비의 세력을 두려워하여 명을 받들지 못했다. 이에 비는 스스로 「누동부樓東賦」를 지었다. 나중에 현종이 매비를 생각해 진주 일 곡斛[열 말; 옮긴이]을 하사했으나, 이를 받지 않고 시를 지어 자신의 뜻을 풀어냈다.

> 버들잎 같은 두 눈썹 오랫동안 그리지 않고,
> 남은 화장은 눈물 같이 붉은 비단 더럽히네.
> 문 닫히고 나선 소세도 안 하고 살건만
> 하필 진주로 쓸쓸함 달래시려나요.[20]

안루산의 난으로 귀비는 황제의 피난길을 따라갔다가 마웨이馬嵬에서 죽임을 당했고, 매비는 창안에 있다가 반란군의 손에 죽었다. 현종은 환궁한 뒤 백만 전을 내걸고 비의 소재를 찾았지만 끝내 알지 못했다. 또 방사에게 명하여 하늘로 올라갔는지 땅으로 꺼졌는지 소식을 알아보게 했지만, 역시 묘연했다. 환관이 비의 얼굴을 그린 것을 진상하니 현종이 보매 오히려 아주 비슷하긴 하나 애석하게도 살아 있는 것 같지 않아 붓을 들고 그 위에 시를 한 수 지었다.

> 예전에 아리따운 비가 자신궁에 있을 때를 회고하나니
> 화장을 해도 천진한 모습 가릴 수 없어.
> 서릿발 같은 비단 [위에 그린 모습은] 당시의 자태와 흡사하나
> 어찌할 거나 사랑스런 눈매 사람을 돌아보지 않네.[21]

---

[20] 원문은 다음과 같다. "柳葉雙眉久不描, 殘妝如淚汚紅綃. 長門自是無梳洗, 何必珍珠慰寂寥."

[21] 원문은 다음과 같다. "憶昔嬌妃在紫宸, 鉛華不御得天眞. 霜綃雖似當時態, 爭奈嬌波不顧人."

『장한가전』은 유명한 바이쥐이白居易「장한가」의 서전叙傳이고, 『태진외전』은 양귀비의 고사를 기록한 것으로 상하 2권으로 되어 있다. 양귀비에 관한 것은 누구나 다 알고 있는 것이기에 달리 서술할 필요가 없다. 『장한가전』은 정우鄭禹의 『진양문시주津陽門詩注』등에 의해 송대 사람이 지은 것으로 추정된다. 『비연외전』과 마찬가지로 현종 때 궁중의 음사陰事를 폭로한 것이다.

당명황과 양귀비의 사랑은 천고의 사단詞壇의 가화佳話로, 혹은 시로 짓기도 하고, 혹은 극으로 만들기도 하였으니, 칠석七夕의 사사로운 이야기가 천장지구天長地久의 면면히 이어오는 바가 되었다. 원대의 바이푸白朴의 『오동우잡극』, 명대의 투룽屠隆의 『채호기綵毫記』, 우스메이吳世美의 『경홍기驚鴻記』, 청대의 홍성洪昇의 『장생전전기長生殿傳奇』는 모두 「장한가」에 근거하였으니, [이것은 또] 『태진외전』등을 조술祖述한 것으로 그 중에서도 『장생전』이 가장 상세하다. 「야원夜怨」과 「서각絮閣」 두 척齣은 양비와 매비의 총애 다툼爭寵을 서술한 것으로, 완전히 매비전에 근거한 것이다. 귀비가 노래한다.

【북수선자】
양귀비: 마, 마, 마, 말씀 좀 여쭙겠습니다. 화악의 꽃도 아, 아, 아, 아마 동루의 꽃보다 더 아름답지 않겠지요. 매, 매, 매, 매화 가지가 이미 봄을 먼저 차지했으니. 수, 수, 수, 수양버들이 잡은들 무슨 소용 있겠나이까……. 청, 청, 청, 청컨대 폐하의 일편단심일랑 옛 벗에게 주시어, 부, 부부 부디 첩이 매정하다는 원망을 듣지 않게 해주소서……(울며 절한다.) 지, 지, 지, 지난날 하늘처럼 높은 은혜 베풀어주신 폐하께, 작별 인사 올리나이다……. 기, 기, 기, 깊었던 사랑과 다정했던 마음일랑. 처음부터 도로

가져 가주시옵소서.

당명황: 그게 무슨 말이오?

양귀비: 저, 저, 저, 저는 예전에 내려주신 은총을 다시 받을 수 없나니, 이런 복을 감당할 자격이 없사옵니다.(「19척 취화 서각」)22)

이렇듯 귀비가 교태를 부리며 시기 질투하는 모습이 눈앞에서 보는 듯하다.

제2절 검협

당 중엽 이후에는 번진의 절도사가 크게 발호하여 병권을 쥐고 천자의 명을 받지 않은 채 거의 독립적인 세력을 이루면서 각자 사사死士를 길러 암살을 일삼았다. 그래서 이른바 검협이라는 것이 당시에 횡행하였고, 이에 검협에 관한 소설이 나타났다.

이를테면 원화元和 10년에는 자객이 재상 우위안헝武元衡 을 살해하고 페이두裵度에게 상해를 입혔으며, 개성開成 3년에는 도둑이 재상 리스李石를 찔렀는데, 말이 달아나서 위급함을 벗어났다. 전자는 평로절도사平盧節度使 리스다오李師道가 보낸 것이고, 후자는 환관인

---

22) 원문은 다음과 같다. "【北水仙子】問問問問華蕚嬌, 怕怕怕怕不似樓東花更好。有有有有梅枝兒曾占先春, 又又又又何用綠楊牽绕。……(日)請請請請真心向故交, 免免免免人怨爲妾情薄。……(泣拜科]拜拜拜拜辭了往日君恩天样高。……把把把把深情密意從頭缴。(生]这是怎么說?(旦]省省省省可自承舊賜,福難消。(「絮閣」)" (번역문은 이지은 역, 『장생전』 상권, 세창출판사, 2014년, 301~302쪽을 참고하였다.)

처우스량仇士良이 보낸 것이다. 이것들은 정사에도 보이는데, 하지만 검협소설에 실려 있는 것은 모두 허구이다. 그러나 당대소설의 특색으로 당시 시사를 엿보기에 충분하기에 아래에 두세 가지 예를 들어 본다.

『홍선전紅線傳』……양쥐위안楊巨源이 지었다. 『당인설회唐人說薈』
『류무쌍전柳無雙傳』……쉐탸오薛調가 지었다. 『당인설회唐人說薈』
『검협전劍俠傳』……돤청스段成式가 지었다. 『당인설회唐人說薈』

양쥐위안은 중당의 유명한 시인이었다. 물론 이것은 그가 지은 것이 아닌데, 문장은 『회진기』 등과 똑같이 염려艷麗한 사륙체를 썼기에 문필에 통달한 이의 손에 의해 이루어진 것이 분명하다. 홍셴紅線은 루저우潞州의 절도사 쉐쑹薛嵩(사서에서는 쑹이 상위相衛 절도사라 하였는데, 치소는 허난河南 장더彰德이다) 집안의 청의靑衣(하녀)이다. 완함阮咸이라는 악기를 잘 탔고, 경사經史에도 정통해 쉐쑹을 위해 문서를 관리했으며, 내기실內記室(내비서內秘書)이라 불렸다. 그 때는 안루산의 난 이후라 지방의 소요가 아직 그치지 않았다. 루저우의 이웃에 웨이보魏博(즈리直隷 다밍푸大名府), 화타이滑臺(허난河南 웨이후이 부衛輝府 화 현滑縣)의 두 진鎭이 있었는데, 서로 세력이 비슷해 조정이 이를 골칫거리로 여겼다. [그래서] 세 번진과 의논하여 서로 혼인을 맺어 이병弛兵하도록 했다. 그런데 웨이보의 절도사 톈청쓰田承嗣는 폐병이 있어 더위를 만나면 증세가 심해졌기에 루저우를 병탄하여 시원한 곳으로 옮기고자 하여 은밀히 출병을 준비했다.

홍셴은 쉐쑹이 그 사실을 알고 어찌 할 바를 몰라 걱정하는 것을 보고 쉐쑹을 위해 [그들의] 허실을 정탐하기를 청했다. 그리고는 곧장 방으로 들어가 행장을 갖추고 재배再拜하고 문을 나서니 갑자기

사라져버렸다. 쉐쑹은 잠들지 못하고 술을 마시며 [그를] 기다렸는데, 홀연 새벽을 알리는 호각 소리가 바람결에 들리고 나뭇잎 하나가 떨어지는 듯하더니 홍셴이 돌아왔다. 쉐쑹이 놀라 기뻐하며 일의 성패를 묻자 홍셴은 자초지종을 고하고 명을 완수했다고 하면서 그 중거물로 금합金盒을 바쳤다. 대저 홍셴은 비행술로 일거에 7백리를 달려 곧바로 웨이보에 도착하고는 다시 은신법으로 엄중한 호위병의 눈을 속이고 바로 톈청쓰의 침실로 들어가 베갯머리에 있는 톈청쓰의 생년生年 팔자[가 씌어 있는 일종의 수호 부적]이 들어 있는 소중한 금합을 취해 돌아온 것이었다. 이 단락의 문장은 생동적이고, 기사는 극히 정밀해 마치 영화를 보는 듯하다.

　　이에 홍셴은 내실로 들어가 행장을 갖추었다. 즉 머리는 오만계烏蠻髻[23] 모양으로 빗어, 금작차金雀釵[24]를 꽂고, 옷은 자주색 수를 놓은 짧은 저고리를 입고, 푸른 실로 만든 가벼운 신발을 신고, 가슴 앞에는 용무늬의 비수를 차고, 이마에는 태을신太乙神의 이름을 썼다. 그리고는 나와서 쉐쑹에게 정중히 인사를 하고 떠나가는데 순식간에 어디론지 사라졌다. 쉐쑹은 이에 방으로 들어와 문을 닫고 등불을 뒤로 하고 단정히 앉았다. 평소에 술을 마실 때 그는 불과 몇 잔이면 그만이었는데, 이날 밤은 10여 잔을 마셔도 취하지 않았다.
　　그런데 홀연 새벽을 알리는 호각소리가 바람결에 들리고 나뭇잎 하나가 떨어지는 듯하여 놀라서 일어나 물었더니 바로 홍셴이 돌아온 것이었다. 쉐쑹은 기뻐하면서 그녀를 위로했다.
　　"일은 뜻대로 잘 되었느냐?"

---

23) 상투를 틀어 올린 머리 모양.
24) 새 모양을 조각해 놓은 금비녀.

"감히 하명을 욕되게 하지는 않았습니다."

"살상은 없었느냐?"

"거기까지 이르지는 않았습니다. 다만 그의 상두床頭에 있던 금합金盒을 증거물로 가지고 왔을 뿐입니다."

그리고는 훙셴은 이어서 자세한 경위를 다음과 같이 설명했다.

"저는 어제 밤 자정 2시간 전에 웨이청魏城에 도착해서 여러 관문을 통과하여 마침내 톈청쓰의 침실에 이르렀습니다. 거기에는 외택아外宅兒25)들이 침실 낭아에서 쉬고 있었는데, 그들의 코 고는 소리가 마치 우레 소리처럼 크게 들렸습니다. 그리고 중군中軍의 졸병들은 정원을 오가며 바람이 일듯 구령을 전달하고 있었습니다. 저는 곧 왼쪽 방문을 열고 그의 침대 휘장 앞으로 갔습니다. 톈청쓰는 휘장 안에서 자빠진 북 모양으로 누워 깊은 잠에 빠져 있었습니다. 머리는 무늬가 있는 코뿔소가죽 베개를 베고 있었고, 상투는 노란색 오글쪼글한 직물을 감고 있었으며, 베개 앞에는 칠성검七星劍 한 자루가 노출해 있었고, 그 검 앞에는 금합金盒 하나가 위쪽으로 열려 있었는데, 그 속에는 그의 생년 팔자와 북두신北斗神26)의 이름이 적혀 있었고, 또 이름 있는 향료와 아름다운 구슬들이 그 위에 어지럽게 덮여 있었습니다. 그런데 장군막사 안에 있는 위세 당당한 주인공은 천하태평 세상모르고 훌륭한 방에서 깊이 잠들어 그의 생명이 제 손안에 달려 있는 것도 알지 못하고 있었습니다. 저는 그를 잡느냐 놓아주느냐 하는 문제로 고심하기보다는 오히려 슬픈 탄식만이 더해 갈 뿐이었습니다. 이때 촛불은 희미해져 가고 향로의 향도 꺼져 가고 있었으며, 시종하는 사람들은 사방에 깔려 있었고, 무기는 어울려 진열되어 있었습니다. 그런데 시녀들은 혹은 머리를 병풍에다 기대

---

25) 시위병의 별칭.

26) 별이름 북두는 도가에서 '하늘'로 칭한다. 전하는 말로 북두신은 인간의 사망에 관한 일을 전담 관리한다고 한다.

고 늘어져서 코를 고는 사람도 있고, 혹은 또 손에 수건과 털이개를 든 채 몸을 쭉 뻗고 자는 사람도 있었습니다. 이때 저는 그들의 비녀와 귀고리를 뽑기도 하고, 또 저고리와 치마를 서로 묶어 놓기도 했지만, 그들은 마치 병들거나 술 취한 사람들처럼 한 사람도 깨어나지 못했습니다. 그래서 마침내 금합을 가지고 돌아왔습니다. 웨이청의 서 문을 나서서 2백 리 길을 오는데, 높이 솟은 동작대銅雀臺가 보이고, 장수이漳水27)는 동쪽으로 흐르고 있었습니다. 그리고 새벽 닭 울음소리는 들판에 울려 퍼지고 기운 달은 수풀에 걸려 있었습니다. 분한 마음으로 갔다가 기쁜 마음으로 돌아오니 행역行役의 고통도 문득 잊어버렸습니다. 주인님께서 알아봐 주시는 데 대하여 감사하고, 저에게 베풀어 주신 은혜에 보답하며, 그리고 애오라지 저에게 부탁하신 뜻에 부응하기 위하여 밤중 3시간 사이에 7백 리를 왕복하였으며, 경계가 삼엄한 구역으로 들어가 대여섯 개 성문을 통과하면서 오직 저는 주인님의 근심을 들어 드리기를 바랐을 뿐인데, 어찌 감히 저의 노고를 입에 담겠습니까?"

이에 쉐쑹은 크게 기뻐하며 편지 한 통을 써서 사자를 보내 어젯밤에 웨이중으로부터 온 객이 있어 원수元帥의 침상 머리에서 금합을 가지고 왔는데, 감히 갖고 있을 수 없어 삼가 돌려보내고자 한다고 했다. 톈청쓰는 아침에 일어나 보니 금합이 없어져 크게 걱정하고 두려워하던 차에 쉐쑹의 사자가 와서 금합을 바쳤다. 톈청쓰는 다시 크게 놀라 언제 자고 있다가 목이 베어질지 몰라 두려워하며 쉐쑹에게 후하게 예물을 보내고 통혼하여 이로부터 양하兩河 지방은 무사하

---

27) 장허漳河라고도 한다. 허베이河北과 허난河南의 성계省界에 있는 강 이름이다.

게 되었다. 얼마 안 있어 훙셴은 휴가를 청했다.

쉐쑹은 이별을 아쉬워하며 만류했지만, 훙셴은 듣지 않고 말하기를 자신은 전생에 남자였는데, 죄를 지어 여자로 태어났다고 했다. 오랫동안 공의 집에서 신세를 졌는데, 다행히도 공의 우환을 제거하여 깊은 은혜를 갚은 데다 양하의 난을 미연에 막을 수 있어 죄업이 소멸되어 다시 남자의 원래 모습으로 돌아갈 수 있게 되어 이로부터 속세와 오랜 인연을 끊고 물외物外에서 소요하겠노라고 말했다. 쉐쑹은 만류할 수 없음을 알고 한밤중의 연회夜宴를 중당中堂에서 베풀어 훙셴에게 술을 권하고는 좌객座客 렁차오양冷朝陽에게 시를 짓게 했다.

> 채릉곡采菱曲28) 노래 소리 목란주木蘭舟29)를 원망하고,
> 보내는 사람의 넋은 백 척 누대 위에 사라지네.
> 떠나는 사람 낙비洛妃30)처럼 운무 타고 떠나는데,
> 푸른 하늘 끝이 없고 강물만 부질없이 동쪽으로 흐르네.

훙셴은 절을 올리고 눈물을 흘리며 술에 취한 듯 자리를 뜨더니 그 모습을 감추었다.

정절도 재미있고, 문장도 훌륭해 상품上品에 드는 작품이라 할 만하다. 명대의 량천위梁辰魚31)는 이 작품에 근거해 『홍선기紅線記』를

---

28) 양 무제梁武帝 샤오옌蕭衍이 지은 「강남농江南弄」 7곡 중의 하나이다.
29) 양장陽江 중간에 목란주木蘭洲가 있고 거기에는 목란수木蘭樹가 많은데, 그 목란을 깎아서 만든 배가 곧 목란주이다.
30) 뤄수이洛水 중에 있는 신녀를 말한다. 차오즈曹植의 「낙신부洛神賦」로 유명하다.
31) 량천위梁辰魚(1521?~1594?년)는 자가 보룽伯龍이고, 호는 샤오보少伯 혹은 처우츠와이스仇池外史이며, 쟝쑤江蘇 쿤산昆山 사람이다. 대체로 가정 후기에서 만력 초기에 활동한 음악가이자 극작가이자 산곡 작가였다. 당시에

지었다. 후잉린胡應麟32)은 다음과 같이 이것을 평했다.

당대 전기 소전, 이를테면 류의나 도현, 홍선, 규염객 등 여러
작품들은 찬술이 지극히 농밀해 판예范曄, 리옌서우李延壽 등이 미
치지 못한다.33)

또 이마 위에 태일신의 이름을 쓰고 일시에 7백리를 날아간 것은
『수호전』의 신행태보神行太保 다이쭝戴宗의 비행술의 원조일 뿐 아니
라 일본의 바킨馬琴의 소설 『협객전』34)에서 구스노楠 가문의 고마히
메姑麻姬가 아시카가 요시미츠足利義滿35)의 저택 안으로 몰래 잠입해

"가희와 무희들이 보룡을 만나지 못하면, 스스로 불길한 징조라고 여길"
정도로 도곡度曲에 뛰어났다고 한다. 「완사계浣紗溪」를 지었는데, 웨이량푸
魏良輔가 혁신한 곤산강崑山腔을 처음 무대 위에 올린 작품으로, 곤산강이
희곡계에서 주도적인 위치를 차지하도록 하였다는 것에 의미가 있다. 「완
사계」는 기려綺麗한 문사로 시스西施와 판리范蠡의 애정 고사를 서술한 것
인데, 훗날 국가의 흥망을 다룬 「도화선桃花扇」, 「장생전長生殿」에도 영향을
준 것으로 말하여진다.(양회석, 『중국희곡』, 민음사, 1994. 87쪽.)
32) 후잉린胡應麟(1551-1602년)의 자는 위안루이元瑞인데 밍루이明瑞라고도 하
며, 호는 스양성石羊生 또는 사오스산런少室山人이라고 한다. 저쟝浙江 란시
蘭溪 사람으로 만력萬曆 연간 거인擧人이 되었다. 그가 지은 『소실산방필총
少室山房筆叢』은 그 내용이 고증을 위주로 하고 있고, 경서經書와 사서史書,
백가百家 및 도교와 불교의 경전에 대해 평술評述하고, 당시의 사회 풍속도
몇 가지 기록되어 있다. 그 가운데 위서僞書에 대한 판별이나 소설과 희곡
에 대한 평가 고증은 특히 가치가 있다.
33) 원문은 다음과 같다. "唐傳奇小傳, 如柳毅, 陶峴, 紅線, 虯髥客諸篇, 撰述濃
至, 有范曄, 李延壽之所不及."
34) 전체 이름은 『개권경기협객전開卷驚奇俠客伝』으로 미완이다.
35) 아시카가 요시미츠足利義滿는 무로마치室町 시대 전기의 무로마치 막부 제3
대 쇼군(재위; 1369~1395년)이다. 남북조南北朝의 내란을 통일하고 막부의
전성기를 이루었다. 명나라에 입공入貢하였으며, 칸고勘合 무역을 열었다.

활로 요시미츠를 쏜 것 역시 본래는 당대 검협의 은신술에 바탕한 것이다.

『류무쌍전』의 주인공인 류우쌍劉無雙은 건중建中[당 덕종의 연호 (780~783년)] 연간의 조신인 류전劉震의 딸로 어려서 류전의 외조카 왕셴커王仙客과 허혼한 사이였다. 마침 징위안涇原[36]의 병사들이 반란을 일으켜 창안 성에는 큰 소동이 일어 류전과 왕셴커 일가는 뿔뿔이 흩어졌다. 뒤에 셴커가 예전에 부리던 하인 싸이훙塞鴻을 만나 외삼촌 집안의 소식을 탐문하니, 우쌍이 후궁으로 불려 들어갔다는 사실을 알게 되었다. 셴커는 슬프고 억울해서 목 놓아 통곡하며 우쌍과 만날 기약이 없음을 한탄하고는 그런 대로 우쌍의 시비侍婢였던 차이핑采蘋을 얻어 첩으로 삼았다. 나중에 [셴커]는 [푸핑 현윤富平縣尹이라는] 관리가 되어 창러 역長樂驛에 관한 일을 전담했다. 그런데 얼마 안 있어 궁녀 30명이 [황제의 묘원墓園인] 위안링園陵의 번인番人으로 파견되어 이 역을 지난다는 통지가 있었다.

셴커는 은밀히 싸이훙에게 우쌍이 이 가운데 있을지도 모른다고 말하고는 역에서 차를 달이며 소식을 탐문하였던 바, 과연 우쌍이 그 안에 있었다. 셴커는 놀라 기뻐하며 도중에 우쌍의 모습을 잠깐 볼 수 있었다. 드디어 당시 기협지사인 구야웨이古押衛를 찾아가 자세한 이야기를 털어놓고 도움을 청했다. 구야웨이는 셴커의 뜻에 감동하여 [그 부탁]을 받아들였다. [그렇게] 떠나고는 반 년 동안 소식이 없었는데, 하루는 갑자기 위안링을 지키고 있는 궁인宮人이 살해

---

36) 징위안涇原은 당대의 징저우涇州와 위안저우原州로, 징저우는 지금의 간쑤 성甘肅省 동쪽 징촨涇川이고, 위안저우는 지금의 간쑤 성 핑량平涼 동쪽 류판산六盤山 일대를 가리킨다.

되었다는 놀라운 소식이 전해졌다. 셴커는 사이훙을 보내 탐색하였던 바, 생각지도 못하게 [그 궁인]이 우쌍이었기에 셴커는 소리내어 울었다. 그런데 그 날 밤 한밤중이 되어서 셴커의 문을 두드리는 이가 있어 문을 열어 보니 구야웨이였다. 그는 대나무 광주리 하나를 들고 왔는데, 놀랍게도 우쌍의 시신이었다.

그래서 셴커가 탕약을 달여 먹이자 우쌍은 곧바로 소생했다. 대저 구야웨이는 비상한 수단으로 일단 우쌍을 죽이고 연후에 그를 소생시킨 것이었다. 그리고는 싸이훙을 필두로 이 건에 관계된 사람들을 모두 죽이고 자신도 자진해 입을 덜고는 이로써 셴커의 은의恩義를 갚았다. 구야웨이가 한 일은 모두 사람들의 의표를 벗어났는데, 문필도 몹시 훌륭하긴 하지만, 다만 너무 지나치게 작위적으로 생각된다. 그래서 후잉린胡應麟은 다음과 같이 평했다.

> 왕셴커 역시 당대 사람의 소설이다. 일이 크게 기이하나 인정에 맞지 않아 대개 그 꾸밈이 지나치다. 혹은 오유선생烏有先生[37]이나 무시공亡是公[38] 류는 알 수 없다.[39]

---

37) '오유선생'과 '무시공'은 모두 쓰마샹루司馬相如의 「자허부子虛賦」에 나오는 가상의 인명이다. "초나라가 자허子虛를 제나라에 사신으로 보냈는데. 제나라 왕은 나라 안의 병사들을 모두 불러 많은 규모의 거마를 갖추어 사신 자허와 함께 사냥을 나갔다. 사냥이 끝나자 자허는 오유선생에게 들러서 사냥에 대한 자랑을 했으며, 그 때 무시공이 거기에 있었다.楚使子虛使於齊, 齊王悉發境內之士, 備車騎之衆, 與使者出畋。 畋罷, 子虛過詫烏有先生, 而亡是公存焉。"(『사기史记』·「사마상여열전司馬相如列传」)
38) 『사기史记』·「사마상여열전司馬相如列传」에서는 "무시공이라는 것은 그런 사람이 없다는 것이다亡是公者, 無是人也。"라고 하였다.
39) 원문은 다음과 같다. "王仙客亦唐人小說, 事大奇而不情, 蓋潤飾之過, 或烏有, 亡是類不可知."

또 원대의 시종詩宗인 우라이吳萊40)는 칠언 장편시인「류무쌍가劉無雙歌」를 지었고, 명대의 루차이陸采41)는『명주기明珠記』를 지었는데, 일명『왕선객무쌍전기王仙客無雙傳奇』라고도 한다.『명주기』중 가장 절묘한 것은「전차煎茶」라는 척齣인데, 차를 달이는 것은 하인인 싸이홍塞鴻으로 그다지 적합하지는 않다. 뒤에 리위李漁가 그것 때문에「전차」를 개작해 시비侍婢인 차이핑菜蘋에게 그것을 맡겼으니, 훨씬 [현실에] 부합한다(『한정우기』를 볼 것42)).

---

40) 우라이吳萊(1297~1340년)는 원대의 학자로, 자는 리푸立夫이며 본명은 라이펑來鳳이다. 원 왕조의 집현전集賢殿 대학사大學士를 지낸 우즈팡吳直方의 장자長子로, 푸양浦陽(지금의 저장浙江 푸장浦江) 사람이다. 연우延祐 연간에 진사에 급제하지 못해 예부에서 관직을 도모했으나, 예관이 맞지 않아 물러나서 고향에 돌아가 쑹산松山에서 은거하며 경사經史를 깊이 연구했다. 시에도 능해 특히 가행歌行을 많이 지었다. 저서로『연영오선생집淵穎吳先生集』이 있다.

41) 루차이陸采(1495~1540년)는 자가 쯔위안子元이고, 호는 톈츠天池로, 창저우長洲 사람이다. 본성이 호탕하고 얽매이지 않았으며, 밤낮으로 사람들과 통음하고 큰소리로 노래 부르며 학문에 힘쓰지 않았다. 그러다 열아홉에『명주기明珠记』를 짓고는 음률에 정통한 이들을 모아 음을 바로잡고 배우를 선발해 공연에 올렸다. 이후로 루차이는 곡을 잘 지어『남서상南西厢』,『회향기懷香记』,『초상기椒觞记』등의 극본을 지었다.

42)『한정우기』의 해당 내용은 다음과 같다.
"『명주기』의「전차」에서 소식을 전하는 사람으로 등장하는 이는 싸이홍塞鴻이다. 싸이홍은 남자인데 남자가 어떻게 궁녀를 모실 수 있겠는가? 만약 궁녀만 있는 궁 안에서 남자에게 차를 끓이게 하고 또 밀담을 주고받게 할 수 있다면, 이러한 일이 가능한데 무슨 일인들 못하겠는가? 이러한 결점은 아녀자나 어린아이도 모두 지적할 수 있는데 작자는 전혀 신경 쓰지 않고 관객들도 그 소홀함을 그냥 지나친다. 그러나 눈이 밝은 사람이 이를 보면 아연실색하여 웃으면서『자허부』에 나오는 허무맹랑한 것이라고 여길 것이다. 만약 우쌍의 집에 있는 인물이 아니라 그 밖에서 허구로 아녀자 한 명을 만들어 낸다면 우쌍 아가씨와 생전 본 적이 없으니 역

『검협전劍俠傳』중에는 거중여자車中女子, 승협僧俠, 경서점노인京西店老人 등 열한 명의 검협이 기록되어 있는데(첫머리에 노인이 원숭이로 화한 것이 있는데,『오월춘추』의 고사이다), 그 중 가장 유명한 것은 『섭은낭聶隱娘』과 『곤륜노崑崙奴』 두 편이다. 이에 다음과 같이 들어보겠다.

『섭은낭聶隱娘』의 [주인공 녜인낭聶隱娘]은 당 정원貞元[당 덕종의 연호(785~805년)] 연간 웨이보의 대장 녜펑聶鋒의 딸이다. 열 살 때 비구니에게 유괴되어 산속에 들어가 검술과 인술忍術 등의 비법을 전수받았다. 나중에 집으로 돌아온 뒤에도 그 아비는 그를 어여삐 여기지 않고, 하는 대로 내버려두었다. 인낭은 곧 아비에게 거울을 가는磨鏡43) 소년과 부부가 되겠노라 청하고는 얼마 안 있다 아비는 사망했다.

내에 들어와 차를 끓이며 우선 통성명하게 한 후 사정을 이야기 하게 하는 것은 편하긴 편하지만 뜬금없이 곁가지로 뻗어 군더더기가 된다는 생각이 든다. 모르긴 해도 이것은 앞에 이미 등장했던 한 아녀자를 시키는 것이 타당한데 시키지 않았으니 왕셴커王仙客가 아주 어리석을 뿐 아니라 저 시녀도 또한 너무 모질게 느껴지는 것이다. 그 아녀자는 누구인가? 우썽이 어렸을 때부터 따라다니던 시녀로 셴커가 지금은 첩으로 삼은 차이핑이 바로 그 사람이다. 셴커가 뜻을 전할 사람을 찾아 이러한 생각을 해낸 것은 물론 차이핑에게 가서 의논을 하였는데, 어찌 주인인 우썽과 이별하여 몇 년이 지나도록 가까이할 방법이 없었거늘 이제 지척에 있는데도 한 번 만나볼 계획을 세우지 않으니 온 천하에 이렇게 모진 사람이 있을까? 나 역시 이러한 오류를 교정하였는데, 빈백만 바꿨을 뿐 곡의 가사를 바꾸지는 않았다. 『비파기』 개본과 함께 뒤에 붙여 간행하였으니 같은 마음을 가진 이들의 질정을 구한다. 이것이 또 하나의 예이다."(조관희, 박계화, 홍영림 역, 『한정우기』, 보고사, 2013년. 318~319쪽)

43) 주지하는 대로 당시 거울은 구리로 만든 동경銅鏡이라 녹이 잘 슬어 자주 닦아주어야 했다. 그래서 거울을 가는 일을 직업으로 삼는 이들이 있었다.

원화元和 연간에 이르러 위수魏帥 톈田 씨는 천쉬陳許(허난河南 쉬저우許州) 절도사 류창이劉昌裔와 사이가 나빠져 위수는 인냥을 시켜 류창이의 목을 가져오게 했다. 그래서 인냥은 소년과 함께 흑백위黑白衛(나귀)를 타고 출발했다. 그런데 류창이는 신통술이 있어 인냥이 올 것을 미리 알고 있어 도중에 후한 예물로 그를 맞았다. 인냥 부부는 위수가 류창이에게 미치지 못함을 알고 결국 쉬 땅에 머물게 되었다. 갑자기 나귀가 보이지 않자 류창이는 크게 놀라 그것을 찾아보게 했는데, 보따리 속에 [종이로 잘라 만든] 검고 흰 두 마리 나귀가 있을 뿐이었다. 한 달 뒤 위수는 인냥이 돌아오지 않을 것을 알고 다시 징징얼精精兒을 시켜 인냥과 허수許帥[곧 류창이]를 죽이게 했다.

그 날 밤 류창이는 두려운 기색이 없이 평온하게 있었는데, 갑자기 붉고 흰 두 개의 깃발이 휘날리듯이 상床 네 모퉁이에서 서로 치고 받고 싸우는 듯하였다. 그러더니 한참 만에 털썩하는 소리가 나더니 공중에서 [뭔가가] 떨어져 보니, 몸과 머리가 두 동강이 나 있었다. 인냥도 모습을 드러내더니 징징얼은 이미 죽었다고 하면서 이것을 당 아래로 끌어내 약을 뿌리니 곧 물로 변했다. 결국 위수[톈 씨]는 다시 묘수妙手 쿵쿵얼空空兒을 보냈다. 이 쿵쿵얼의 신통술은 귀신도 그 자취를 추적할 수 없을 정도여서 인냥이 도저히 대적할 수 없었다. 이에 류창이로 하여금 위톈于闐[44]의 옥을 목에 두르고 이불을 덮고 있게 하고, 인냥은 하루살이로 변신해 류의 창자 속에 숨어 있었다. 삼경이 되자 류는 눈은 감고 있었으나 아직 깊이 잠들지 않았는데, 목에서 쟁그랑하는 소리가 들렸다. 그러더니 인냥이 류의 입 속에서 뛰어 나와 그가 무사함을 경하하였다. 대저 쿵쿵얼은 송골매처

---

44) 옥의 산지로 유명한 호탄을 가리킨다.

럼 한 번에 맞히지 못하자 훌쩍 멀리 가버리고 자기가 명중시키지
못한 것을 수치스럽게 여겨 두 번 다시 오지 않을 것이기에 이제
안심해도 된다고 말했다. 류가 그 옥을 보니 과연 비수의 흔적이 역
력하게 나 있었다. 이로부터 류는 인냥을 후하게 예우했는데, 인냥은
머물기를 원하지 않고 물러갔다. 나중에 류가 경사에 부임한 뒤 죽었
을 때 인냥은 나귀를 타고 와서 운구 앞에서 통곡을 하고 가버렸다.
개성開成[당 문종文宗의 연호(836~840년)] 연간에 류창이의 아들 류
쫑劉縱이 촉蜀으로 가는 길에서 인냥을 만났는데, 여전히 백위白衛를
타고 있었고, 쫑에게 큰 재앙이 있을 것을 알고 약을 주어 그 난을
피하게 하였다. 쫑은 후하게 사례했으나 인냥은 하나도 받지 않고
다만 술에 흠뻑 취해 가버렸다. 그 뒤 인냥을 본 사람은 없었다.

　이 작품의 문장은 간결하고 고풍스러우며 눈앞에 펼쳐지는 듯 생
생하니 마땅히 『홍선전』보다 윗길이다. 시험 삼아 인냥이 징징얼과
공중에서 서로 싸우는 것이나 모습을 바꾸어 쿵쿵얼의 예봉을 피하
는 것을 보면, 마치 『서유기』의 손오공孫悟空과 같다. 청대에 유퉁尤
侗45)은 이것을 남본으로 삼아 『흑백위전기黑白衛傳奇』를 지었다. 유퉁

---

45) 유퉁尤侗(1618~1704년)은 명말청초의 시인이자 희곡가이다. 일찍이 순치
　제順治帝가 "진정한 재자才子"라 했고, 강희제康熙帝로부터는 "노명사老
　名士"라는 칭호를 들었다. 자는 잔청展成, 또는 퉁린同人이라 했고, 젊은
　시절에는 싼중쯔三中子, 또는 후이안悔庵이라 자호했다가, 만년에는 건자이
　艮齋, 시탕라오런西堂老人, 허치라오런鶴栖老人, 메이화다오런梅花道人 등의
　호를 썼다. 쑤저우 부蘇州府 창저우長洲(지금의 쟝쑤성 쑤저우 시江蘇省蘇州
　市) 사람이다. 강희康熙 18년(1679년)에 박학홍유과博學鴻儒를 거쳐 한림원
　검토翰林院檢討를 제수받았고, 『조조교명사두조樵巢乱明史頭樵』의 찬수에
　참여해 열전列傳 300여 편을 편찬했다. 저술이 풍부해 『서당전집西堂全集』
　을 남겼다.

은 문장가로 그의 전기는 당시 추천을 받아 궁으로 들어가 강희제가
친히 관람했다. 왕스전王士禛[46]은 시를 지어 바쳤다.

> 천금의 비수는 흙 반점 [일으키고],
> 아녀자는 은혜와 원수의 일을 등한히 하네.
> 다른 날 그대와 검술을 논하노니,
> 무덤가를 떠나 청산을 사리라.[47]

『곤륜노崑崙奴[48]』는 흑인에 관한 일이다. 대력大歷[당 대종代宗의
연호(766~779년)] 연간에 추이성崔生이라는 이가 있었다. 그 아비는
높은 벼슬아치로 하늘을 뒤덮을 만한 공훈을 세운 일품의 권신(짐짓
이름을 숨긴 것이다)과 친했다. 하루는 아비의 심부름으로 일품관의
문병을 갔는데, 일품관은 그를 크게 환대하였다. 그 자리에 절세미인
인 세 명의 시녀가 있었는데, 일품관은 붉은 비단옷을 입은 시녀에게
명하여 [일종의] 치즈를 [얹은] 복숭아 한 사발을 진상하게 했다. [하
지만] 추이성은 [젊은 나이라 시녀들을 대하기] 부끄러워 먹지 못하
자, 일품관은 시녀에게 명하여 수저로 그것을 떠주니, [그제야] 추이
성은 물리지 못하고 받아먹었다.

---

46) 왕스전王士禛(1634~1711년)은 중국 청나라의 시인으로, 본명은 전禛이고,
자는 이상貽上이며, 호는 롼팅阮亭, 위양산런漁洋山人이다. 당송의 시풍을
받아 신운神韻을 중시하였다. 작품에 시문집『정화록精華錄』,『대경당집帶
經堂集』,『당현삼매집唐賢三昧集』이 있다.

47) 원문은 다음과 같다. "千金匕首土花斑, 兒女恩讎事等閑. 他日與君論劍術,
要離塚畔買青山."

48) 여기서 곤륜崑崙은 지금의 말레이시아와 자바 등지의 토착 종족의 이름이
다. 피부가 검고 힘이 세서 당대의 명문 귀족들이 고용하거나 노예로 사서
부렸는데, 이들을 곤륜노라 하였다.

추이성이 물러감에 시녀가 배웅을 하러 정원까지 나와 작별하면서 손가락 세 개를 내서 손바닥을 세 번 뒤집고 난 뒤 가슴 앞에 있는 작은 거울을 가리키며 잘 기억해두라고 말했다. 추이성은 집에 돌아 와서도 시녀가 어른거려 정신이 나가고 의욕도 잃어버려 밥도 못 먹고 시만 읊었다.

[그의] 집안에 모러磨勒이라는 곤륜노가 있어 걱정이 되어 물었던 바, 추이성은 이실직고했다. 모러는 이것은 별것도 아닌데 왜 일찍이 알려주지 않았느냐고 하면서 그 은어隱語를 풀이해주었다. 손가락 세 개를 세운 것은 일품관의 집에 가희歌姬가 살고 있는 집이 열 채가 있는데, 그 가희는 그 가운데 세 번째 집에서 산다는 뜻이고, 손바닥 을 세 번 뒤집은 것은 열다섯이라는 수를 내보인 것이니 [보름이라는 날짜를 가리키고], 가슴 앞의 작은 거울은 둥근 달을 말하는 것이니, 곧 보름날 달이 [거울처럼] 둥글거든 오라는 뜻이라고 설명해주었다. 추이성은 크게 기뻐하며 그 계책을 물었다. 그런데 일품관의 집에는 호랑이 같은 사나운 개가 있어 쉽사리 가희의 집에 접근할 수 없었는 데, 세상에서 이 개를 죽일 수 있는 것은 모러뿐이었다.

그래서 모러는 쇠몽둥이를 들고 먼저 들어가 개를 죽여 장애물을 제거하니 삼경이 되었을 때 추이성을 등에 업고 십중의 담을 넘어 기원妓院의 세 번째 문에 도착하자 문짝은 잠겨있지 않았고, 구리로 만든 유등油燈의 희미한 불빛 아래 가희는 아직 잠들지 않았고, 길게 한숨을 짓고 있었다. 추이성은 곧장 들어가 [자신이 여기까지 오게 된] 연유를 고하자 가희는 놀라 기뻐하며 금 술잔에 술을 따라 모러 에게 사례하고, 모러는 또 추이성과 가희를 업고 담장을 날듯이 넘어 추이성의 집에 데리고 돌아왔다. 다음날이 되자 일품관의 집에서는 이 사실을 알고 큰 소동이 일었는데, 결국 [밖으로] 알려지지 않았다.

이년 가량이 지난 어느 꽃 피는 봄날 추이성은 가희와 취쟝曲江으로 놀러갔다가 일품관의 집안사람에게 발각되었다. 일품관이 추이성을 불러 이것을 힐난하니 추이성은 숨기지 않고 이실직고했다. 일품관은 과거지사를 용서했는데, 곤룬노는 괘씸하게 여겨 무장한 병사 50명에게 명해 추이성의 집을 포위하였다. 모러는 비수를 지니고 날 듯이 집을 나가 그 행방이 사라졌다. 그 뒤 십여 년이 지난 뒤 추이씨 집안의 사람이 모러가 뤄양洛陽의 저잣거리에서 약을 팔고 있는 것을 보았는데, 그 용모가 예전과 같았다고 했다.

이상은 이 작품의 개요이다. 문장이 극히 화려하여 『회진기』와 백중지세다. 시험 삼아 모러磨勒가 추이성을 업고 삼경에 붉은 비단옷을 입은 시녀紅綃를 방문하는 대목은 아래와 같다.

보름날 저녁 삼경에 모러는 추이성에게 푸른 비단옷을 입혀서 마침내 그를 등에 업고 열 겹이나 되는 담을 뛰어넘어서 가희들이 살고 있는 뜰 안으로 들어가 세 번째 집 문 앞에서 멈추었다. 그 문짝은 잠겨 있지 않았고, 방안에 켜 놓은 구리로 만든 유등油燈의 불빛은 가느다랗게 흘러나왔으며, 오직 가희의 긴 한숨 소리만 들릴 뿐, 그녀는 앉아서 마치 무언가를 기다리고 있는 듯했다. 그리고 막 비취 귀고리를 빼서 내려놓고, 얼굴의 화장을 씻어 내고 나니, 옥처럼 아름답던 얼굴은 원망 때문에 아리따움이 사라졌고, 진주처럼 영롱하던 용모는 시름 때문에 오히려 여위어 있었다. 이때 시를 읊는 소리가 들렸다.

깊은 동굴 꾀꼬리 울음소리는 돌아오지 않는 롼랑阮郎49)을 원

---

49) 전설에 의하면, 후한 때 롼자오阮肇는 톈타이산天台山으로 들어가 선녀를 만나 반년을 함께 살다가 돌아왔다. 그리고 다시는 선녀에게로 가지 않았다.

망하고,

　그이는 살그머니 나를 찾아와 명주明珠 귀고리를 풀게 하였
네.50)

　높은 하늘 구름 흩어진 뒤 일자 소식 끊어지고,
　부질없이 옥소玉簫에 의지하여 봉황 오기만을 기다리네.51)

　시위하는 사람들은 모두 잠이 들었고, 주위는 죽은 듯이 고요
했다. 추이생은 드디어 천천히 발을 걷고 방안으로 들어섰다. 가
희는 한참만에야 추이성을 알아보고 침대에서 뛰어 내려와 추이
성의 손을 잡으며 말했다.

　"낭군께서 총명하셔서 틀림없이 저의 뜻을 암암리에 깨달으시
리라는 것을 알았기 때문에, 그래서 수화手話를 했던 것이에요.
그러나 낭군께서 무슨 신통술이 있어서 이곳에 오실 수 있을까?
이에 대해서는 정말 의문이었어요."

　추이성은 모러의 계략으로 그에 업혀서 들어온 일을 구체적으
로 말해주었다.

　"모러는 어디에 있어요?"

　"발 밖에 있어요."

　드디어 그를 불러들여 금잔에다 술을 따라서 대접했다.

　그리고 가희는 추이성에게 말했다.

란자오가 집에 와보니, 이미 자손들은 7대까지 내려가 있었다고 한다. 여기
서 란랑은 란자오를 가리키고, 가희는 스스로를 선녀에 비유 하고 있다.

50) 『한시외전韓詩外傳』에 정쟈오푸鄭交甫가 한수이漢水 주변에서 두 여인을 만
났는데, 그가 그들이 차고 있던 명주明珠를 탐내자, 여인이 그것을 풀어서
선사했다는 이야기가 있다. 여기서는 이 고사를 인용해 자신도 암암리에
추이성에게 정이 끌리고 있음을 표현한 것이다.

51) 진 목공晉穆公의 딸 눙위弄玉가 통소를 잘 부는 샤오스簫史를 남편으로 맞
이하여, 늘 음악과 더불어 즐기다가 마침내 봉황을 타고 부부가 신선이
되었다는 전설이 있다.

"저의 집은 본래 부유했으며, 삭방朔方에 살고 있었지요. 그때 일품관께서 삭방 절도사로 와서 강제로 저를 시녀로 삼았어요. 그렇다고 자결을 할 수도 없고, 할 수 없이 수모를 참으며 살기를 꾀하였어요. 그래서 표면으로는 비록 화려하게 꾸미지만, 속마음은 매우 우울하옵니다. 생활은 비록 옥 젓가락으로 식사를 하고 금 향로에 향을 피우며, 비단옷을 입고 운모병풍 속에서 살며, 옥구슬과 비취로 머리를 꾸미고 수놓은 이불을 덮고 자지만, 이 모두가 바라는 바가 아니라서 마치 감옥에 갇혀 있는 듯해요. 마침 시위용사에게 이처럼 신통술이 있으니, 이 감옥에서 나를 탈출시켜 달라고 해도 무방하겠지요. 내 소망이 이루어지기만 한다면 죽더라도 후회하지 않겠어요. 아무쪼록 저를 노예로 받아주세요. 옆에서 낭군을 모시고 싶습니다. 저의 생각이 이러하온데, 낭군의 고견은 어떠하오신지 모르겠군요?"

추이성은 초연해져서 묵묵 대답을 하지 못했다. 이때 모러가 말했다. "낭자께서 이미 그렇게 결심하신 이상, 이 또한 간단한 일에 불과합니다." 가희는 매우 기뻐했다. 모러는 먼저 가희를 위해서 그의 짐 보따리와 화장경대 등을 등에 지고 밖으로 세 차례 반복하면서 날랐다. 그리고 난 다음에 말했다.

"곧 날이 샐까 두렵습니다."

그리고는 드디어 추이성과 가희를 등에 업고서 십여 개나 되는 높은 담을 날아서 나왔다. 그러나 일품관 집을 경비하고 있던 사람들은 아무도 알아차리지 못했다.

명대의 량천위梁辰魚는 이것에 의거해 「홍초紅綃」 잡극을 지어 「홍선녀紅線女」(역시 량천위가 지은 잡극)와 더불어 「쌍홍雙紅」극이라 하여, 당시 사람들의 높은 평가를 받았다. 또 메이딩쭤梅鼎祚[52])에게

---

52) 메이딩쭤梅鼎祚(1553~1619년)는 명나라 닝궈 부寧國府 쉬안청宣城 사람으

「곤륜노」 잡극이 있다.

안컨대, 훙푸紅拂와 훙셴紅線, 훙샤오紅綃 세 여자는 모두 장상將相의 희잉姬媵53)으로 기협氣俠이 있어 수염 달린 남정네들도 감당하기 어려운 여인들巾幗鬚眉이라 하겠다. 그 사실들은 모두 허구로 믿을 만하지 않다. 세상 사람들은 일품관으로 분양왕汾陽王 궈쯔이郭子儀를 지목하는데, 깊이 따지기엔 부족함이 있다. 다만 훙샤오의 일은 훙푸에 바탕한 것이거나, 곤륜노는 규염객에 견강부회한 것은 아닌가 한다.

제3절 염정

'염정류'는 곧 재자가인의 풍류운사風流韻事를 위주로 한 것으로, 실로 당대 전기의 정수이다.

로 희곡 작가이다. 자는 위진禹金이고, 호는 성러다오런勝樂道人이다. 제생諸生으로 시문이 박야博雅했다. 국자감생國子監生이 되어 젊어서부터 시명詩名을 떨쳐 선쥔뎬沈君典과 함께 유명했다. 과거 시험에서 뜻을 얻지 못하자 포기했다. 고학古學으로써 자부했으며, 시문이 차분하고 넓으며 고상하고 담박해 왕스전王世貞의 칭찬을 받은 바가 있다. 대학사大學士 선스싱申時行이 조정에 천거하려 했지만, 사양하고 나가지 않았다. 서대원書帶園에 은거하며 천일각天逸閣을 지어 책을 모아 두고 그 가운데서 저술에 힘썼다. 탕셴쭈湯顯祖와 교분이 매우 깊어 서로 문장의 잘못을 지적해 주기도 했다. 저서에 시문집인 『매우금집梅禹金集』 20권과 소설 『재귀기才鬼記』 16권, 『청니연화기靑泥蓮花記』 13권이 있으며, 또한 『역대문기歷代文記』와 『한위시승漢魏詩乘』 20권, 『고악원古樂苑』 52권, 『서기동전書記洞詮』 116권 등을 편집했다. 전기傳奇에 『옥합기玉合記』와 『장명루長命縷』가 있고, 잡극으로 『곤륜노昆侖奴』가 있다.
53) 첩이나 시집가는 여인이 데리고 가던 시첩侍妾을 가리킴.

『곽소옥전霍小玉傳』……쟝팡蔣防이 지었다. 『당인설회唐人說薈』

중당 때 유명한 시인 리이李益의 일문逸聞이다. 훠샤오위霍小玉는
당의 종실인 훠 왕霍王의 서녀였는데, 훠 왕이 죽은 뒤 생모 정鄭 씨의
신분이 미천해 재산을 나눠받고 왕부王府와는 절연했다. 샤오위는 장
성해서 가기歌妓가 되어 승업방勝業坊에서 거처했다. 리스랑李十郎 이
益는 대력大曆 연간에 스무 살의 나이로 진사에 급제했는데, 아름다
운 문장으로 당시에 그와 상대할 이가 없었다. 스스로도 풍류를 긍지
로 삼아 훌륭한 짝을 얻고자 해 널리 명기를 물색하면서 매파 바오스
이냥鮑十一娘에게 후하게 뇌물을 주었다.

바오는 정 씨에게 말해서 샤오위를 위해 리스랑을 맞이하게 했다.
샤오위는 또 일찍이 스랑의 재명才名을 흠모해 항상 "주렴을 여니
바람에 대나무 움직여, 행여나 그 님이 오신 양 하여라開簾風動竹, 疑
是故人來"라는 구절을 즐겨 음송할 정도였기에 스랑과 만나는 것을
크게 기뻐해 약혼은 쉽게 성립이 되어 정혼하는 날 저녁定情之夕, 산
과 바다에 맹서하며山誓海盟 죽을 때까지 해로할 언약을 맺었다.

원앙과 비취처럼 2년을 같이 산 뒤 리이는 다시 이부吏部의 시험에
급제하여 정鄭 현의 주부主簿가 되어 임지로 부임하게 되었다. 샤오
위는 이별을 아쉬워하며 리이에게 다음과 같이 부탁했다. 그대의 재
능과 명성이라면 구혼을 해오는 이들이 진정 많을 것일 터, 여기에
엄친이 집에 계시나 며느리가 없으니, 이번에 가시면 반드시 다른
여자와 가연을 맺게 될 겁니다. 이것은 어쩔 도리가 없는 것인데 여
기 한 가지 간절한 소망이 있습니다. 소첩은 올해 열여덟, 낭군은 스
물 둘이니 낭군께서 서른이 되려면 아직도 8년이 남았습니다. 이 기
간 동안 그대가 지금까지 했던 대로 일생의 즐거움을 모두 끝내고,

그 뒤에는 낭군께서는 명문가의 규수를 맞아 백년을 해로하시더라도 늦지 않을 것입니다. [그리고 나서] 저는 곧 세상사를 버리고 비구니가 되겠습니다. 리이는 부끄럽기도 하고, 감동이 되기도 해서 말했다. [그대와 나는] 영원히 변치 않겠다는 맹서를 했소. 내 일단 임지에 간 뒤에 사람을 보내 그대를 맞이하리다. 그렇게 약속하여 이별했다.

이윽고 리이는 정 현에 말미를 청하고 동도東都[뤄양洛陽]에 가서 양친을 찾아뵈었는데, 어머니는 이미 이종누이 루盧 씨와 정혼을 해두었다. 루 씨는 명문 가문이었기에 리이는 이에 따랐고, 샤오위와 절연할 생각을 해 오랫동안 소식을 끊었다. 그런데 샤오위 쪽에서는 리이의 소식을 기다렸지만, 종내 무소식이었다. 결국 이 때문에 샤오위는 병이 깊어져 어떻든지 간에 리이의 소재를 알려고 했고, 여러 점쟁이들을 찾아다니며 물어보다가 그러는 사이 가세가 크게 기울었다. 결국 가장 소중하게 여기는 자옥紫玉으로 만든 비녀도 팔아야 했다.

그런데 [팔러 가는 길에] 늙은 옥공玉工을 만났는데, 그가 옥 비녀를 보고는 크게 놀라며, 내 일찍이 훠 왕 집안의 아가씨가 머리를 올리려고 했을 때 이걸 만들었는데, 어째서 이걸 팔려고 하느냐고 물었다. 사실을 알고 나서는 크게 슬퍼하며 12만 전을 주고 그것을 [다른 사람에게] 대신 팔아주었다.

한편 리이는 창안에 와서 루 씨와 결혼해 새 집을 짓고 모든 것을 비밀로 했다. 그 사이 병중의 샤오위는 리이의 소식을 알고는 리이와 반드시 한 번은 만나려고 백방으로 손을 썼지만 리이는 늘 회피해서 만나지 못했다. 이 이야기가 창안에 새어나가 전해졌으니, 풍류지사들은 모두 샤오위의 다정함에 감동했고, 호협지사는 모두 리이의 박정함에 분노했다.

3월의 어느 날 리이가 대여섯 명의 친구들과 충징쓰崇敬寺에 가서 모란을 감상할 때 그 중 한 친구가 리이의 심사를 책망하던 차에 누런 적삼을 입은 협사가 나타나 리이에게 인사를 하고 진즉부터 큰 명성을 우러르고 있었으니 오늘 자신의 집에 왕림해 줄 것을 부탁드린다고 하자 일동은 말에 채찍질을 하여 얼마 되지 않아 승업방에 도착했다. 리이는 다른 용무를 핑계 삼아 물러나 가려고 했지만 협사는 허락하지 않았다. 오히려 몇 사람의 하인들에게 명하여 리이를 감싸 안고 샤오위의 집에 밀어 넣고 리스랑이 왔다는 사실을 알렸다.

그런데 전날 밤 샤오위는 꿈에 누런 적삼을 입은 장부가 리이를 감싸 안고 와서 샤오위로 하여금 신발을 벗기게 한 것을 보고 스스로 해몽하기를 신발鞋은 화합하는 것諧이고, 벗기는 것脫은 풀어내는 것解54)이기에 이것은 대저 부부가 다시 만나 바로 영원히 헤어져야 하는 것이라 생각했다. 그 날 아침 소세하고 화장을 시켜달라고 한 뒤 기다렸더니 과연 리이가 왔던 것이다. 샤오위는 리이와 만나 노기에 차서 쏘아보면서 감정을 주체하지 못하는 듯 때로 소매로 [얼굴을] 가리고 리이[가 있는 쪽]을 돌아보고만 있었다. 거기에 앉아 있던 사람들은 모두 감동하였다.

그러자 술과 안주가 들어와 연회가 열렸는데, 이것은 모두 그 협사가 준비한 것이었다. 샤오위는 술잔을 들고 바닥에 붓고는 리이의 배신을 질책하고 죽은 뒤에 원귀가 되어 낭군의 처첩에게 탈이 나도록 하겠노라고 말하면서, 왼손으로는 리이의 팔을 잡고 오른손으로는 술잔을 바닥에 내동댕이치고는 방성대곡한 뒤 숨이 끊어졌다. 이것은 진정 처절한 원망을 담은 문장이다.

---

54) 중국어로 '신발鞋'과 '화합하는 것諧'은 모두 발음이 '셰'로 같고 뜻도 통한다. 그리고 '벗는 것脫'과 '풀어내는 것解'은 서로 뜻이 통한다.

샤오위는 몸을 비스듬히 하고 얼굴을 돌린 채 리이를 한동안 흘겨보고 있더니 드디어 술잔을 들어 술을 땅바닥에 부으면서 말했다.

"저는 여자로 태어나 이처럼 운명이 박하고, 낭군은 남자로 태어나 그처럼 배신하시니, 저는 청춘의 몸으로 원한을 머금고 이 세상을 떠나가겠어요. 어머님이 살아 계시지만 봉양해 드리지 못하고 아름다운 비단옷도 즐거운 음악도 이제부터는 영원히 끊어지게 됐어요. 황천길에까지 쓰라림을 가져가게 된 것도 모두 낭군 때문이지요. 리 군李君이여, 리 군이여! 이제 영원히 이별하게 되었소이다. 내가 죽은 뒤에는 반드시 원귀가 되어 당신의 부인과 첩들을 한시도 편안하게 놔두지 않을 게요!"

그러면서 왼손을 뻗어 리이의 팔을 잡으며 술잔을 땅바닥에 내동댕치치고 몇 마디 길게 통곡하더니 그만 숨을 거두고 말았다.

리이는 그를 위해 복상을 하고 후하게 장례를 치렀다. 그 뒤 리이는 감정이 상하고 사물에 감응하여 울울불락하며 질투하는 마음이 점차 생겨 루 씨와 불화하여 [내쫓았고] 아내를 세 번이나 맞았지만, 모두 해로하지 못했다. 또 광링廣陵의 명기 잉스이냥營十一娘을 총애하되, 매번 외출할 때마다 욕곡浴斛(일종의 욕조)을 잉냥의 침상머리에 엎어두고 주위를 봉한 뒤 표식을 해두었으며, 집에 돌아와서는 그것을 상세히 검사한 뒤 개봉했다. 이것은 진정 십자군 때 원정 나가는 용사들이 그들의 집을 지키고 있는 처첩들의 요부腰部를 봉했던 것과 흡사한데, 진정 동양과 서양이 짝을 이루는 우스운 이야기라 하겠다.

『리와전李娃傳』……바이싱졘白行簡이 지었다. 『당인설회唐人說薈』

바이싱졘은 자가 즈투이知退로, 바이쥐이白居易의 막내 동생季弟이며, 그 문장은 형과 같은 풍風이 있어 사부가 정밀한 것으로 이름이 났다. 근래 둔황敦煌의 석굴에서 발견된 고 사본 중에 바이싱졘이 지었다고 제한 「천지음양교환대락부天地陰陽交歡大樂賦」라는 것이 있다. 이 전기와 저 부는 물론 가탁인데, 문필은 노련한 고수가 아니면 지을 수 없는 것이다. 『리와전』은 『곽소옥전』과 함께 염정 전기 중의 백미이다.

리와李娃는 창안의 임협任俠 명기이다. 천보 연간에 창저우常州 자사 형양공滎陽公이라는 이(그 이름은 듣지 않았지만, 형양의 대족이라면 의심할 바 없이 정鄭 씨이다)는 당시 명망이 높았는데, 나이가 쉰이 되던 해에 이제 막 스무 살이 된 아들이 있었다. [그 아들은] 뛰어난 문재가 있어 당시 다른 무리들의 수준을 능가하였으므로, 공은 그를 총애하며 우리 집의 천리마라고 자랑했다.

이윽고 경사에 올라가 과거시험에 응시할 때 공은 2년분의 학비를 넉넉하게 주었고, 또 생生 역시 자신의 재주를 자부해 급제하는 것을 여반장如反掌으로 보았다. 창안에 도착해서는 포정리布政里에 거처를 정했다.

하루는 동시東市에서 노닐다 핑캉平康(기생집이 있는 곳)의 밍커취鳴珂曲를 지나는데, 어느 집 앞에 이르니 절세가인이 사립문에 기대서 있었다. 생은 한 번 보고는 혼이 하늘 밖으로 날아가 [그곳을] 배회하며 떠나지 못했다. 그리하여 짐짓 채찍을 땅에 떨어뜨리고는 [따라오던] 하인이 그것을 집어줄 때까지 그녀를 힐끗힐끗 쳐다보았다. 리와도 눈길을 돌려 바라보는 모습이 몹시 사모하는 듯했는데,

결국은 말을 붙여보지도 못하고 헤어졌다. 생은 망연히 넋을 잃은 듯하여 친구에게 물어보고는 그 명기가 리와라는 것을 알게 되었다. 그는 잘 차려입고 [길을 나서] 그 문을 두드리니 시녀가 문을 열고 보더니 놀라며 일전에 채찍을 떨어뜨렸던 분이 왔다고 소리치자, 리와는 크게 기뻐하며 옷을 갈아입고 나와 맞이했다. 그리고는 성찬을 차려 은근한 정을 다해 결국 기생어멈에게 알리고 생을 유숙하게 하고는 정분을 나누었다.

이로부터 생은 종적을 감추고 친지와도 소통하지 않고 날마다 화류가의 주색 당들과 만나 어울리며 지냈다. [결국] 주머니가 비어 준 마와 하인을 팔고 가진 돈을 모두 탕진해 [결국] 기생어멈의 마음도 점차 멀어져 갔지만, 리와의 정은 점점 더 돈독해졌다. 어느 날 리와는 생에게 낭군님과 서로 알고 지낸 지 1년이 되었는데, 불행히도 아기가 없으니, 죽림신竹林神의 사당에 제를 올리고 소원을 빌어보겠다고 말했다. 생은 여기에 계략이 있는 줄도 모르고 크게 기뻐하며 리와와 같이 이틀 밤을 보낸 뒤 돌아왔다. 도중에 리와의 이모님 댁에서 쉬며 차를 마시는데, 어떤 사람이 준마를 타고 와서 기생어멈이 급환으로 [위독하다고] 알려왔다.

리와는 서둘러 이모에게 작별 인사를 하고 [먼저] 가면서 나중에 사람을 다시 보낼 테니 [이모는] 생과 함께 오라고 하였다. 생은 곧바로 리와를 따라가려고 했지만, 이모는 이를 만류했다. 그런데 저녁이 되어서도 종무소식이었다. 이모는 생에게 가서 [상황을] 보라고 했다. 생이 집에 돌아와 보니 문은 굳게 잠겨 있었고 봉인되어 있어 크게 놀라 이웃 사람에게 물으니 이 집은 리와가 세 들어 살던 곳이었는데, 기한이 차서 집주인이 스스로 거두어들이고 기생어멈은 그제 어딘가로 이사 갔다고 대답했다.

생은 곧바로 이모에게 돌아가 따져 물으려고 했으나 날이 저물어 하룻밤을 여관에서 밤을 새우며 화가 나서 잠을 이루지 못했다. 날이 밝기를 기다려 이모의 집을 찾아가 문을 두드리며 큰 소리로 [사람을] 불렀다. 그제서야 한 관리가 나왔기에 이모의 일을 물으니 그런 사람은 살고 있지 않다고 답했다. [그래서 생은] 어제 저녁까지만 해도 여기 있었는데, 어찌 오늘은 없다고 할 수가 있느냐면서 왜 숨기냐고 물었다. 그 관리는 이곳은 본래 추이崔 상서의 집인데 어제 어떤 사람이 이 후원을 빌려 자기 친척을 기다리겠다고 한 뒤 날이 저물자 가버렸다고 답했다. 생은 이 말을 듣고 의구심으로 거의 미칠 것만 같아 어찌할 바를 몰라 포정리의 옛 집으로 찾아갔다.

주인은 딱하게 여겨 먹을 것을 주었는데, 생은 원통하고 답답해서 밥도 못 먹다가 병에 걸려 열흘이 지나면서 점점 더 악화되었다. 주인은 그가 죽을까 두려워 몰인정하게도 그를 장의용품을 파는 가게로 보내버렸다. 그런데 생은 호전되어 장의사의 인부로 고용되어 지나다 보니 장송곡을 잘 익혀 절묘함을 다하였다.

대저 [창안의] 장의사는 두 군데로 나뉘어 있어 서로 경쟁을 하고 있었다. 동쪽의 장의사는 상여가 기이하고 화려하여 서쪽의 장의사를 압도했지만, 만가輓歌만은 뒤떨어졌다. 그래서 동쪽 장의사의 주인은 생의 만가가 절묘한 것을 알고 2만 전을 들여 생을 데려가 창곡을 충분히 연습시켰다. 그런 가운데 두 곳은 주인은 두 곳의 기량을 겨루는 대회를 열기로 했다. 지는 쪽은 벌로 5만 전을 내 술과 안주의 비용을 충당하기로 약정했다. 이 일이 널리 퍼져 당일 날 창안 성내의 사람들이 모두 나올 정도가 되었는데, 결국 생이 나와 만가에서도 동쪽 가게가 이겼다. 노래 시합을 하는 대목의 묘사가 아주 훌륭하다.

아침부터 전람하여 정오에 이르기까지 상여 등 장례식에 쓰이는 도구를 두루 보였는데, 서쪽 장의사는 한 가지도 이긴 것이 없어 모두 창피한 기색만 보였다. 그러자 그들은 남쪽 모퉁이에다가 책상을 갖다 놓더니 수염을 길게 기른 자가 양쪽에 몇 명씩 따르게 하며 쇠 방울을 가지고 들어왔다. 이에 수염을 날리며 눈썹을 치세우고 팔뚝을 걷어붙이고 머리를 조아리며 올라가서 백마의 노래[55]를 불렀다. 이번 승리는 이미 자기의 것으로 믿고 좌우를 돌아보는 모습이 방약무인傍若無人의 태도였다. 사람들도 일제히 소리를 질러 그를 환호하였으므로, 그는 스스로 당대의 무적으로 아무도 자기를 이겨낼 수 없다고 생각하고 있었다.

그리고 나서 조금 있다가 이번에는 동쪽 장의사의 사장이 북쪽 모퉁이에 책상을 늘여 놓자, 한 흑두건을 쓴 젊은 사람이 좌우로 대여섯 명을 데리고 장례 때에 사용하는 부채 모양의 기旗를 가지고 나타났다. 그가 곧 생이었다. 생은 의복을 가다듬으며 아주 천천히 위아래를 훑어보고 나서는 목을 길게 뽑아 곡조를 부르기 시작하였는데, 얼른 보기에는 뛰어난 것 같지 않았다. 이윽고 해로薤露의 노래[56]를 불렀는데, 그 소리는 수목까지도 감동할 정도로 청아하게 울려 퍼졌다. 한 곡조가 채 끝나기도 전에 벌써 듣고 있던 사람들은 감동하여 흐느껴 울었다. 이리하여 서쪽 장의사 사장은 군중으로부터 시합에 졌다는 소리를 듣고 더욱 더 수치스

---

55) 백마의 노래는 만가輓歌의 일종이다.
56) 해로의 노래는 만가輓歌의 일종이다.

해로가薤露歌   한대 상화곡相和曲

薤上露   부추 잎의 이슬
何易晞   어찌 그리 쉬이 마르는가
露晞明朝更復落   이슬은 말라도 내일 아침 다시 내리지만
人死一去何時歸   사람은 죽어 한 번 가면 언제 다시 돌아오나

러움을 맛보게 되었다. 그래서 내기에 진 돈을 슬쩍 앞에 내놓고
서는 꽁무니를 빼고 말았다. 모였던 구경꾼들은 모두 경탄해 마
지않았으나 그 젊은이가 누군지 눈치 채지 못했다.

때마침 생의 아비 형양공이 상경하여 구경꾼 사이에 끼어 있었는
데, 하인 하나가 노래하는 이가 생이라는 것을 알고 이것을 공에게
고하였다. 공이 하인을 보내 알아보게 하였던 바, 생은 하인을 보고
안색이 변해 사람들 틈에 숨으려고 했다. 하인은 억지로 끌고 돌아가
니 공은 매우 화가 나서 취쟝曲江 근처로 데리고 나가 옷을 벗기고
말채찍으로 수백 대를 치니 생은 그 고통을 이기지 못하고 죽어버렸
고, 공은 그를 버려두고 가버렸다.

동쪽 가게 주인은 그를 가엾게 여겨 사람을 시켜 갈대자리에 싸서
묻어주게 하니 심장에 아직도 따뜻한 기운이 남아 있어 함께 지고
돌아와 여러 가지 수단을 다하니 회복하여 겨우 살아났다. 그런데
채찍으로 맞은 자리는 이미 짓물러 터져 더럽기가 말할 수 없었다.
그래서 동료들도 그를 골칫거리로 여겨 어느 날 저녁 길가에 내다버
렸다. 지나가던 이들이 가엾게 여겨 남은 음식을 주어 허기진 배를
채워가며 열흘이 지나자 간신히 지팡이에 의지해 일어설 수 있었다.
[생은] 남루한 옷을 걸치고 깨어진 사발을 들고 다니며 저잣거리에서
구걸을 다녔다.

큰 눈이 내린 어느 날 생은 추위와 굶주림을 이기지 못하고 눈을
무릅쓰고 걸식을 나섰다. 눈이 내렸기에 인가의 문은 대부분 잠겨
있었는데, 어느 곳을 지나다 보니 왼쪽 문이 살짝 열려 있는 집이
한 채 있었다. 이것이 리와의 집인 줄 모르고 연거푸 배고프고 추워
죽겠다고 부르짖으니 그 목소리가 처절하여 차마 들을 수 없었다.

리와는 그 목소리를 듣고 생인 줄 알고 급히 나와 보니 생의 아윌 대로 야위고 부스럼투성이의 거의 사람이 아닌 듯한 형상을 보고 마음이 움직여 낭군이 아니냐고 물었다. 생은 분을 못 이겨 그 자리에 쓰러져 말도 잇지 못하고 고개를 끄덕일 뿐이었다. 리와는 뛰쳐나와 그의 목을 끌어안고 수놓은 비단으로 감싸서 서상西廂으로 들어와 목 놓아 길게 통곡하며 그대를 하루아침에 이렇게 만든 것은 내 죄라고 하면서 기절했다가 다시 깨어났다. 기생어멈은 크게 놀라 황망히 달려 나와 묻고는 생을 쫓아내라고 했지만, 리와는 얼굴을 가다듬고 눈물을 거두고는 말했다. "처음에는 생의 돈을 탐하여 나중에 계략을 써서 생으로 하여금 뜻을 잃고 아버님에게 버림을 받기에 이르렀으니, 하늘을 속이고 사람을 저버린 죄를 지은 것이에요. 게다가 [내가] 예순 살 먹은 어머니에게 20년 간의 양로 자금을 주어 별거할 것이고, 그 남은 돈으로 가정을 꾸려 생과 같이 살면서 잘 먹여 건강을 회복시키겠어요."

[리와가] 열심히 간호한 결과 1년이 되어 생의 병은 완전히 나았기에 리와는 곧장 생을 위해 책을 사서 과거시험 공부를 하게 했다. 생은 크게 발분하여 열심히 공부한 끝에 2년 만에 학업을 크게 이루어 3년이 되자 갑과에 오르고 명성이 수험장에 떨쳤다. 다시 직언극간과直言極諫科에 응시해 첫 번째로 급제하니 청두 부成都府 참군參軍을 제수 받았다. 장차 임지로 나아갈 때 리와는 말미를 얻어 자신은 돌아가 늙은 어미를 봉양할 것인즉 낭군께서는 대갓집과 혼인하라고 말했다. 생은 죽어도 리와와 같이 갈 것을 간절히 소망해 젠면劍門까지만 배웅하겠다고 했는데, 마침 생의 아비가 청두 윤成都尹에 임명되어 부임하던 차에 젠면에 도착했다. 이에 생은 우정郵亭[고대에 문서를 전달하던 사람이 쉬던 곳; 옮긴이]에서 명함을 넣고 배알하니

공은 크게 놀라 생의 등을 어루만지며 통곡하고는 드디어 부자 관계를 회복하고 예를 갖추어 리와를 며느리로 맞아들였다.

리와는 부덕을 잘 닦아 집안을 엄정하게 다스려, 양친의 지극한 사랑을 받았다. 생은 공을 쌓아 높은 관직에 여러 차례 올랐고, 리와는 견국부인汴國夫人에 봉해졌으며, 네 아들은 모두 고관이 되었다. 오호라 한낱 기생의 신분으로서 정절과 행실이 이와 같으니, 비록 옛날의 열녀라 할지라도 이에 미치지 못할 것이로다.

　　『장태류章台柳』……쉬야오쬒許堯佐가 지었다. 『당인설회唐人說薈』

당대에 이름이 높았던 시인 한이韓翊의 일화이다. 천보 연간 한이는 시명詩名이 높았지만, 자못 낙백落魄하여, 그 벗인 리생李生이 돌봐주었다. 리생은 집안에 천금을 쌓아두었으면서도 기개가 있었고 재주 있는 이를 아꼈다. 그가 총애하는 첩으로 류柳 씨가 있었는데, 당시 비교할 만한 대상이 없을 정도로 미인이었고 농담도 잘 했으며 노래도 썩 잘 불렀다. [그녀는] 한이의 재주를 흠모해 남몰래 그에게 뜻을 두었다. 리생은 이것을 알고 결국 류 씨를 한이에게 주었다. 그 다음해 한이는 관직에 발탁되어 집으로 성친省親의 길에 올라 집에 도착한 뒤 때마침 안루산安祿山의 난이 일어나 경사는 일대 소동이 일었다. 류 씨는 [그 상황을] 벗어날 수 없다는 걸 알고 [머리를 깎고 비구니의] 모습으로 바꾸고 파링쓰法靈寺에서 기거하였다. 그때 한이는 쯔칭淄靑 절도사 허우시이侯希逸의 서기가 되었고, 반란이 가라앉자 [류 씨]에게 사자를 보냈는데, 류 씨가 다른 사람에게 시집을 갔다고 생각해 다음과 같은 시를 보내 이를 애석해 했다.

장대에 서 있는 버들이여, 장대에 서 있는 버들이며!
옛날엔 그렇게 푸르렀건만, 지금도 그대로 있는지
긴 가지 예전처럼 늘어졌어도, 지금은 남의 손에 꺾이고 말았겠
지.57)

류 씨는 시를 읽고 몹시 슬퍼하며 답을 했다.

버들가지 향기롭고 꽃답게 움트는 봄,
이별로 맺힌 한은 세세년년 더해만 갔지.
늘어진 잎사귀 바람 따라 춤추다 문득 가을을 알리니
그대 오신다 한들 어찌 꺾으려는 생각이나 하리오.58)

그 때에 오랑캐 장수 사자리沙吒利라는 자가 일찍이 공을 세웠는
데, 류 씨의 미색을 듣고는 강제로 그를 [탈취해] 자기 집에 들이고
총애하였다. 그 뒤 한이는 허우시이를 좇아 입조하여 류 씨를 찾았으
나 만나지 못했다. 어느 날 길을 가다가 류 씨가 수레를 타고 가는
것을 만났다. 그리고는 그녀가 오랑캐 장수에게 몸을 더럽힌 것을
알고 크게 실망했다. 때마침 쯔칭의 여러 장군들이 잔치를 베풀고는
한이를 청했는데, 한이는 언짢은 마음에 즐겁지 않았다. 좌중에 우후
虞侯59) 쉬준許俊이라는 자가 있었는데, 임협任俠으로 자못 힘이 센 것
을 자부했다. 한이가 언짢은 기색을 하고 있는 것을 보고 그 까닭을
물으니, 한이가 이실직고했다.

---

57) 원문은 다음과 같다. "章台柳, 章台柳, 昔日靑靑今在否? 縱使長條似舊垂,
也應攀折他人手!"
58) 원문은 다음과 같다. "楊柳枝, 芳非節, 所恨年年贈離別! 一葉隨風忽報秋,
縱使君來豈堪折!"
59) 절도사 막하에 속해 있는 장교.

쉬 우후는 [그런 거라면] 아주 쉬운 일이라고 하면서 한이에게 편지 한 통을 써달라고 하고는 곧바로 말을 달려 사자리의 집으로 갔다. 그가 외출한 틈을 타 집으로 짓쳐들어가 장군께서 도중에 졸도하시어 부인을 불러 오라신다고 소리치며 곧바로 당에 올라 한이의 서찰을 꺼내 류 씨에게 보여주고는 류 씨를 안아서 말에 태우고는 급히 말을 몰아 군영으로 돌아왔다. 그 자리에 있던 사람들이 경탄했다. 류 씨는 한이의 손을 잡고 울었다. 그런데 사자리는 당시 세력이 있는 장군이었기에 한이 등은 후환이 두려워 이 사실을 허우시이에게 알렸다. 시이는 크게 놀라 천자에게 글을 올려 사자리의 폭거를 호소하니 대종代宗은 상주를 보고 조서를 내려 류 씨를 한이에게 돌려보내고 쉬준에게는 2백만 전을 하사했다.

이 일은 멍치孟棨의 「본사시本事詩」에 나오는데, 장태류章台柳의 사는 『전당시』에 있으니 대저 실록인 것이다. 쉬 우후의 일은 『곤륜노전』의 결구와 상당히 비슷하다.

『회진기會眞記』······위안전元稹이 지었다. 『당인설회唐人說薈』

덕종德宗 정원貞元 연간에 장생張生이라는 자가 있었는데, 의지가 굳어 스물세 살이 되도록 여색을 가까이 하지 않았다. 그러던 중 생은 푸 군蒲郡에 놀러갔다가 푸쥬쓰普救寺에서 머물었는데, 마침 추이 씨崔氏의 미망인이 창안으로 가는 길에 역시 이 절에서 묵었다.

[그런데] 이 추이 씨 부인은 정鄭 씨의 딸로 생의 어머니도 같은 정 씨였으므로, 친척 관계를 따져보니 곧 다른 파의 이모 뻘從母 되었다. 그 해에 훈졘渾瑊 장군이 푸 군에서 죽었는데, 환관인 딩원야丁文雅가 군인들과 사이가 좋지 않아 군인들이 훈졘 장군의 장례를 틈타

소요를 일으켜 백성들을 크게 약탈했다. 추이 씨 집안은 재산이 많았기에 크게 두려워했다. 원래 생은 푸 군에 [주둔하는] 장수들과 교분이 있었기에, 관리를 청해 이들을 보호해주도록 해 결국 난을 피할 수 있었다. 그로부터 10여 일이 지나 염사廉使 두췌杜確가 천자의 명을 받고 와서 군대를 호령하였기에 군대는 비로소 안정이 되었다. 그래서 정 씨는 생의 은덕에 감사한 나머지 대청에서 후하게 연회를 베풀어 노고를 치하했다. 그리고는 여식인 잉잉鶯鶯을 불러 남매의 예로써 생에게 인사시켰다.

잉잉은 방년 열일곱으로 안색이 남다르게 아리따워 휘황한 빛이 나 사람의 마음을 움직였다. [억지로 불려나와서인지] 무언가 원망하는 듯 한 곳만 바라보고 있는 모습이 자신의 몸도 가누지 못할 정도였다. 생은 그 아리따운 자태를 보고 놀라 뭔가 말을 붙여 유도하려 했지만 [잉잉은] 응대해 주지 않았다. 생은 그로부터 잉잉을 사모하는 마음에 애가 탔는데, 잉잉의 시녀인 홍냥紅娘을 통해 은근한 마음을 전했지만, 처음에는 강하게 물리쳤다. 나중에 홍냥의 말에 따라 춘사春詞 두 수를 지어 보냈다. 그러자 그 날 저녁 홍냥이 비단에 씌어진 편지를 가지고 와서 잉잉의 명을 받은 것이라 하면서 그것을 건네주었다. 열어 보니 「명월삼오야明月三五夜」라 제하였던 바, 그 내용은 다음과 같았다.

> 달 뜨기 기다려 서쪽 행랑으로 나서서
> 바람을 맞으려 문을 열어놓았네.
> 담 벽을 쓰는 듯 움직이는 꽃 그림자
> 행여나 님이 오신 게 아닐까?[60]

생은 대충 그 뜻을 헤아리고 보름날 저녁 나무를 기어올라 담장을 넘어 서쪽 행랑채西廂에 이르니 기쁘기도 하고 두렵기도 했지만 반드시 바라는 바를 이룰 수 있을 거라 생각했는데, 잉잉은 단정한 복장과 근엄한 안색으로 나와서 생의 불의함을 몹시 꾸짖었다. 생은 크게 실망하여 병으로 드러눕게 되었는데, 어느 날 저녁 잉잉의 병문안을 받고 환락을 나누었다.

이 단락은 이 작품 가운데 가장 정채로운 부분이라는 것은 앞서 인용했던 대로다. 그 후 십여 일 동안은 묘연하니 아무런 소식이 없었다. 이에 생은 「회진시會眞詩」 30운을 지어 잉잉에게 주니 잉잉은 그것을 용납하고 즐거운 만남을 이어갔다. 이윽고 생이 과거시험에 응하기 위해 창안으로 올라가게 되니 잉잉은 이별을 몹시 아쉬워했다.

그 다음해(정원 17년) 생은 급제하지 못해 결국 경사에 머물게 되었다. 잉잉에게 편지를 써서 그 일을 알리니 잉잉도 답장을 써서 주체하기 어려운 깊은 정을 보내면서 옥고리 등 몇 가지 물건을 부쳐왔다. 생의 친구들 가운데 이 일을 들은 이가 많았는데, 그 중 양쥐위안楊巨源은 「최낭시崔娘詩」 한 수를 지었고, 위안전元稹은 「회진시」 30운으로 화창했다. 나중에 생은 잉잉과의 관계를 끊었고, 몇 년 뒤 잉잉은 이미 다른 사람에게 시집을 갔고, 장생도 따로 아내를 맞았다. [훗날] 생은 잉잉의 남편에게 부탁해 추이 씨에게 말을 전해 먼 촌수의 오라버니의 예로 만나고자 했으나 잉잉은 끝내 나오지 않고, 시 두 편을 지어 사절의 뜻을 내보였다.

---

60) 원문은 다음과 같다. "待月西廂下, 迎風戶半開, 拂墻花影動, 疑是玉人來"

이별한 뒤로 [예쁘던] 얼굴 점점 못해지고,

천번 만번 뒤척이지만 자리에서 일어나기 귀찮구나.

옆 사람 부끄러워 못 일어나는 게 아니라,

그대 때문에 여위었어도 오히려 그대 보기 부끄럽네.[61]

못 본체 내버려 두더니, 이제 와서 무슨 말씀을 하시려오?

그때는 서로 허물없이 대했건만.

아직도 옛날과 변하지 않은 마음을 갖고 있다면

지금의 부인이나 사랑해 주세요.[62]

『회진기』는 다른 전기와 달리 위안전의 자필로, 그 자신의 자전自傳
이기도 하다. 작품 중의 장생은 곧 위안전 자신으로, 자기 사촌동생을
무고하기 위해 지은 것이라 한다. 이것에 관해서는 제가들의 고증이
있다. 위안전이 지은 「이모 정씨 묘지姨母鄭氏墓誌」와 바이쥐이白居易
가 지은 위안전의 어머니 정 부인 묘지 등에 의하면 위안전과 잉잉의
관계가 분명해진다. 이것에 근거해 위안전의 어머니가 정지鄭濟의 딸
이고, 잉잉의 아버지 추이펑崔鵬 역시 정지의 딸과 결혼했으니, 두
사람의 엄마는 자매이고, 위안전과 잉잉은 의심할 바 없이 이종사촌
이다. 작중에서 정 씨가 다른 파의 이모 뻘從母 된다고 한 것과도
들어맞는다. 근래에 [도쿄의] 분규도文求堂 [서점] 주인[63]이 「당고형
양정부군(항)부인최씨합부묘지명唐故滎陽鄭府君(恒)夫人崔氏合祔墓誌

---

61) 원문은 다음과 같다. "自終別後減容光, 萬轉千廻懶下床. 不爲傍人羞不起,
爲郎憔悴爲羞郎!"

62) 원문은 다음과 같다. "棄置今何道, 當時且自親. 還將舊來意, 憐取眼前人!"

63) 다나카 게이타로田中慶太郎(1880~1951년)는 교토 출생으로 도쿄에서 분규
도서점을 운영했다.

銘」의 탁본을 입수해 유리판에 붙여 동호인들에게 나눠주었는데, 하지만 이 일은 예전부터 일정한 시비가 없었으니, 아마도 후대의 호사가의 위찬僞撰이 아닌가 생각된다. 설사 [그것이] 진짜라도 그 추이씨는 작중의 잉잉에 비해 네 살이 많을 뿐이니 당연히 다른 사람이다.

『회진기』는 사사롭게 밀약을 기약한私期密約 환락의 만남歡會을 기록한 것으로 줄거리도 그다지 재미없고, 문장도 특별히 뛰어나다고 할 만한 것은 없는데, 아무튼지 간에 [작자인] 위안전元稹의 명성 때문에 예원藝苑에서 아름답다고 일컬어져 이 정도로 후세에까지 칭송된 것은 없었다.

곧 자오더린趙德麟 의 「상조고자사商調鼓子詞」, 둥 해원董解元의 「서상추탄사西廂搊彈詞」, 관한칭關漢卿의 잡극, 명대 사람의 「서상전기」로 이어져 내려왔다. 『회진기』의 말류를 찾아보면 송, 금, 원, 명 간에 성곡聲曲이 발달해온 연혁을 가장 분명하게 알 수 있다. 바꿔 말하면 『회진기』는 항상 중국 희곡의 중심이 되어 발달해 왔던 것이다. 이것으로 『회진기』가 중국문학사에 남긴 공적이 매우 위대하다는 것을 알 수 있다.

『유선굴游仙窟』……장원청張文成이 지었다.

일본에서는 제일가는 음서로 손꼽혔는데, 오히려 중국에서는 실전되었다. 이 작품은 장원청이 허위안河源에 사신으로 갔다가 길을 잃어 신선의 동굴에 들어가 스냥十娘, 우싸오五嫂 두 여선女仙의 환대를 받은 것을 기록한 것이다. 문장은 순전한 사륙문으로 극히 현란하고 아름다운 바, 고사를 나열하고 때로는 속어의 가락을 끼워 넣은 것이 있다. 세간에 전하기로는 일본의 사가嵯峨 천왕 때 기전紀傳의 유자儒

者를 불러 『유선굴』을 전수하도록 했는데, 제가諸家가 모두 전하지 않아, 고레도키伊時 학사學士가 이를 한탄했다.

그 때에 기지마木島의 신사 부근社頭 깊은 숲 속에 초가를 짓고 사는 노옹老翁이 있어 항상 두 눈을 감고 무언가를 음송하였다. 그것을 물으니 『유선굴』을 읽는 것이라 대답했다. 고레도키가 그것을 듣고, 7일 동안 결재潔齋한 뒤 의관을 정재하고 시종을 데리고 노옹의 처소에 가서 훈독訓讀을 받아 돌아온 뒤 갖가지 진귀한 보물을 보냈지만, 초가의 흔적에는 기이한 향이 은은히 남아 있고, 노옹의 모습은 보이지 않았다. 그는 기지마 대명신大明神의 화신으로 몬죠쇼 히데후사文章生英房64)의 서에 기록되어 있다. 지금은 『유선굴』의 훈독에 강석講釋을 붙인 판본이 널리 유행하고 있다. 풍류지사로 『유선굴』을 읽지 않은 이가 없고, 일본문학사에 많은 인상을 남겼다. 무라사키 시키부의 『겐지 모노가타리』조차 그 영향을 받았다고 전한다. 『세츠도분와拙堂文話』65)에도 아래와 같은 대목이 있다.

---

64) 몬죠쇼文章生는 고대와 중세의 일본의 관리 양성 교육 기관인 다이가쿠료大學寮에서 기덴도紀傳道[옛날 대학의 한 과科로, 『사기史記』와 『한서漢書』 등의 역사와 『문선文選』 등의 시문詩文을 가르쳤다]를 전공한 학생을 가리킨다. 문인文人, 또는 진사進土라고도 불렀다. 정원은 20명으로, 730년에 몬죠도쿠고쇼文章得業生와 함께 설치되었다.

65) 사이토 세츠도齋藤拙堂의 『세츠도분와拙堂文話』는 팡바오方苞가 주창한 '고문古文'에 대한 의미 해설과 함께 명청 문학기와 작가 및 작품 소개가 주를 이루는 산문 비평서이다 그는 '의법義法'을 터득하면 지역과 민족에 관계없이 누구라도 우수한 작품을 지을 수 있다고 하였다 이렇듯 '의법'을 키워드로 하는 세츠도의 『세츠도분와』는 독자적 관점을 확립하지 못했다는 점에서 한계를 지니기도 하지만 츠사카 도요津阪東陽의 『야코시カ夜航詩話』와 비교해 크게 두 가지 점에서 진전된 면이 있다. 첫째 '중국을 전범으로 여긴 의식'에서의 터득으로의 전환 곧 일본의 한문학습의 기본인식과 태도가 변화하였음을 시사한다. 둘째 최신 중국 문학을 일본에 소개하고 일본

모노가타리物語와 소시草紙의 작품은 한문이 크게 유행한 뒤 그것에 바탕한 바가 없을 수 없었다. 『마쿠라노소시枕草紙』는 그 문사가 리상인李商隱의 잡찬雜纂에 연원한 바가 많고, 『이세모노가타리伊勢物語』는 『당본사시唐本事詩』, 『장태류전章台柳傳』에서 온 것이고, 『겐지모노가타리』는 그 문체는 『남화경南華經』[곧 『장자』]의 우언에 바탕을 두었고, 규정閨情을 이야기한 것은 『한무내전』, 『비연외전』 및 당대의 『장한가전』, 『곽소옥전』 등 여러 작품에서 온 것이다.[66)]

곧 세츠도 역시 한대와 당대의 소설과 전기를 읽고 그 문재文才를 양성한 것이다.

제4절 신괴

신괴류는 신선과 도교와 불교道釋, 괴담에 관한 소설로 『신이경』이나 『수신기』의 아류이다. 그렇다고는 해도 당대 사람이 쓴 것이기에, 줄거리도 재미있고 문장도 화려해서 원래부터 같이 논할 수는 없다.

의 현실을 당시 유행하는 한문 문체를 통해 그려내려 하였다는 것이다. 세츠도의 『세츠도분와拙堂文話』는 에도시대를 대표하고 19세기 전반의 상황을 보여주는 문학 평론서로써 당시 출판문화의 융성을 기반으로 높아진 지적 욕구를 반영한 학술적 저작이었다.(미치사카 아키히로, 「수용 이후 일본 한문학에 대하여 고문사파古文辭派 -사이토 세츠도齊藤『졸당문화拙堂文話』를 바탕으로-」, 『한문학보』 30호, 우리한문학회, 2014년)

66) 원문은 다음과 같다. "物語、草紙之作, 在於漢文大行之後, 則亦不能無所本焉. 枕草紙, 其詞多沿李義山雜纂, 伊物物語, 如從唐本事詩, 章台柳傳來者, 源氏物語, 其體本南華寓言, 其說閨情蓋從漢武內傳, 飛燕外傳, 及唐人長恨歌傳, 霍小玉傳, 諸篇得來."

『류의전柳毅傳』……리차오웨이李朝威가 지었다. 『당인설회唐人說薈』

　의봉儀鳳(당 고종의 연호) 연간에 류이柳毅라는 유생이 있었는데, 과거시험에 낙제하고 샹빈湘濱의 고향으로 돌아가려던 중 동향 사람에게 작별 인사를 하러 징양涇陽에 갔다. 6~7리 쯤 갔는데, 새가 날아가는 소리에 놀란 말이 제멋대로 달아나 다시 6~7리 남짓 가서야 멈추었다. 그런데 어떤 부인이 길가에서 양을 치고 있었다. 류이는 괴이하게 여겨 그 여자를 보니 뛰어나게 아름다웠는데, 미간에 근심스러운 기색이 있었다. 그래서 그녀에게 물으니 그녀는 울며 대답했다.

　"저는 둥팅洞庭의 용왕의 딸이온데, 이곳 징촨涇川[67]의 수신의 둘째 아들에게 시집을 왔습니다. 그런데 남편은 노는 데만 정신이 팔려 있고, 저는 시부모로부터 학대를 받아 밤낮으로 눈물로 지내며 슬픔을 이기지 못하고 있습니다. 그런데 둥팅은 멀리 떨어져 있으니 한없이 멀어 소식을 전할 수도 없습니다. 이제 듣자 하니 낭군께서 남쪽으로 돌아가신다니 편지를 부탁해 부모 형제에게 사정을 알리고자 하는데, 낭군께서 들어주시겠는지요?"

　류이는 개탄을 하며 승낙을 하고는 [내가] 어떻게 둥팅은 깊은 물에 들어가 편지를 전할 수 있을지를 물어보니 그녀는 깊이 감사하며 그 방법을 전수했다. 떠날 때 서로 이별을 아쉬워하며 수십 보를 못 가서 돌아보니 그녀와 양은 이미 보이지 않았다. 한 달 남짓 지난 뒤 류이는 고향에 돌아와 둥팅을 찾아 가보니 용녀가 가르쳐준 대로 둥팅의 남쪽에 사귤社橘이라는 큰 나무가 있었다. 이에 류이는 허리

---

67) 징촨涇川은 간쑤 성甘肅省에서 발원해 산시 성陝西省의 웨이수이渭水로 흘러들어간다.

띠를 바꾸어 메고 나무를 향해 세 번 두드렸더니 갑자기 파도 사이에서 무사가 나타나 류이를 인도해 물속으로 들어가 용궁에 도달했다.

백벽白璧의 기둥, 청옥의 섬돌, 산호 침상, 수정 주렴, 비취 처마에 유리를 조각해 놓았고, 무지개 모양의 마룻대는 호박으로 꾸며놓아 기이하고 빼어난 모습에 그 아름다움을 말로 다 표현할 수 없었다. 이윽고 동정군洞庭君이 자줏빛 옷을 입고 청옥을 든 채 나와 류이를 접견하니 류이는 편지를 바쳐 용녀의 뜻을 전하였다. 동정군은 편지를 보고 눈물을 흘리고는 궁중에 통지하니 궁중에 있는 사람들이 모두 통곡을 했다. 돌연 천지가 무너지는 듯한 큰 소리가 나더니 번갯불 같은 눈, 피를 토하는 듯한 혀, 붉은 비늘, 불같은 지느러미 길이가 천여 척이나 되는 붉은 용이 나타나 바람을 부르고 구름을 일으키더니 청천을 헤치며 날아갔다. 이것이 바로 전당군錢唐君으로 동정군의 아우인데, 요임금 때의 9년 홍수도 이 독룡이 일으킨 것이었다. 전당군은 격노해 바로 징양에 가서는 한바탕 싸움을 벌여 경천군涇川君의 아들을 죽이고 용녀를 데리고 돌아왔다. 이 대목은 실로 이 작품 가운데 뛰어난 문장이다.

　　그의 말이 미처 끝나기도 전에 돌연히 하늘과 땅이 무너지듯 큰 소리가 나더니 궁전도 흔들리고 구름이 끓어올랐다. 그러자 곧 붉은 용이 나타났는데 길이는 천 척千尺이 넘었고 번갯불 같은 눈, 피를 토하는 듯한 혀, 붉은 비늘, 불같은 지느러미, 그리고 목에는 금 사슬을 끌고 그 사슬에는 옥주玉柱가 끼워져 있으며, 수천 수만의 번갯불이 그의 몸을 둘러싸고 있는데, 싸락눈과 눈, 비 그리고 우박이 일시에 내리는 것이었다. 그러더니 푸른 공중을 헤치며 날아갔다. 류이는 이와 같은 광경을 보고 있다가 공포에 질려 땅에 엎어지고 말았다. 그러자 동정군은 몸소 그를 부축해 일으키면서 말했다.

"두려워할 건 없습니다. 해는 끼치지 않을 테니까."

류이는 한참동안의 시간이 흐른 다음에야 조금 마음이 놓여서 스스로 안정할 수가 있었다. 그래서 작별을 고하면서 말했다.

"생명이 붙어 있는 동안에 돌려보내 주시어서 그가 다시 오는 것을 보지 않도록 해 주시기 바랍니다."

동정군이 말했다.

"제발 이러지는 마십시오. 그가 갈 때는 그처럼 요란하지만, 돌아올 때는 그렇지 않습니다. 그러니 아무쪼록 주인의 도리를 다 할 수 있게 해 주십시오"

그러고 나서 술을 명하여 서로 권하면서 인사를 차렸다. 그리고 얼마 안 있어 상서로운 바람과 경사스런 구름이 화평하게 일어나고 깃발에 걸어 놓은 장식물이 영롱하게 빛나며 순舜 임금이 지었다는 음악이 뒤를 따라 들려왔다. 그리고 화려하게 화장을 한 수없이 많은 여인들이 화목하게 웃고 지껄이며 나타났는데, 그 가운데의 한 사람은 선천적인 미모인 데다가 온몸에 보옥寶玉으로 장식을 더하고 길고 짧은 엷은 비단옷을 입고 있었다. 가까이 왔을 때 자세히 보았더니 곧 앞서 편지를 부탁했던 그 여자였다. 그런데 표정은 기뻐하는 것 같기도 하고 슬퍼하는 것 같기도 하며 실같은 눈물을 흘리고 있었다. 그러더니 잠깐 사이에 왼쪽에는 붉은 연기가 덮이고 오른쪽에는 자줏빛 안개 가 퍼지고 향기가 도는 가운데 궁중으로 들어가는 것이었다. 동정군은 웃으며 류이에게 말했다

"징수이涇水의 수인囚人이 왔습니다."

문법이 변화를 일으켜, 파란곡절이 이어지니, 한 바탕 뇌우가 지나가더니 파도가 거울같이 잔잔해지는 것이 고수의 필치가 아니면 해낼 수 없는 것이다. 이에 동정군은 잔치를 크게 베풀고는 가무歌舞로

류이를 위로했다. 전당군은 술에 취해 용녀를 류이의 배필로 삼으로고 말했지만, 류이는 이를 물리치고 진기한 보물을 갖고 돌아왔다. 이에 광링廣陵의 보석상에 가서 그것들을 팔아 부자가 되었으나, 두 번이나 아내를 맞았어도 모두 죽어버렸다. 세 번째로 루盧 씨를 취했던 바, 그가 바로 전날의 동정군의 사랑하는 딸로, 1년 남짓 만에 아들을 하나 낳았는데, 대저 류이의 숙연宿緣이었다. 나중에 류이는 아내를 데리고 둥팅으로 돌아가 결국 신선이 되었다.

류이의 이야기는 송 이래로 가곡歌曲으로 꾸며졌는데, 원곡에서는 상중셴尙仲賢의 『유의전서柳毅傳書』라는 잡극이 있어 『원곡선』에 수록되었고, 또 같은 책에 「장생자해張生煮海」라는 것도 있다. 이것 역시 류이가 용녀와 결혼한 이야기를 번안한 것으로 송대의 소설에 기초한 것이다. 곧 장생이 동해 용왕의 딸을 취하고자 했는데, 용왕은 이것을 허락하지 않았다. 그래서 장생은 선인으로부터 노구솥鍋鑄을 얻어 바닷물을 길어 끓이자 바닷물이 모두 솥단지 안의 물과 똑같이 뜨거워졌다. 용왕이 크게 괴로워하여 결국 용녀를 장생에게 주었다는 줄거리이다. 또 리위李漁의 십종곡 중의 「해중루蟹中樓」는 양자의 취향을 병합해 취한 것이다.

> 『두자춘전杜子春傳』……정환구鄭還古가 지었다. 『당인설회唐人說薈』
> 『남가기南柯記』……리궁쭤李公佐가 지었다. 『당인설회唐人說薈』
> 『침중기枕中記』……리미李泌가 지었다. 『당인설회唐人說薈』

이상의 세 작품은 모두 선옹仙翁으로부터 도를 듣는 이야기다.

두쯔춘杜子春은 북주北周와 수隋나라 사이의 사람으로 과거에 급제하지 못하고 가산을 탕진한 뒤 친척에게도 버림을 받고 기아를 참지 못하고 하늘을 우러르며 장탄식을 했다.

그때 한 노인이 와서 무엇을 한탄하는지 묻고는 3백만 전을 주어 마음대로 쓰게 했다. 그러나 쯔춘은 이것으로 생계를 도모하지 않고 한두 해 만에 내키는 대로 다 써버리고 다시 적빈 상태가 되었다. 이를 탄식하는데, 다시 노인이 와서 1천만 전을 주었다. 쯔춘은 이번에야말로 장사를 시작하고 저축을 하려고 생각했으나, 돈을 보자 마음이 변해 삼사 년 만에 다시 다 써버렸다. 이윽고 세 번째로 노인이 와서 3천만 전을 주었다. 쯔춘은 크게 부끄러워하며 이것을 모두 고아나 과부를 구휼하고 [젊은 사람들은] 혼인을 맺어주고 [죽은 이들은] 장사를 치러주는 등 도움을 주었다.

1년 뒤 쯔춘은 약속대로 노인을 찾아 화산華山으로 가니 그의 선실仙室에서 악귀와 맹수 등의 여러 시험을 거치고, 희로애구오욕喜怒哀懼惡欲의 여섯 가지 정념을 극복했으나 마지막으로 애愛의 시험은 통과하지 못해 다시 도사의 가르침을 받들고는 끝내 선화仙化하기에 이르렀다. 도가에서는 "단丹이 장차 이루어지려면 마魔가 번번이 이를 망친다"고 하는데, 여기서의 여러 가지 마가 곧 칠정七情의 환상이다. 이 작품은 칠정 중에서도 애愛의 집착이 가장 깊은 것이라는 것을 말하고 있으며 번뇌를 없애고 해탈을 구하는 방법을 논하고 있다.

『남가기』는 춘위펀淳于棼이 회나무 아래서 낮잠을 자다가 꿈에 괴안국槐安國의 부마가 되어 남가군南柯郡을 다스리는 것이 줄거리이다. 괴안국은 곧 개미의 세계이다. 『장자』와 『열자』의 우언을 읽듯이 아주 재미있고, 인생의 아둥바둥하는 모습을 풍자한 것이다. 춘위펀이 깨어나 두 친구와 개미굴을 검사하는 대목은 극히 정밀하다. 근대의 동물학자도 이 기사記事를 읽으면 붓을 내던지고 재삼 탄복을 할 것이다.

　그는 감동하여 깊이 탄식하고 드디어 두 친구를 불러서 그 이야
기를 해 주었다. 그들은 깜짝 놀라서 그와 더불어 밖으로 나가
홰나무 밑의 한 구멍을 찾았다. 그는 그곳을 가리키면서 말하였다.
　"이곳이 바로 꿈속에서 내가 들어갔던 곳이야."
　이에 두 친구는 그것이 여우나 그렇지 않으면 나무의 요정妖精
이 둔갑한 것이라고 하면서 드디어 하인에게 명하여 도끼를 가져
와서 꾸불텅한 줄기를 끊고 가지와 순을 자르게 하여 구멍의 근
원을 찾았다. 옆으로 1장丈쯤 되는 곳까지 파고 들어갔을 때 하나
의 큰 굴이 나타났는데, 훤하게 파여 있어서 침상 하나는 들여놓
을 수 있을 만했다. 그 위쪽에는 흙을 쌓아서 성곽과 궁전의 모양
을 만들어 놓았는데, 수십 말斗이나 되는 개미들이 그 속에 모여
서 숨어 살고 있었다. 그 중간에는 또 조그마한 성대城臺가 있어
그 색깔은 붉은 듯하였고, 두 마리의 큰 개미가 그곳에 살고 있는
데, 날개는 희고 머리는 붉으며 길이가 3촌 가량 되어 보였다.
그 좌우에는 큰 개미 수십 마리가 보좌하고 있어서 다른 여러
개미들은 감히 가까이 가지도 못했는데 그 개미가 곧 왕이었고
그곳이 곧 괴안국槐安國의 수도였다. 또 한 굴을 파 들어가 똑바로
남쪽 가지로 4장丈쯤 되는 곳에 꼬불꼬불 굽었다가 비로소 평지
가 있었는데, 거기도 역시 흙으로 쌓은 성과 조그마한 누대樓臺가
있었고, 역시 한 무리의 개미가 그 속에 살고 있었다. 이곳은 곧
그가 다스렸던 남가군이었다.
　또 한 굴을 서쪽으로 2장丈쯤 파 보았더니 널찍하고도 텅 비어
있고 울룩불룩한 모습이 특이했다. 그 가운데는 썩은 거북이 껍
질이 하나 있었는데 크기가 말斗만 했다. 빗물이 스며들어 잔풀들
이 소복소복 살아나서 무성하였으므로, 갑골甲骨은 모조리 그 풀
에 의해서 덮여 있었는데, 거기는 곧 그가 사냥했던 영구산靈龜山
이었다. 또 한 굴을 찾아 동쪽으로 1장丈 남짓하게 파고 들어가니,

묵은 나무뿌리가 꾸불꾸불하여 마치 용과 같은 모양을 하고 있었다. 그 가운데 조그마한 흙더미가 있어 높이는 1척尺 남짓했는데, 그것은 곧 그가 반룡강盤龍岡에다 매장했던 아내의 무덤이었다. 이 지난 일을 더듬어 생각하고 그는 마음속으로 감탄했고, 파헤쳐 들어가서 살펴보는 흔적마다 모두 꿈속에서 겪었던 바와 부합되었다. 그래서 그는 두 친구에게 그 상태를 허물어뜨리게 하고 싶지 않아서 급히 그들로 하여금 이전대로 덮어두도록 했다.

그 날 저녁 비바람이 갑자기 몰아쳤다. 아침에 나가서 그 굴을 살펴보았더니, 드디어 그 개미의 무리는 보이지 않았는데 어디로 갔는지 알 수가 없었다. 그러므로 앞서 꿈속에서, '나라에 큰 재앙이 있어 도읍을 옮기게 된다고 말하였는데, 이는 곧 그 응험應驗이었다.

『침중기』는 당시 유명한 루성盧生이 한단邯鄲의 꿈 이야기이다. 루성이 한단의 객사에서 선옹의 베개를 빌려 자는데, 꿈속에서 50년의 영화를 누리고 장상將相의 꿈에서 깨어나자 선옹은 [아직] 옆에 있었고, 주인이 찌고 있던 기장밥黃粱은 아직 익지 않았으니, 50년의 영화가 실로 기장밥 한 번 하는 동안의 꿈에 지나지 않는다는 이야기다.

이 선옹은 성이 뤼吕 씨인데, 또 "그 베개에는 양끝에 구멍이 나 있어" 가운데가 비어 있었다. 그렇다면 회回 자 형태와 같고, 여吕 자도 입 구口 자가 두 개로 회回 자의 수수께끼이다. 또 회는 회교로 이것으로 당대에 회교가 크게 유행하였다는 것을 알 수 있다. 모리 가이난이 이렇게 말했는데, 이것은 아주 재미있는 설이다. 실제로 당대에는 도교와 불교 이외에도 회교, 경교景教, 조로아스터교 등이 유행했었기에, 이것에 관한 소설도 많았던 것이라 생각되는데, 애석한 것은 모두 전하지 않고 이 『침중기』만 남아 있는 것은 아주 진귀한 것이라 하겠다. 이에 덧붙여 『남가기』와 『침중기』는 탕셴쭈湯顯祖의

'옥명당사몽玉茗堂四夢'에 수록된 명곡 「남가기」와 「한단기」의 남본이다.

『비연전非烟傳』……황푸메이皇甫枚가 지었다. 『당인설회唐人說薈』

부페이옌步非烟은 우궁예武公業의 애첩으로 자오샹趙象이라는 청년과 사통하다가 그 일이 폭로되어 궁예에게 맞아죽었는데, 그 뒤 자오샹의 두 친구가 꿈에 베개 위에 서서 하나는 사은謝恩하고, 다른 하나는 복수를 한다.[68] 이것은 한편의 염정艶情에 유령幽靈을 겸한 소설인데, 줄거리는 재미가 없지만, 시문은 매우 염려艶麗하다.

『리혼기離魂記』……천위안유陳元祐가 지었다. 『당인설회唐人說薈』

장이張鎰의 어린 딸 첸냥倩娘은 장이의 외조카인 왕저우王宙와 허혼을 한 사이로, 두 사람은 서로 깊이 사랑했다. 그런데 나중에 장이가 첸냥을 다른 사람에게 시집보내려 했기에 첸냥은 울적해 하였고, 왕저우도 분하고 원통해 하면서 작별하고 배에 올랐다. 한밤중에 왕저우가 아직 잠을 못 이루고 있는데, 갑자기 강 언덕에서 누군가 오는 소리가 들렸다. 순식간에 배에 올랐는데, 보니 첸냥이었다. 왕저우는 놀라 기뻐하며, 같이 촉 땅으로 가서 약 5년 만에 두 아들을 낳았다. 첸냥은 부모에 대한 그리움을 어쩌지 못해 왕저우와 함께 헝저우

---

68) 이것은 시오노야 온이 잘못 인용한 듯하다. 원래의 내용은 우궁예武公業의 두 친구인 추이 씨崔氏와 리 씨李氏가 있었는데, 추이 씨는 페이옌의 죽음을 아쉬워하는 내용의 시를 짓고, 리 씨는 절개를 지키지 않은 페이옌을 비난하는 시를 지었다. 그러자 두 사람의 꿈에 페이옌이 나타나 추이 씨에게는 사례를 하고, 리 씨는 책망을 했다. 그리고 며칠 뒤 리 씨는 죽고 만다.

衡州로 돌아왔다. 먼저 왕저우가 혼자서 장이의 집에 가서 그 죄를 사과했더니 장이는 그럴 리가 없다면서 쳰냥은 병으로 누워 있다고 말했다. 왕저우는 [쳰냥이] 지금 배안에 있다고 말하자 장이는 크게 놀라 그를 맞아들였다. 규중의 병자는 이것을 듣고 크게 기뻐하며 옷을 차려입고는 달려 나와 서로를 맞이하였는데, 두 여자는 한데 합쳐져서 한 몸이 되었고 옷까지 모두 합쳐졌다. 이 이야기는 널리 사곡의 전고로 쓰여 원대 정더후이鄭德輝의 유명한 「천녀이혼倩女離魂」이라는 잡극이 있다.

『주진행기周秦行記』……뉴썽루牛僧孺가 지었다. 『당인설회唐人說薈』

『목인천전睦仁倩傳』……천홍陳鴻이 지었다. 『당인설회唐人說薈』

『장자문전蔣子文傳』……뤄예羅鄴가 지었다. 『당인설회唐人說薈』

『인호기人虎記』……리징량李景亮이 지었다. 『당인설회唐人說薈』

『백원전白猿傳』……무명씨가 지었다. 『당인설회唐人說薈』

『원씨전袁氏傳』……구슝顧敻이 지었다. 『당인설회唐人說薈』

『임씨전任氏傳』……선지지沈旣濟가 지었다. 『당인설회唐人說薈』

『엽호기獵狐記』……쑨쉰孫恂이 지었다. 『당인설회唐人說薈』

이상은 모두 요괴가 변화하는 이야기다. 『주진행기』와 『목인천전』은 유령과 만나는 이야기이고, 『장자문전』은 [주인공] 쟝쯔원蔣子文이 죽어 토지신이 되는 이야기이며, 『인호기』는 사람이 호랑이가 되는 이야기, 『백원전』은 괴 원숭이를 퇴치하는 이야기, 『원씨전』은 원숭이가 미인으로 화한 이야기, 『임씨전』과 『엽호기』는 모두 여우에 홀리는 이야기이다. 요컨대 줄거리는 별 볼일 없지만, 문장은 예의 사륙변려문으로 매우 흥미롭다.

이상은 당대 소설 가운데 유명한 몇 편을 열거한 것인데,『당인설회』에는 아직 많이 있다. 이를테면, 리비촨李泌傳의『동창공주외전同昌公主外傳』(『당인설회』중에는 없음)은 제1류(별전)에 속하고,『풍연전馮燕傳』,『사소아전謝小娥傳』,『흑곤륜전黑崑崙傳』,『기남자전奇男子傳』은 제2류(검협)에 속하고,『양창전楊娼傳』,『두추전杜秋傳』,『양주몽기揚州夢記』는 제3류(염정)에 속하며,『신종전申宗傳』,『우응정전牛應貞傳』,『도현전陶峴傳』,『용녀전龍女傳』,『묘녀전妙女傳』,『신녀기神女記』,『시미전尸媚傳』,『재귀기才鬼記』,『재생기再生記』,『원채기冤債記』,『령귀지靈鬼志』,『령응전靈應傳』,『유괴록幽怪錄』,『속유괴록續幽怪錄』,『야괴록夜怪錄』 등은 제4류(신괴)에 속한다. 이밖에도 많은 소설이 있는데, 눈부시게 아름다운 것으로 기이함을 다투고 아름다움을 견주는 것 가운데 그 정수를 뽑아낸 것이 페이싱裵硎의『전기』이다.

페이싱은 당말 사람으로 가오펜高駢의 막객이었다. 가오펜은 신선을 좋아했기에 페이싱은 요망한 우언들을 모아서 그에게 바쳤다. 그런 까닭에『전기』를 페이싱이 지은 것이라고 하는 것은 마치 한나라 때 위추虞初가 소설을 지었다고 하는 것과 똑같다. 후대에 원명의 희곡 가운데『전기』에서 소재를 취한 것이 많기 때문에 돌려서 남곡을 일종의 전기라고 하게 되었던 것이다.

송대에 이르러 원사소설諢詞小說이 일어나자 한과 당대의 변려체 구소설이 점차 쇠퇴하였으나, 완전히 없어진 것은 아니었다. 명청의 여러 문호들도 여기餘技로서 여전히 재자가인과 영웅호걸의 일사일문을 취해 염려한 필치를 놀려 전기를 지었다. 이를테면 쑹징롄宋景濂의『진사록秦士錄』, 허우차오쭝侯朝宗의『마령전馬伶傳』, 왕위이王于一의『탕비파전湯琵琶傳』, 웨이수쯔魏叔子의『대철추전大鐵椎傳』 같은 것은 모두 아주 재미있는 문장인데, 요컨대 전기체이다. 이런 류는 아주 많은데, 전서專書로서 유명한 것은 다음과 같은 것들이 있다.

『태평광기太平廣記』 500권, 송 리팡李昉 봉칙奉勅 감수監修

『이견지夷堅志』 50권 송 홍마이洪邁 선선選

『전등신화剪燈新話』 4권 명 취유瞿佑 찬찬撰

『동여화사권부록同餘話四卷附錄』 1권 명 리전李禎 찬찬撰

『요재지이聊齋志異』 16권 청 푸쑹링蒲松齡 찬찬撰

『고승팔권속편觚賸八卷續編 』 4권 청 뉴슈鈕琇 찬찬撰

『우초신지虞初新志』 2권 청 장차오張潮 찬찬撰

『판교잡기板橋雜記』 3권 청 위화이余懷 찬찬撰

『연산외사燕山外史』 8권 청 천츄陳球 찬찬撰

그런데 이 책들은 일찍이 일본으로 건너와 아사이 료이淺井了意69),
우에다 아키나리上田秋成70), 다키자와 바킨瀧澤馬琴 등의 소설에 영향

---

69) 근세 초기, 정토진종淨土眞宗의 승려이자 가나조시仮名草의 대표적 작가로
쉬운 가나문을 사용하여 설화, 견문록, 명소 안내기, 고전 주석서, 실록
등 다양한 교훈계몽서를 집필하였다. 50세 전후의 비교적 늦은 나이에 작
가로 데뷔하여 주로 서민층을 대상으로 교훈 설화집인 『간닌키堪忍記』
(1659), 『에도 명소기江戶名所記』(1662) 등의 명소안내서, 『야마토 스물네
가지 효행大倭二十四孝』(1665) 등의 교훈계몽서, 『오토기보코(伽婢子)』
(1666), 『이누하리코狗張子』(1692)와 같은 기담집 등 다방면에 걸쳐 뛰어난
작품을 남겼다.

70) 우에다 아키나리上田秋成(1734~1809년)는 일본 에도 시대(1602~1874년)
의 전통 소설 장르 중 하나인 요미혼讀本의 작가이다. 어렸을 때 장사꾼인
우에다 집안의 양자가 되었는데 젊은 시절 하이카이俳諧를 배웠으며, 양부
의 죽음으로 가게를 상속받았지만 장사에는 관심을 두지 않고 학문과 문학
에만 열중하였다. 1766년에 세상의 풍속을 묘사한 『쇼도기키미미세켄자루
諸道聽耳世間猿』를, 1767년에는 『세켄테카케카타기世間妾形氣』를 써서 호평
을 받았다. 이 무렵 다케베 아야타리建部綾足에게서 국학을 배웠으며, 1771
년 화재로 파산을 당한 후에는 의술을 배워 의사로 개업하면서 국학 연구

을 주었다. 그 중에서도 아사이 료이의 『오토기보코伽婢子』71)는 『전
등신화』의 번역으로 그 가운데 한 편인 「모란등기牡丹燈記」는 엔쵸圓
朝72)의 『모란등롱牡丹燈籠』73)의 남본이 되었다. 기쿠치 산케菊池三溪
는 『본조우초신지本朝虞初新誌』를 지었고, 『연산외사』에는 같은 서명
의 일본어 번역이 있으며, 『요재지이』역시 고래로 많이 번안되었는
데, 근년에는 그 가운데 몇 편이 번역되어 모 잡지에 실렸다. 실제로
『요재지이』의 이야기들은 단편으로 문장도 아름다워 문인들의 이야
깃거리가 될 만하며 소설가의 보고이다.

를 계속했다. 국학의 대가인 모토오리 노리나가本居宣長와 논쟁을 벌여 세
상에 알려지기도 했다. 1776년 간행된 『우게츠 이야기雨月物語』[국내에 한
글 번역본이 몇 종 있다] 외에도, 와카和歌를 연구한 『야사이쇼也哉抄』, 『고
킨와카슈우치기키古今和歌集打聽』, 『이세이야기고이伊勢物語古意』 등의 연
구서와 『쓰즈라부미藤簍冊子』 등의 가집을 남겼다. 1809년 사망한 이후 유
작으로 소설집 『하루사메 이야기春雨物語』와 수필집 『단다이쇼신로쿠膽大
小心錄』 등이 발견되었다.

71) 17세기 중반에 탄생한 『오토기보코伽婢子』는 요괴나 유령 등, 기이한 이야
기를 다룬 기담집이다. 작가인 아사이 료이淺井了意는 주로 중국의 『전등신
화剪燈新話』와 조선의 『금오신화金鰲新話』에 실린 이야기들을 번안하여 『오
토기보코』를 간행하였다. 이렇듯 비록 대륙 문학을 탯줄로 삼았다고는 하
나 이야기의 구성과 스토리텔링, 등장인물의 성격 등은 일본의 풍토 및
민간 습속, 서민 정서를 자양분으로 각색되어 원전과는 사뭇 다른 개성을
지닌 또 하나의 창작으로 거듭났다. 우리말 번역본은 이용미 역, 『오토기보
코伽婢子』(세창출판사, 2013년)가 있다.
72) 산유테이 엔초三遊亭 円朝(1839~1900년)는 일본의 만담가로, 괴담집 『신케
이카사네가후치真景累ヶ淵』 등의 작품이 있다.
73) 우리말 번역본은 산유테이 엔쵸(황소연 등역), 『괴담 모란등롱』(도서출판
문, 2014년)이 있다.

제4장

원사소설諢詞小說

제1절 원사소설의 기원

상술한 바와 같이 소설은 한대에 일어나 육조로부터 당을 거치며 발달했는데, 아직까지는 사인詞人과 문사文士들의 여기餘技에 지나지 않았고, 그 문체는 염려기욕艷麗綺縟한 문어체였다. 진정한 국민문학의 의미로의 소설은 송대에 시작되었다. 이것을 원사소설諢詞小說이라 한다. 원諢은 희언戱言이나 우스갯소리, 골계담의 의미로 원사소설은 속어체로 재미있게 쓴 소설이며, 일본의 고단講談[1]이나 라쿠고落語[만담; 옮긴이] 류이다. 『철경록輟耕錄』에서 말하는 "송대에 희곡창戱曲唱, 원사설諢詞說이 있었다"는 것은 희곡과 소설이 송대에 이미

---

1) 사람을 모아놓고 돈을 받고 재담이나 만담·야담 등을 들려주는 대중적 연예장인 요세寄席 연예의 하나인 야담野談을 가리킨다. 메이지明治시대 이전에는 '고샤쿠講釈'라 했다.

있었다는 뜻으로, 이 원사설이 곧 원사소설이다. 명대의 랑잉郞瑛의
『칠수유고七修類稿』에서도 다음과 같은 기록이 있다.

> 소설은 송 인종2) 때 일어났는데, 대개 당시 태평성대가 오래되
> 어 나라가 한가하니, 날로 기괴한 일들로 나아가 그것으로 오락
> 거리를 삼았다. 그런 까닭에 소설은 득승두회得勝頭回 이후에 즉
> "화설話說하고 자오趙 씨 송 왕조 아무개 해에"라고 하였다.(22
> 권)3)

인종仁宗 때에는 바야흐로 송이 흥한 지 1백년이 되어 태평성대가
길어져 일대의 문화가 숙성되고 수많은 평민문학이 발흥하기에 이르
렀다. 이를면 『고본수호전』에서 인수引首 다음의 제1회 벽두에서도
"화설하고 대송 인종 천자 재위 3년 3월 3일 운운"이라 하였다. 또
『칠수유고』에서는 다음과 같이 말했다.

> 여염의 도진은 이에 바탕해 일어났다. 역시 말하기를, "태조,
> 태종, 진종 황제에 네 번째 황제 인종에 도군이 있었다"고 하였
> 다. 명초의 취유瞿佑가 벤허汴河를 지나며 시를 지었다. "두렁길
> 맹인 여자 근심과 한이 없네. 능히 비파를 타며 자오 씨 왕조를
> 말하노라." 이 모두가 송을 가리킨다.4)

---

2) 송 인종仁宗(1010-1063)은 조정趙禎으로 북송의 황제이다. 1022-1063연간
   재위했다.
3) 원문은 다음과 같다. "小說起宋仁宗, 蓋時太平盛久, 國家閑暇, 日欲進一奇
   怪之事, 以娛之, 故小說得勝頭回之後, 卽云話說趙宋謀年.(卷二十二)"
4) 원문은 다음과 같다. "閭閻淘眞之本之起, 亦曰: '太祖太宗眞宗帝, 四祖仁
   宗有道君.' 國初瞿存齋過汴之詩, 有:'陌頭盲女無愁恨, 能撥琵琶說趙家.'
   皆指宋也."

도진淘眞 역시 인종 때 처음 만들어졌다. 도진은 도진陶眞이라고도 하는데(『요산당외기堯山堂外記』에 이르기를, "항저우杭州의 맹인 여자 혈女가 고금의 소설 평화를 창唱했다"고 했는데, 이것을 도진이라고 한다), 마치 일본의 비와법사琵琶法師[5]와 같다. 또 남송 멍위안라오孟元老의 『동경몽화록東京夢華錄』「경와기예京瓦技藝」조에도 볜징汴京의 번화한 경물을 서술하면서 휘종 때 수도都下의 예인들 중 강사講史, 소설小說, 설평화說評話, 설삼분說三分, 오대사五代史 등의 분과가 있었다고 했다. 설삼분은 곧 삼국지의 강담講談이다. 강사 가운데 아주 재미있는 것 역시 매우 유행하였다. 『동파지림東坡志林』에 그 일이 기록되어 있다(후술).

남도南渡 이후에는 더욱 성행해서 효종孝宗 때에는 남북이 모두 소강상태를 이루어 잡극과 소설 등이 매우 성황을 이루었다는 것이 『무림구사武林舊事』[6]에도 분명하게 나와 있다.

---

5) 비와법사琵琶法師는 비파를 연주하는 법사를 말한다. 헤이안平安 시대부터 거리에서 비파를 연주하는 눈먼 스님이 있었다. 가마쿠라鎌倉 시대 『헤이케 이야기平家物語』를 비파에 맞추어 이야기하기 시작한 것이 크게 유행해서 헤이쿄쿠平曲(비파 반주에 맞추어 『헤이케 이야기』를 노래로 표현한 것)가 되었다.

6) 『무림구사』는 저우미周密(1232~1298년)가 지었다. 저우미의 자는 궁진公謹이고, 호는 차오촹草窗이다. 남송 지난濟南 사람으로 저장浙江 우싱吳興에서 살았다. 일찍이 이우義烏의 현령을 지냈다. 송宋이 망하자 벼슬하지 않았다. 사詞에 뛰어나고, 시에 능하였으며, 그림에도 능하였다. 저서로 『초창운어草窗韻語』, 『초창사草窗詞』, 『무림구사武林舊事』, 『제동야어齊東野語』, 『운연과안록雲烟過眼錄』 등이 있고, 『절묘호사絶妙好詞』를 편찬하였다. 『계신잡지癸辛雜識』를 지었는데, 수필로 대부분 인물의 사소한 일과 견문과 잡언 등을 서술하였다. 그가 지은 『무림구사』 10권은 송이 망한 뒤에 지어졌으며, 남송 수도 린안臨安의 잡사를 기술해 놓고 있는데, 그 중에서도 민간 기예에 대한 기록이 자못 상세하다.

건도와 순희7) 연간에 삼대에 걸친 천자가 [황제의 자리를] 주
고받고, 태상황과 황제를 모신 것은 예전에 없던 일로, 일시에
명성을 떨치고, 문물이 성하였으니, '소원우小元祐'라 불렸다. 풍
형, 예대에서 보우, 경정에 이르면 거의 정화, 선화에 가깝다.8)

건도와 순희는 효종의 연호이고, 삼대에 걸친 천자三朝는 고종高宗,
효종孝宗, 광종光宗을 가리키며, 원우元祐는 철종의 연호로, 이 시대는
쓰마광司馬光, 쑤스蘇軾을 필두로 북송의 명신들이 배출되었고, 보우
寶祐와 경정景定은 이종理宗의 연호이고, 정선政宣은 정화政和, 선화宣
和이니 휘종의 연호로 송 왕조의 문화가 찬란하게 성숙해가던 시대
였다. 이밖에 우쯔무吳自牧의 『몽량록夢粱錄』, 나이더웡耐得翁의 『고항
몽유록古杭夢游錄』 등에 설화 사가가 상세히 실려 있는데, 각각 전문
적인 설화인의 일이 있다.

---

7) 건도乾道는 중국 남송의 제2대 황제인 효종孝宗 자오선趙眘(재위 1162~
1189년) 때의 두 번째 연호이다. 1165년부터 1173년까지 9년 동안 사용되
었다. 효종은 1165년 음력 1월 1일에 연호를 '융흥隆興'에서 '건도乾道'로
바꾸고, 그 해를 원년으로 곧바로 사용하였다. 융흥 북벌이 실패한 뒤에
금나라와 화의를 맺었기 때문에 건도 연간부터 40여 년 동안은 두 나라
사이에 큰 군사적 충돌이 없었다. 효종은 이 시기에 내정에 힘써 고종
때의 권신인 친후이秦檜 일당을 제거하며 국정의 개혁을 추진했다. 따라서
남송은 정치적 안정을 회복하고, 경제적으로도 부유해졌다. 건도 연간과
뒤이은 '순희淳熙' 연간에 이루어진 이러한 효종의 통치를 '건순지치乾淳之
治'라고 부르는데, 당시 금나라 세종世宗도 '대정지치大定之治'라고 불리는
개혁을 추진하여 두 나라는 모두 융성기를 맞이했다. 효종은 1173년(건도
9) 음력 11월에 제천의식을 한 뒤 연호를 '순희淳熙'로 바꾸고, 이듬해를
원년으로 하였다.
8) 원문은 다음과 같다. "乾道, 淳熙間, 三朝授受, 兩宮奉親, 古昔所無, 一時聲
名, 文物之盛, 號小元祐. 豊亨, 豫大, 至寶祐, 景定, 則幾於政宣矣."

설화에는 4가가 있다. 그 하나가 소설로, 은자아銀字兒라고도 하는데, 기생의 연정이나 신령스럽고 괴이한 이야기, 전기傳奇와 같은 것들이다. 설공안說公案은 모두 완력을 쓰고, 칼을 들고 봉을 부리는 것과 입신양명에 관한 것이다. 설철기아說鐵騎兒는 무사가 말을 타고 북을 치며 싸우는 것을 말한다. 설경은 불경을 풀어서 이야기한 것이고, 설참은 참선과 역사를 말하는 것을 이르니, 전대의 흥망과 전쟁의 일을 말하는 것을 일컫는다.(『고항몽유록』)[9]

또 『무림구사』의 「제색기예인諸色伎藝人」 조에도 잡극, 괴뢰, 영희 등이 나열되어 있다.

연사演史: 챠오완취안喬萬卷 이하 23인(장샤오냥쯔張小娘子, 쑹샤오냥쯔宋小娘子, 천샤오냥쯔陳小娘子 세 명의 여류가 있다.)
설경원경說經諢經: 창샤오허상長嘯和尙 이하 17인(루먀오후이陸妙慧, 루먀오징陸妙靜 두 여류가 있다.)
소설小說: 차이허蔡和 이하 52인(여류 스후이잉史惠英이 있다.)
설원화說諢話: 만장쓰랑蠻張四郞(1인)

또 같은 책의 「사회」 조에는 잡극으로 비록사緋綠社, 소설로는 웅변사雄辯社라는 이름이 있다. 이렇게 볼 때 북송 때 설화가 매우 성행했고, 명류名流도 배출되어 연합체가 있었다[는 것을 알 수 있다]. 당시 설화에 쓰였던 책, 곧 원사소설이 매우 많았다는 것을 상상해볼 수 있다.

---

9) 원문은 다음과 같다. "說話有四家: 一曰小說, 謂之銀字兒, 如烟粉靈怪傳奇; 說公案, 皆是搏拳提刀赶棒及發迹變態之事; 說鐵騎兒, 謂士馬金鼓之事; 說經, 謂演說佛書; 說參, 謂參禪說史, 謂說前代興廢戰爭之事.(『古杭夢游錄』)"

하지만 종래에 송대의 원사소설로 오늘날까지 남아 있는 것으로는 겨우 『선화유사』가 있을 뿐이다. 남송 무명씨의 작인데, 휘종과 흠종 이대에 걸친 기록으로, 마치 일본의 『헤이케모로가타리平家物語』10)나 『다이헤이키太平記』와 같은 류이다.

휘종은 진정 교만하고 사치스러우며 음일淫逸한 군주로 소인배를 임용하고, 정치에는 조금도 관심이 없어 끝내 나라가 망해버렸다. 그뿐 아니라 부자가 금나라에 포로로 잡혀가는 몸이 되었으며, 황제가 북쪽으로 잡혀가는北狩 도중에 군민軍民들이 능욕을 당했다. 갖은 간난신고를 맛본 뒤 끝내 우궈청五國城(지금의 북만주 싼싱三姓 부근)에 유폐되었다가 뒤에 두 황제는 한을 품은 채 이역 땅에서 객사했다. 이 책은 곧 이 때의 일을 상세하게 서술한 것이다. 당시 고종高宗이 남방에서 즉위하고, 쭝쩌宗澤, 웨페이岳飛 등이 연거푸 금나라 군사를 패퇴시키고 회복을 도모하였는데, 결국 친후이秦檜의 화의로 일이 그르쳐버려 오랫동안 중원을 경략할 수 없게 되었다. 작자는 이를 크게 개탄하면서 말미에 다음과 같이 기술하고는 붓을 던지고 장탄식을 했다.

> 중원의 강토를 미처 수복하지 못하고, 군왕의 크나큰 원수도 미처 갚지 못하고, 국가의 크나큰 치욕을 설욕할 수 없으니, 이것은 충신과 의사가 손목을 불끈 쥐고 적신의 고기를 씹어 먹고 그 가죽을 깔고 잘 수 없음을 한탄하는 바이다.11)

---

10) 우리말 번역본은 오찬욱 옮김, 『헤이케이야기』1,2, 문학과지성사, 2006.
11) 원문은 다음과 같다. "中原之境土未復, 君父之大仇未報, 國家之大恥不能 雪, 此忠臣義士之所以扼腕恨不食賊臣之肉而寢其皮也歟!"

이것으로 이 책의 미의微意를 엿볼 수 있다. 여기서 특히 주의할 것은 쑹쟝宋江 등 36인의 시말이 이 책 가운데 나와 『수호전』의 남본이 되었다는 것이다.

『선화유사』는 비록 원사소설이나 문체는 순수한 속화체가 아니라 문언에 약간 가까우니, 『삼국지연의』와 같으며 『수호전』 같이 읽기 어렵지 않다. 그 중 전반부는 휘종이 왕성할 때 가오츄高俅 등을 데리고 은밀히 진환샹金環巷에 가서 리스스李師師를 찾아가는 대목은 극히 화려하고, 후반부에서 두 황제가 북으로 끌려가는 대목은 또 얼마나 처참하던가!

유월 초하루, 그때는 몹시 무더워 모래 서덜을 지날 때 바람이 불어 먼지가 안개처럼 자욱이 일었고, 얼굴은 모두 [먼지가 내려앉아] 흐리멍덩했고, 샘물도 없었다. 감시하는 자가 스무 명 남짓한데, 우두머리 아지티阿計替는 두 황제가 가여워 이에 말했다.

"오늘은 날씨가 몹시 더우니 조금이라 배불리 먹게 되면 병이 날까 두려운데, 여기는 약도 없으니 물 있는 곳에 가서 부하들에게 명하여 식사를 올리도록 하겠소."

그리고는 부하들에게 하루 중 가장 더울 때는 소리치지 말고 나무 그늘 아래서 약간의 휴식을 취하라고 일렀다.

그 때에 황제는 스물 둘이었고, 태상은 쉰여섯으로 행색이 [햇볕에 그을려] 새카맣고 여위어 더 이상 귀인의 모습은 없었다. 아지티의 호위가 없었으면, 유월의 혹서 중에 틀림없이 죽었을 것이다. 12일에 안쑤쥔安肅軍 성 아래에 도착했다. 그 성은 모두 토성으로 그리 높지 않았다. 문을 들어서니 수비병들은 모두 창을 꼬나 쥐고 정후鄭后의 배와 배꼽 사이로 와서 스치고 지나가지 않을 수 없었다. 다른 사람들의 출입 역시 그러했는데, 성을 들어가매 안에서의 사고를 막기 위함이었다.

그 뒤로 하루에 오십에서 칠십 리 길을 가는데, 그 괴로움이 천태만상이었다. 두 황제와 황후는 발이 아파 갈 수가 없어 때로는 업혀 갔는데, 점차 사막으로 들어가니 바람과 서리가 높은 데서 불어와 냉기가 스미는데, 항상 한겨울 같았다. 황제와 황후는 옷이 얇아 병이 뼛속에서 일어 마시고 먹을 수 없었으니 귀신 형용이었다. 도중에 감시하는 자가 나무를 엮어 그 위에 띠 풀을 올린 뒤 [가마를 만들어] 어깨에 지고 가니 거의 죽을 뻔하다 다시 살아났다.

다시 사나흘을 가니 약 3, 4천 명의 기병이 있었다. 우두머리는 자주색 옷을 입고 좌우를 심문했는데, 모두 기록할 수 없었다. 황제가 띠 풀로 만든 가마에 누워 살짝 눈을 뜨고 보니 왼쪽 대열 가운데 녹색 옷을 입은 관리가 한족 같아 보였다. [그는] 말에서 내려 군대를 세우고는 부하들에게 물을 가져오게 하여 마른 음식을 먹고는 가죽 상자에서 말린 양고기 몇 덩이를 꺼내 황제에게 주며 말했다.

"신은 본래 한족으로, 신의 아비는 예전에 폐하를 섬겨 옌안延安의 검할鈐轄이었던 저우중周忠이옵니다. 원부元符12) 연간에 서하西夏와 전투를 하다가 부자가 서하에 포로로 잡혔사온대, 그로부터 서하에 있었사옵니다. 선화 연간에 서하에서 신과 장병을 보내 거란을 도와 금나라를 공격했는데, 금나라 사람들에게 사로잡혀 투항했사옵니다. 신은 지금 링저우靈州 총관總管으로 원컨대 폐하께옵서는 발설하지 마시옵소서." 또 말했다. "네 번째 태자께옵서 강남으로 내려가 금나라에 약간의 실리失利를 하였사온대, 모두들 말하기를 장쥔張浚, 류치劉錡, 한스중韓世忠, 류광스劉光世, 웨페이岳飛 등 몇 명은 모두 명장으로 [나라를] 중흥시킬 수 있을 겁니다. 신은 본래 송나라 사람이었으니 폐하가 이런 지경에 놓

---

12) 송 철종哲宗의 세 번째 연호(1098~1100년).

이신 것을 차마 볼 수 없어 약간의 고기를 바친 것이옵니다."

그렇게 말을 마치고는 가버렸다. 길을 떠난 지 이미 오래되어 그 날 밤은 숲에서 묵었다. 그 때는 달이 희미하게 밝은데, 번番을 서는 사령 하나가 피리를 불 되 그 소리가 특히 몹시 흐느끼는 듯했다. 태상이 즉석에서 사 한 수를 읊조렸다.

경사京師의 옛 번화함을 떠올리려니, 제왕의 집은 만 리나 멀리 있네.
옥이 숲을 이룬 궁전, 아침엔 관현악 소리 시끌벅적, 저녁엔 생황와 비파 소리 늘어서 있네.
화려했던 도성은 사람 떠나 쓸쓸한데, 봄꿈은 오랑캐 땅 모래를 두르고 있네.
가산은 어느 곳이러뇨? 차마 듣노니 오랑캐 피리 소리 매화를 불어제끼네.13)

태상이 황제에게 말했다. "너는 이어서 지을 수 있겠느냐?" 황제가 운을 이어서 말했다.

허공은 사백 옛 경사의 화려함을 전하노니, 인효仁孝로 스스로 명가를 이루었다.
하루아침에 간사한 무리가 하늘과 땅[사직]을 무너뜨렸도다.
차마 비파 타는 소리 듣노니, 지금은 변방 땅 멀리 떨어져 있어 구불구불 먼 오랑캐 모래 땅.
고국은 만 리에 있는데, 고독한 아비와 아들은 새벽녘 서리꽃을 대하고 있구나.14)

---

13) 원문은 다음과 같다. "玉京曾憶舊繁華, 萬里帝王家. 瓊林玉殿, 朝喧弦管, 暮列笙琶. 花城人去今蕭索, 春夢繞胡沙. 家山何處? 忍聽羌笛吹徹梅花."
14) 원문은 다음과 같다. "宸傳四百舊京華, 仁孝自名家. 一旦奸邪, 傾天拆地,

> 노래를 만들고는 세 사람이 서로 부여잡고 큰소리로 울었다. 날마다 가는 땅은 모두 풀이 우거져 황량한데, 사방에서 서글픈 바람이 일고, 누런 모래는 하늘을 희부옇게 덮어 해가 나와도 연무가 낀 듯하고 5리나 7리 길을 가도 인적이 없으니 그저 양 치는 아이만 오갈 뿐 제대로 된 길이 아니었다. 문득 성읍을 보면 길의 동서에 있더라도 다시 성에 들어가지 않았다. 그때는 바야흐로 여름에 가까워 느릅나무와 버드나무가 길 가에 늘어서 있고, 연못에는 작은 개구리밥이 있어 갈색으로 푸른빛이 아니었다. 또 그렇게 10여 일을 가서야 비로소 작은 성에 이르렀는데, 시멘저우西沔州 위소衛所라 했다.

그런데 근년에 이르러 『경송잔본오대평화景宋殘本五代平話』와 『경본통속소설京本通俗小說』 두 종이 출현했다. 『오대평화』는 강사講史류로 문체도 『선화유사』와 비슷하며, 양梁, 당唐, 진晋, 한漢, 주周의 오대 시기의 군담軍談인데, 애석한 것은 『양사梁史』와 『한사漢史』의 하권이 모두 빠져 있다는 것이다. 이것은 후대 연의소설의 원조이다.

『경본통속소설』은 대단히 진귀한 책이다. 우선 당시 통행되던 약자와 속자 류를 풍부하게 쓰고 있는 것이 교토대학에서 복각한 『원참고금잡극元槧古今雜劇』과 많이 비슷해, 비록 읽기는 어렵지만, 한자 연구자에게는 자못 흥미로운 바이다. 겨우 제10권부터 제16권에 이르는 2책의 잔본인데 매권이 모두 요미키리読切り[15] 류의 단편소설이다.

忍聽搊琶. 如今塞外多離索, 迤邐遠胡沙. 家邦萬里, 伶仃父子向曉霜花."

15) 잡지 등에 실린 읽을거리로 1회로 완결하는 단편물.

『연옥관음(碾玉觀音)』16), 『보살만(菩薩蠻)』, 『서산일굴귀(西山一窟鬼)』, 『지성장주관(志誠張主管)』, 『요상공(拗相公)』, 『착참최녕(錯斬崔寧)』, 『풍옥매단원(馮玉梅團圓)』

『요상공』은 송대 왕안스王安石에 대한 이야기로, 왕안스가 재상에서 파직 당하고 난징으로 폄적되어 가는 도중 도처에서 신법의 불편함을 공박 당하자 크게 난처해하는 것을 재미있게 엮어낸 것이다. 그 첫머리에는 "이제 이야기하려는 이전 왕조先朝의 한 재상이 아직 직위가 낮을 때"의 이야기가 있다. 이 책은 원대 사람의 손에 의해 이루어졌다고 생각되는데, 그 아래 이어서 말하기를 "그 조대朝代는 멀지도 가깝지도 않은 북송 신종神宗 황제 연간으로, 성이 왕王이고 이름이 안스安石인 린촨臨川 출신의 재상"이라고 하였다. 말미에서 "후대 사람들은 우리 송 왕조의 원기를 논함에 모두 희녕熙寧의 변법이 나라를 망쳐 정강의 화를 당했다"고 끝맺음 한 것으로 보면, 작자는 남송 때 사람으로 북송을 '이전 왕조'라 하면서도 남북이 상통하니 똑같이 송나라라고 하여 우리 송 왕조라 한 것이 아닐까 생각한다.

『착참최녕』은 첫머리에서 "먼저 고사 하나를 끌어와 잠시 득승두회로 삼겠다"고 하면서, "우리 왕조 원풍元豊 연간에 성은 웨이魏이고 이름은 펑쥐鵬擧이며, 자는 충샤오沖霄인 소년 거자擧子가 있었다."고 하였다. 앞에서 이미 북송을 이전 왕조라 했는데, 지금은 또 북송의 원풍(신종의 연호)을 우리 왕조라 하였으니, 일견 모순인 듯 보인다. 이것도 똑같이 송 왕조를 [이은 것]이기에 우리 왕조 원풍이라

---

16) "연碾"은 옥을 갈아 기물器物을 만드는 것으로, 이 제목은 옥을 갈아 만든 관음상이라는 뜻이다.

한 것이리라. 기타 우리 송 왕조 건염建炎 연간(『풍옥매단원』)이라고 하거나, 대송 고종高宗 소흥紹興 연간(『보살만』)이라고도 하고, 또 소흥 연간(『연옥관음』)이라고만 한 것으로 보자면 작자는 분명히 남송 때 사람이다. 문체는 『선화유사』에 비하면 잡스러운 데가 있으니 원사소설의 진면목이 지상紙上에 약여躍如하게 나타나 있다. 『착참최녕』은 잘못 오인해 사람을 참한 원통한 죄錯斬冤罪에 대한 이야기다. 시험 삼아 그 가운데 류구이劉貴의 첩 천陳 씨(소낭자小娘子)가 급히 집으로 돌아가는 도중에 추이닝崔寧이라는 젊은이를 만나는 대목으로 참고 자료로 삼을까 한다.

각설하고, 그 소낭자는 새벽에 이웃집에서 나와, 걷기 시작하여 1·2리를 못 가서, 곧 다리가 아파 걸을 수 없어, 길옆에 앉아서 쉬고 있었다. 뜻밖에 한 젊은이가 보였는데, 머리에는 만卍자 부호가 새겨진 두건을 두르고, 몸엔 직접 꿰맨 헐렁한 적삼을 입고, 등에는 돈이 든 전대를 매었으며, 다리엔 명주 신발과 깨끗한 양말을 신고서, 그녀 앞으로 걸어왔다. 소낭자의 면전에 이르러 그녀를 한번 힐끗 보니, 비록 빼어난 용모는 아니나, 분명한 눈썹에 흰 치아, 봄에 핀 연꽃 같은 얼굴, 귀엽게 보내는 요염한 눈빛은 사람의 마음을 매우 동요시켰다. 바로 아래와 같다.

들꽃은 색정의 눈을 쏠리게 하고,
시골의 술은 많은 사람들을 취하게 한다.

그 젊은이는 어깨의 전대를 벗고서, 소낭자를 향해 정중히 읍하며 말했다.
"소낭자께서는 혼자서 어디를 가십니까?"
소낭자는 만복萬福17)으로 답례하며 말했다.

"저는 부모 집에 가는 길인데, 걸을 수 없어 잠시 여기에서 쉬고 있습니다."

그리고는 다시 물었다.

"이녁은 어디에서 오는 길입니까? 또 어느 쪽으로 가는 중입니까?"

그 젊은이는 두 손을 맞잡아 가슴까지 올려 정중히 절하며 말했다.

"소인은 촌사람입니다. 성안에 들어가 명주 발을 팔아 약간의 돈을 벌어, 추쟈탕褚家堂[18]쪽으로 가는 길입니다."

소낭자가 말했다.

"이녁에게 부탁 좀 드리겠습니다. 저의 부모님들도 추쟈탕 쪽에 살고 계신데, 그 길을 함께 가 주신다면, 정말 좋겠어요."

이에 그 젊은이가 말했다.

"어떻게 안 된다고 하겠습니까? 이미 그처럼 말씀하신 바에, 소인이 소낭자가 가시는 앞길을 모셔다 드리는 것을 진심으로 원합니다."

가노狩野 박사는 왕년에 영국과 프랑스의 두 수도를 유력하면서 스타인과 뻴리오 두 사람이 둔황敦煌의 석굴에서 구해온 경적經籍의 권자卷子를 점교點校하던 중 우연히도 아속雅俗 절충체, 혹은 구어체로 쓰여진 산문 또는 운어韻語의 소설을 발견하고 그 초본抄本을 연구한 결과 [이것들이] 당말이나 오대 무렵에 씌어진 것이라는 사실을 밝혀냈다. 이것으로 당말과 오대 무렵 이미 우아하고 전려典麗한 전

---

17) 만복萬福: 예전에 부녀자들이 두 손으로 왼쪽 옷깃 앞을 스치면서, 입으로는 '만복萬福'이라고 말하며, 인사를 표시하였다. 후에 이와 같은 동작을 '만복萬福'이라고 칭하였음.

18) 추쟈탕褚家堂은 항저우杭州의 동성東城에 위치한 지명이다.

기체의 소설 외에 극히 통속적이면서 일반의 하급 민중들이 즐겼던 이른바 평민문학이 있었다는 것을 상상해 볼 수 있다. 즉 "소설은 송 인종 때 일어난" 것보다도 백 년 전의 일이다. 박사는 이들 진귀한 자료들을 『예문잡지藝文雜誌』 제7년年 제1호에서 제3호에 발표했으니 진정 중국 통속문학사를 연구하는 자료로서는 극히 귀중한 발견이라 하겠다.

제2절 사대기서

원대에 이르러 잡극의 유행과 함께 원사소설이 크게 발흥했다. 이것은 앞서도 기술한 바대로 몽골인이 중원에 들어온 이래로 한족 문명에 심취해 발걸음을 오락 방면으로 향한 결과 잡극과 소설을 환영했고, 또 실제로도 이를 통해 중국의 역사와 인정, 풍속을 아는 첩경으로 삼았기 때문이었다. 그런데 원대소설의 쌍벽이라 일컬어지는 것은 『수호전』과 『삼국지연의』였다. 이것들을 『서상』과 『비파』와 함께 원대 사대기서라 하고, 또 명대소설의 대 걸작인 『서유기』와 『금병매』를 짝 지우게 되면 소설계의 사대기서가 된다.

제1항 『수호전』

『수호전』의 작자에 관해서는 여러 설이 분분한데, 일반적으로 전해지기로는 스나이안施耐庵이 지었다고 한다.

(1) 스나이안이 지었다.

이 설은 후잉린胡應麟의 『장악위담莊嶽委談』에서 나왔다.

(2) 뤄관중羅貫中이 지었다.

이 설은 랑잉郞瑛의 『칠수유고七修類稿』에 나오는데, 왕치王圻의 『속문헌통고續文獻通考』에서도 다음과 같이 말했다.

"『수호전』은 뤄관羅貫이 지었다. 관은 자가 번중本中으로 항저우杭州 사람이다. 소설 수십 종을 편찬했는데,『수호전』은 쑹쟝宋江의 일을 서술한 것으로 간악한 도적들이 교활하고 기만적인 일들을 저지르는 것이 매우 상세하게 기록되었다. 그러나 모든 일을 거짓으로 속여, 인심을 해치니, 그 자손의 삼대가 모두 벙어리가 되었다. 천도天道의 응보는 이와 같은 것이다."19)

일본의 교쿠테이 바킨도 이 설에 근거했다.

(3) 두 사람이 합작해 이룬 것이다.

리줘우李卓吾 본『수호전』에는 스나이안 집찬集撰 뤄관중 찬수纂修라 되어 있다.

(4) 스나이안이 짓고 뤄관중이 속작을 했다施作羅續.

진성탄金聖嘆은 그의 『수호전』 첫머리에서 이렇게 바루고 제70회 회평에서도 다음과 같이 말했다.

---

19) 이 말은 원래 톈루청田汝成의 『서호유람지여西湖游覽之余』에 나온다. "쳰탕錢塘의 뤄관중은 남송시대 사람으로, 소설류 10종을 편찬하였는데, 『수호전』에서 쑹쟝宋江 등의 일을 서술하였으니, 간악한 도적들이 교활하고 기만적인 일들을 저지르는 것이 매우 상세하게 기록되었다. 그러나 모든 일을 거짓으로 속여, 인심을 해치니, 그 자손의 삼대가 모두 벙어리가 되었다. 천도의 응보는 이와 같은 것이다.錢塘羅貫中本者, 南宋時人, 編撰小說數十種, 而『水滸傳』叙宋江等事, 奸盜脫騙機械甚詳. 然變詐百端, 壞人心術, 其子孫三代皆啞, 天道好還之報如此." 이런 견해는 당시 일반적인 지식인들의 『수호水滸』에 대한 관점을 대표하며, 이후에도 많은 영향을 주었는데, 예를 들면 왕치王圻의 『속문헌통고續文獻通考』, 천도외신天都外臣의 『수호전서水滸傳敍』, 저우량궁周亮工의 『인수옥서영因樹屋書影』, 장쉐청章學誠의 『병진찰기丙辰札記』 등이 모두 이 말을 채록하거나 혹은 인용하였다.

이 한 부의 책에서 70회는 잘 정돈된 곳이라 말할 수 있고, 이 회는 대단원 부분이라고 말할 수 있다. 이것을 읽으면 정말 마치 천리에서 용의 무리가 일제히 바다로 들어가는 것 같아, 끝내지 못한 것 같은 느낌이 조금도 없다. 우습게도 나관중이 쓸데없이 첨가하여 전후가 서로 걸맞지 않으니[20], 단지 그 추함이 보일 뿐이다.[21]

스나이안의 이름은 분명치 않은데, 뤄번은 자가 관중(『칠수유고』)이라고도 하고 뤄관羅貫은 자가 번중本中(『속문헌통고』)이라고도 하여, 두 사람이라고 전하기도 하지만, 자세하지는 않다. 다만 작자가 누구이든 간에 『수호전』 자체의 가치와는 아무런 관계가 없어 더 이상 따질 필요가 없다.

현재 전하는 항간에서 떠도는 이야기 중에 이른바 연의演義라는 것이 있는데, 대개 전기傳奇나 잡극雜劇보다 못하다. 그러나 원대元代 우린武林[22]의 스나이안施耐庵이 편찬한 『수호전水滸傳』이 특히 성행하였으니, 세상 사람들은 모두 그것을 허구적이고 근거가 없다고 하였으나, 요컨대 모두 그런 것은 아니다. 내가 우연히 소설의 서문을 보았는데 스나이안이 일찍이 저자에서 고서를 살피다가 낡은 종이 더미 속에서 송대宋代 장수예張叔夜[23]가 도적을

---

20) 원문은 '구미狗尾'이다. 고대에 측근의 시종들은 담비의 꼬리로 관의 장식을 하였다. 임관이 많아져, 담비의 꼬리만으로는 부족하므로, 개의 꼬리로 그것을 대신하였다. 후에 나쁜 것으로 좋은 것을 이어, 전후가 서로 걸맞지 않음을 가리키게 되었다.

21) 원문은 다음과 같다. "一部書七十回可謂大鋪排, 此一回可謂大結束, 讀之正如千里群龍, 一齊入海, 更無絲毫未了之憾。笑殺羅貫中橫添狗尾, 徒見其醜也。"

22) 우린武林은 지금의 항저우杭州이다.

잡고 귀순시켰다는 글 한 통을 얻어[24] 그 108명이 기의하게 된 까닭을 자세히 갖추어 이를 윤색해서 이 책을 엮은 것이라 하였다. 그의 문인 뤄관중은 또한 이것을 본받아 『삼국지연의三國志演義』를 지었는데, 몹시 천박하고 비루한 것이 웃음거리가 될 만하다.—랑(잉)은 이 책과 삼국[연의]가 모두 뤄관중이 지었다고 했는데, 크게 잘못된 것이다. 두 책은 그 깊이와 공력이 천양지차라 어찌 한 사람의 손에서 나왔을 리가 있겠는가? 세간에 전하기로 스나이안은 호가 나이안이고 이름과 자는 알 수 없다.(『장악위담莊岳委談』 하下)[25]

스나이안이 봤다는 옛날 책舊書이 도대체 무엇인지는 알 수 없는데, 쑹쟝宋江 등 36인이 허쉬河朔 [지방에서] 횡행하다가 장수예張叔夜에게 투항했다는 것은 『송사宋史』에 보인다. 덧붙여 『선화유사』 중에는 36원員의 혼호渾號(화화상花和尙 루즈선魯智深, 구문룽九紋龍 스진史進, 흑선풍黑旋風 리쿠이李逵 등)가 있고, 화석강花石綱, 생신강生辰綱, 몽한약蒙汗藥(후술), 리스스李師師의 일 등이 상세하게 실려 있다. 쑹

---

23) 장수예張叔夜는 자가 지중稽仲이고 북송北宋 카이펑開封(지금의 허난河南에 속함) 사람이다. 선화宣和 연간에 하이저우海州의 지현으로 있을 때, 이 지역의 농민기의군을 진압한 적이 있다. 그 일에 관해서는 『송사·장숙야열전宋史張叔夜列傳』을 볼 것.

24) 원문 폐저敝楮'에서의 저楮는 닥나무로, 그 껍질로 종이를 만들 수 있었기에, 종이를 대신하는 명칭이 되었다.

25) 원문은 다음과 같다. "今世傳街談巷語, 有所謂演義者, 蓋尤在傳奇雜劇下。然元人武林施某所編『水滸傳』特爲盛行, 世率以其鑿空無據, 要不盡爾也。余偶閱一小說序, 稱施某嘗入市肆, 細閱故書, 於敝楮中得宋張叔夜禽賊招語一通, 備悉其一百八人所由起, 因潤飾成此編。其門人羅本, 亦效之爲『三國志演義』, 絶淺鄙可嗤也。一郎(瑛)謂此書及三國, 並羅貫中撰, 大謬! 二書淺深工拙, 若霄壤之懸, 詎有出一手理. 世傳施號耐庵, 名字竟不可考.『莊岳委談』下)"

쟝 등의 최후에 관해서는 다음과 같다.

쑹쟝은 삼십 육 인을 이끌고 동악으로 가서 금향로에 향을 피
워 소망을 제사드렸다. 조정에서는 어찌하지 못하고, 단지 방을
붙여 쑹쟝 등을 불러들일 수밖에 없었다. 쟝張 씨 성에 수예叔夜란
이름을 가진 원수元帥가 있었는데, 대대로 장수를 배출한 집안의
자손으로, 그들을 설득하여 불러들이러 왔다. 송강과 그들 삼십
육 인은 송나라에 귀순하여, 각각 대부大夫라는 호칭을 하사받았
고, 각 로路의 순검사巡檢使로 나뉘어 부임하였다. 이로써 삼 로의
도적들이 모두 평정되었다. 뒤에 송강을 보내 팡라方臘를 포로로
잡는 데 공이 있었으므로, 그를 절도사로 봉하였다.26)

기타 원의 잡극 가운데 「흑선풍 리쿠이黑旋風李逵」, 「우쑹이 호랑이
를 때려잡다武松打虎」, 「옌칭이 물고기를 걸고 도박을 하다燕靑博魚」27)
등이 있다. 실제로 스나이안은 연서燃犀28)의 안광으로 여러 가지 전문
傳聞을 종합해 경천동지할 통쾌한 문장을 크게 이루었던 것이다.

스나이안은 자신의 저작에 임함에 있어 자신의 구상으로 36인의

---

26) 원문은 다음과 같다. "宋江統率三十六將往朝東嶽, 賽取金爐心願. 朝廷不
奈何, 只得出榜招諭宋江等. 有那元帥姓張名叔夜的, 是世代將門之子, 前來
招誘; 宋江和那三十六人歸順宋朝, 各受大夫誥勅, 分注諸路巡檢使去也; 因
此三路之寇, 悉得平定. 後遣宋江收方臘有功, 封節度使."

27) 「옌칭이 물고기를 걸고 도박을 하다燕靑博魚」는 원대 리원웨이李文蔚의 잡
극으로, 량산보梁山頭 두령 옌칭이 옌순燕順과 함께 옌허燕和의 처 왕라메이
王臘梅와 사통私通한 양 아내楊衙內를 때려죽이는 이야기다. 모두 4절四折로
이루어져 있다.

28) 저승세계와 소통할 수 있는 사람이나 물건. 간사한 사람을 꿰뚫어 볼 수
있는 사람을 가리킨다. [진晉나라 원쟈오溫嶠가 무쇠 뿔 횃불로 호수의 요
괴들을 비추었다는 고사에서 유래함.

상을 그려내고 이것을 벽에 걸어두고 날마다 그것을 바라보며 공을 들였기에 그 인물이 활약하는 모습이 살아 움직이듯 눈부시게 아름다워潑剌陸離 마치 용이 하늘을 날고 호랑이가 땅에서 울부짖는 듯하다. 결구의 웅대함, 문자의 강건함, 인물 묘사의 정밀함은 홀로 중국소설의 으뜸일 뿐 아니라 세계 문단으로 웅비하기에도 충분하다. 과연 진성탄金聖嘆은 이 작품을 극구 찬양하면서『장자』,「이소」,『사기』,「두시杜詩」와 짝을 이루는 천하의 제오재자서라 하였다.

『수호전』의 내용에 관해서는 여기서 다시 기술할 필요가 없다. 다만 통행본은 120회 본과 70회 본 두 가지이다. 곧 전자는 리즈李贄의『충의수호전』(또 100회 본도 있다)이고, 후자는 진성탄金聖嘆의 제오재자서이다.

전반부 70회는 천강성天罡星 36원員, 지살성地煞星 72원員 합해서 180명의 호걸이 이합집산한 자취를 서술하면서 끝내 량산보梁山泊에 모일 때까지를 위주로 하고 있어 호걸들의 장쾌한 이야기를 묘사하고 있다. 후반부는 쑹쟝宋江 등이 초안招安에 응하여 본래의 뜻을 꺾고 조정을 위해 봉사하게 된 시말을 서술했는데, 북으로는 거란, 남으로는 팡라方臘를 정벌하여 큰 공을 세웠지만, 그러는 사이 많은 호걸을 잃었다. 그 중에는 병사한 이도 있고, 출가한 이도 있으며, 혹은 관작을 물리치고 해외로 도피하는 등 당년의 호걸들이 사방으로 흩어져 버렸는데, 부두목인 루쥔이盧俊義와 두목인 쑹쟝은 차례로 중상모략하는 이들의 독수에 의해 죽어버리는 등 그 말로는 극히 비통하고 참담했다. 이에 진성탄은 호쾌한 전반부를 남기고 비참한 후반부를 버려 충의를 도적으로 뒤집어버린 뒤 제70회「량산박 영웅이 악몽에 놀라다」에서 끊어내 꿈으로 매조지한 것은 어쨌든 신운표묘神韻縹緲로서 무한한 감개를 남기고 있다.

확실히 한 번 읽고 나면 책상을 치고 쾌재를 금할 수 없는데,『수호전』으로 인해 만장萬丈의 기염을 토하게 된다. 그러나『선화유사』의 글에 의하면, 완벽함을 손상케 하는 측면이 없지 않아 있다. 대저 120회의『수호전』을 70회로 요참腰斬한 것은 극히 멋대로 폭거를 행한 것이라 하겠다. 나중에 진성탄 자신도 우문吳門에서 요참되어 몸과 머리가 분리된 것도 그 과보이리라. 아무튼『수호전』의 전체를 알고자 한다면, 120회 본을 보지 않으면 안 된다.

시험 삼아『수호전』에서 지용智勇을 겸비한 정절을 인용해 표범 가죽의 무늬 하나를 소개함으로써 중국 국민성과 풍습을 엿보고자 한다. 쾌인快人 루다魯達(즈선智深)가 진金 노인의 딸을 편취騙取하여 첩으로 삼은 악한 진관서鎭關西 정투鄭屠를 세 번의 주먹질로 때려죽이는「노제할권타진관서魯提轄拳打鎭關西」대목은 붓 아래에서 바람이 일고 피가 끓고 근육이 불끈거리게 하니 진정 통쾌할진저!29)

정투의 푸줏간은 두 칸인데 고기 써는 안반이 둘씩이나 놓여 있고, 잡은 돼지 네댓 짝이 통으로 걸려 있었다. 정투는 바로 문간에 있는 매대 안에 앉아서 칼잡이 10여 명이 고기 파는 것을 지키고 있었다.

"정투!"

루다는 문 앞에 가서 소리쳤다. 정투가 보니 루다인지라 황망히 나오며 인사를 한다.

"제할 나리, 황송합니다."

그는 곧 심부름꾼을 시켜 걸상을 가져다 놓게 하고 말한다.

---

29) 이하『수호전』의 인용문 번역은 옌볜대학 수호전번역조,『신역 수호전』(청년사, 1990년)을 참고했음을 밝혀둔다.

"제할 나리, 어서 앉으십시오."

루다는 걸상에 앉아서 분부하였다.

"나는 경략상공의 분부를 받고 왔는데, 고기를 정육으로만 열 근을 잘게 썰어 주게. 비계가 반점이라도 섞여서는 안 되네."

"예, 예, 그렇게 해 드리리다. 얘들아, 좋은 고기로만 골라서 열 근을 잘게 썰어 드려라!"

"저 따위 더러운 놈들이 손을 대게 하지 말고 자네가 발라 주게!"

"옳은 말씀이올시다. 소인이 직접 썰어 드리지요."

정투는 고기 안반 앞으로 가서 살코기 열 근을 골라서 잘게 썰었다. 이때 객줏집 심부름꾼이 수건으로 머리를 싸매고 진 노인의 사실을 알리려고 정투의 집으로 오다가 루 제할이 푸줏간 문 앞에 앉아 있는 것을 보고는 감히 더 가까이 다가서지 못하고 저편 처마 밑에서 이쪽을 바라보고만 있었다. 정투는 반시간이나 걸려서 손수 잘게 썬 고기를 연잎에 싸 놓고 묻는 것이었다.

"제할 나리, 사람을 시켜서 보내 드릴까요?"

"보낼 것 있나? 좀 가만있게! 이번에는 비계만으로 열 근을 더 잘게 썰게. 살코기가 조금이라도 섞여서는 안 되네."

"지금 썬 정육은 혹시 부중에서 혼돈자 소로 쓰실지 모르지만, 통 비계만 잘게 썰어 무엇에 쓰려고 그러십니까?"

"상공의 분부신데 누가 감히 묻는다더냐!"

두 눈을 부릅뜬 루다는 곱지 않게 말하였다.

"긴히 쓰실 거라면야 소인이 썰어 드리지요."

정투는 또 비계만 열 근 골라 잘게 썰어 연잎에 싸 놓았다. 그러노라니 늦 조반이 끝날 무렵까지 걸렸다. 객줏집 심부름꾼은 더 말할 것도 없고, 고기 사러 온 단골손님들까지도 감히 가까이 오지 못하였다. 정투는 또 물었다.

"제할 나리, 사람을 시켜서 부중으로 보내 드릴까요?"

"이번에는 가늘고 연한 뼈만 열 근 골라서 잘게 썰어라. 고기가 붙어서는 안 된다.”

정투는 웃으면서 말하였다.

“나리께서는 일부러 소인을 놀리시는 게 아닙니까?”

그 말을 듣자 루다는 벌떡 일어나더니 싸 놓은 고기 봉지들을 집어 들고 눈을 부라리며 정투에게 소리쳤다. “그렇다! 내 일부러 네놈을 놀리러 왔다!”

루다는 쳐든 고기 봉지로 정투의 면상을 갈겼다. 마치 고기 비가 내리는 것 같았다. 정투는 버럭 성이 나서 분이 꼭뒤까지 치밀고 가슴 속에서는 분노의 불길이 이글이글 타올라 참을 수 없게 되었다. 정투는 안반에서 뼈를 긁는 뾰족칼을 집어 들자 밖으로 뛰어나왔다. 이때 루 제할은 벌써 거리로 나와 있었다. 많은 이웃 사람들과 푸줏간 일꾼 10여 명이 있었지만 누구 하나 선뜻 나서서 말릴 엄두는 못 냈다. 거리 양쪽으로 오가던 사람들도 걸음을 멈추고 객줏집 심부름꾼과 마찬가지로 멍하니 서 있을 뿐이었다. 정투는 오른 손에 칼을 들고 왼 손으로 루 제할의 멱살을 들려고 했으나 도리어 루다에게 그 손이 붙잡히고 발길에 아랫배를 걷어채여서 길바닥에 쿵 하고 나가 떨어졌다. 루다는 따라가 재차 발길로 냅다 차고 가슴팍을 밟고 서서 큰 주먹을 높이 들고 정투를 내려다보며 말하였다.

“내가 처음부터 노종경략老種經略 상공相公 앞에서 관서 5로의 염방사廉訪使로나 지낸다고 해서 나를 진관서라고 한다면 그건 응당하려니와 너같이 푸줏간에서 칼 잡고 백정질하는 개 같은 놈의 주제에 진관서가 다 뭐냐? 이놈아, 어째서 진추이롄金翠蓮을 겁탈했느냐?”

루다가 주먹으로 그의 콧등을 바로 내리치니 대번에 피가 툭 터져 나오고 코는 한쪽으로 비뚤어졌다. 마치 간장 가게라도 벌인 듯이 짠 것, 신 것, 매운 것 할 것 없이 모조리 쏟아져 나왔다. 정투는 아무리 악을 써도 일어날 수가 없었으며 뾰족칼마저 떨어뜨리고 입으로만 뇌까릴 뿐이었다.

"잘도 때리는구나!"

"제기랄, 도적놈 같으니! 그래도 악다구니할 테냐?"

루다는 욕을 하며 주먹으로 눈두덩을 또 한 대 내리쳤다. 대번에 눈귀가 터지며 눈알이 튀어나왔다. 이번에는 흡사 비단가게를 벌인 듯이 붉은 것, 검은 것, 자주 빛 할 것 없이 터져 나왔다. 양쪽에서 이 광경을 구경하던 사람들은 루 제할이 무서워 누구 하나 선뜻 나서서 말리지 못하였다. 정투는 더는 견딜 수가 없어서 살려 달라고 애걸하였다.

"퉤! 네놈은 망나니다! 아까처럼 끝까지 뻗댄다면 용서하겠지만, 이제 와서 살려 달라고 비는 건 용서 못하겠다!"

루다가 호통치며 또 한 번 내려치니 주먹이 관자놀이에 떨어졌다. 얻어맞은 정투에게는 마치 큰 굿이나 할 때처럼 경쇠 소리, 바라 소리, 징 소리가 한 번에 울리는 것 같았다. 루다가 다시 굽어보니 땅바닥에 척 늘 어진 정투는 오직 내쉬는 숨결뿐, 들이쉬는 숨이라곤 없이 움직이지 않고 있었다.

"이놈이 죽은 척하기는! 어디 더 맞아 봐라!"

루다가 일부러 큰소리를 치며 내려다보니 정투의 얼굴은 점점 글러가는 판이었다. '이놈을 그저 혼쭐이 나게 때려 주고 말자 한 노릇이 주먹 세 대에 아주 죽어 버렸으니 필경 내가 송사를 당할 일이다. 그렇게 되면 옥바라지 해 줄 사람도 없으니 얼른 피신하는 게 상책이야.' 이렇게 생각한 루다는 걸음을 옮기다가 다시 정투의 시체를 돌아보며 욕하였다.

"네놈이 지금은 죽은 척하고 있다만 후에 네놈을 요절내고 말 테다."

루다는 성큼성큼 걸어갔다.

루다는 나중에 도망을 쳐 다이저우代州 옌먼 현雁門縣에 이르렀다가 우연찮게 진 노인을 다시 만나 그 딸의 남편인 자오 원외趙員外의 소개로 우타이산五臺山에 들어가 즈전 장로智眞長老의 제자가 되어 법호를 즈선智深이라 하였다. 그러나 루즈선은 산을 내려와 술을 마시고 엉망으로 취해서 절로 돌아와 산문을 부수고 여러 중들을 때려 상처를 입히는 등 한바탕 난장을 치게 되니 즈전 장로 역시 용납하기 어렵게 되었다. 이 루즈선이 우타이산에서 큰 소동을 일으키는 대목 역시 극히 호쾌한 문장이다. 덧붙여 말하자면, 루즈선의 전傳은 독일어로 번역되어 레클람문고30)에 들어갔는데, 『루다는 어떻게 반란군에 가담했나Wie Lo-Ta unter die Rebellen Kam』가 그것이다.

이상은 화화상 루즈선의 강용剛勇한 쾌거인데, 말머리를 바꿔서 이번에서 지다성智多星 우융吳用의 기지奇智와 묘계妙計를 보겠다.

베이징北京 다밍푸大名府의 량 중서梁中書는 당대의 혁혁한 태사太師인 차이징蔡京의 사위로, 장인의 생신을 축하하기 위해 십만 관의 예물을 준비해 막하의 용사 청면수青面獸 양즈楊志에게 동경東京으로의 호송을 맡겼다. 양즈는 도중의 위험을 미리 알고 금군의 장사 11명을 선발해 짐꾼으로 삼았다. 그들은 장사꾼으로 가장해 예물을 지고, [양즈] 자신은 늙은 도관都管31)과 두 명의 우후虞侯32)와 함께 상객商客으로 꾸미고 출발했다. 이에 차오가이晁蓋, 우융吳用, 궁쑨성公

---

30) 레클람문고Reclam Universal-Bibliothek'는 1867년부터 독일 레클람출판사에서 발행하기 시작한 19세기 유럽의 대표적인 문고다. 레클람문고는 휴머니즘과 이상주의를 담은 세계 고전들과 독일 문학작품 등 다양한 내용들을 담고 있다. 레클람문고는 뒤에 이어진 다른 출판사의 문고본 출판에 커다란 자극을 주었다. 독일의 『알바트로스 시리즈』, 영국의 『펭귄북스』 페이퍼백, 일본의 『이와나미문고』가 레클람문고를 본보기로 삼아 발간되었으며, 이는 훗날 한국을 비롯한 아시아 국가들의 출판 활동에도 영향을 미치게 되었다.
31) 집안의 허드렛일을 맡아하는 일종의 청지기.
32) 송대의 군사편제 단위인 "도都"에 우후虞候 직을 두었는데, 지위는 비교적 낮아 절급節級에 속했다.

孫勝, 류탕劉唐, 롼샤오얼阮小二, 롼샤오우阮小五, 롼샤오치阮小七 일곱 명은 서로 모의해 황니강黃泥崗에서 그것을 탈취하기로 했다. 우융의 계략으로 먼저 바이성白勝이 술을 파는 척하다가 몽혼약을 넣어 모두 정신을 잃게 만든 뒤 생신강을 모두 탈취하기로 했다. 그 때는 바로 오월이 반 넘어 가는 날씨로 염천에 몹시 더워 길을 가기가 아주 곤란했다. 양즈는 선물을 감독하며 경계를 태만히 하지 않고, 시원할 때는 길을 가고 한낮에는 쉬거나, 혹은 일부러 이른 시간에 가는 것을 피해 한낮을 선택하기도 하면서 유월 십오일 태사의 생일 전에 도착하려 했다. 그래서 부득불 길을 재촉하지 않을 수 없었다. 그런데 열한 명의 금군은 무거운 짐을 지고 한낮에 가려니 한여름 더위가 고역이라 나무 그늘 아래서 쉬면서 땀을 들이려 했다. 그럴 때마다 양즈는 그들을 재촉해 빨리 가자고 하다가 [금군들이] 가지 않으려 하면 때로 욕을 하고 때리니 양즈를 원망하지 않는 자가 없었다. 두 명의 우후와 늙은 도관도 참지 못하고 양즈에게 반기를 들었다. 양즈는 털끝만치도 그들의 말을 듣지 않고 황니강에 접어들었다. 여기에 이르자 군사들은 몹시 지쳐 바이성이 파는 술을 마시고는 독계毒計에 빠져버렸다. 대추를 파는 장사꾼으로 변장했던 차오가이 등 일곱 명은 즉시 일곱 대의 수레를 끌고 와서 군사들이 혼절한 틈을 타 열한 개의 금은보화를 수레에 가득 싣고 가버렸다. 이것이 곧 우융이 간지奸智로 생신강을 탈취한 것으로 실로 『수호전』에서 가장 정채로운 대목이다. 이하 그 대강을 초록한다.

이날은 바로 6월 초나흘 날이었다. 한낮도 되기 전에 붉은 해가 내리쬐고 구름은 반점도 없어서 날씨가 몹시 더웠다. 옛 사람이 지은 시가 있다.

축융씨祝融氏[33] 남에서 와 불용을 채질하니 불길은 훨훨 하늘을 붉게 태우네.

중천에 붙었느냐 해는 어이 아니 가서 만국이 마치 도가니에 든 듯.

오악 초목 말라 죽고 구름 한 점 안 보이니 바다 속 수신도 물 마를까 걱정이네.

어느 때면 하룻밤에 금풍金風[34]이 불어 와서 우리네 돌보아 천하 더위 몰아갈까.

이날 따라 가는 길은 죄다 궁벽한 산길이고 첩첩한 산들을 넘어야 했다. 군졸 열한 명을 재촉하여 약 20리쯤 걸으니 군졸들은 버드나무 그늘 아래에서 좀 쉬어 가려고 하였다. 그런데 양즈는 등채를 휘두르며 호통을 친다.

"오늘은 일찍이 숙참을 할 테니 그 대신 빨리들 걸어라!"

군졸들이 쳐다보는 하늘에는 참으로 구름 한 점 없었고 날씨는 그야말로 견딜 수 없이 더웠다.

찌는 듯한 무더위에 낯을 덮는 흙먼지, 만리 건곤은 시루런가. 타는 해 중천에 걸렸네.

구름 없는 하늘 아래 바람 한 점 없어 나무는 불타고 시내 바닥 갈라지네.

천산만학 활활 타니 투닥투닥 돌이 튀어 잿가루 흩날리네.

공중의 새들도 목숨 다하려나 깊숙한 숲 속에 박히듯 떨어지고 물 속의 고기들도 비늘이 떨어지나 진탕 속을 파고드네.

돌로 만든 범이라도 숨 가빠 헐떡이고 쇠로 만든 사람이라도 구슬땀 떨구리,

---

33) 불과 여름, 남쪽 바다를 맡은 신.
34) 가을의 선선한 기운을 띤 바람.

바로 이러한 때 양즈는 일행을 재촉하여 산중의 험한 길을 걸어가고 있었다. 한낮이 되었는지라 돌마저 달아올라서 발바닥이 뜨거워 걸을 수 없는 지경이었다.

"이렇게 더워서야 사람이 데어 죽지 않겠나."

여러 군졸들의 말에 양즈는 호통을 쳤다.

"빨리들 걸어라! 저 앞 고개를 넘어가서 쉬도록 하자!"

한창 걸어가는데 마침 고갯마루가 보였다. 여러 사람들이 그 고갯마루를 바라보았다.

산마루에 녹음 우거지고 산기슭엔 누른 모래 깔려 있네.

아아한 산발은 늙은 용의 모양새요, 험준한 산 속에 비바람 몰아치누나.

산기슭 띠풀은 빽빽한 창검의 숲, 울뚝불뚝 솟은 바위 엎드려 잠든 범인 듯.

서천西川의 촉도蜀道 험하다 하랴, 태항산 험한 길 이 곳이로다.

일행 15명은 영마루로 올라갔다. 군졸들은 저마다 짐을 벗어던지고 솔밭 속으로 뛰어 들어가 누워 버린다.

"에이 참! 여기가 어딘 줄 알고 쉬려드느냐. 빨리들 일어나서 썩썩 걸어라!"

양즈의 말에 여러 군졸들이 말하였다.

"당신이 우리를 열 토막을 낸대도 더는 못 가겠습니다."

양즈는 등채를 들고 마구 후려갈겼으나 이 자가 일어나면 저 자가 쓰러지고 저 자가 일어나면 또 이 자가 쓰러지고 하여 어쩔 도리가 없었다.

두 우후와 늙은 도관도 헐레벌떡거리며 간신히 고갯마루로 기어 올라오더니 역시 소나무 아래로 들어가 앉아 숨을 돌린다. 늙은 도관이 군졸을 때리는 양즈를 보고 말했다.

"여보 제할, 정말 더워서 걸을 수가 없으니 너무 들볶지 마오!"

"나리는 모르시는 말씀이오. 여기가 바로 화적들이 많이 싸다니는 황니강이라는 곳이오. 이전 태평 시절에도 백주에 도적이 나던 곳이라 지금은 더 말할 나위도 없는데 어떻게 여기서 쉰단 말이오!"

양즈의 말을 듣고 이번에는 두 우후가 입을 열었다.

"우리는 당신이 그런 말을 하는 걸 벌써 몇 번이나 들었소. 당신은 번번이 그런 소리로 사람을 놀래려고 하는구려."

늙은 도관이 말을 받는다.

"좌우간 저 사람들을 좀 쉬게 하고, 해도 좀 기운 후에 떠나도록 하는 것이 어떻겠소?"

늙은 도관의 말을 듣고 양즈는 나무랬다.

"나리도 참 딱하구만. 그래서 되겠소? 여기서 고개 밑까지는 7, 8리나 되는데 인가라고는 전혀 없소. 그런데 여기가 어디라고 쉰단 말이요?"

"그럼 나는 좀 앉았다가 갈 터이니 군졸들을 데리고 먼저 내려가오."

양즈는 등채를 들고 고함을 질렀다.

"안 가는 놈은 곤장 스무 대를 맞을 줄 알아라!!"

그 말에 군졸들이 모두 "아이구!" 소리를 지르는데 그 중에 하나가 말하였다.

"제할 나리, 백여 근씩 짐을 진 우리는 빈손으로 가는 나리와는 다릅니다. 나리는 사람을 너무나 사람으로 여기지 않습니다. 설사 유수사 상공께서 몸소 우리를 데리고 가시더라도 우리의 청탁을 한번쯤은 들어 주셨을 겁니다. 그런데 나리는 참말 사정은 조금도 몰라주시니 너무 하시오."

그 말에 양즈는 욕설을 퍼부었다.

"이 짐승 같은 놈아! 네가 나를 애먹여 죽일 테냐! 좀 맞아 봐라!"

양즈는 등채를 들고 그 군졸의 얼굴을 마구 후려갈겼다. 늙은 도관이 소리쳐 말린다.

"여보 제할! 때리지 말고 내 말을 좀 듣소. 나는 동경 태사 부중에서 유모부로 있는 중에 문하에서 수천 수만 군관들을 보아 왔지만 그들은 누구나 내 말이면 다 들었소. 이렇게 말하면 바른 소리 같지만 임자로 말하면 다 죽게 된 것을 상공께서 가엾이 여겨서 제할로 천거해 주시지 않았소. 그까짓 겨자씨만한 벼슬이 뭐가 그리 대단하다고 그렇게 우쭐댄단 말이오? 설혹 내가 상공 부중의 도관이 아니고 시골의 한 늙은이라도 늙은 사람의 말이면 들음직도 하지 않소. 그런데 덮어놓고 사람을 치기만 하니 대체 사람을 어떻게 보는 셈이오?"

"여보 나리, 나리는 장안에서만 살아 온 분이오. 한평생 대감댁에서만 살아 온 분이니 이런 먼 길의 고충이나 심려를 알 까닭이 있소."

"나도 쓰촨, 양광兩廣 할 것 없이 다 다녀본 사람이요. 하지만 자네 같이 우쭐대는 사람은 처음 보았소."

"지금은 전날의 태평시절과 다릅니다."

"그 따위 소리를 하다가는 아가리를 찢고 혀를 잘라 버릴 거요. 어째 지금의 천하가 태평치 않단 말이요?"

이에 양즈가 또 대꾸를 하려는데 별안간 맞은편 솔밭 그늘 속에서 어떤 자가 수상스럽게 이쪽을 기웃거리며 살피고 있는 것이 보였다.

"내가 뭐라고 했소? 벌써 수상한 놈이 오지 않았나 보시오."

양즈는 등채를 던지고 박도를 들고 맞은편 솔밭으로 뛰어가면서 호통을 쳤다.

"너 이 담 큰 놈아! 어째서 내 짐을 노리는 거냐?"

귀신 말 나게 되면 귀신이 오고 도적 말 나게 되면 도적이 오네.
알고 보면 한집안 사람이건만 얼굴을 맞대고도 알아보지 못하네.

양즈가 쫓아가 보니 그 솔밭 속에는 강주거江舟車 일곱 대가 일자로 나란히 서 있고, 그 옆에는 일곱 사람이 웃통을 벗어부치고 앉아서 바람을 쐬고 있고, 또 그 옆에는 살쩍에 커다란 붉은 사마귀가 있는 자가 박도를 들고 서 있었다. 양즈가 쫓아오는 것을 보자 그 일곱 사람은 일시에 "이크!"하고 소리를 지르며 벌떡벌떡 튀어 일어났다. 양즈가 외쳤다.

"네놈들은 뭘 하는 놈들이냐?"

그러자 그 일곱 사람도 일시에 반문한다.

"너는 뭘 하는 놈이냐?"

"네놈들은 필시 나쁜 놈일 테지?"

"흥, 우리가 할 소릴 네놈이 하는구나. 우리는 밑천이 적은 장사꾼이라 너에게 줄 돈은 없다."

"너희들만 돈이 없고 나는 돈이 많은 줄 아느냐?"

양즈가 말하니 그 일곱 사람이 또 묻는다.

"대관절 네놈은 뭘 하는 놈이냐?"

"우선 네놈들이 어디 놈이라는 것부터 먼저 말해라!"

"우리 일곱 사람은 다 하오저우濠州 사람이다. 대추를 팔려고 동경으로 가는 길인데 듣자니 이 황니강에 쩍 하면 도적들이 나타나서 객상을 턴다고는 하지만 우리 일곱 사람이 가진 것이라고는 대추뿐이고 다른 재물은 없는 터이라 상관이 뭐냐고 여기까지 올라왔는데 날씨가 하도 덥길래 우선 그늘에서 좀 쉬고 서늘한 때 떠나려던 참이다. 그런데 갑자기 이리로 사람들이 올라오는 인기척이 나길래 나쁜 놈들이나 아닌가 해서 이 사람더러 좀 나가서 보라고 했던 것이다."

"그렇다면 같은 행객들이구만. 나는 당신들이 수상스럽게 기웃거리길래 나쁜 놈들이나 아닌가 해서 쫓아왔소."

"그렇다면 여보 손님! 대추나 좀 가져다 잡수시오."

"그건 싫소."

양즈는 박도를 들고 짐짝 있는 데로 돌아왔다.

"저 자들이 정말 도적들이라면 다 갔는걸."

늙은 도관의 말을 양즈가 받아넘긴다.

"나도 불한당인 줄로만 알았더니 대추 장사들이오."

"방금 제할이 한 말 같아서는 이 사람들은 하나도 살아남을 것 같지 않더구먼."

늙은 도관이 말하였다.

"그런 말 승강이는 그만둡시다. 무사하면 얼마나 좋아서 그러시오. 좌우간 너희들은 좀 쉬어라. 서늘해지거든 떠나기로 하자."

양즈가 이렇게 말하니 여러 군졸들은 모두 웃었다. 양즈는 박도를 땅바닥에 꽂아 세우고 자기도 한편에 있는 나무 그늘로 가서 바람을 쏘였다. 한식경도 못 되어 저편 고개 밑으로부터 한 사나이가 멜대에다 통 두 개를 달아 메고 올라오며 노래를 부른다.

붉은 해 이글이글 불같이 타니 전야의 곡식들은 반 남짓 시들었네.

농부들의 간장은 지지는 듯하건만 공자 왕손 한가로이 부채질만 하누나.

이런 노래를 부르며 고갯마루로 올라온 그 사나이는 솔밭 속으로 들어가서 통을 내려놓고 바람을 쏘인다. 여러 군졸들은 그 사나이에게 물었다.

"여보, 그 통에 든 것이 뭐요?"

"백주올시다."

"어디로 가져가오?"

"촌으로 팔러 갑니다."

"한 통에 얼마요?"

"다섯 관이오."

"어떤가? 목도 축이고 더위도 덜 겸 한 잔씩 사 먹세!"

여러 군졸들이 이렇게 말하며 저희끼리 돈을 모으는데 양즈가 보고 호통을 친다.

"너희들은 또 무슨 짓을 하는 거냐?"

"술을 한 잔씩 사 먹으렵니다."

양즈는 박도 자루로 군졸들을 때리면서 욕질한다.

"이놈들아! 내 말을 들어 보지도 않고 함부로 술을 사 먹어? 어처구니없는 놈들 같으니!"

"공연히 왜 또 야단을 칩니까? 제 돈 내서 술을 사 먹는데 당신한테 무슨 상관이기에 또 사람을 때리는 겁니까?"

여러 군졸들이 말하였다.

"이 돼먹지 못한 놈들아, 네놈들이 뭘 안다고 지껄이는 거냐! 뭘 보기만 하면 처먹을 생각만 하고 이 먼 길에서 정신 차려야 한다는 건 통 모른단 말이냐? 몽혼약에 취해서 쓰러진 호한이 얼마나 많은 줄 아느냐!"

이 말을 듣자 그 술을 메고 온 사나이는 양즈를 쳐다보고 픽 웃었다.

"이 손이 정말 정신이 나갔나 보다. 내가 당신한테 술을 팔려는 것도 아닌데 왜 사람 잡을 소리를 하는 거요?"

이렇게 오는 말, 가는 말로 한창 떠드는 중에 맞은편 솔밭 속에서 쉬고 있던 대추 장사들이 손에 박도를 들고 뛰어나와 묻는다.

"어째서 다투는 거요?"

"제가 술을 가지고 저 고개 너머에 있는 촌으로 팔러 가던 중에 하도 덥길래 여기서 잠깐 쉬어 가려는데 이분들이 술을 사 먹겠다고 했거든요. 그런데 나는 아직 팔지도 않았는데 이 손이 덮어놓고 내 술에 무슨 몽혼약이 들었다고 어처구니없는 소리를 하지 않겠소. 터무니없이!"

"허! 우리는 또 어디서 도적놈들이 나왔는가 했더니 그런 일이구만. 그랬다기로 무슨 상관이요. 마침 우리도 목이 말라서 술 생각이 나던 참인데 이분들이 꺼름해서 안사겠다면 그 술 한 통은 우리한테나 파시오."

일곱 사람이 이렇게 말하니 그 술을 메고 온 사나이가 잡아떼었다.

"아니, 안 팔겠소."

"이 덜된 놈이 통 벽창호로구나! 아니 우리가 너를 뭐라고 했나? 네가 어차피 촌으로 메고 가서 팔 술을 우리가 같은 값으로 사자는데 어째 안 판단 말이냐? 네가 우리한테 찻물은 선사 못할망정 그 술이나 팔아 주면 우리가 목을 축일 게 아니냐."

"당신들한테 한 통 파는 것쯤은 상관없지만 금방 들은 저 사람네 말이 괘씸해서 그러오. 그런데 술 따를 그릇도 없으니 무엇으로 자시겠소?"

"너도 꽤 고지식하구나. 그런 말을 좀 했다기로 그다지 고깝게 생각할 게 있나? 우리에게 야자 바가지가 있다."

그 중 두 사람이 수레 앞으로 가더니 야자 바가지 두 개를 끌러서 하나에는 대추를 담아 들고 왔다. 일곱 행객은 술통 옆에 둘러서서 뚜껑을 열고 바가지 돌림으로 술을 떠먹고 대추로 안주를 한다. 얼마 안 되어 술 한 통이 동났다.

"술값은 묻지도 않았네 그려."

"내가 처음 말하지 않았소. 한 통에는 다섯 관이고 두 통에는 열 관이 라고."

"다섯 관이면 임자 말대로 다 줄 테니 덤으로 한 바가지만 더 주게."

"덤은 드릴 수가 없소. 꼭 받을 값을 불렀소."

대추 장사 일곱 명 중에서 한 자가 술값을 치르는데 한 자가 술통 뚜껑을 열고 술을 한 바가지 떠서 들이켠다. 술장수가 빼앗으려 하니 그 자는 반 바가지쯤 남은 술을 들고 솔밭 속으로 내뺀다. 술장사가 그냥 쫓아가는데 이쪽에서는 또 한 자가 바가지를 들고 솔밭에서 나오더니 술 한 바가지를 떠냈다. 그것을 본 술장수는 급히 돌아와서 그 자의 손에서 바가지를 빼앗아 술을 도로 통에 부어 넣고 뚜껑을 덮은 다음 바가지를 동댕이치면서 중얼거렸다.

"사람들이 왜 그렇게들 군자답지 못하게 노시오? 그만한 체면은 차릴 만한 분들이 이게 무슨 짓들이오."

맞은편에서 보고만 있던 군졸들은 구미가 동해서 더욱 그 술을 먹고 싶어 했다. 그 중의 한 자가 늙은 도관에게 말하였다.

"영감님, 저희들을 봐서 제할 나리에게 말씀 좀 여쭈어 주십시오. 대추 장사들이 한 통을 사서 다 먹었으니 우리도 저 남은 한 통을 사서 목을 좀 축이게 해 주시오. 정말 덥고 목이 말라서 못 견디겠습니다. 이 영마루에서는 물도 먹을 데가 없으니 영감님이 잘 말씀해 주십시오."

군졸들의 말을 들은 늙은 도관은 기실 자기도 먹고 싶었던 차라 양즈에게 말하였다.

"대추 장사들이 벌써 한 통을 사 먹고 이제는 한 통만 남았소. 짐꾼들이 해갈이나 하게 사 먹도록 합시다. 이 영마루에 물도 먹을 데가 없는 형편이니까."

그 말을 들은 양즈는 속으로 생각하였다. '내가 먼발치에서 저 자들이 술 먹는 것을 보고 있었는데 지금 남은 통에서도 한 바가지를 떠내서 절반이나 먹었겠다. 별 탈은 없겠지. 저것들을 반나절이나 때리면서 몰아 왔으니 술이라도 한 사발씩 사 먹게 놔두자.'

이렇게 생각하자 그는 입을 열었다.

"기왕 영감님 말씀도 계시니 사 먹게 하고 곧 떠나도록 합시다."

그 말을 들은 군졸들은 곧 돈 다섯 관을 모아 가지고 술을 사려고 했다. 그런데 그 술장사가 잡아뗐었다.

"싫소, 안 팔겠소! 이 술에는 몽혼약이 들어 있소!"

이에 군졸들이 웃는 낯을 지으며 말했다.

"여보, 그만한 말을 가지고 고깝게 생각할 것 있소?"

술장사는 또 잡아뗀다.

"아니, 안 팔겠소! 시끄럽게 굴지 마시오!"

이때 대추 장사들이 나서서 권하였다.

"자네도 시시한 사람이군. 저 사람들의 말도 좀 지나치기는 했지만 자네도 너무하네. 우리한테도 판다 만다 군소리하더니만 이 사람들이야 무슨 상관이 있게 그러나. 공연한 소리 말고 어서 이 분들에게 팔게."

"쓸데없이 남한테 의심을 살 턱이 있소?"

이에 대추 장사들은 그 사나이를 한쪽으로 밀어젖히고 남은 술 한 통을 짐꾼들에게 밀어주었다. 군졸들은 술통을 열었으나 떠먹을 그릇이 없어 대추 장사들에게 사정을 해서 야자 바가지를 빌렸다.

"여기 대추도 몇 알 있으니 가져다 안주하시오."

대추 장수들이 권하니 여러 군졸들은 사양한다.

"그래서야 우리 인사가 됩니까."

"사양은 마시오, 다 같은 행객들인데 그까짓 대추 몇 알을 사양할 것 있소?"

여러 군졸들은 사례한 다음 우선 술 두 바가지를 떠서 늙은 도관에게 먼저 한 바가지를 주고 한 바가지는 양 제할에게 주었다. 그러나 양즈는 먹으려 하지 않았다. 늙은 도관과 두 우후는 각각 한 바가지씩 들이켰다. 그러자 여러 군졸들은 일제히 모여들어서 그 술 한 통은 대번에 바닥이 났다. 여러 사람들이 먹고도 별일이 없는 것을 본 양즈는 본래는 안 먹으려고 했으나 하도 날씨가 덥고 또 갈증이 심하므로 견디다 못해 반 바가지 쯤 마시고 대추도 몇 알 먹었다.

"이 통술은 저 손들이 한 바가지를 떠먹어서 그만치 적으니까 당신들한테서는 반 관을 덜 받겠소."

술장사가 말하니 여러 군졸들은 돈을 모아서 술값을 치렀다. 그 사나이는 돈을 받은 다음 빈 통을 메고 올라올 때처럼 노래를 부르며 고개 아래로 내려갔다. 일곱 명의 대추 장사들은 소나무

옆에 서서 그들 열다섯을 가리키면서 외쳐댔다.

"넘어진다! 넘어진다!"

과연 그 열다섯 사람은 갑자기 머리가 무거워지고 다리가 허전
해져서 서로 멀거니 얼굴을 쳐다보다가 마침내 느른해서 쓰러지
고 말았다. 그러자 그 일곱 사람들은 솔밭 속에서 강주차 일곱
대를 밀고 나와서 대추를 부려 버리고는 금은보화 짐 열한 개를
싣고 잘 덮어 가린 다음 "자" 소리를 한마디 지르고는 곧 황니강
고개 밑으로 내려갔다. 그야말로 다음 시와 같은 격이었다.

생신을 경하하려 고혈을 짜는 판에 백성들과 이웃들의 생사를
돌볼손가?
이제야 알았노라, 예로부터 털리는 건 가슴에 걸리는 일 저지
른 연고임을

그 모양을 보는 양즈는 입으로는 야단쳤으나 온몸이 나른해서
아무리 애를 써도 일어날 수가 없었다. 열다섯 사람은 눈을 멀뚱
멀뚱 뜨고 그 일곱 사람이 예물 짐을 싣고 가는 것을 뻔히 보면서
도 움직이지 못하고 말도 못했다.

이상의 기사는 완전히 『선화유사』에서 나온 것인데, 원문은 자못
간요簡要하니, 『수호전』의 결구와 문채는 실로 청출어람이라 하겠다.

그 해는 바로 선화 2년 5월로, 베이징 유수留守 량스바오梁師寶
가 십만 관의 금은보화와 기이하고 교묘한 비단을 현위縣尉 마안
궈馬安國 일행을 시켜 경사로 지고 가게 했다. 유월 초하루가 차이
태사의 생일 축하 날이었다. 마 현위 일행이 오화영제五花營隄 상
전지上田地에 도착하니 길가에 버드나무가 드리워져 대나무와 우
거진 숲이 언뜻 내비치는 모습이 거기서 쉬어가며 더위를 식힐
마음이 들게 하였다. 조금 있다가 여덟 명의 건장한 사내들과 마

주쳤는데, 두 개의 술통을 지고 와서는 둑 위에서 쉬면서 땀을 들였다. 마 현위가 사내에게 그 술이 파는 거냐고 묻자 사내는 내 술맛은 맑고 향기로운데다 매끄럽게 잘 넘어가니 더위를 식히고 해갈하는 데 제격이라면서 나리께서 조금 맛보라고 했다. 마 현위는 기갈이 들고 피곤했던지라 두 병을 사서 일행과 함께 마셨다. 술을 다 마시기도 전에 모든 일이 끝장나버려 술을 마시자마자 눈이 감기고 머리가 어지러워져 하늘과 땅이 거꾸로 서며 모두 고꾸라져 정신을 차릴 수 없었다. 상자 안의 금은보화 등은 모두 그 여덟 명의 사내들이 가져가 버리고 술 통 두 개만 남았다.35)

『수호전』의 속편으로는 옌당산챠오雁宕山樵의 『수호후전』이 있다. [『수호전』이] 또 일본 통속문학에 큰 영향을 주었다는 것은 말할 필요도 없는데, 오카지마 간잔岡島冠山36), 교쿠테이 바킨曲亭馬琴, 다카

---

35) 원문은 다음과 같다. "是年, 正是宣和二年五月, 有北京留守梁師寶將十萬貫金珠、珍寶、奇巧段物, 差縣尉馬安國一行人, 擔奔至京師, 赶六月初一日爲蔡太師上壽。其馬縣尉一行人, 行到五花營堤上田地里, 見路傍垂楊掩映, 修竹蕭森, 未免在彼歇凉片時。撞夅八個大漢, 擔夅一對酒桶, 也來堤上歇凉靠歇了。馬縣尉問那漢：'你酒是賣的？'那漢道：'我酒味清香滑辣, 最能解暑薦凉。官人試置些飮？'馬縣尉口內饑渴痰困, 買了兩瓶, 令一行人都吃些個。未吃酒時, 萬事俱休；才吃酒時, 便覺眼花頭暈, 看見天在下, 地在上, 都麻倒了, 不知人事。籠內金珠、寶貝、段疋等物, 盡被那八個大漢劫去了, 只把一對酒桶撤下了。"

36) 오카지마 간잔岡島冠山(1674~1728년)은 일본 근세의 유학자로 나가자키長崎에서 태어났다. 처음에는 하기 번萩藩의 통역 노릇을 하다가 뒤에 물러나서 에도시기의 유명한 유학자인 하야시 호코林鳳岡((1644~1732년)에게서 주자학을 배웠다. 에도에서 시모츠케 아시카가下野足利 번주藩主인 도다 다다소노戶田忠囿를 섬겼으나, 사직하고 오사카大坂에 갔다가 다시 에도에 돌아와 죽었다. 중국어에 능통했는데, 항저우 음杭州音의 『당화찬요唐話纂

이 란잔高井蘭山37)의 훈역訓譯이 있고, 모방작으로는 다케베 아야타리建部綾足38)의『본조수호전本朝水滸傳』, 산토 교덴山東京傳39)의『본조충의수호전本朝忠義水滸傳』, 바킨의『경성수호전傾城水滸傳』등이 있을 뿐 아니라 바킨의『핫켄덴八犬傳』은『수호전』을 배운 것이고,『유미하리즈키弓張月』40)는『수호후전』의 번안이다. 이에 덧붙여『수호후

要』와 난징 음南京音의『당화사용唐話便用』을 저술했다. 오규 소라이荻生徂徠와 친교가 있었고,『수호전』등의 백화소설을 번역한 바 있다.

37) 다카이 란잔高井蘭山(1762~1839년)은 에도시대 후기의 극작가이다.

38) 다케베 아야타리建部綾足(1719~1774년)는 에도시대 중기의 배우이자 소설가, 국학자, 화가이다. 옛 가요에서 5·7·7 또는 7·5·7의 세 구로 한 수首를 이루는 노래인 가타우타片歌를 애호하여 그 부흥에 힘썼다.

39) 산토 교덴山東京傳(1761~1816년)은 에도시대 후기의 우키요에 화가이자 극작가이다. 우키요에 화가로서는 기타오 마사노부北尾政演라 불렸다. 간세이 개혁 때의 출판 통제에 의해 일정 기간 쇠고랑을 채웠던 형벌의 하나인 데죠手鎖의 처벌을 받은 바 있다. 현재의 긴자銀座 이치죠메1丁目에서 흡연용 소품 판매점인 교야京屋를 열었는데, 그가 디자인한 흡연 도구가 크게 유행했던 적이 있다.

40)『친세츠유미하리츠키椿説弓張月』는 교쿠데이 바킨曲亭馬琴이 짓고 가츠시카 호쿠사이葛飾北斎가 그림을 그린 요미혼読本으로, 분카文化 4년(1807년)부터 동 8년(1811년)에 걸쳐 간행되었다. 전 5편編 29이다. 미나모토노 다메토모源為朝가 류큐로 가서 겪는 이야기 및 그 후손들의 이야기를 다루었는데, 이즈 제도에 유배당했던 미나모토노 다메토모가 풍랑을 만나 류큐에 표류하다 섬 북부의 나키진에 도착했으며, 그곳에서 힘을 키워 유력자가 된 후 오오자토 아지大里按司의 누이와 결혼하여 슌텐舜天을 낳는다. 당시 류큐는 창조신 아마미키요의 후예인 천손 씨天孫氏가 다스리다 반역자 리유利勇에 의해 멸망당했는데, 슌텐은 여러 아지들의 힘을 모아 리유를 무찔렀다. 슌텐은 22세의 나이에 여러 아지들의 추대를 받아 중산왕中山王의 자리에 올랐다. 단, 중앙집권화된 국가를 세운 것이 아니라 여러 아지들의 대표 역할을 맡았을 것으로 추정된다. 1745년 완성된 역사서『구양球陽』에 따르면, 슌텐에게는 뿔이 있어서 이를 감추려고 머리카락을 모아 틀어 묶었고, 이것이 류큐의 상투인 카타카시라欹髻의 기원이 되었다고 한다.

전』에는 모리 가이난의 번역본이 있다. 또 근래에 완성된 히라오카 류조平岡龍城의 『훈역수호전訓譯水滸傳』은 실로 고심 끝에 나온 작품으로 오히려 학계의 기적이[라 할 만하]다. 그러나 기시마 묘진木島明神의 영전에서 『유선굴』의 독법을 전수받은 고레도키伊時 학사에 비할 수는 없다.

제2항 『삼국지연의』

> 『삼국지연의』는 모두가 알고 있는 대로 세 나라의 군담軍談으로 뤄관중羅貫中이 지었다고 전한다. 『삼국』, 『송강宋江』 두 책은 곧 항저우 사람 뤄관중이 지었다. 운운.(『칠수유고』)

이것은 천서우陳壽의 『삼국지』에 근거해 이것을 소설로 연술演述한 것에 지나지 않는다. 한나라 땅漢土에서 인물이 배출된 것은 앞으로는 춘추전국을 밀고, 뒤로는 삼국을 들고 있다. 대저 한말의 전란으로부터 삼국정립에 이르기까지 둥줘董卓, 뤼부呂布, 두 위안 씨二袁氏 등이 갑자기 일어났다가 갑자기 스러졌으니, 차오차오曹操가 군웅을 평정하고 중원을 장악했으며, 쑨취안孫權은 아비와 형의 자산을 밑천삼아 강동江東에서 할거했고, 류베이劉備는 이리저리 떠돌며 간난신고를 고루 맛본 뒤 주거량諸葛亮을 얻어 비로소 [자신의] 운명을 개척하였다. '룽중隆中의 삼고초려三顧草廬', '츠비赤壁에서의 일전'은 주마등과 같이 급히 전변하는 국면으로 실로 고금을 통틀어 천하를

슌텐의 아버지가 미나모토노 다메토모라는 이야기는 후일 일류동조론日琉同祖論으로 발전하여 일본 제국이 류큐를 지배하는 것을 정당화 하는 논리로 악용되기도 한다.

다투는 일대 기국奇局이다. 이것을 연의로 만든『삼국지』는 또한 설화 가운데 가장 재미있는 것이다. 리상인李商隱의「교아시驕兒詩」중에서도 "어떤 이는 장페이의 수염을 농하고, 어떤 이는 덩아이의 말더듬는 것을 비웃었다或謔張飛胡, 或笑鄧艾吃."는 구절이 있고,『동파지림東坡志林』에도 다음과 같은 구절이 있다.

> 왕펑王彭이 일찍이 말했다. "여염집의 아이들이 장난치느라 그 집안 식구들이 귀찮아지면, 이내 돈을 주어 설화인이 옛일을 얘기하는 것을 모여 앉아 듣게 했다. 삼국의 일을 얘기하는 데 이르러서는 류베이가 패했다는 말을 들으면 빈번히 미간을 찌푸렸으며 눈물을 흘리는 아이도 있었다. 차오차오가 패했다는 말을 들으면 기뻐하며 쾌재를 불렀다. 이로써 군자와 소인의 은택이 영원히 끊이지 않음을 알 수 있다."(6권)[41]

이것은 당송대 무렵으로『삼국지』의 군담과 연극이 이미 유행하고 있었다. 금원金元의 곡목曲目 중에도『적벽오병赤壁鏖兵』,『제갈량추풍오장원諸葛亮秋風五丈原』등의 명목이 있고,『원곡선』중에도『격강투지隔江鬪智』,『연환계連環計』2종이 수록되어 있다. 그뿐 아니라 오늘날에도『공성계空城計』,『타고매조打鼓罵曹』,『원문사극轅門射戟』등의 삼국 사극史劇 역시 구극舊劇 중의 백미로, 하루[에 올리는] 연극 몇 차례 가운데 윤건綸巾을 쓰고 우선羽扇을 든 주거량諸葛亮과 전포戰袍를 입고 [청룡언월도를] 비껴 잡고 있는 미염공美髥公[관위關羽]의 영자英姿를 보지 않을 수 없으니, 삼국 사극의 성행은 마치 일본의

---

41) 원문은 다음과 같다. "王彭嘗云, 途巷中小兒薄劣, 其家所厭苦, 輒與錢, 令聚坐聽說古話, 至說三國事, 聞劉玄德敗, 頻蹙眉, 有出涕者, 聞曹操敗, 卽喜唱快. 以是知君子小人之澤, 百世不斬"(卷六)

『쥬신구라忠臣藏』[42] 류와 같은 것이다.

이 소설은 전편이 120회로「복숭아밭에서 연회를 열고 세 호걸이 결의宴桃園豪傑三結義」하는 것으로부터「쑨하오를 항복시키고 삼분이 통일로 돌아가는降孫晧三分歸一統」 것으로 끝난다. 내용은 앞서 말한 대로 천서우陳壽의『삼국지』에 근거해 이것을 소설로 연술한 것이기에 사실史實에 뿌리를 두고 있다.『수호전』이나『서유기』같이 허구에 바탕해 상상의 나래를 펴 무에서 유를 낳고無中生有, 멋대로 붓을 휘두르지 않았으되, [그로 인해] 크게 답답해진窮屈 [측면이 있다]. 여기에 작자의 고심이 있고, 그의 대단한 솜씨를 엿볼 수 있다. 명의 세자오즈謝肇淛[43]의『오잡조五雜俎』에서도 다음과 같이 말했다.

---

42) 1702년에 구舊 아코 번赤穗藩의 무사 46인이 주군의 원수를 갚은 사건을 제재로 한 조루리浄瑠璃와 가부키歌舞伎 등의 작품을 말한다. 사건은 1701년 교토에서 에도 성에 온 천황사절의 접대 역이었던 아코 번赤穗藩의 영주인 아사노 나가노리浅野長矩가 지도 역(指導役인 기라 요시나카吉良義央를 칼로 부상을 입힌 것으로 시작되었다. 칼부림을 한 이유는 명확하게 밝혀지지 않았지만 아사노 나가노리는 에도 성 안에서 무기를 지참할 수 없다는 법을 위반했다는 등의 죄목으로 바로 자결할복에 처해짐으로써 아사노가浅野家는 단절되었다. 그러나 상대측인 기라 요시나카에게는 아무런 처벌도 주어지지 않았다. 사건 다음 해인 1702년, 아사노 가의 단절로 주군이 없는 낭인浪人이 된 가신들 중 46인이 기라 요시나카의 저택을 습격해 기라의 목을 베어 주군의 묘에 바치는 복수극을 행한 사건이 일어났다. 46인의 처리를 놓고 막부 내에서는 충의의 행위인가 아니면 현행법을 위반한 범죄인가 라는 논쟁이 벌어졌는데, 결국 전원 할복이라는 사형선고가 내려졌다. 그들의 행위는 서민들 사이에 큰 공감을 불러 일으켜 그들은 아코 의사赤穗義士라고 불려지게 되었고, 사건을 제재로 한 작품이 많이 만들어졌다. 이 작품은 현재에도 매년 영화와 텔레비전 드라마로 만들어지고 있는 등 일본의 대표적인 국민극이라고 할 수 있다.

43) 세자오즈謝肇淛는, 자가 짜이항在杭이고, 명대 창러長樂(지금은 푸젠 성福建省에 속함) 사람이다. 만력萬曆 삼십 년에 진사가 되고, 관직은 광시 우포정

다만 『삼국연의三國演義』와 『전당기錢唐記』, 『선화유사宣和遺事』
와 『양육랑楊六郞』 등의 책은 비속하면서도 재미가 없다. 어째서
인가? 이는 사건이 지나치게 사실적이라 그 내용이 진부하여 동
네 골목의 어린 아이들을 즐겁게 할 수는 있으나, 사군자士君子의
도가 되기에는 부족하다.(15권)[44]

후잉린胡應麟도 『삼국지』에 대해 큰 불만을 가졌다. 실제로 『수호
전』과는 비할 수 없다. 『동파지림東坡志林』에서 말한 대로 누구라도
류베이를 동정하고 차오차오曹操에게는 나쁜 감정을 품게 되는데, 이
책에서는 간웅 차오차오의 면모가 살아있는 듯 오히려 천진난만해
사랑스럽게 그려지고, 겸허하게 현인들을 중시했던 류베이는 위군자
僞君子에 가깝고 충성스럽고 절개를 지킨 주거량은 오히려 권모술수
가 넘치는 책사가 되어버린 느낌이 드는 것은 시비가 전도된 것이라
하겠다. 그러나 어찌 되었든 천하의 명문이긴 해도 『서상』은 음탕함
을 가르치고誨淫, 『수호』는 도둑질을 가르쳐誨盜 명교名敎의 죄인이라
하겠다. 『삼국지』는 이 점에서 가정의 읽을거리로 가장 적당하다.
실제로 명대의 궁중에서는 황제의 필독서로서 사서오경과 『통감通
鑑』 등의 책들과 동등하게 취급되어 내부內府의 각판이 있었다고 한
다. 룽중의 삼고초려부터 츠비의 대전까지는 특히 재미있고, 문장도
소설체이면서도 아순전려雅馴典麗한 고문에 가까워 술술 읽히는 까

사廣西右布政使에까지 이르렀다. 일찍이 『북하기략北河紀略』 등을 지었다.
그가 지은 필기 『오잡조五雜組』 십육 권은, 천天, 지地, 인人, 물物, 사事
이렇게 다섯 부로 나누어, 명대 사회상을 광범위하게 기술한 것이다.
44) 원문은 다음과 같다. "惟『三國演義』與『錢唐記』, 『宣和遺事』, 『楊六郞』等書,
俚而無味矣。何者? 事太實則近腐, 可以悅里巷小兒, 而不足爲士君子道也。
(卷十五.)"

닭에 한문 교과서에 편입되어도 괜찮다고 생각한다. 중국인으로 『삼국지』를 읽지 않은 이가 없으니, 이것은 모든 이들의 필독서로 권하는 바이다. 아래에 류베이가 관위와 장페이를 동반하고 첫 번째로 워룽강臥龍岡을 방문하는 대목을 초록하였다.[45]

다음날 쉬안더玄德[류베이]는 관위, 장페이와 함께 종자들을 데리고 룽중隆中으로 출발했다. 멀리 바라보니 산자락에서 몇 사람이 호미를 들고 밭일을 하며 노래를 부르고 있었다.

푸른 하늘 둥근 일산과 같고, 넓은 땅 네모진 바둑판같네.
세인들 흑백의 돌처럼 나뉘어, 높고 낮은 자리 서로 다투네.
이긴 자 스스로 평안하지만, 패한 자는 필경 수고스럽네.
남양 땅에서 숨어 사는 이는 높은 베개 잠도 부족하구나!!
蒼天如圓蓋, 陸地似棋局, 世人黑白分, 往來爭榮辱,
榮者自安安, 辱者定碌碌, 南陽有隱居, 高眠臥不足!

노래를 들은 쉬안더는 고삐를 잡아당겨 말을 세우고는 농부를 불러 물었다.
"그 노래는 누가 지었소?"
농부가 대답했다.
"워룽 선생이 지었습니다."
쉬안더가 다시 물었다.
"워룽 선생은 어디에 계시오?"
농부가 대답했다.
"이 산 남쪽 한줄기 높게 뻗은 언덕을 워룽강臥龍岡이라고 합

---

[45] 이하 『삼국지』의 우리말 번역은 정원기 역, 『정역 삼국지』(현암사, 2008년)를 참고하였음을 밝혀둔다.

니다. 언덕 앞 나무가 듬성듬성 자란 곳에 초가가 있는데 그곳이
바로 주거諸葛 선생께서 계신 곳입니다."

쉬안더는 농부에게 인사하고 말에 채찍을 가하여 나아갔다. 몇
리를 가지 못해 멀리 워룽강이 보였다. 과연 유달리 맑고 빼어난
경치였다. 후세 사람이 고풍시古風詩 한 편을 지어 워룽이 살던
곳을 노래했다.

양양성 서쪽으로 이십 리쯤 되는 곳에, 한줄기 높은 구릉 흐르
는 물 베고 누웠네.

긴 구릉은 꿈틀대며 구름자락 짓누르고, 흐르는 물은 졸졸대며
석수를 흩날리네.

기세는 곤한 용이 바위 위에 서리고 있는 듯, 모습은 외로운
봉황이 노송 그늘에 앉은 듯.

사립문 반쯤 닫혀 있는 초가집 사랑채에는 고결한 선비가 잠이
든 채 일어날 줄 모르네.

기다란 장죽 어우러져 푸른 병풍 둘러쳤고, 철철이 울 밑에선
들꽃 향기 풍겨 오누나.

책상머리에 쌓인 거라곤 모두가 서적이고, 찾아드는 손님 가운
덴 무식한 인물이 없네.

원숭이는 문 두드리며 때때로 과일 바치고, 문지기 늙은 학은
밤새워 글소리 엿듣네.

이름 있는 거문고는 비단 자루에 들어 있고, 벽에 걸린 보검엔
북두칠성 아로새겼네.

초가집의 선생은 유독 그윽하고 고상하여, 한가하면 몸소 나가
밭 갈아 농사짓지만

봄 우레에 놀라 꿈에서 돌아오는 날이면 한 소리 긴 고함으로
천하를 평정하리라.

襄陽城西二十里, 一帶高岡枕流水, 高岡屈曲壓雲根, 流水潺潺飛石髓。

勢若困龍石上蟠, 形如單鳳松陰裏, 柴門半掩閉茅廬, 中有高人臥不起,

修竹交加列翠屛, 四時籬落野花馨, 床頭堆積皆黃卷, 座上往來無白丁,

叩戶蒼猿時獻果, 守門老鶴夜聽經, 囊裏名琴藏古錦, 壁間寶劍桂七星.

廬中先生獨幽雅, 閑來親自勤耕稼, 專待春雷驚夢回, 一聲長嘯安天下.

장원 앞에 이른 쉬안더는 말에서 내려 친히 사립문을 두드렸다. 한 동자가 나와 누구냐고 물었다. 쉬안더가 대답했다.

"한나라 좌장군 의성정후 겸 예주 목 황숙 쉬안더가 특별히 선생을 찾아뵈러 왔다고 여쭈어라."

동자가 말했다.

"저는 그렇게 긴 이름은 기억하지 못하겠는데요?"

쉬안더가 다시 말했다.

"너는 그저 류베이가 찾아왔다고만 전하여라."

동자가 말했다.

"선생님은 오늘 아침 일찍 출타하셨어요."

맥이 풀린 쉬안더가 물었다.

"어디로 가셨느냐?"

동자가 대답했다.

"가시는 곳이 일정치 않아서 어디로 가셨는지 몰라요."

"언제 돌아오시느냐?"

"돌아오시는 시기도 일정치 않아요. 사나흘이 될 때도 있고 열 며칠이 걸릴 때도 있으니까요."

쉬안더는 실망을 금치 못했다. 장페이가 재촉했다.

"만나지 못할 바에야 그만 돌아갑시다."

쉬안더는 너무나 아쉬웠다.

"우선 잠시 기다려 보세."

관위도 장페이와 같은 생각이었다.

"우선 돌아가는 편이 낫겠습니다. 다시 이곳으로 사람을 보내 알아보도록 하시지요."

쉬안더는 그 말에 따르기로 하고 동자에게 당부했다.

"선생께서 돌아오시면 류베이가 뵈러 왔더라고 전해 다오."

마침내 말에 올라 몇 리를 가다가 고삐를 잡아당겨 말을 세우고는 룽중의 경치를 돌아보았다. 과연 산은 높지 않으면서도 빼어나게 우아하고, 물은 깊지 않으면서도 해맑으며, 땅은 넓지 않으면서도 평탄하고, 숲은 크지 않으면서도 무성했다. 원숭이와 학이 사이좋게 지내 고 소나무와 참대가 비취빛으로 어우러져 있었다. 아무리 보아도 싫증이 나지 않았다.

한나라 말기 병마가 바삐 돌아다니던 때 홀연 이런 선경이 있는 것은 마치 몹시 기갈이 들고 땀이 비오듯 흐르는 염천의 여행길에 짙은 녹음과 시원한 물을 만나고 맑은 바람이 가슴 가득히 불어오는 것과 같은 느낌이 든다. 다시 나아가 두 번째로 워룽강을 방문하는 기사를 들어보겠다.

세 사람은 신예新野로 돌아왔다. 며칠 후 쉬안더가 사람을 보내 쿵밍孔明의 소식을 알아보게 했다. 심부름을 갔던 사람이 돌아와 보고했다.

"워룽 선생은 이미 돌아오셨습니다."

쉬안더는 즉시 떠날 채비를 갖추라고 분부했다. 장페이가 말렸다.

"그까짓 시골뜨기 하나 만나러 형님이 어찌 몸소 가신단 말이오? 사람을 보내 불러오면 그만이오."

쉬안더가 꾸짖었다.

"자네는 멍쯔孟子의 말씀도 듣지 못했는가? 훌륭한 이를 만나려고 하면서 도리를 다하지 않는다면 마치 들어오기를 바라면서 문을 닫는 격'이라고 하셨네. 쿵밍은 당대의 큰 현인이시거늘 어찌 다른 사람을 보내 불러온단 말인가?"

마침내 말에 올라 다시 쿵밍을 방문하러 룽중으로 떠났다. 관위, 장페이도 말을 타고 뒤를 따랐다.

때는 마침 한겨울이라 날씨가 매섭게 춥고 새카만 구름이 짙게 내리깔렸다. 몇 리를 가지 못해 북풍이 몰아치며 새하얀 눈송이가 펑펑 쏟아졌다. 눈 덮인 산은 마치 옥 무더기가 모인 듯하고 나무들은 은가루로 단장한 듯했다. 장페이가 또 한 번 볼멘소리를 했다.

"날씨는 춥고 땅은 얼어붙어 아직 군사도 움직일 수 없는데 쓸모없는 사람을 만나러 이토록 멀리 간단 말이오? 차라리 신예로 돌아가서 눈보라나 피하는 게 낫겠소."

쉬안더는 단호했다.

"나는 쿵밍에게 내 정성을 알리고 싶네. 추위가 겁난다면 아우들은 먼저 돌아가도 좋으이."

장페이가 얼른 태도를 바꾸었다.

"죽음도 두려워하지 않거늘 어찌 추위 따위를 겁내겠소? 그저 형님이 헛고생을 하고 속이나 끓이지 않으실까 걱정될 뿐이지요."

쉬안더가 일침을 놓았다.

"그렇다면 입을 다물고 따라오기만 하게."

쿵밍의 초가에 거의 다다랐을 즈음이었다. 느닷없이 길가의 주점에서 웬 사람이 노래를 불렀다. 쉬안더가 말을 세우고 들어 보니 이런 노래였다.

대장부가 여태껏 공명 이루지 못한 것은 아아, 너무 오랫동안 때를 만나지 못한 때문이로다!

그대는 보지 못했는가? 동해 땅 늙은 강태공이 평생의 불운 벗어던지고 뒷수레 타고 마침내 문왕을 따라나서게 된 일을.

8백 명의 제후들이 기약 없이도 모여들고, 흰 물고기 뱃전에 뛰어들어 멍진孟津 나루를 건넜다..

무예牧野 들판 한 바탕 싸움에 피 흘러 내를 이루니. 매처럼 드날린 매서움 무신들 중에서 으뜸이었지.

또 보지 못했는가? 가오양高陽 땅 술꾼 리이지酈食其46)도 초야에서 몸 일으켜 절 않고 읍만 하며 망당산芒碭山의 한 고조와 만난 일을.

왕도 패도 고담준론에 귀가 번쩍 열리어, 씻던 발 그만두고 윗자리에 모셔 흠모했네.

동쪽 제나라 칠십 두 성 구변으로 함락하니. 천하의 어느 누가 이 사람을 따를쏜가.

쟝 태공姜太公 리이지 두 사람 공적 이러하거늘, 오늘날 누가 감히 영웅이라 칭하리?

壯士功名尙未成, 嗚呼久不遇陽春!

君不見: 東海老叟辭荊榛, 后車遂與文王親; 八百諸侯不期會,

白魚入舟涉孟津; 牧野一戰血流杵, 鷹揚偉烈冠武臣,

又不見: 高陽酒徒起草中, 長揖芒碭"隆准公"; 高談王霸驚人耳,

輟洗延坐欽英風; 東下齊城七十二, 天下無人能繼踪,

二人功績尙如此, 至今誰肯論英雄?

노래가 끝나자 다시 한 사람이 탁자를 두드리며 다른 노래를 불렀다.

우리 고제 검을 뽑아 온 천하 청소하고, 나라 세워 터 닦은 지 사백 년이 되었네.

---

46) 리이지酈食其(?~기원전 204년)는 진秦 말기의 인물로서 류방劉邦의 참모이자 세객說客으로 한漢이 천하를 평정하는 데 크게 기여하였다. 리성酈生이라고도 불린다. 천류陳留 가오양高陽(지금의 허난 성河南省 치 현杞縣) 출신이다. 제후諸侯들을 설득하여 끌어들이는 외교 활동에서 큰 공을 세웠다. 하지만 제왕齊王 톈광田廣에게 한漢에 복속할 것을 설득하기 위해 제齊에 머물다가, 공을 탐한 한신韓信(?~기원전 196년)이 제를 침공하자 분노한 제왕齊王에게 살해되었다.

환제 영제 말세 되자 화덕이 사그라져, 간신 역적 나서서 재상 권력 농단하네.

푸른 구렁이 날아서 옥좌 옆에 떨어지고, 요기 서린 무지개도 옥당으로 내리 뻗네.

도적들은 사방에서 개미떼처럼 모여들고, 간웅과 온갖 무리 무용 뽐내며 날뛰누나.

우리네야 노래하고 손장단이나 맞추면서, 답답하면 주막 찾아 막걸리나 마신다네.

초야에서 몸 닦으니 종일토록 편안한데, 구태여 천고에 이름 남길 필요 있으랴!

吾皇提劍淸寰海, 創業垂基四百載, 桓靈季業火德衰, 姦臣賊子調鼎鼐

青蛇飛下御座傍, 又見妖虹降玉堂, 群盗四方如蟻聚 奸雄百輩皆鷹揚

吾儕長嘯空拍手, 悶來村店欲村酒, 獨善其身盡日安, 何須千古名不巧!

노래를 마친 두 사람은 손뼉을 치며 너털웃음을 터뜨렸다. 쉬안더가 소리쳤다.

"워룽이 이곳에 계시는가 보구나!"

즉시 말에서 내려 주점으로 들어갔다. 두 사람이 탁자를 사이에 놓고 마주 앉아 술을 마시고 있는데, 윗자리에 앉은 사람은 흰 얼굴에 수염이 길었고, 아랫자리에 앉은 사람은 맑은 반면 예스럽고 특이한 모습이었다. 쉬안더는 두 손을 맞잡고 읍을 한 뒤 물었다.

"두 분 가운데 어느 분이 워룽 선생이십니까?"

수염 긴 사람이 되물었다.

"공은 뉘시오? 워룽은 찾아서 무엇을 하시려오?"

쉬안더가 대답했다.

"저는 류베이입니다. 워룽 선생을 찾아 세상을 바로잡고 백성들을 편안히 살게 할 방법을 구하고자 합니다."

수염 긴 사람이 말했다.

"우리는 워룽이 아니라 둘 다 워룽의 친구올시다. 나는 잉촨潁川의 스광위안石光元이고 이분은 루난汝南의 멍궁웨이孟公威지요."

쉬안더는 매우 기뻤다.

"이 베이는 두 분의 큰 이름을 들은 지 오래였는데 다행히 만나 뵙게 되었군요. 지금 저희를 따라온 마필들이 여기 있습니다. 감히 청 하건대 두 분께서는 함께 워룽의 장원으로 가서 이야기나 나누어 보시지요."

스광위안이 거절했다.

"우리는 모두가 산야에 사는 게으른 무리들이라 나라를 다스리거나 백성을 편안히 하는 일 따위는 아는 것이 없으니 하문하실 일이 없소이다. 명공께선 어서 워룽이나 찾아보시지요."

두 사람에게 인사한 쉬안더는 말에 올라 워룽강을 향해 갔다. 장원 앞에 이르러 말에서 내렸다. 문을 두드려 동자를 불러서 물었다.

"오늘은 선생께서 장원에 계시느냐?"

동자가 대답했다.

"지금 초당草堂에서 책을 읽고 계셔요."

쉬안더는 대단히 기뻐하며 동자를 따라 안으로 들어갔다. 중문中門에 이르니 문 위에 큼직한 글씨로 대련對聯이 적혀 있었다.

담담하게 과욕을 부리지 않음으로써 목표를 명확히 하고
마음을 평온하게 가라앉혀 원대한 경지에 이른다..

淡泊以明志 寧靜而致遠

쉬안더가 적힌 글귀를 읽고 있는데 갑자기 시를 읊조리는 소리가 들렸다. 문 곁에 서서 가만히 안을 들여다보니 초당의 화로 곁에서 한 젊은이가 무릎을 끼고 앉아 노래를 했다.

봉황이 천길 높이 날아오름이여. 오동나무가 아니면 쉬지 아니

하고

선비가 한 쪽에 숨어 있음이여. 옳은 주인이 아니면 의탁하지 않는다.

즐겁게 몸소 밭 갈고 씨 뿌림이여. 내가 나의 초가집을 사랑함이요.

잠시 거문고와 책 속에 정 붙임이여. 이로써 하늘이 내리는 때를 기다린다..

鳳翶翔於千仞兮, 非梧不棲; 士伏處於一方兮, 非主不依.

樂躬耕於隴畝兮, 吾愛吾廬; 聊寄傲於琴書兮, 以待天時.

쉬안더는 노래가 그치기를 기다려서 초당으로 올라가 예를 올렸다.

"이 베이는 선생을 흠모한 지 오래였지만 만나 뵐 인연이 없었습니다. 지난번에 쉬위안즈徐元直가 선생을 추천하는 말을 듣고 저희가 선장仙莊으로 찾아왔으나 뵙지 못하고 그냥 돌아갔습니다. 오늘은 특별히 눈보라를 무릅쓰고 왔는데 도인의 모습을 뵈오니 실로 천만다행입니다!"

젊은이가 황망히 답례하며 말했다.

"장군께서는 혹시 저의 형님을 만나러 오신 류 위저우劉豫州가 아니십니까?"

쉬안더는 흠칫 놀라며 되물었다.

"선생 또한 워룽이 아니신가요?"

젊은이가 대답했다.

"저는 워룽의 아우 주거쥔諸葛均이라 합니다. 저희는 형제가 셋인데 큰 형님 주거진諸葛瑾은 지금 강동 쑨중머우孫仲謀(중머우는 쑨취안孫權의 자)의 막료로 계시고 쿵밍은 둘째 형입니다."

쉬안더가 다시 물었다.

"워룽은 지금 댁에 계신가요?"

주거쥔이 대답했다.

"어제 추이저우핑崔州平과 약속하고 놀러 나갔습니다."

"어디에서 노시지요?"

주거쥔이 대답했다.

"때로는 작은 배를 저어 강과 호수에서 노닐기도 하고 때로는 스님이나 도사를 만나려고 산과 고개를 오르기도 하며 때로는 친구를 찾아 마을로 가는가 하면 때로는 동굴 속에서 거문고나 바둑을 즐기기도 합니다. 그 오고감을 짐작할 수 없으니 어디로 갔는지 알 수가 없습니다."

쉬안더가 탄식하며 말했다.

"류베이가 줄곧 이렇게 인연이 박하구려. 두 번씩이나 대현을 만나지 못하다니!"

주거쥔이 미안한 듯 말했다.

"잠깐 앉으시면 차를 올리겠습니다."

장페이가 짜증을 부렸다.

"그 선생이란 자가 집에 없다니 형님께선 어서 말에 오르시오."

쉬안더가 말했다.

"내가 여기까지 온 이상 어찌 말 한마디 없이 돌아간단 말인가?"

그러고는 주거쥔에게 물었다.

"듣자니 형님 되시는 워룽 선생께선 도략韜略에 능통하시고 날마다 병서兵書를 보신다고 하던데 그 이야기를 좀 들어 볼까요?"

주거쥔은 대답을 피했다.

"저는 모릅니다."

장페이는 울화통이 터질 지경이었다.

"그자에게 물어 뭘 한단 말이오? 눈보라가 심하니 속히 돌아가는 편이 낫겠소."

쉬안더는 장페이를 꾸짖어 입을 다물게 했다. 주거쥔이 말했다.

"형님이 안 계시니 감히 오래 계시도록 잡지는 못하겠습니다.

며칠 사이에 저희가 답방토록 하겠습니다."

쉬안더가 말했다.

"어찌 감히 선생께서 오시기를 바라겠소이까? 며칠 후에 이 류베이가 다시 오는 것이 마땅하리다. 바라건대 지필묵을 빌려 주시면 형님께 글이라도 한 장 남겨 저의 성의를 표하겠소이다."

주거쥔은 즉시 종이, 붓, 먹, 벼루를 내놓았다. 쉬안더는 얼어붙은 붓을 입김으로 녹이면서 구름 모양의 꽃무늬가 있는 종이를 펴고 글을 적었다.

류베이는 높으신 이름을 오랫동안 사모하다가 두 차례나 찾아왔으나 만나 뵙지 못하고 헛되이 돌아가게 되었으니 그 슬픈 마음을 어디에다 비하오리까? 이 베이는 한나라 황실의 후예로서 그럭저럭 이름과 작위를 얻었는데, 엎드려 살펴보면 조정의 힘이 쇠약해지고 기강이 무너지자 뭇 영웅들이 나라를 어지럽히고 악당들이 임금을 속이니 심장과 쓸개가 다 찢어지려 합니다. 비록 나라를 바로잡고 세상을 건질 성의는 있으나 실로 천하를 경륜할 방책이 모자랍니다. 우러러 바라건대, 선생께서 인자하고 충의로운 마음을 움직이시어 기꺼이 뤼왕呂望의 큰 재주를 펼치시고 쯔팡子房의 웅대한 방략을 베풀어 주신다면 천하를 위해서도 참으로 행운이겠고 사직을 위해서도 참으로 다행이겠습니다! 먼저 이 글로 뜻을 알리고 이후에 목욕재계하고 다시 찾아와 존귀한 얼굴을 뵈옵고 지극한 정성을 기울일까 합니다. 간절히 바라건 대 너 그럽게 양해하소서.

쉬안더는 다 쓰고 나서 주거쥔에게 건네주어 거두게 하고는 절하여 작별하고 문을 나섰다. 주거쥔이 밖으로 나와 전송하자 쉬안더는 두 번 세 번 간절한 뜻을 전하고는 헤어졌다.

바야흐로 말에 올라 떠나려 할 때였다. 갑자기 동자가 울타리 밖을 바라보고 손짓을 하며 소리쳤다.

"노선생께서 오셔요."

쉬안더가 보니 방한모로 머리를 가리고 여우 가죽으로 만든 갖옷으로 몸을 감싼 사람 하나가 조그마한 다리 서쪽에서 나귀를 타고 오고 있었다. 그 뒤에는 푸른 옷을 입은 동자가 술을 담은 조롱박을 들고 눈을 밟으며 따라왔다. 나귀를 탄 사람은 작은 다리를 건너며 시 한 수를 읊었다.

온 밤 차가운 북풍 몰아치더니, 만 리 하늘 먹구름 짙게 깔렸네.
공중에 어지러이 눈발 흩날리니, 강산의 옛 모습 모두 바뀌었네.
얼굴 들고 먼 하늘을 쳐다보니, 마치 옥룡이 어울려 싸우는 듯.
흰 비늘 부서져 펄펄 날리더니, 순식간에 하늘 땅 온통 뒤덮네.
나귀 타고 작은 다리 건너가며, 매화꽃 시듦을 홀로 탄식하노라.

一夜北風寒, 萬里彤雲厚, 長空雪亂飄, 改盡江山舊.

仰面觀太虛, 疑是玉龍鬪, 紛紛鱗甲飛, 順刻遍宇宙,

騎驢過小橋, 獨嘆梅花瘦.

노래를 들은 쉬안더가 소리쳤다.
"이번에는 진짜 워룽이시다!"

안장에서 굴러 떨어지듯 말에서 내린 그는 앞으로 나아가 예를 올리며 말했다.

"선생께서 추위를 무릅쓰시다니 참으로 쉽지 않은 일입니다. 류베이가 여기서 기다린 지 오래 되었습니다."

그 사람도 황급히 나귀에서 내리더니 답례를 했다. 주거쥔이 등 뒤에서 일러 주었다.

"이 분은 워룽 형님이 아닙니다. 형님의 장인 황청옌黃承彦 선생이십니다."

쉬안더가 말을 돌렸다.
"방금 읊으신 구절은 지극히 고상하고 묘합니다."

황청옌이 대꾸했다.

"이 늙은이가 사위집에서 '양보음粱父吟'을 보고 이 한 편을 기억했소이다. 마침 작은 다리를 지나다가 우연히 울타리 사이에 피어 있는 매화를 보고 느낀 바가 있어 읊어 본 것이지요. 귀한 손님께서 듣고 계실 줄은 몰랐소이다."

쉬안더가 물었다.

"사위 되는 분을 만나셨습니까?"

황청옌이 대답했다.

"이 늙은이도 그를 만나러 오는 길이외다."

쉬안더는 황청옌에게 작별하고 말을 타고 귀로에 올랐다. 때마침 눈보라는 더욱 기승을 부렸다. 워룽강을 돌아보니 답답하고 우울하기 그지없었다. 후세 사람이 쉬안더가 눈보라를 무릅쓰고 쿵밍을 찾아간 일을 두고 시를 지어 말했다.

온종일 부는 눈보라 속 훌륭한 이 찾아갔지만, 만나지 못하고 돌아오니 실망스럽고 속상하네.

개울과 다리 함께 얼어붙고 돌길은 미끄러운데, 추위는 말안장 파고들고 갈 길은 멀기만 하네.

머리에는 배꽃 같은 눈송이 하염없이 내려앉고, 얼굴에는 어지러운 버들 솜 미친 듯 후려치네.

말채찍 멈추고서 고개 돌려 먼 곳을 바라보니, 찬란한 은 무더기 워룽강에 가득히 쌓였구나.

一天風雪訪賢良, 不遇空回意感傷, 凍合溪橋山石滑, 寒侵鞍馬路途長,

當頭片片梨花落, 撲面紛紛柳絮狂, 回首停鞭遙望處, 爛銀堆滿臥龍岡,

읽으면 읽을수록 흥취가 샘물이 용솟음치듯, 책을 다 읽은 것을 깨닫지 못할 정도이다. 이로부터 또 세 번째 워룽강의 방문이 있어 비로소 쿵밍을 만나 그의 삼분지계를 듣게 된다. 이 대목은 너무 길어 여기서는 잘라버릴 수밖에 없다. 뜻이 있는 분들은 그 원서를 [직접] 읽어볼 것을 간절히 바란다.

제3항 『서유기』

『서유기』는 츄 진인丘眞人이 지었다고 전하는데,[47] 이것을 빌어 금단金丹의 종지宗旨를 설파한 것이라 한다. 츄 진인은 장춘도인長春道人 츄추지丘處機이다. 진인은 산둥의 도사로(덩저우登州 치샤栖霞 사람), 일찍이 원 태조의 초빙에 응해 서쪽으로 만 리를 유력遊歷해 사막을 건너고 눈 쌓인 길을 가는 등 천신만고 끝에 설산의 막영幕營에 도달했다.

『원사元史』「석로전釋老傳」을 보면, 다음과 같이 기록되어 있다.

> 기묘년에 태조가 스스로 근신들에게 명을 내려 조서를 들고 그를 초빙하니 추지處機는 곧 제자 열여덟 명과 함께 가서 황제를 알현했다. 그 다음 해에 산의 북쪽에서 머물렀다. 또 다음 해에 다시 오라 독촉하니 이에 푸저우撫州를 출발해 수십 개의 나라를 거치되 그 땅은 만 여 리가 넘었다. 피가 흐르는 전쟁터를 거치고, 도적떼와 반란의 지역은 피하고, 사막에서 식량이 끊기기도 하는 등 쿤룬崑崙으로부터 4년이 걸려 비로소 설산에 도착했는데, 말은 항상 깊은 눈 속을 가고, 말 위에서 채찍을 들어 쌓인 눈의 반에 미치지 아니하였다. [그런 과정을 거쳐] 다시 보니 태조가 크게 기뻐하였다.[48]

---

47) 『서유기』의 작자 문제는 현재까지도 많은 논란이 있다. 한때는 루쉰의 고증 (『중국소설사략』)에 의해 명대 문인 우청언吳承恩이 지은 것으로 인정받기도 했으나, 이 설 역시 몇 가지 문제가 있어 현재까지도 『서유기』의 작자 문제는 현재진행형이다. 이에 대해서는 나선희, 『서유기 읽기의 즐거움』 (살림, 2005), 22~32쪽을 참고할 것.

48) 원문은 다음과 같다. 시오노야 온이 인용한 대목은 원문과 약간 차이가

그의 제자인 리즈창李志常이 이를 바탕으로『장춘진인서유기』2권을 지었으나 이것은 당연하게도 다른 책이다. 이 책은 명대 무명씨가 지은 것으로, 그 내용은 당의 명승 삼장법사 쉬안짱玄奘이 천축天竺에 들어가 불경을 갖고 돌아온 것에 의거해 절대적인 환상을 운용해 불교의 종지宗旨를 소설적으로 풀어내었다. 쉬안짱의 전은『구당서舊唐書』「방기전方技傳」에 있으며, 그가 지은『대당서역기』는 천축에 갔다온 기행문으로 아주 유명하다.

> 승려인 쉬안짱은 속성이 천陳 씨로 뤄저우洛州 옌스偃師 사람이다. 대업大業 말년에 출가하여 경론을 널리 섭렵하였다. 일찍이 번역한 것에 잘못이 많으니, 서역에 가서 이본을 널리 구해 참고해 따져보겠노라고 말한 바 있었다. 정관貞觀 초년에 상인을 따라 서역으로 갔다. 쉬안짱은 이미 박학다식이 출중했으니, 가는 곳마다 반드시 강석을 위해 어려운 대목을 논의하여, 멀리든 가까이든 그곳 사람들이 모두 그를 존경하고 마음으로 복종하였다. 서역에서 17년간 있는 동안 백여 개 국을 거치면서 그 나라의 말을 모두 해득하였으며, 그곳의 산천과 민요, 풍속과 그 땅에 있는 것을 채집하여『서역기』12권을 편찬했다. 정관 19년 경사로 돌아오니, 태종이 그를 보고 크게 기뻐하며, 그와 이야기를 나누었다. 이에 조서를 내려 범본 675부를 홍복사에서 번역케 하였다.[49]

있음을 알 수 있다. "歲己卯, 太祖自乃蠻命近臣札八兒, 劉仲祿持詔求之. 處機一日忽語其徒, 使促裝, 曰:「天使來召我, 我當往.」翌日, 二人者至, 處機乃與弟子十有八人同往見焉. 明年, 宿留山北, 先馳表謝, 拳拳以止殺爲勸. 又明年, 趣使再至, 乃發撫州, 經數十國, 爲地萬有餘里. 蓋蹀血戰場, 避寇叛域, 絶糧沙漠, 自崑嶮歷四載而始達雪山. 常馬行深雪中, 馬上擧策試之, 未及積雪之半. 旣見, 太祖大悅, 賜食, 設廬帳甚飭."

49) 원문은 다음과 같다. "僧玄奘, 姓陳氏, 洛州偃師人. 大業末出家, 博涉經論. 嘗謂翻譯者多有訛謬, 故就西域廣求異本, 以參驗之. 貞觀初, 隨商人往游西

이것을 보면 쉬안짱이 천축에 다녀왔던 시말이 명료해진다. 그리하여 당대 사람의 소설 『독이지獨異志』에 아래와 같이 다소 간의 분식을 한 내용이 있다.

사문沙門 쉬안짱은 당 무덕 연간 초에 서역에 가서 불경을 가져왔다. 가는 길에 계빈국罽賓國에 이르니 길이 험하고 호랑이 표범이 있어 지나갈 수 없었다. 쉬안짱은 어찌할 바를 몰라 방문을 잠그고 들어앉아 저녁이 되어서야 문을 열었다. 문득 이승異僧이 보였는데 머리에는 부스럼딱지가 앉았고, 온몸에 피고름이 흘렀는데, 상床 위에 홀로 앉아 있으되 그 유래를 알 수 없었다. 쉬안짱이 절을 하고 [그 방책을] 간절히 구하자, 그 중이 『다심경多心經』 1권을 구전口傳하여 쉬안짱으로 하여금 그것을 암송하게 했다. 그러자 산천이 평안해지며 길이 열리고 호랑이 표범이 모습을 감추고 마귀도 잠적하였다. 불국에 이르러 불경 육백 여 권을 얻어 돌아왔다.(『장악위담莊嶽委談』)50)

또 위웨俞樾의 『곡원잡찬曲園雜纂』51) 중에도 『서유기』에 관한 기사 몇 조가 있는데, 그 가운데 하나는 어우양슈歐陽修의 『우역지于役志』

_____

域. 玄奘旣辨博出群, 所在必爲講釋論難, 番人遠近咸尊服之. 在西域十七年, 經百餘國, 悉解其國之語, 仍采其山川謠俗, 土地所有, 撰『西域記』十二卷. 貞觀十九年, 歸至京師, 太宗見之大悅, 與之談論. 于是詔將梵本六百七十五部于弘福寺翻譯"

50) 원문은 다음과 같다. "沙門玄奘, 唐武德初, 往西域取經, 行至罽賓國, 道險虎豹, 不可過, 奘不知爲計, 乃鎖房門而坐, 至夕開門, 見一異僧, 頭面瘡痍, 身體膿血, 床上獨坐, 莫知來由, 奘乃禮拜勤求, 僧口授多心經一卷, 令奘誦之, 遂得山川平易, 道路開闢, 虎豹藏形. 魔鬼潛迹. 至佛國, 取經六百餘部而歸.(『莊嶽委談』)"

51) 『곡원잡찬』은 청대 유월俞樾의 문사文史 논저로 50권이다.

를 인용해 양저우揚州 서우닝쓰壽寧寺 장경원의 벽화 위에 쉬안좡의 취경도가 그려져 있다는 사실을 기록한 것이다. 또『철경록輟耕錄』의 원본院本 명목 중에도 당 삼장의 명목이 보이고,『녹귀부錄鬼簿』에도 우창링吳昌齡의『당삼장서천취경唐三藏西天取經』의 명목이 실려 있다. 그렇다면 쉬안좡이 천축에 간 것은 당말부터 이미 설화가 되었고, 이것을 그림으로도 그리고, 금나라와 원나라로 넘어가는 시기에는 이에 관한 극마저 있었음을 알 수 있다. 소설가는 이런 등등의 전기傳奇에 근거하고 또『신이경』이나『십주기』등에 있는 신선담을 취해 소재로 삼고 절대적인 상상력을 멋대로 발휘해 여러 가지 요마의 위해危害나 세 명의 제자의 보호 등 황당무계한 착상으로 지어낸 것이다. 전편은 1백회로 "영근이 배태되어 원류가 나오고, 심성을 수양하여 도를 깨치다靈根育孕源流出, 心性修持大道生"로 시작해 "경은 통도로 전해오고, 다섯 성인은 진리를 이루다經會東土, 五聖成眞"로 끝이 난다.

대저 동승신주東勝神洲의 [바다 저편에] 오래국傲來國의 화과산花果山의 선석仙石 하나가 천지의 정기를 머금고 돌 원숭이 하나를 낳았다. 이 돌 원숭이는 머지않아 여러 원숭이를 따라 화과산 수렴동水簾洞에서 미후왕獼猴王을 자처했는데, 나중에 서우하주西牛賀洲에서 노닐다 보리조사菩提祖師를 좇아 선도를 수양하고 법명을 손오공孫悟空이라 이름 짓고, 72 변화술을 배웠으며, 한 번 근두觔斗를 타면 십만 팔천 리를 비행하는 신통력을 얻었고, 또 용궁에 들어가 우왕禹王의 유물인 금고봉金箍棒을 노획한 뒤로는 대적할 이가 없게 되니 미후왕의 위세를 당해낼 자가 없었다.

그 때 천상으로 소환되었으나, 제수 받은 관직이 별 볼일 없자 천궁天宮을 두 번이나 뒤집어 놓은 뒤 결국 불조佛祖 여래의 법력으로 진압되어 오행산五行山 아래 갇히게 되었다. 그런데 삼장법사 쉬안좡

玄奘이 천축으로 가려 할 제 손오공은 그 액을 풀기 위해 제자가 되기를 청하였고, 그밖에 저오능猪悟能(저팔계猪八戒, 돼지의 요괴), 사오정沙悟淨(사 화상沙和尙, 하동河童의 정精) 두 사람도 그를 좇아 14년을 두루 유랑하며周流 크고 작은 81난을 [겪고] 갖은 고생을 하다가 다행히도 세 제자의 신통력으로 여러 요괴들을 정복한 뒤 가까스로 천축에 도달해 불경 35부 5천 48권을 얻었다. 정관 27년에 어찌어찌 하여 당의 수도로 돌아오니 태종 황제 이하 [여러 사람들의] 환영을 받았고, 다시 향풍香風을 타고 서천西天에 가서 영취봉靈鷲峰 꼭대기 화려한 노을이 비늘처럼 모여 있는 극락세계의 상서로운 구름이 분분히 날아다니는 곳에서 각자 정과正果를 이루고 여러 부처와 나한이 되었다. 대중들이 합장하고 귀의하는 가운데 시방삼세 일체불 제존보살마하살 마하반야바라밀의 대단원으로 끝이 난다. 『오잡조』에는 다음과 같이 기록되어 있다.

> 『서유기西遊記』는 변화가 허황되고 황당무계한데, 그 종횡으로 변화하는 것으로 말하자면 원숭이를 질정 없는 마음의 신으로 삼고52), 돼지를 갈 바를 모르고 치달리는 의지로 삼으니53), 그 시작

---

52) 원猿, 『서유기西游記』중 손오공孫悟空이 원숭이다. 도가에서는 원숭이로 마음이 안정되지 못한 것을 비유하였는데, 『운급칠첨云笈七籤』에는 다음과 같은 내용이 있다. "마음이 혼란스러워 모든 속세의 잡다한 것들을 쫓는 것이 마치 원숭이가 숲에서 노는 것과 같이 이리 뛰고 저리 뛰어 따라가지 못하고, 막을 수도 없는 것과 같다.心相雜亂, 隨逐諸塵, 猶如猿猴游于林澤, 跳躑不趣, 不可禁止."

53) 저猪, 『서유기西游記』 가운데 저팔계猪八戒인데, 돼지 머리에 사람 몸을 하고 있다. 의지신意之神은 불가에서 원래 사용한 뜻으로, 이 말 역시도 마음이 불안정한 것을 나타낸다. 『심령집心靈集』에서는, "이 생각, 이 바람 등이 항상 마음의 말을 채찍질 한다此思此愿, 常策心馬."고 하였으니, 여기에서의

부터 멋대로 풀어져 날뛰는 것이 위로는 하늘로 올라갔다가 아래
로는 땅으로 내려오는 등 막아내고 제어할 수가 없었으니, 긴고
주54)로 돌아와서야 질정없는 마음의 원숭이를 길들이고 복종시
켜 죽을 때까지 다른 마음이 들지 않게 하였다. 이것은 대개 방심
을 구하는 것에 대한 비유55)로서, 멋대로 지은 것은 아니었다.56)

　요컨대 전체 소설의 내용은 비유를 사용하여 교묘하게 인류의 성
정을 다 묘사했으며, 번뇌를 없애고 해탈을 구하는 방편을 설법함으
로써 유현幽玄한 불교의 이치를 동화적으로 풀어 서술한 것이다. 우
위안다오런悟元道人은 『서유기』는 [유불도] 삼교三敎의 이치를 관통
하였다고 평했고, 모리 가이난도 『서유기』 중의 여러 요괴담에는 유,
도, 불 삼가가 한데 어우러진 이상을 담고 있다고 하였다. 뭐가 되었
든 변화막측하고 황당무계하긴 하지만, 우의적인 비유담으로써 그
구조의 웅대함은 세계적으로도 비교의 대상이 그리 많지 않고, 기이
하고 환상적이며 진기함奇幻譎怪으로 유명한 『아라비안나이트』를 읽
는 것보다도 재미있다는 느낌이 든다.

　시험 삼아 그 한두 대목을 초록하되 먼저 창안을 출발하는 광경을

　“돼지로 의지의 신으로 삼는다以猪爲意之神”는 것 역시 마음과 의지가 방종
한 것을 비유한 것이다.

54) 긴고일주緊箍一呪, 『서유기西游記』에서 관세음보살이 당승에게 전수하여
손오공을 굴복시키는 데 사용한 주문呪文이다.

55) 방심放心, 멍쯔孟子가 말한 바의 잃어버린 “착한 마음善心”이다. 『맹자·고
자상孟子告子上』에는 다음과 같이 나와 있다. “학문의 도는 다른 게 아니라,
그 방심을 구하는 것일 따름이다.學問之道無他，求其放心而已矣.”

56) 원문은 다음과 같다. “『西游記』曼衍虛誕，而其縱橫變化，以猿爲心之神，以
猪爲意之馳，其始之放縱，上天下地，莫能禁制，而歸于緊箍一呪，能使心猿
馴伏，至死靡他，蓋亦求放心之喩，非浪作也。”

서술한 것을 들어보겠다.[57]

삼장은 정관 13년 9월 12일에 태종과 많은 조신들의 전송을 받으면서 창안 성을 떠났다. 그로부터 하루 이틀은 말을 쉬지 않고 달려 어느덧 파먼쓰法門寺에 도착했다. 주지는 5백 명의 중들을 양쪽에 늘어세우고 삼장을 안내했다. 서로 수인사를 마친 뒤에 차를 마시고 식사를 끝내니 어느새 해가 졌다. 이 절의 중들은 등불 아래서 불문의 취지라든가 무엇 때문에 서천으로 경을 가지러 가는가 하는 데 대해 여러 가지로 수군거리고 있었다. 어떤 사람은 산이 높고 물이 넓으리라 말하고, 어떤 사람은 도중에 맹수가 많으리라 말하고, 어떤 사람은 높은 산과 절벽을 넘기 어려울 것이라고 말하고, 또 어떤 사람은 악마와 요괴를 정복하기 어려울 것이라고 말했다. 그러나 삼장은 아무 말 않고 손으로 자기 가슴을 가리키면서 고개만 끄덕여 보였다. 중들은 그 뜻을 짐작할 수 없어서 합장을 하고 물었다.

"스님께서 가슴을 가리키고 고개를 끄덕이신 것은 무슨 뜻입니까?"

"마음에 생기면 모든 마성魔性도 생기고 마음에 없어지면 모든 마성도 또한 없어지는 법입니다. 저는 화성쓰化生寺에서 부처님에게 맹세를 올렸지요. 그러니 전 성심성의를 다하지 않을 수가 없는 것입니다. 이번에는 어떠한 일이 있더라도 서천에 가서 여래님을 배알하고 경을 받아 와 우리의 불법을 성하게 하고 우리 성주聖主의 땅을 영원히 반석 같게 할 작정입니다."(제13회)

이것이 곧 쉬안짱이 천축에 가서 불법을 구하려는 대 기원인 것이

---

57) 이하 인용문의 우리말 번역은 연변인민출판사 번역조 역, 『서유기』(올제, 2015년)를 참고하였음을 밝혀둔다.

다. 도중에 만나는 독악한 마괴毒魔惡怪는 사람의 마음의 번뇌에 지나지 않는다. 그 악마를 항복시키되 크고 작은 81난을 거친 뒤, 서천에 들어가 영취봉靈鷲峰 꼭대기에서 불과佛果를 얻고, 여러 부처와 나한을 이룬 것이 곧 번뇌를 없애고 해탈을 구하여 깨달음에 이르는 경로를 설명한 한 편의 비유담인 것이다. 『서유기』를 지은 큰 뜻이 실제로 바로 여기에 있다. 그리하여 그 사상의 유현幽玄함과 문필의 변환變幻은 도처에서 보게 되는데, 화염산火焰山을 지날 때 손 행자孫行者가 우마왕牛魔王과 대 전투를 벌이는 대목은 실로 81난 가운데 가장 어렵고 또 가장 뛰어난 문장이다. 먼저 그 유래를 말하자면 다음과 같다.

삼장은 보살의 말씀에 순종해서 다시 손오공을 제자로 용납하고 저팔계와 사오정과 함께 두 마음을 깨끗이 씻고 합심협력해서 서천으로 길을 재촉하게 되었다. 광음光陰은 화살과 같고 일월은 실북과 같은 것이어서, 또 어느새 삼복염천三伏炎天이 지나고 삼추三秋의 서리 내리는 시절이 되었다.

엷으나 엷은 구름은 찢기고, 서풍은 세차게 부는데
백학의 울음소리 먼 산에 울리고 단풍은 비단 같구나.
가을 경치 처량한데, 산은 멀고 물은 길어
기러기는 북쪽 변강에서 오고, 제비는 남쪽으로 돌아가누나.
객지에 먼 길 가는 외로운 나그네
찬바람, 찬 이슬에 장삼 옷깃을 여미네

사제 네 사람이 길을 걷고 걷다가 점점 찌는 듯한 무더위를 느꼈다.
"지금은 가을인데 어찌하여 이렇게도 무더운가?"

삼장이 말을 멈추며 말하니까 저팔계가 말을 받았다.

"서방으로 가는 도중에 스하리국斯哈里國이란 나라가 있다는 말을 들은 것 같습니다. 그곳은 해가 떨어지는 곳으로서 흔히 하늘 끝이라고 부르는 모양입니다만, 해질녘이 되면 국왕은 사람을 성으로 보내 북을 치고 각적角笛을 불게 한답니다. 해는 불덩이이기 때문에 서해에 잠길 때는 불을 물속에 넣을 때와 마찬가지로 굉장한 소리를 내고 끓습니다. 그래서 북과 피리 소리로 귀를 속이지요. 그렇지 않는다면 성중의 아이들이 그 소리에 넋을 잃고 마니까요. 이 근처가 찌는 듯이 더운 걸 보니 필연코 해가 잠기는 그곳일 겁니다."

손오공은 그 말을 듣더니 별안간 웃음을 터뜨렸다.

"바보 소리 작작해라. 스하리국은 아직 먼 앞길에 있다. 스승님처럼 아침에 3리, 저녁녘에 2리, 이렇게 걸음이 늦으면 아이가 할아버지가 되고 그 할아버지가 또 아이로 태어나고 이렇게 삼대가 죽고 다시 태어난다 하더라도 그곳에 당도할 수가 없을 거야."

"그럼 형, 내가 말한 대로 이곳이 해가 떨어지는 곳이 아니라면 어째서 이렇게 무더울까?"

그러자 이번에는 사오정이 말참견을 했다.

"계절의 바뀜이 혼란해져서 가을이 여름으로 되었는지 몰라."

세 사람이 제각각 생각을 말하면서 걸어가는데 길옆에 한 채의 농가가 있었다. 지붕은 붉은 기와로 이고, 담은 붉은 벽돌로 쌓아 올렸고, 문짝은 붉은 빛으로 칠하고, 침상은 붉은 옻칠을 했다. 모든 것이 다 붉은 빛 일색이었다. 삼장은 말에서 내렸다.

"오공아, 너 저 집으로 가서 왜 이렇게 더운지 물어보고 오너라."

오공은 철봉을 거두고 옷매무시를 바로 하더니 점잔을 빼고 큰길을 떠나 그 집으로 가는 작은 길로 걸으면서 집 쪽을 봤다. 바로 그때 대문으로 한 노인이 나오고 있었다. 문득 고개를 드는 순간 오공을 본 노인은 기겁을 해서 지팡이에 기대 소리를 질렀다.

"넌 어디서 온 도깨비냐? 내 문전에서 뭘 하고 있느냐?"

그러는데도 오공은 정중히 예를 드리고 대답했다.

"노시주님, 무서워 마시길 바랍니다. 난 도깨비가 아닙니다. 동녘 땅 대당 폐하의 어명을 받들고 서방으로 경을 구하러 가는 자입니다. 사제 네 사람이 여기를 지나는데 찌는 듯한 더위입니다 그려. 첫째론 그 까닭을 알고 싶고 둘째론 이곳 지명도 모르기에 좀 가르쳐 달라고 찾아온 것입니다."

노인은 그제야 마음을 안정시키고 얼굴에 웃음기를 띠었다.

"스님, 이 늙은 것을 용서해 주십시오. 일시 눈이 멀어 그만 알아보지 못했습니다."

"아니, 천만에 말씀이십니다."

"그런데 스승님은 어디에 계십니까?"

"저 남쪽 큰길에 서 계시는 분입니다."

"어서 이리로 모셔 주시오."

오공은 기뻐서 손짓을 했다. 삼장은 팔계와 오정에게 짐과 말을 맡기고 노인의 앞으로 와 인사를 올렸다. 삼장의 풍모가 빼어난 것과 팔계와 오정의 상판이 기이한 걸 본 노인은 그들을 번갈아 보고 놀라다가 곧 기뻐하더니 집 안에 모시고서 하인에게 차와 식사를 내오도록 일렀다. 삼장은 일어서서 예를 드리고 물었다.

"잠깐 노인장에게 묻습니다만 가을인데도 여기는 왜 이렇게 더운가요?"

노인이 말했다.

"이곳에 화염산火焰山이 있습니다. 봄도 없고 가을도 없이 1년 내내 이렇게 무덥기만 하답니다."

"화염산은 어느 쪽에 있나요? 서방으로 가는 데는 지장이 없습니까?"

"서방으로는 도저히 갈 수가 없습니다. 그 산은 이곳에서 60리 가량 떨어져 있는데, 서방으로 가는 길목에 있습니다. 그로부터 8백 리는 꼭 불바다 같아서 주위에 풀 한 포기 안 납니다. 만약 그 산을 넘으려면 설령 구리로 된 머리나 쇠로 된 몸뚱이라 하더라도 녹아서 물이 되어 버릴 겁니다."

삼장은 그 말을 듣자 대경실색해서 더 이상 물을 생각조차 못했다. 그러고 있을 때 바깥에 한 사내아이가 붉은 빛으로 칠한 일륜거一輪車를 밀고 들어오더니 문간에 세워 놓고 크게 외쳤다.

"떡 사구려, 떡."

오공은 털을 하나 뽑아 동전으로 바꾸더니 그 떡장수를 보고 말했다.

"떡 하나 주시오"

사내아이는 동전을 받아 쥐더니 수레 위의 헝겊 보퉁이에서 김이 무럭무럭 나는 떡을 꺼냈다. 오공이 받아 손바닥에 얹으니 그 떡이 불속에서 새빨갛게 타는 숯처럼 뜨거웠다.

"앗, 뜨거워, 이래서야 먹을 수 있겠나."

오공은 떡을 이 손에서 저 손으로, 저 손에서 이 손으로 옮겼다.

"뜨거운 것이 싫다면 처음부터 이런 곳에 오지 말아야죠. 이곳에선 뭐든 다 뜨겁습니다."

그러면서 사내아이는 웃었다.

"너 정말 사물의 도리를 전혀 모르는 놈이구나, 상말에도 '더위와 추위가 없으면 곡식이 익지 않는다' 하지 않았어. 이렇게 뜨겁기만 한데 네 떡가루는 어떻게 얻느냐."

"찹쌀이나 떡가루가 필요할 때는 철선선鐵扇仙님께 부탁하면 되거든요."

"그 철선선이란 게 어떤 작자냐?"

"철선선이란 분은 파초선芭蕉扇이란 걸 가지고 계세요. 그걸 빌려 와서 한 번 부 치기만 하면 불이 꺼지고 두 번 부치면 바람이 일어나고, 세 번째에 비가 내려요. 그래서 우리는 씨를 뿌리고 그 곡식이 익으면 제때에 벱니다. 이렇게 농사를 짓죠. 그렇지 않다면 풀 한 포기인들 나겠어요."

이 말을 들은 오공은 급히 집 안으로 뛰어 들어가 떡을 삼장에게 건네주며 말했다.

"스승님, 안심하십시오. 미리부터 걱정할 것 없습니다. 우선 이 떡부터 잡수십시오. 그 뒤에 제가 말씀드리겠습니다."

떡을 받아 쥔 삼장은 이 집 주인 노인에게 떡을 내밀었다.

"노인장, 이 떡을 잡수십시오."

"아니, 우리 집의 차나 식사 대접도 아직 해 드리지 못한 터에 손님의 떡부터 먹어서야 되나요."

노인은 고개를 저으며 말했다.

오공이 웃으며 말했다. "노인장, 차나 식사 대접은 안 받아도 저희들은 괜찮습니다. 다만 한 가지 궁금한 것이 있는데, 철선선은 어디에 살고 있습니까?"

"그걸 알아서 뭘 하시게요?"

"아까 떡장수가 말하기를 이 선인은 파초선이란 것을 가지고 있는데, 빌려다가 한 번 부치면 불이 꺼지고, 두 번 부치면 바람이 일고, 세 번째엔 비가 온다고 했습니다. 그리고 이 지방에선 그걸 빌려다 부치면서 오곡을 자라게 하고 농사를 짓는다고 했습니다. 난 그 선인에게 가서 부채를 빌려 와 화염산의 불을 끄고 그곳을 지나갈까 하는데요. 그리하면 이 근처도 철따라 씨를 뿌리고 추수를 할 수 있게 되어 편안한 생활도 할 수 있게 되지 않겠어요?"

"그렇게 말씀하시지만 보아하니 당신들은 아무 예물도 갖고 있지 않으신 것 같은 데요. 예물이 없다면 아마 그 선인은 오지 않을 것입니다."

그러자 삼장이 입을 열었다.

"어떤 예물을 드려야 하나요?"

"이 고장 사람들은 10년에 한 번씩 그분에게 청을 듭니다. 그 때는 붉은 비단옷, 돼지와 양과 거위와 닭과 온갖 과일과 술을 가지고 목욕재계한 뒤에 산으로 가 배례를 합니다. 그러고서 선인님께 동굴에서 나와 이곳까지 오셔서 법을 행하도록 청합니다."

"그 산은 어디 있습니까? 그리고 산 이름은? 여기서 얼마나 멀고요? 그 부채를 가져오려고 묻는 겁니다."

"산은 이곳에서 서남쪽에 있는데 취운산翠雲山이라고 합니다. 거기에 파초동이라는 동혈洞穴이 있습니다. 이곳 사람들이 배례하러 그곳까지 가고 오는데 한 달이 걸리며 이수里數로는 1천 사오백 리가 족히 될 겁니다."

"그만한 데라면 문제없습니다. 내가 다녀오지요."

오공이 웃으며 장담했다.

"간다고 하더라도 식사는 하셔야지요. 그리고 길양식도 준비해야 하고 사람도 두엇 같이 동무해 가야 합니다. 그곳까지 가는 도중에는 인가라곤 없을 뿐더러 요괴와 호랑이가 득실거려 하루 이틀에 도달할 수 없습니다. 장난으로 여기지 마십시오."

"허허, 그런 건 다 필요 없습니다. 나 혼자 갔다 오지요."

오공은 말을 마치기가 무섭게 별안간 자취를 감췄다. 노인은 화들짝 놀라서 소리쳤다.

"아아, 당신들은 구름과 안개를 타시는 신선이었군요."(제59회)

이에 손 행자는 구름을 밟고, 한 걸음에 취운산 파초동으로 날아가 철선공주鐵扇公主 나찰녀羅刹女를 방문해 파초선을 빌리려 했다. 이에 앞서 그녀의 아들 홍하이얼紅孩兒은 화운동火雲洞에서 삼장을 쪄 죽이려다 행자에게 죽임을 당했다. 공주는 손 행자의 이름을 듣자마자 크게 노해 두 손으로 검을 휘두르며 공격을 해왔다. 행자는 아무리 구슬러도 [나찰녀가] 말을 듣지 않자 부득이하게 금고봉金箍棒을 취해 접전을 벌였다. 공주는 대적할 수 없을 알고 파초선을 꺼내 한번 부치자 한 줄기 음산한 바람이 일었는데, 마치 회오리바람에 휘날리는 나뭇잎같이 그림자도 형체도 없이 훨훨 날려가 소수미산小須彌山

에 떨어졌다.

여기서 다행히도 행자는 영길보살靈吉菩薩의 구원을 받았고, 정풍단定風丹도 한 알 받아 다시 취운산에 돌아와 공주에게 파초선을 달라고 했다. 공주는 화가 나 다시 교전을 하다가 부채를 꺼냈는데, 이번에는 아무리 부쳐도 행자가 정풍단을 몸에 지니고 있어 미동도 하지 않았다. 공주는 크게 놀라 안으로 들어가 문을 걸어 잠갔다. 행자는 하루살이로 둔갑해 문틈으로 기어 들어가 틈을 보다가 공주가 목이 말라 찻잎에 물을 부어 차를 우려내기를 기다렸다가 [공주가] 차를 마시는 순간 그녀의 뱃속으로 들어갔다. 이에 뱃속에서 원래 모습으로 돌아가 크게 소리치며 발을 내리 딛자 공주는 너무도 아픈 나머지 파초선을 행자에게 주었다. 행자는 크게 기뻐하며 의기양양하게 돌아가 화염산에 이르러 부채를 한 번 부치니 웬일인지 불길이 더 타올라 일행은 모두 화상을 입었다. 그제서야 이것이 가짜 부채라는 걸 알았다. 행자는 화염산의 토지신의 가르침에 따라 적뢰산積雷山 마운동摩雲洞에 가서 철선공주의 남편인 대력왕大力王, 곧 우마왕牛魔王을 찾아가 진짜 부채를 빌리려 했다. 우마왕은 여우의 정령인 옥면공주玉面公主와 새로 결혼을 해 마운동에서 오래 머물며 철선공주를 돌아보지 않았다. [그러다] 갑자기 행자가 온 것을 보고는 크게 노해 혼철곤混鐵棍을 꼬나들고 내리쳤다. 행자는 금고봉으로 응전을 하니 백여 합이나 싸워도 승부를 가리지 못했다. 마침 난석산亂石山 벽파담碧波潭의 용왕의 사자가 와서 우마왕을 청하니 우마왕은 휴전을 하고, 바로 금정수金睛獸를 타고 용왕이 베푸는 잔치에 갔다. 행자는 뒤에서 그를 따라 벽파담으로 가서는 게로 변신해 용궁에 잠입해 우마왕의 소식을 염탐했다. 그러다 갑자기 한 가지 꾀를 내어 물 바닥에서 뛰어나와 우마왕으로 변신을 하고 문 앞에 매어두었던 금정수를 타고 바로 파초동으로 돌아왔다. 철선공주는 남편과 오랜 이별 뒤 다시 만나자 기뻐하며 이것이 거짓이라는 걸 전혀 눈치 채지 못하고는 술과 안주를 내어 크게 환대했다. 행자는 공주가 술에 취한 틈을 타 진짜 파초선을 손에 넣고 사용법까지 들은 뒤 원래 모습으로 돌아와 공주를 크게 꾸짖고 돌아갔다. 공주는 후회막급이었으나 탄식을 하며 원통해했다. 우마왕은 잔치가 끝나고 돌아가려고 했으나 금정수가 보이지 않았다. 생각해 보니 앞서 그 계란 놈이 괴이쩍다고 했었는데, 그게 바로 손 행자라는 생각이 들었다. 그래서 누런 구름을 날려서 곧바로 취운산으로 가 나찰녀에게 자초지종을 듣고는 크게 노해 급히 화염산으로 가서는 파초선을 다시 돌려받으려 했다. 그런데 우마왕도 보통내기가 아닌지라 한 가지 꾀를 내어 행자를 속이려 했다. 이에 경천동지할 대 활극이 벌어지게 되었다.

우마왕이 뒤쫓아 가니 오공이 파초선을 둘러메고 희색이 만연해서 우쭐우쭐 가고 있는 것이었다. 우왕은 놀랐다. '원숭이 놈, 부채의 사용법까지 속여서 알아챘구나. 내가 저놈을 붙들고 달라고 한들 내주지 않을 것이 뻔하다. 게다가 그 부채로 한 번 날려서 10만 8천 리나 휘날려 간다면 도리어 그놈이 바라던 바가 되지 않는가. 가만있자, 당나라 중이 저 큰 길에서 기다린다지. 그에게 둘째 제자인 돼지 요괴, 셋째 제자인 시냇물 요괴가 있겠다. 그 옛날 내가 요괴로 지낼 때 그놈과 만난 적이 있어. 어디 한번 돼지 요괴로 둔갑해서 원숭이 놈을 골려주자. 원숭이 놈은 지금 퍽 흡족해 있을 테니까 마음을 푹 놓고 있을 거야.' 우마왕도 대단한 인물이라 72가지 둔갑술을 알고 있었고 무예도 대성에 못지않았다. 그러나 체구가 너무 크고 병도 있고 영활하지도 못했다. 그는 칼을 숨기고 몸을 한 번 번뜩여 팔계와 똑같이 둔갑했다. 그러고서 지름길로 먼저 가 저쪽에서 오는 오공을 반갑게 나가서 맞이했다.

"형, 나 왔어."

오공은 매우 기뻐했다. 옛사람이 이르기를 "싸움에 이긴 고양이는 범이나 된 것처럼 우쭐한다"라고 했듯, 강자로 자처할 땐 사람을 잘 분간하지 못하는 법이다. 오공은 가짜 팔계인 줄 모르고 반갑게 물었다.

"동생, 너 어디 가는 길이야?"

우마왕은 태연하게 꾸며 댔다.

"형이 돌아오는 것이 너무 늦기에 '우마왕의 솜씨가 비범해서 형이 이기질 못한 게 아닌가, 그래서 보물을 얻지 못하는 건가' 하고 스승님이 근심하면서 날 보고 조력해 주라고 하셨어."

오공은 웃었다.

"염려할 건 없어. 난 벌써 그 보물을 손에 넣었는걸, 뭐."

"어떻게?"

"우마왕과 나는 1백 10합을 싸웠지만 승부가 나야 말이지. 그런데 놈은 날 제쳐 둔 채로 난석산 벽파담 속에서 차린 용의 요괴들의 연회에 술을 마시러 가지 않았겠어. 그래서 난 몰래 그놈의 뒤를 쫓아가서 게로 둔갑하고 그놈이 타던 벽수금정수를 훔쳐 냈다. 그 다음에 놈의 모습으로 둔갑하고 파초동으로 들어갔지. 나찰녀란 년이 내게 속아서 나와 한참 동안 부부 놀음을 하지 않았겠니? 그러던 차에 재치 있게 이걸 훔쳐 냈단 말이다."

"정말 수고가 대단했구나, 형은 지금 지쳤을 테니 부채는 내가 들고 갈게. 이리 줘."

가짜 팔계가 그러는 줄을 모르고 오공은 그만 파초선을 우마왕에게 건네주고 말았다. 우마왕은 부채를 늘이고 오므리고 하는 비결을 알고 있었다. 그는 손에 받아 쥐자 뭐라 뭐라 주문을 외워서 그것을 살구 잎만큼 줄이더니 본래의 모습을 나타내고 호통을 쳤다.

"이 고약한 놈, 내가 누군지 알겠느냐?"

오공은 크게 후회하고 발을 구르며 원통해 했다.

"아아, 이건 내 실수였다. 그만 어린놈에게 속았구나!"

그러고는 뇌성벽력 같은 소리를 내지르며 철봉을 꼬나들고 정면으로 달려들었다. 그랬더니 우마왕은 부채를 들어 부쳐 댔다. 그러나 오공은 그 전날 하루살이로 변해서 나찰녀의 배 속으로 들어갔을 때 정풍단定風丹을 머금고 있던 것을 저도 모르게 꿀꺽 삼켜 버렸기에 오장도 단단하고 피골도 철근이 든 것처럼 아주 단단해졌던 것이다. 때문에 우마왕이 아무리 부쳐대도 꼼짝도 하지 않았다. 우마왕은 당황해서 보물을 입안에 집어넣더니 두 손으로 칼을 휘두르며 덤벼들었다. 그래서 둘은 공중에서 서로 맞붙어 싸우게 되었는데 좀처럼 승부가 나지 않았다.

한편, 삼장은 길바닥에 주저앉아 있었다. 불기운은 찌는 듯했고 마음은 초조한데 목은 말랐다.

"신령님께 묻습니다만 저 우마왕의 법력은 어느 정도입니까?"

삼장이 화염산 토지신에게 묻는 말이었다.

"그자의 신통력은 보통이 아니에요. 법력이 무변無邊해서 정말로 손 대성의 적수라 할 수 있습니다."

"오공의 장기는 축지법이라 2천 리 노정은 눈 깜짝 새에 돌아올 수가 있는데 이번에 출발한 지 벌써 하루가 지났습니다. 우마왕과 싸우고 있는 게 분명합니다."

삼장은 오정과 팔계에게 일렀다.

"너희 둘 가운데서 누구든 형을 마중 갔다 오너라. 만약 적이라도 만나게 되거든 오공을 조력해서 부채를 손에 넣어 돌아오도록 해라. 난 하루빨리 저 화염산을 넘어가고 싶다."

"지금은 날이 이미 저물었습니다. 제가 마중을 가도 좋습니다만 적뢰산으로 가는 길을 몰라서......"

팔계가 말하자 토지신이 대답했다.

"제가 알고 있습니다. 여기는 권렴장군에게 스승님의 보호를 부탁하고 저와 귀공 둘이서 가기로 합시다."

삼장은 참으로 기뻤다.

"신령님, 수고해 주시오. 공이 이루어지면 다시 감사드리겠습니다."

팔계는 용기를 내어 직철을 추어 입더니 갈퀴를 둘러메고 토지신과 함께 구름을 타고 동쪽으로 날아갔다. 별안간 고함 소리가 들리면서 미친바람이 휙휙 불어 댔다. 팔계가 구름을 멈추고 바라보니 오공과 우마왕이 죽자 살자 싸우고 있었다. 토지신이 물었다.

"천봉님, 가지 않고 멈춰 서서 뭘 하십니까?"

팔계는 갈퀴를 거머잡고 큰 소리로 외쳤다.

"형, 내가 왔다."

"이 돼먹지 못한 자식아, 네가 대사를 말아먹었다."

오공이 이를 부드득 갈면서 하는 소리였다.

"내가 뭘 어쨌는데 일을 말아먹었다는 거야? 스승님이 날 보고 형을 영접해 오라고 했지만, 난 산길을 잘 몰라서 오래 상의한 끝에 토지신의 인도를 받느라 좀 늦어지긴 했어도 말이야."

"네가 늦게 왔다고 나무라는 게 아니야. 이 우마왕 놈이 무례하기가 짝이 없어. 내 가 일전 나찰녀를 속여 부채를 손에 넣었는데 이놈이 네 모습으로 둔갑해서 날 반갑게 맞지를 않겠니. 난 순간 매우 기뻐서 부채를 그의 손에 넘겨줬더니만 놈이 본래 모습을 나타내 이 손 공에게 덤벼들더란 말이다. 그래서 널 보고 대사를 그르쳤다고 한 거야."

팔계는 그 말을 듣더니 눈을 부릅뜨고 갈퀴를 쳐들며 호통 쳤다.

"이 염병해 죽을 소 놈아, 잘도 조상님 모습으로 둔갑해서 형을 속이고 형제의 의를 상하게 했구나."

그러면서 팔계는 마구잡이로 쳐 갈겼다. 우마왕은 온종일 싸워서 지쳐 있던 참인 데다 팔계가 갈퀴를 휘둘러 대니 감당할 수가 없어서 등을 돌리고 도망치기 시작 했다.(제61회)

우마왕은 싸우면서 도망쳐 마운동 입구에 이르니, 옥면공주가 여러 요괴들을 내보내 싸움을 돕게 했다. 행자와 팔계는 뜻하지 않은 적들에 가로막혀 일단 철수했다가 다시 토지신의 음병을 이끌고 일제히 공격을 해 동굴 입구의 앞문을 때려 부쉈다. 우마왕은 크게 노해 철곤을 휘두르며 바깥으로 뛰쳐나왔다. 행자와 팔계는 수중에 각자의 법물法物을 쥐고 서로 비술을 다하며 싸웠다. 행자와 우마왕은 일흔 두 가지 변신술을 써가며 눈앞이 어지러울 정도로 싸워나갔는데, 하늘을 나는 여러 새들 같이, 광야를 달리는 뭇짐승들 같이, 마치 비행기가 공중전을 벌이고 탱크 부대가 [지상에서] 분투를 벌여나가는 느낌이 들 정도였다.

우마왕은 용기백배해서 오공네를 맞았다. 이번 싸움은 아까보다 더 치열했다. 셋은 한 덩어리가 되어 필사의 격투를 하길 무려 1백 10여 합에 이르렀다. 팔계는 오공의 신통력을 믿고 제 버릇대로 마구 쳐 갈겨 댔다. 우마왕도 여기엔 감당할 수가 없었는지 기운이 빠져 몸을 돌려 동굴 속으로 도망치려 했다. 그걸 보고 토지신과 음병이 앞을 가로막았다.

"대력왕, 어디 가는 거냐. 우리가 여기 있다."

이래서 우마왕도 동굴로는 들어갈 수 없었다. 급히 몸을 빼려는데 팔계와 오공이 달려들었다. 당황한 우마왕은 갑옷을 벗어 던지고 철봉을 팽개쳤다. 그러고는 몸을 번뜩여 한 마리의 거위가 되어 하늘로 날아 올라갔다. 오공은 그것을 보더니 껄껄껄 웃었다.

"팔계야, 소가 도망간다."

팔계는 영문을 몰라 했다. 팔계뿐 아니라 토지신도 그런 줄을 모르고 사방을 둘러보며 적뢰산을 발칵 뒤집어 찾고 있으니, 오공이 손가락으로 가리켰다.

"저 하늘에서 맴돌고 있는 거 보이지?"

"그건 거위잖아."

"저게 바로 소 놈이 둔갑한 거야."

토지신이 말했다.

"그럼 어떡해요?"

"너희 둘은 동굴 안으로 쳐들어가서 요괴들을 한 마리도 남기지 말고 다 죽여 버려라. 놈이 소굴로 돌아올 수 없게 말이다. 난 그놈과 둔갑술을 겨루겠다."

팔계와 토지신이 그 말을 듣고 동굴을 소탕한 얘기는 미뤄 둔다.

오공은 금고봉을 거두더니 인을 맺고 주문을 외워 해동청海東靑으로 둔갑해 구름 사이로 날아올랐다. 위로부터 거위를 덮쳐 뒤통수를 거머잡고 눈알을 쪼려 했다. 그러자 해동청이 오공인 것을 알아챈 우마왕은 급히 날개를 쳐서 누런 매로 둔갑하여 도리어 해동청에게 덤벼들었다. 그러자 오공이 오봉烏鳳으로 둔갑해 누런 매에게 덮쳐들었다. 우마왕은 또 백학으로 둔갑해 울음을 길게 내더니만 남쪽으로 날아갔다. 오공은 멈춰 서서 날개를 쳐 단봉丹鳳이 되어 높이 울었다. 백학은 이것을 보더니 봉황은 새의 왕인지라 감히 그 앞에서 허튼수작을 못 하고 획 한 번 날개를 치면서 산으로 내려가 한 마리의 사향노루로 변해 곁눈질하며 풀을 뜯어먹었다. 오공은 이걸 눈치 채자 곧 내려가서 한 마리 주린 범으로 둔갑해 꼬리를 휘두르고 발톱으로 땅을 긁어 파면서 노루를 잡아먹으려 했다. 우마왕은 당황해서 무늬가 아롱다롱한 큰 표범으로 둔갑해 범에게 덤벼들었다. 오공은 바람을 향해 머리를 한 번 흔들고는 이번엔 금빛 눈알을 지닌 사자로 둔갑했다. 쇠와 같은 얼굴에 구리쇠 같은 머리, 소리는 꼭 벼락 치는 것 같았다. 몸을 돌리며 그 표범을 잡아먹으려고 하자 우마왕은 이번에는 급히 큰 곰으로 둔갑해 앞발을 쩍 벌리고 덤벼들었다. 오공은 또그르르 한 번 굴러서 대뜸 큰 코끼리로 변했다. 어금니는 죽순과 같고 코는 큰 구렁이와 같았다. 그는 코를 뻗쳐 곰을 말아

올리려고 했다. 그러자 우마왕이 허허허 웃으면서 본래 모습을 나타냈는데, 그것은 크고 흰 황소였다. 머리는 준령 같고 두 눈은 번개와 같고 뿔은 철탑 같고 이는 날카롭기가 칼날을 세운 것 같았다. 머리로부터 꼬리까지는 천여 장이 넘고 발굽에서 등까지의 높이는 8백 장은 됨직했다. 우마왕은 오공을 향해서 높이 소리 쳤다.

"이 원숭이 놈아, 이럼 내가 어떠냐?"

오공도 또 본래 모습으로 돌아오더니 금고봉을 꺼내고 허리를 굽히면서 한소리 크게 "뻗어라!" 하고 외쳤다. 그러자 몸은 1만 장이나 늘어났다. 머리는 태산과 같고 눈알은 해와 달 같고 입은 피의 연못이요, 어금니는 대문짝만 했다. 오공은 손에 철봉을 쥐고 소의 정수리를 겨누고 내리쳤다. 우마왕은 머리에 힘을 주고 뿔을 흔들어 떠받아 댔다. 이 싸움이야말로 산이 뒤흔들리고 천지도 떠는 것 같은 큰 싸움이었다.

도道의 높이가 일 장丈이면, 마魔는 천 장
꾀쟁이 원숭이는 힘으로 요마를 항복시키다.

만약 화산에 화염 없길 원한다면 반드시 부채로 부쳐 맑고 서늘하게 해야 하리.
황파黃婆는 맹세해 원로元老를 돕고 목모木母는 정의情誼로 요마를 소탕했다.

오행이 화목해서 정과正果로 돌아가고,
마魔를 골리고 때를 씻고서 서방으로 가노라.(제61회)

이런 전법은 천지가 개벽했던 초기 귀괴鬼怪와 거령巨靈들의 대 전투라 할지라도 이보다 더하지는 않았을 것이다. 큰곰과 비휴貔貅, 무소와 코끼리를 구사해 싸웠으니, 황제黃帝와 염제炎帝, 치우蚩尤가 쥐루涿鹿, 반취안阪泉에서 싸운 것은 이것과 비교할 수조차 없다. 우마왕은 끝내 싸움에서 패하고 파초동으로 돌아갔다. 이때 팔계 등은 이미 마운동을 도륙을 내고 뭇 요괴들을 모두 퇴치한 뒤 와서는 싸움을 도와 파초동을 함께 에워쌌다. 나찰녀는 우마왕이 대패했다는 것을 듣고, 크게 놀라 파초선을 행자에게 주고 군사를 거둬달라고 말했지만, 우마왕은 듣지 않고 다시 정신을 차리고 두 개의 보검을 휘두르며 적을 맞아 싸우다가 광풍을 타고 동굴을 떠나 취운산 위에서 행자와 싸움을 벌였다. 그런데 여러 신들이 에워싸고 사면에서 공격을 하니 우마왕은 세가 다하고 힘이 딸려 끝내 항복하고 불가에 귀순하였다. 행자 등은 파초동으로 돌아와 나찰녀는 여 도사道姑 같은 행색을 하고 파초선을 바친 뒤 머리를 조아려 배례하며 애걸했다. 행자는 나아가 부채를 받아 쥐고는 일동과 함께 구름을 타고 동쪽으로 돌아가 삼장을 알현하고 상세한 경과를 보고했다. 삼장은 머리를 조아려 여러 신들과 보살들의 은혜에 사례했다. 행자는 부채를 들고 화염산에 가까이 가서 힘을 다해 한 번을 부치니 맹렬한 불길이 이내 잦아들었고, 다시 한 번 부치니 살랑살랑 소리가 나면서 맑은 바람이 불어왔고, 세 번째 부치니 하늘 가득 구름이 일더니 가랑비가 부슬부슬 내리기 시작했다.

화염산은 팔백 정 거리, 불이 대지를 덮은 걸로 이름 있었다.
불이 오루五漏58)를 달이는 데서 단은 익기가 어려웠고
불이 삼관三關59)을 태우는 데서 길은 깨끗하지 않았다.

---

58) 사람 몸에 있는 다섯 개의 구멍으로 삼관三關과 대응한다.
59) 『회남자淮南子』「주술훈主術訓」의 해석에 의하면, 귀, 입, 눈이라 하였다.

다행히도 천장天將님네 도움을 얻어 파초선 빌려 감로 내리게
했다.
소는 코를 꿰어 불문에 넣어 다시는 미련한 짓 못하게 했고
물과 불은 서로 연하여 성性이 저절로 편안하게 되었도다.

이에 행자와 팔계, 사승 세 제자는 다시 삼장을 보호하고 전진할
수 있었다. 진정 홀가분한 마음으로 발걸음도 가벼이 여행길에 올랐
던 것이다.

감리기제坎離旣濟[60]하여 진원眞元이 합치고 수화水火가 균평均
平해 대도가 이루어진 격이다.

이것이 곧 대난大難과 대전大戰의 결말이다. 번뇌를 없애고, 해탈을
구하는 것이 『서유기』의 진정한 깨달음眞諦이라는 사실을 알 수 있다.
『서유기』의 평주는 청대 우이쯔悟一子의 『서유진전西遊眞詮』과 우
위안다오런悟元道人의 『서유원지西遊原旨』가 있는데, 모두 그 이법理法
을 천명하는 데 힘썼다. 또 그 속편으로는 『속서유기續西遊記』, 『후서
유기後西遊記』 등이 있다.

제4항 『금병매』

『금병매』는 누구나 알고 있는 고금 제일의 음서로, 굳이 많은 설명
이 필요치 않다. 전편은 100회로 『수호전』 가운데 유일의 염사艶事인
시먼칭西門慶과 판진롄潘金蓮의 정사情事를 취해 그것을 골자로 삼고,

---

60) 감坎과 리離는 모두 팔괘의 하나이다. 감은 물水이고, 리는 불火이다. 기제旣
濟는 일이 성사됨을 이르는 말이다.

거기에 복잡한 묘사를 더해 이룬 것이다. 요컨대 시먼칭 일가의 부녀와 주색, 음식, 담소에 그친다.

이를테면 시먼칭이 범한 부녀는 판진롄을 필두로 열아홉이고, 남총男寵[61]이 두 명, 의중인意中人[마음속으로 사모하는 사람. 마음속의 애인; 옮긴이]이 세 사람 있고, 판진롄이 범한 남자는 시먼칭 이외에도 네 명이 있고, 의중인으로는 우쑹武松이 있다. 극히 음란하고 외설적이며, 비루한 시정 소인배의 상태를 묘사하여 핍진하게 드러냈고, 인정의 미세한 베틀의 가르침機教[62]을 다하였다. 그 뜻은 세상 사람들을 대신해 설법하고 호색과 재물을 탐하는 것을 경계하도록 하기 위함이었다. 그러나 그 소재를 취한 것이 비루하고 조야했기에 도저히 사군자의 당堂에는 오를 수 없었다. 그러나 『서유기』의 공상적인 것에 반해 이것은 극히 사실적인 소설이기에 사회의 반면半面을 아는데에는 극강의 사료이다.

작자에 관해서는 혹은 명의 대 문호인 왕스전王世貞이라거나 혹은 왕 씨의 문인이라고도 한다. 대개 왕스전이 옌쑹嚴嵩, 옌스판嚴世蕃 부자가 자신의 아버지인 왕수王抒를 죽인 것을 원한 삼아 이 책을 지어 옌스판이 혼음昏淫하여 첩들이 많은 것을 통매痛罵하였다. 그리고 또 그가 음서 읽는 것을 좋아하는데 책을 읽을 때 손가락에 침을

---

61) 본래는 여성에게 총애를 받고, 여성의 노리개 역할을 하는 남성을 가리키나 여기서는 시먼칭의 남색 상대를 말한다.
62) 남편이나 아들에 대하여 행하는 부녀자의 교훈을 이르는 말이다. 옛날에 멍쯔孟子가 공부하던 도중에 집으로 돌아오자, 그의 어머니가 짜고 있던 베를 칼로 잘라 버렸고, 웨양쯔樂羊子가 공부하러 간 지 1년 만에 돌아오자, 그의 아내가 칼을 가지고 베틀의 베를 잘라버려 뉘우치게 한 고사에서 유래한 말이다.

붙여 한 페이지씩 읽어나가는 것을 알고 페이지마다 독을 묻혀 그를 해하려고 시종을 통해 [이 책을] 바쳤으나 독물이 연하게 묻었고, 스판 역시 총명해 책장을 너무 빨리 넘겼기에 끝내 목적을 이룰 수 없었다고 한다. 어떤 사람은 양지성楊繼盛[63]이 직간直諫을 하다 화를 입은 것을 서술해 옌 씨 부자의 죄상을 폭로한 『명봉기鳴鳳記』 역시 왕스전이 지은 것이라 하나 『금병매』와 마찬가지 논법으로 많은 사람들을 혹세무민하는 것이다. 그렇다 하더라도 누가 지었든 대문호가 아니면 도저히 이런 장편 거작을 이루어낼 수 없을 것이다.

> 이것이 가정 연간의 대명사大名士의 수필手筆로 당시의 일을 지적한 것이라는 말을 들었다. 이를테면, 차이징蔡京 부자는 펀이分宜[64]를 가리키고, 린링수林靈素는 타오중원陶仲文을 가리키고, 주몐朱勔은 루빙陸炳[65]을 가리키며, 나머지도 역시 각각 해당하는 인물이 있었다.(선더푸沈德符, 『야획편野獲編』)[66]

---

63) 양지성楊繼盛(1516~1555년)은 호가 쟈오산椒山으로, 즈리直隸 룽청容城(지금의 허베이河北 룽청 현容城縣 베이허자오 촌北河照村) 사람이다. 가정嘉靖 26년(1547년) 진사가 되어 처음엔 난징南京 이부주사吏部主事를 제수받아 난징南京 이부상서吏部尚書 한방치韓邦奇에게서 율려律呂를 학습했다. 뒤에 병부원외랑兵部員外郎이 되었다. 처우롼仇鸞을 탄핵하는 상소를 올렸다가 적도전사狄道典史로 폄적되었다. 그 뒤 주청諸城 지현知縣 등등의 관직을 전전하였다. 가정 32년(1553년)에는 상소를 올려 옌쑹嚴嵩을 탄핵하는 상소를 올렸다가 무고를 받아 하옥되었다. 옥중에서 고문을 받아 끝내 가정 34년(1555년)에 마흔 살의 나이로 세상을 떴다. 뒤에 충민忠愍이라는 시호를 받아 세칭 양충민楊忠愍이라 불린다.
64) 펀이分宜는 옌쑹嚴嵩을 가리킨다. 그는 명대 펀이(지금의 쟝시江西에 속함) 사람으로, 가정嘉靖 연간의 간신이다. 『명사·간신열전明史奸臣列傳』에 그의 전傳이 있다.
65) 타오중원陶仲文과 루빙陸炳은 모두 가정 연간의 아첨장이 신하로 『명사·영행렬전明史佞幸列傳』에 전이 있다.

『금병매』의 속편으로는『옥교리玉嬌梨』가 있다. 이것은 전서前書에 근거해 인과응보의 이치를 설파한 것이다. 이 책은 지금은 이름을 『격렴화영隔簾花英』이라고 한다. 그런데 지금 통행본『옥교리』는 다른 책이다.

명대소설의 걸작은 이상『서유기』와『금병매』이긴 하지만 기타 유명한 것도 적지는 않다. 여기 그 목록을 아래와 같이 들어본다.

　　『호구전好逑傳』
　　『옥교리』
　　『평산랭연平山冷燕』
　　『평요전平妖傳』
　　『금고기관今古奇觀』
　　『용도공안龍圖公案』
　　『여선외사女仙外史』
　　『양한연의兩漢演義』
　　『동주열국지東周列國志』

이 가운데『호구전』,『옥교리』,『평산랭연』세 가지는 인정소설이다. 내가 예전에 독일에서 유학 중에 바이마르 시에서 노닐며 실러 기념관을 방문했을 때, 그의 자필 초고 중에 Hao-Kiu_Chuan이라 제한 종이 한 장을 보았는데, 독일의 문호가 중국문학에 깊은 흥미를 갖고 있었다는 사실에 의외라는 느낌을 받은 적이 있다. 실제로 중국

---

66) 원문은 다음과 같다. "聞此爲嘉靖間大名士手筆, 指斥時事, 如蔡京父子則指分宜, 林靈素則指陶仲文, 朱勔則指陸炳, 其它亦各有所屬)"(沈德符, 『野獲編』)

의 희곡 소설 류의 유럽어 번역이 많이 존재하는 것은 코르제 씨의 『한적해제漢籍解題』에 분명히 나와 있다. 또 바킨의 『협객전』은 『호구전』에서 나왔고, 그의 『송염정사松染情史』, 『미소년록美少年錄』은 『금고기관』을 남본으로 하고 있다. 『평요전』도 『협객전』, 『미소년록』 류이다. 『용도공안』은 송대의 명 판관인 바오정包拯의 공안公案으로 일본의 오오카 재판大岡裁判67)과 같은 것이다. 『여선외사』는 건문제建文帝에게 충의를 다한 궁녀의 이야기로 작중의 탕싸이얼唐賽兒은 『협객전』의 [구스노楠 가문의] 고마히메姑麻姬의 모델이다. 또 『양한연의』와 『동주열국지』는 일본에 일찍 전해져 번역되었다. 『통속열국지』 전편은 「무왕군담武王軍談」이고, 후편은 「오월군담吳越軍談」이라 칭하며, 『양한연의』는 『통속한초군담通俗漢楚軍談』, 『통속서한기사通俗西漢紀事』, 『통속동한기사通俗東漢紀事』의 세 가지 책이 되었는데, 모두 와세다대학에서 간행한 『통속이십일사通俗二十一史』』에 수록되었다. 그 중에서도 『양한군담』과 『오월군담』은 아주 재미있어, 내가 어렸

---

67) 오오카 재판大岡裁判은 일반적으로 '오오카 세이단大岡政談'이라는 이름으로 불리는 고단講談의 일종이다. 여기서 '세이단政談'은 정치나 재판 등 실제로 있었던 사건을 제재題材로 한 설화說話를 말하는데, 가장 유명한 것이 바로 오오카 세단이다. 주인공이라 할 오오오카 타다스케大岡忠相 (1677ㅂ~1752년)는 에도 중기의 막부 신하로, 8대 쇼군인 도쿠가와 요시무네德川吉宗에게 발탁되어 에도 마치부교江戸町奉行가 되었다. 마치부교町奉行는 문자 그대로의 뜻은 명命을 받들어 사물을 행한다는 것인데, 에도 막부江戸幕府에서는 수도인 에도江戸와 오사카大阪, 슨뿌駿府(지금의 시즈오카静岡) 등지에 두고 시중의 행정·사법·소방·경찰 따위의 직무를 맡아 보게 했다. 한 마디로 오오카 세이단은 주인공인 오오카 타다스케가 각종 사건에 대해 공정한 판결을 내린 에피소드를 모은 이야기집이라고 보면 된다. 이런 일련의 이야기들은 당시 서민들로부터 큰 인기를 얻어 일본 미스터리의 원류가 되었다.

을 때 『통속삼국지』와 함께 애독했던 책이다.

제3절 『홍루몽』

청 왕조는 학문이 성행했던 시대였는데, 시문은 대개 명대에 미치지 못한다. 하지만 강희, 건륭의 성세에는 명말 고문의 영향을 이어받고, 개국의 기세를 탔기에 문운文運이 융성해 시종詩宗 문호가 배출되었다. 그 중에서도 속문학계에서는 진성탄金聖嘆, 리위李漁 같은 대비평가가 나타났다. 진성탄은 초명初名이 차이采이고 자는 뤄차이若采라 했는데, 나중에 이름을 런루이人瑞, 자를 성탄으로 고쳤다. 『제오재자서』, 『제육재자서』를 평찬評撰하고, 희곡 소설을 위해 만장의 기염을 토하였다. 리위는 호가 리웡笠翁으로, 희곡을 짓는 일 이외에도 곡론에 정통했으며, 그가 지은 책으로는 『한정우기閑情遇寄』[68])가 있다. 제왕의 국사國事, 전사塡詞로 명성을 얻었으며, 원곡을 크게 떠받들고 중시해 [이를] 한사漢史, 당시唐詩, 송문宋文에 짝지웠다.

> 역대 왕조에 문학이 성하게 된 것은 시대마다 그 뛰어난 바가
> 다르니, 이른바 "한대의 역사와 당대의 시, 송대의 문장, 원대의
> 곡"이 그것으로, 이는 세상 사람들이 늘상 하는 말이다. 『한서』와
> 『사기』는 천년의 세월을 견뎌냈으니 위대할 손! 당대에는 시인이
> 쏟아져 나왔고, 송대에는 문사가 줄을 이었으니, 이 세 시기가

---

68) 우리말 번역본은 두 가지가 있다. 희곡론을 다룬 것으로는 조관희, 박계화, 홍영림 역, 『한정우기』(보고사, 2013년)와 그 나머지를 번역한 김의정 역, 『쾌락의 정원』(글항아리 2018년)이 그것이다.

문단의 정족지세를 이루어 하은주夏殷周 삼대 이후의 또 다른 삼대라 할 만하다.[69] 원나라가 천하를 얻고 나서는 정치나 형법, 예악에서는 하나도 마루를 세운 것이 없으며, 언어와 문장, 그리고 도서와 서예, 그림 등을 보더라도 볼 만한 게 없었다.[70] 만약 사곡을 숭상해 『비파기』와 『서상기』 및 『원인백종곡』[71]과 같은 책들이 후대에 전하지 않았다면, 당대의 원나라 역시 오대나 금, 요나라와 마찬가지로 역사의 뒤안길에 묻혀버렸을 터이니, 어찌 한과 당, 송 삼대의 꼬리에 붙어 천리를 달려[72] 문인 학사의 입에 오르내렸겠는가? 이것은 제왕과 국가의 사업이 희곡 짓기로 명성을 이룬 것이다. 이것으로 미루어 볼 때, 희곡 짓기는 절대 하찮은 기예가 아니요, 역사나 전기, 문장과 근원은 같이 하되 그 유파가

---

69) 앞의 '삼대'는 하夏, 상商, 주周를 가리키며, 과거에는 이 시기를 고대 문물 예악이 가장 뛰어났던 시대로 묘사했다. 후 삼대는 "한사漢史, 당시唐詩, 송문宋文"으로 문단으로 이름 높았던 세 시기를 가리킨다.

70) 원대에는 언어나 문자, 도서, 한묵 방면에서 뛰어나게 대표적인 작품이 드물었다는 것이다. 『사기史記』「백이열전伯夷列」에 다음과 같은 말이 있다. "그 문사가 [『시』에나 『서』에는] 조금도 보이지 않는다其文辭不少槪見." 쓰마전司馬貞의 『색은索隱』에서는 "생각컨대 개는 줄거리이고, 대략적인 것을 일컫는다按, 槪是梗槪, 謂略也."고 하였다.

71) 『원인백종元人百種』: 명대 짱마오쉰臧懋循이 엮은 원 잡극 극본집인 『원곡선』을 가리킨다. 여기에 실린 잡극이 (그 가운데 몇 편은 명초 때 작품이긴 하지만) 모두 100여 개에 이르기 때문에 '백종'이라 이른 것이다. 이하에서는 『백종』으로 약칭하기도 했다.

72) 부삼조기미附三朝驥尾: '기驥'는 '천리마'이다. 본래 "부기미附驥尾"는 하루살이나 날파리같이 하찮은 것이 천리마의 꼬리에 붙어 천리를 간다는 의미로, 명성이 높은 다른 사람 덕으로 이름을 날리는 것을 비유한 것이다. 『사기史記』「백이열전伯夷列」에 다음과 같은 말이 있다. "보이와 수치는 현자이긴 했지만, 쿵쯔에 의해서 그 이름이 더욱 드러났다. 옌위안의 학문이 독실했지만 쿵쯔 덕분에 그 덕행이 더욱 드러났다.伯夷, 叔齊, 雖賢, 得夫子而 名益彰. 顏淵雖篤學, 附驥尾而行益顯."여기서 '세 왕조三朝'는 한과 당, 송을 가리킨다.

다른 것일 따름이다.[73]

그런데 희곡에는 훙성洪昇의 『장생전長生殿』, 쿵상런孔尙任의 『도화
선桃花扇』이 있어 『서상』, 『비파』와 병칭될 만하고, 소설로는 『홍루
몽』이 있어 『수호』, 『서유』에 견줄 만하다. 실제로 『서유기』의 유현
기괴幽玄奇怪함이나 『수호전』의 호탕박대豪宕博大함, 『홍루몽』의 화려
풍섬華麗豊贍함은 천지인天地人 삼재三才에 비할 만하다. 중국소설계
에서 정립하며 패권을 다툴 뿐 아니라 세계의 문단에 내세워도 손색
이 없다.

『홍루몽』은 일명 『석두기』라고도 한다. 그 까닭은 개권開卷 제1에
상세하게 서술되어 있다. 이에 의하면 옛날 여와씨女媧氏가 돌을 녹
여 하늘을 보수할 때 다황산大荒山 우지아이無稽崖에서 높이 열두 길
너비가 스물네 길이나 되는 단단한 돌頑石 삼만 육천 오백 한 개를
녹였는데, 단지 삼만 육천 오백 개만 쓰고 남은 한 개의 돌은 그 산의
칭겅펑靑埂峰 아래에 버려놓았다. 그런데 누가 알았겠는가. 이 돌은
단련을 거친 후에 이미 영성이 통해 다른 돌들은 모두 하늘을 보수할
수 있었는데, 저만 혼자 재주가 없어 버려졌다는 사실에 탄식하며

---

73) 원문은 다음과 같다. "歷朝文字之盛, 其名各有所歸, "漢史", "唐詩", "宋
文", "元曲", 此世人口頭語也。《漢書》,《史記》, 千古不磨, 尙矣。唐則詩人濟
濟, 宋有文士蹌蹌, 宜其鼎足文壇, 爲三代後之三代也。元有天下, 非特政刑
礼樂一無可宗, 卽語言文學之末, 圖書翰墨之微, 亦少槪見。使非崇尙詞曲,
得《琵琶》,《西廂》以及《元人百種》諸書傳于後代, 則當日之元, 亦與五代、金、
遼同其泯滅, 焉能附三朝驥尾, 而挂學士文人之齒煩哉？此帝王國事, 以塡
詞而得名者也。由是觀之, 塡詞非末技, 乃與史傳詩文同源而異派者也。"[리
위李漁(조관희, 박계화, 홍영림 공역), 『리위(李漁)의 희곡 이론』, 보고사.
2013. 80~81쪽]

밤낮으로 울었다.

그러던 어느 날 스님 한 명과 도사 한 명이 마침 그곳을 지나가다가 [그 커다란 돌을] 선명하고 영롱하게 빛나는 아름다운 옥, 그것도 부채 손잡이에 달린 장식만 한 크기로 축소시켜 차고 다니기에 마춤하게 만들었다. 그리고 스님은 그 돌을 손바닥 위에 올려놓고 웃으며 말하기를 그대로는 별로 재미없으니 모름지기 몇 글자를 새겨 사람들이 보는 즉시 기이한 물건임을 알아볼 수 있게 해주는 게 좋겠다고 하였다. 그런 다음 너를 데리고 저 환하게 빛나는 융성한 나라(경도京都)에서 『시경』과 『서경』을 읽고 예절을 배워 대대로 높은 벼슬을 하는 가문(영국부榮國府), 꽃과 버들이 아름답게 어우러진 땅(대관원大觀園), 온유함과 부귀로 가득 찬 고을(자지헌紫芝軒)에 가서 일신이 편안한 업을 즐기게 해주겠노라고 말했다. 돌은 몹시 기뻐하며 그 글자와 가는 곳을 물었지만, 스님은 웃으며 답을 하지 않고 나중에 자연히 알게 될 거라고 말하며, 그 돌은 소매에 넣고 그 도사와 함께 표연히 길을 떠났는데, 그들이 어디로 갔는지, 또 얼마나 오랜 세월이 흘렀는지도 몰랐다.

뒤에 공공도인空空道人이라는 이가 도를 찾고 선仙을 구하러 이곳을 지나다가 우연히 큰 돌 위에 글자가 또렷하게 씌어져 있는 것을 보고 첫머리부터 잘 읽어보았다. 그 이야기인즉슨 하늘을 보수하는 재료가 되지 못한 [돌이] 저 망망대사茫茫大士와 묘묘진인渺渺眞人에 의해 모습을 바꾸고 속세로 들어가 만남과 헤어짐, 슬픔과 기쁨 등 여러 가지 염량세태와 인정을 모두 맛본 것을 기록한 것이었다. 여기에는 한 가정의 규방에서 일어난 자질구레한 일들로부터 한가로운 정취를 노래한 시사詩詞와 수수께끼까지 모두 갖추고 있었다. 다만 왕조의 연대는 빠져 있어 [어느 때의 일인지는] 알 수 없었는데, 그

뒷면에 다음과 같은 게송偈頌이 한 수 적혀 있었다.

> 푸른 하늘 보수할 재능이 없어
> 풍진 세상에 잘못 돌아간 지 몇 해던가!
> 이 몸의 전생과 후생 일을
> 누구에게 신기한 이야기로 남겨달라고 할까?[74]

　도인이 『석두기』를 다시 꼼꼼히 읽어보니, 그 대지大旨는 '애정을 이야기하는 것'이지만, 사실을 있는 그대로 기록한 것에 지나지 않았고, 결코 거짓된 이야기로 터무니없는 칭찬을 하거나 시종일관 음란한 약속을 하고 남몰래 만나 정을 통하는 일은 없었다. 원래부터 군주[는 어질어야 하고], 신하[는 충성스러워야 하며], 아비[는 자상해야 하고], 자식[은 효성스러워야 하며], 부부와 형제 등의 윤리강상에 관한 것인 바, 모두가 시인의 지극한 충후忠厚한 뜻을 담고 있으니, 실로 다른 책과 비할 바가 아니었다. 이에 처음부터 끝까지 모두 베껴 적었다.

　이로부터 공空으로부터 색色을 보았고, 색으로 말미암아 정情이 나왔고, 정을 전함으로써 색으로 들어갔고, 색으로부터 공을 깨달았으니, 결국 이름을 정승情僧이라 하고, 『석두기』를 『정승록情僧錄』으로 고쳤는데, 동로東魯 땅의 쿵메이시孔梅溪는 그 제목을 『풍월보감風月寶鑑』이라 하였다. 뒤에 차오쉐친曹雪芹이 도홍헌悼紅軒에서 10년 동

---

74) 홍상훈 역, 『홍루몽』, 솔출판사, 2012년. 31쪽. 여기서 인용한 『홍루몽』의 본문 내용은 홍상훈 번역본을 참고했음을 밝혀둔다. 아울러 시의 원문은 다음과 같다. "無材可去補蒼天, 枉入紅塵若許年. 此係身前身後事, 倩誰記去作奇傳？"

안 이 책을 읽고 다섯 번이나 덧붙이고 빼며 [고쳐 써서] 목록을 편집하고 장회를 나눈 뒤 다시 제목을 『금릉십이채金陵十二釵』라 바꾸고는 다음과 같은 절구를 덧붙였다.

> 종이를 가득 채운 황당한 말들에
> 한 움큼 쓰라린 눈물 흐르네.
> 모두들 작자를 어리석다 하지만
> 뉘라서 알랴. 그 속에 담긴 맛을.[75]

이것이 『석두기』 곧 『홍루몽』의 연기緣起이다.

저 통령보옥通靈寶玉을 머금고 태어난 영국부榮國府 쟈정賈政의 공자 쟈바오위賈寶玉를 중심으로 그와 짝지워진 초요섬세楚腰纖細의 정괴情塊인 금릉십이차의 정책正冊, 곧 쟈 씨 가문의 네 미인四艶인 위안춘元春, 잉춘迎春, 탄춘探春, 시춘惜春, 바오위의 애인인 린다이위林黛玉, 뒤에 정실이 되는 쉐바오차薛寶釵, 기타 왕시펑王熙鳳과 그 딸인 챠오제巧姐, 리완李紈, 친커칭秦可卿, 스샹윈史湘雲, 도원의 비구니 먀오위妙玉 이렇게 열 두 미녀에 다시 시첩侍妾과 시녀들 12차의 부책副冊으로 스물 네 명의 미인을 보좌로 삼고, 쟈 씨 집안의 여러 공자들과 외가의 형제, 하인들을 더해 모두 235명의 남자와 213명의 여자를 엇섞어 배합하여 전편의 장회를 120회로 나누었다.

과연 대규모로 거대한 기획을 갖춘 [작품인데], 결구가 세밀하고, 용의주도한데다 화복禍福이 서로 의지하고 길흉이 서로 갈마들며 천변만화하면서도 실이 구슬을 꿰듯이, 구슬이 쟁반 위를 달리듯 이야

---

75) 원문은 다음과 같다. "滿紙荒唐言, 一把辛酸淚! 都云作者痴, 誰解其中味？"

기의 줄거리가 잘 통한다. 어쩌다 시일時日에 모순이 있고, 사건이 조응이 되지 않으며, 특히 스상원과 먀오위의 내력이 명기되지 않아 언제 쟈 씨 집안賈府에 들어왔는지 알 수 없는 것 같은 것은 몹시 조악하고 빈틈이 있긴 하지만, 이를테면 진정 옥의 티로 어쩔 도리 없는 일이다. 도도한 90만 언, 거의 『사기』나 『수호전』에 버금가는 거대한 책자冊子로 동서고금의 제일가는 인정소설이다.

대저 천지간의 수려한 기운은 남자에게 심어지지 않고 여자에게 심어지는데, 여자는 실로 정의 덩어리情塊이다. 『수호전』이 주로 36명의 남자들의 강건한 덕을 다종다양하게 묘사해냈다면, 『홍루몽』은 이와 반대로, 금릉십이차, 36명의 미인들의 여성미를 각양각색으로 발휘하는 데 힘써 온유, 우아, 청고淸高, 연애, 집착, 질투, 천려淺慮, 음험 등 이른바 정의 바다情海의 파란을 곡진하게 그려내, 남녀 양성의 비환리합悲歡離合, 희소노매嬉笑怒罵의 심리상태를 상세하게 풀어내 서술했다. 똑같이 인정소설이라 해도 『금병매』와는 크게 취향이 다르다. 이것은 재자가인을 묘사했고, 저것은 간부奸夫와 음부淫婦를 묘사했으며, 이것은 비단 바지紈袴를 입은 소년을 묘사했고, 저것은 시정의 소인을 묘사했다.

곧 『금병매』는 항간에서 오가는 이야기 부류로 세간의 일반적인 하층의 연애 관계를 기술한 것이기에 매우 비루하지만, 『홍루몽』은 부귀한 홍루의 상류사회를 중심으로 한 것이라 마치 일본의 『겐지모노가타리』에 상당한다. 그런 까닭에 사군자가 애완하는 바라 해도 무방하다.

그렇기는 하나 중국은 문명이 [발달한 역사가 오래된] 나라로, 문화가 무르익고, 인정과 풍속이 충분히 발달하여 극히 발전하다 보니 [오히려] 향락적인 데로 흘러 결국 퇴폐적으로 귀결되었다. 이를테면 중국 요리의 농후함 같이 중국인의 성정은 극히 복잡한 까닭에 담박한 사시미나 소금구이鹽燒를 애호하는 일본 민족의 단순한 성정으로는 도저히 중국의 적수가 되지 못한다. 실제로 중국인과 처음 대면해 인삿말을 나누더라도 그 사령辭令의 교묘함에는 놀랄 수밖에 없다. 하물며 외교상의 절충을 위주로 하는 외교 담판이나 속임수가 횡행하는 상담商談에서는 항상 저들에게 한 수 접고 들어가는 게 당연하다. 중국문학에 거짓 꾸밈虛飾이 많은 것만 보아도 그 복잡한 국민성을 잘 알 수 있다.

대저 변변치 못한 음식을 먹는 사람과는 고급 음식 맛을 논할 수 없고, 청빈한 삶에 익숙하고 온유돈후한 향리의 소식에 어두운 가난한 서생의 심리로는 도저히 『홍루몽』의 절묘한 문장을 맛볼 수 없다. 이 점에 있어서는 나 같은 자는 『홍루몽』을 이야기할 자격이 전혀 없다고 하겠다.

곁말은 그만 두기로 하고 먼저 책상물림의 고질병으로 시험 삼아 쟈 씨 가문의 계보를 초록抄錄해 주인공인 쟈바오위와 12차의 관계를 제시하면 다음의 표와 같다.

『홍루몽』의 결구는 영국공寧國公과 영국공榮國公 두 쟈賈 씨 가의 겨우 8년간의 성쇠의 사건들을 풀어 서술한 것이다. 하지만 이것은 배경으로 기실 본서의 중심인물은 쟈바오위賈寶玉와 린다이위林黛玉, 쉐바오차薛寶釵 세 사람이기에 이제부터 이 세 사람의 관계를 약술하도록 하겠다.

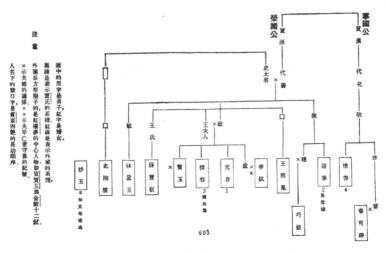

그림 1. 『홍루몽』 가계도

　　바오위는 영국공 쟈서賈赦의 아우로 실제로는 영국부의 주재자인 쟈정賈政의 둘째 아들이며 입에 보옥을 물고 태어났다. 그 옥이 바로 문제의 통령보옥이다. [그가] 돌이 되었을 때 부친이 그의 장래의 지향志向을 시험하려 여러 가지 물건들을 늘어놓고 바오위에게 집어 들게 하니 바오위는 다른 것은 모두 돌아보지 않고 손을 뻗어 연지분과 비녀 옥고리를 잡았다. 이에 부친은 마뜩치 않아 하며 그가 장래에 주색에 빠져 살 거라 하고는 별로 마음을 주지 않았다. 다만 쟈모賈母 스타이쥔史太君만은 그를 총애해서 제멋대로 자랐다. 이 아이는 어릴 때부터 상당히 괴벽한 품성을 갖고 있어 말을 할 때는 항상 사람들의 예상을 벗어났는데, 이를테면 여자는 물로 만들어지고, 남자는 진흙으로 만들어져, 나는 여자를 보면 정신이 맑아지고 기가 상쾌하지만, 남자를 보면 더럽고 냄새가 나서 견딜 수 없다고 말하는 것 등이 그러하다.

　　다이위는 바오위의 아비의 누이인 쟈민賈敏의 딸이고, 바오차는 바오위의 어미인 왕 부인의 누이의 딸로 둘 다 바오위와는 종자매이다. 그런데 이 두 사람은 가정적인 문제로 기유년(『홍루몽』 정전의 첫 번째 해)에 잇달아 영국부에 와서 신세를 지게 되었다. 그 때에 다이위는 겨우 열한 살, 바오차는 열두 살,로 바오위와 동갑이었다. 바오차는 어렸을 때 아주 기괴하게도 머리에 부스럼이 난 중癩頭和尙으로부터 금 목걸이를 받았다. 이 금 목걸이와 바오위가 갖고 있는 보옥은 머지않아 두 사람이 부부의 연을 맺는 증거물이다.

『홍루몽』을 일명 『금옥연金玉緣』이라 하는 것은 이것에 근거한 것이다. 풍류와 따스한 성품溫藉으로 고금 제일의 음인淫人이라 일컬어지는 바오위는 정부正副 12차의 미인에 둘러 싸여 마치 천 가지 만 가지 자줏빛 붉은千紫萬紅 꽃을 희롱하는 나비와 같다. 임자년(네 번째 해) 정월 15일에는 바오위의 누나인 쟈 비賈妃(위안춘)의 성친으로 저택 안의 대관원에서 대원유회大園遊會가 열렸는데, 그 성대함은 말로 다할 수 없어 실로 천하의 부귀가 쟈 씨 가문에 모인 듯하였다. 이것이 쟈 씨 집안의 전성기였다.

다이위는 절세의 미인으로 극히 총명하고 지혜로워 인품이나 재정才情에 있어서는 『홍루몽』 중 제일 가는 사람인데, 애석한 것은 몸이 병약하다는 것이다. 바오차는 재주 자체는 다이위에 미치지 못하나 온유하고 한아閑雅한 여인답게 사람들로부터 사랑을 받는 자질을 갖추었다. 이것을 꽃에 비유하자면 다이위는 매화나 난초 같고, 바오차는 모란과 같았다. 그렇기는 해도 다이위는 바오위가 가장 사랑하고 공경하는 의중인意中人으로 두 사람은 마음으로 굳은 언약을 맺었다.

이윽고 다이위는 바오위를 사모하는 정이 절실해져 끝내 병으로 눕게 되었는데, 바오위의 몸에도 상서롭지 못한 일이 일어났다. 그것은 바로 바오위가 항상 소중히 몸에 지니던 그 옥을 잃어버린 것이었다. 이로부터 바오위는 상심하게 되어 온 집안사람들이 크게 걱정했다. [바오위의 아비인] 쟈정이 새로 지방관에 임명되어 떠나기 전 바오위의 혼사를 마무리 짓고자 가모의 의견에 따라 다른 데서 [사람을] 맞아들이지 않고 다이위와 바오차 중 한 사람을 택하기로 의논을 하였던 바, 바오차가 더 건강하다는 이유로 바오차를 바오위의 배필로 선택하게 되었다.

이 일은 말괄량이 시펑鳳辣子이라는 별명을 가진 왕시펑王熙鳳의 독계毒計 하에 극히 비밀리에 진행되었는데, 금세 다이위의 귀에 들어갔다. 다이위는 바오위의 아내가 되는 것은 자기밖에 없었다고 믿었건만, 이제 와서 새삼스럽게 그 일을 듣고는 기절할 정도로 놀라 바로 바오위의 거처로 가서 문병을 하니 바오위는 그 일을 알지 못한다고 답하고는 웃으면서 나는 린 씨 아가씨 때문에 병이 났다고 말했다. 다이위는 그럼에도 마음에 걸려 견딜 수 없어 자신의 거처로 돌아와 혼절하고 피를 토했다. 그로부터 병세가 위급해져 때마침 바오위의 혼삿날 절통하게도 세상을 떠났다.

그때가 을묘년(일곱 번째 해) 봄으로 다이위 나이 열일곱이었다. 바오위는 다이위와 결혼할 거라는 생각이 기쁜 마음으로 예식장에 들어갔는데, 어찌 생각이나 했으랴. 신부는 다이위가 아니고 바오차였다. 바오위는 멍해져 꿈이라도 꾸는 양 놀라 비탄에 빠져 다시 병이 났다. 이에 앞서 쟈 비賈妃가 죽었고, [쟈 씨] 양쪽 집안에 불행한 일들이 이어지고 가운도 점차 기울었다. [집안의 가장인] 쟈정이 외지에 부임해 나가 있는 상황에서 쟈 모賈母도 세상을 떠났다. 바오위는 다이위를 그리워하는 마음에 의약도 효험이 없어 거의 빈사 상태에 빠져 집안사람들이 베개를 둘러싸고 걱정을 이어갔다. 그런데 어디서 왔는지 모를 중 하나가 바오위가 잃어버렸던 옥을 들고 와서는 일만 냥의 보상금을 요구했다. 보옥이 그 옥을 손에 쥐자 하루아침에 소생했다가 다시 기절했다. 바오위의 영혼은 그 중에게 인도되어 환경幻境에서 노닐며 신선의 가르침을 받았다. 대지大旨는 일찍이 징환셴구警幻仙姑로부터 들은 것과 똑같았다.

바오위는 천궁의 깊은 곳에서 다이위의 모습을 보고는 가까이 가려 했으나 선녀로부터 물리침을 당했고, 잉춘 등 일군의 여자들이 오는 것을 보고 구해달라고 했으나 그녀들은 갑자기 귀신과 괴물의 형상으로 변해 바오위에게 덤벼들었다. 바오위가 이러지도 저러지도 못하는 사이 다시 그 중에게 구출된 뒤 속세의 정연情緣은 모두 사악한 장애물魔障이라는 말을 들었다. 그리고는 중이 "돌아가라"고 일갈하자 바오위는 "앗"하고 소리치고는 침상 위에서 다시 깨어나 [정신이] 돌아왔다. [바오위는] 불현듯 깨닫고 그로부터 행실을 고쳐 마치 다른 사람이라도 된 듯 크게 발분하여 가문의 명성을 만회하기를 꾀하였다. 병진년(여덟 번째 해)에는 과거에 응시해 거인 제7등으로 급제하였고, 바오차도 장차 엄마가 될 몸이 되었다. 하지만 바오위는 어느 결에 행방이 묘연해졌다.

때마침 쟈정은 돌아가신 어머니 스타이쥔史太君을 진링金陵에 장사 지내고 경사로 돌아가던 중에 눈 내리는 밤 배를 피링 역毗陵驛에 정박했는데, 갑자기 머리를 박박 깎고 맨발에 새빨간 털실로 짠 소매 없는 외투를 입은 이가 뱃머리에 서서 절을 네 번 했다. 자세히 보니 다른 사람이 아니라 바오위가 중의 형상을 하고 있기에, 크게 놀라 말을 걸려고 했다. 그런데 중 하나와 도사 하나가 와서 속세의 인연은 이미 끝났다고 하면서 바오위를 끌고 가버렸다. 세 사람의 모습은 표연히 날아 뭍에 올랐는데, 다음과 같은 노랫소리가 들릴 뿐이었다.

내가 있는 곳은 청경봉
내가 가는 곳은 홍몽태공
누가 나와 함께 가고 나는 누굴 따라가는가?
멀고도 아득한 저 대황산으로 돌아가리.[76)]

쟈정은 급히 쫓아가봤지만, 끝내 그 모습을 놓쳐버렸다. 대저 홍루
부귀의 즐거움을 다한 바오위는 애인을 잃고 속세의 무상함을 느껴
마침내 불문에 귀의했던 것이다. 이것이 『홍루몽』의 요지이다.

말미에서 다시 이야기가 앞과 조응하며 매듭짓는다. 저 중과 도사
는 예의 옥을 갖고 청경봉 아래에 도착해 여와女媧가 돌을 단련하던
원래 자리에 놓고 가버렸다. 그 뒤 공공도인이 다시 지나가다가 『석
두기』를 자세히 읽고는 세월이 오래 지나면 마멸될까 봐 다시 베껴
적어 도홍헌悼紅軒에 가서 차오쉐친에게 보이고 [그것을] 완결지어
달라고 하자 차오쉐친 선생은 웃으면서 이것은 원래 '지어낸 이야기
로 빗대어 한 말假語村言'에 지나지 않으니, 몇몇 뜻이 맞는 친구들과
술 마신 뒤나 배 불리 먹은 뒤 비 오는 밤 창가의 등불 아래에서
심심풀이로나 함께 읽을 만하니 굳이 저명하고 학식 높은 분의 논평
을 달아 세상에 전할 필요가 없다고 말했다. 공공도인은 그 말을 듣
고 하늘을 우러르며 크게 웃으며 베낀 원고를 내던지고 표연히 떠나
면서 말했다. 과연 황당한 이야기를 부연한 것이구나. 그러니 지은
사람도 베낀 사람도 모를 뿐 아니라 읽은 사람도 모르니 그저 장난삼
아 써서 [읽는 이의] 감정을 즐겁게 하고 기분을 맞춰주는 것에 지나
지 않는 것을. 후세 사람이 이 전기를 보고 또 일찍이 네 구절의 시를

---

76) 원문은 다음과 같다. "我所居兮, 靑埂之峰. 我所游兮, 鴻蒙太空. 誰與我游
    兮 ,吾誰與從. 渺渺茫茫兮, 歸彼大荒."

지었다.

> 가슴 쓰린 이야기에 이르면
> 황당할수록 더욱 슬퍼진다네.
> 모든 일의 원인은 꿈과 같나니
> 세상 사람들 어리석다 비웃지 말라.[77]

이것이 『홍루몽』 제120회의 결말이다.

요컨대 『홍루몽』은 비록 "종이를 가득 채운 황당한 말들"이지만, 정情으로 인하여 色을 말하고, 색으로부터 공空을 깨닫는 도를 깨닫는悟道 대지大旨를 연술演述한 것이다. "땅은 두텁고 하늘은 높은데, 안타깝구나. 고금의 애정은 한이 없네. 어리석은 사랑에 빠진 청춘남녀여 불쌍하게도 사랑의 빚은 갚기 어렵구나."[78], 또 "거짓이 진실이 될 때는 진실 또한 거짓이 되고, 없음이 있음으로 변하는 곳에서는 있음이 오히려 없음이 된다네."[79] 두 개의 대련은 정해情海의 비밀을 누설하는 전편의 경구警句이다. 시험 삼아 이하의 한 절을 절록節錄하여 소개해 작자의 은미한 뜻을 소개하고자 한다. 저 이한천離恨天, 관수해灌愁海 중의 방춘산放春山 견향동遣香洞에 살고 있는 태허太虛 징환셴구警幻仙姑가 쟈바오위의 혼령을 태허환경太虛幻境으로 이끌어 미주美酒와 풍성한 안주를 권하고 가희歌姬와 무녀舞女에게 명해 「홍루몽」 열두 가락을 연주하게 한 뒤 바오위에게 경고한다.

---

77) 원문은 다음과 같다. "說到辛酸處, 荒唐愈可悲. 由來同一夢, 休笑世人癡!"
78) 원문은 다음과 같다. "厚地高天, 堪嘆古今情不盡, 癡男怨女, 可憐風月債難償."
79) 원문은 다음과 같다. "假作眞時眞亦假, 無爲有處有還無"

노래가 끝나자 가희歌姬들은 다시 부곡副曲을 부르려고 했다. 그러나 징환셴구는 바오위가 무척 따분해하는 것을 보고 탄식하며 말했다.

　"어리석은 사람, 아직 깨닫지 못했군요!"

　바오위는 황급히 가희들에게 더 이상 노래를 부르지 않아도 된다면서 멈추게 했다. 그리고 그는 몽롱하고 나른한 기분이 들어 너무 취했으니 눕고 싶다고 했다. 징환셴구는 즉시 술상을 치우게 하고 어느 향긋하고 아름다운 규방으로 그를 안내했다. 바오위는 이제껏 그토록 화려한 장식을 본 적이 없었다. 더욱 놀라운 것은 방 안에 벌써 웬 여자가 한 명 있었는데, 그 아름다움은 마치 쉐바오차 같았고, 요염함은 또 린다이위를 떠올리게 했다. 그가 영문을 몰라 하던 차에 갑자기 징환셴구가 말했다.

　"세상의 수많은 부귀한 가문들에서 규방의 풍류와 그윽한 아름다움은 모두 음탕한 자제들과 방탕한 여자들 때문에 더러워졌지요. 더 안타까운 일은, 예로부터 경박한 난봉꾼들이 미인은 좋아하나 음란하지는 않다好色不淫고 변명하거나 마음은 맞되 음란하지는 않다情而不淫는 이유를 내세워 나쁜 짓을 일삼아왔는데, 이 모두가 자신들의 잘못과 추악함을 가리려는 말일 뿐이라는 사실이지요. 여색을 좋아하면 그것이 바로 음란한 것이고, 정을 알면 그건 더욱 음란한 거예요. 모든 사랑의 행위나 성적인 관계는 모두 여색을 좋아하고 그 감정에 연연하기 때문에 생기는 것이니까요. 제가 당신을 좋아하는 것도 바로 당신이 천하제일, 고금제일의 음란한 사람이기 때문이에요!"

　바오위는 그 말을 듣고 깜짝 놀라 대답했다.

　"선녀님, 말도 안 되는 소리 마세요! 제가 공부를 게을리 해서 부모님이 자주 꾸중하시고 훈계를 늘어놓긴 하지만, 그렇다고 어떻게 음란하다는 누명까지 쓰겠어요? 더구나 전 아직 어려서 음란하다는 게 뭔지도 모른다고요!"

　"아니지요. 비록 음란하다는 말은 한 가지라도, 그 뜻에 따라 여러 가지로 나뉘지요. 가령 음란한 것을 좋아하는 사람들은 그저 미녀의 용모를 좋아하고 춤과 노래를 즐기며 계속 웃고 떠들면서도 지겨워하지 않아요. 그리고 시도 때도 가리지 않고 운우지락雲雨之樂을 나누면서 오로지 온 세상의 미녀들이 자기에게 순간의 쾌락을 주지 못하는 것이 안타까울 따름이라고 생각하지요. 이런 인간들은 모두 육체적인 음란함에 빠진 멍청이들에 지나지 않아요. 당신은 태어날 때부터 치정癡情에 얽힐 운명인데, 우리는 그런 경우를 일컬어 '마음의 음란함意淫'이라고 하지요. 그것은 오직 마음으로만 깨달을 수 있을 뿐이지 말로 설명해줄 수는 없고, 정신으로만 깨달을 수 있을 뿐이지 말로 전해주지는 못하는 것이지요. 당신 혼자만이 이 마음의 음란함을 알고 있기 때문에, 규방 안에서는 좋은 벗이 될 수 있을는지 몰라요. 하지만 세상살이에서는 많은 사람에게 어리석고 괴팍하다는 비웃음과 미움을 살 수밖에 없어요. 오늘 저는 우연히 당신의 조부님 되시는 녕국공과 영국공을 만나 간곡한 부탁을 받았어요. 비록 당신이 규방의 여인들에게는 삶의 기쁨을 더해주겠지만 세상에서는 버림을 당하게 되는 꼴을 차마 방관할 수 없었어요. 그래서 당신을 여기로 데려와서 신령한 술에 취하게 하고, 선계의 차로 마음을 씻어주고, 오묘한 노래로 경계鏡戒해준 것이에요. 이제 제 동생 하나를 당신의 아내로 드리겠어요. 그 애의 어릴 적 이름은 젠메이兼美이고, 자는 커칭可卿이랍니다. 오늘 저녁 이 때가 좋으니 혼인식을 할 만하군요. 이건 다만 '선계 규방의 풍경이 이러할진대 속세의 정경이야 어떠하랴.' 하는 점을 그대에게 깨우쳐주려는 것에 지나지 않아요. 이후로는 부디 잘 깨달아 이전의 애정이 잘못된 것임을 알아 고치고, 공자와 맹자의 가르침을 유념하면서 세상을 경륜하고 백성을 구제하는 데 몸을 바치도록 하세요."

말을 마치고 징환셴구는 운우지정雲雨之情을 나누는 법에 대해 은밀히 가르쳐준 다음 바오위를 방 안으로 밀어 넣고는 문을 닫고 가버렸다. 바오위는 꿈결같이 몽롱한 상태에서 징환셴구가 가르쳐준 대로 젊은 남녀 사이에 벌일 수 있는 일을 행했는데, 여기서 그것을 자세히 설명하기는 어렵다.

다음 날 그는 황홀한 사랑에 빠져 커칭과 다정하게 대화를 나누며 잠시라도 떨어질 수 없는 사이가 되었다. 그러다가 둘이 손을 잡고 밖으로 놀러 나갔다가 어느 곳에 이르게 되었다. 그곳은 온통 가시나무로 뒤덮여 있었고, 범과 이리들이 득실대고 있었다. 앞에는 한줄기 검은 계곡이 길을 가로막고 있었고, 길을 건널 다리도 없었다. 그들이 어쩔 줄 몰라 머뭇거리고 있던 차에 갑자기 뒤에서 징환셴구가 쫓아오면서 소리쳤다.

"당장 멈춰요. 어서 돌아와요!"

당황한 바오위가 걸음을 멈추고 물었다.

"여긴 어딘가요?"

"여기는 미진迷津 즉 미혹의 나루터예요. 저 물은 깊이가 만 길이나 되고 폭은 천 리나 되는데, 타고 건널 배도 없어요. 오직 나무로 된 뗏목 하나 만이 건널 수 있는데, 목거사木居士가 키를 잡고 회시자灰侍者가 삿대질을 하지요. 그들은 돈으로 사례를 받지 않고 인연이 있는 사람만 건네주지요.. 지금 당신이 우연히 여기까지 놀러온 모양인데, 만약 그 안에 빠지기라도 한다면 제가 종전에 간곡하게 타일러드린 충고를 죄다 저버리는 결과를 낳게 돼요!"

그 말이 채 끝나기도 전에 미진 안에서 천둥 같은 파도 소리가 들리더니, 수많은 야차夜叉와 귀신이 나타나 바오위를 잡아당기려고 했다. 깜짝 놀란 그는 식은땀을 비 오듯이 흘리면서 정신없이 소리쳤다.

"젠메이, 나 좀 구해줘!"

[그러다가] 홀연히 깨어나니 원래 홍루 일척一齣의 꿈이었다. 이것이 『홍루몽』의 대지大旨이다.

『홍루몽』의 작자는 책 안에 분명히 기록되어 있는 대로 일반적으로 차오쉐친曹雪芹으로 되어 있다. 쉐친은 차오인曹寅[80])의 아들로[81]), 차오인은 자가 쯔칭子淸이고, 호가 롄팅楝亭으로, [정백기正白旗]의 한군漢軍 기인旗人이다.[82]) 강희康熙 연간에 쟝닝江寧의 직조織造(관명)를

---

80) 청 리더우李斗의 『양주화방록楊朱畵舫錄』 2권에서는 다음과 같이 말했다. "차오인은 자가 쯔칭이고 호는 롄팅으로 만주인이다. 관직은 양회염원이었다. 시사에 뛰어났고, 글씨를 잘 썼으며, 저서로는 『롄정시집』이 있다. 비서 열두 종을 간행했는데,『매원』,『성화집』,『법서고』,『금사』,『묵경』,『연전』,『유후산천가시』,『금편』,『조기립담』,『도문기승』,『당상보』,『녹귀부』가 그것이다. 지금의 이정의 여원余圜의 문에 걸려 있는 편액인 '강천전사' 네 글자는 그가 쓴 것이다.(曹寅, 字子淸, 號棟亭, 滿州人, 官兩準鹽院. 工詩詞, 善書, 著有『棟亭詩集』. 刊秘書十二種, 爲『梅苑』·『聲畵集』·『法書考』·『琴史』·『墨經』·『硯箋』·『劉后山千家詩』·『禁扁』·『釣磯立談』·『都門紀勝』·『糖霜譜』·『錄鬼簿』. 今之儀徵余圓門牓'江天傳舍'四字, 是所書也.)"
81) 이것은 시오노야 온의 잘못이다. 차오인曹寅은 아버지가 아니라 할아버지다.
82) 조설근의 가계와 출신지에 관해서는 루쉰의 『사략』이 나온 뒤로 많은 사실들이 밝혀졌다.
조설근의 원적原籍에 관해서는 리쉬안보李玄伯의 「조설근가세신고曹雪芹家世新考」(『고궁주간故宮週刊』 제84기, 1931년 5월 16일)에서 허베이 성河北省 평룬 현豊潤縣이라고 한 이래로, 오랫동안 유력한 설로 받아들여져 왔다. 하지만 근년에 차오 씨 가문의 적관은 랴오양遼陽이고, 뒤에 선양沈陽으로 옮긴 것으로, 허베이 성 평룬 현이 아니라는 설이 나왔는데, 이것이 정설로 굳어지고 있다. 가계와 출신지에 관한 연구서로서는 다음과 같은 것들이 있다.
저우루창周汝昌, 『홍루몽신증紅樓夢新證』(상하이上海; 당체출판사唐棣出版社, 1953년 9월). 이 책은 관련 자료가 풍부하게 모아져 있다. 다만 소설의 허구성에 관한 이해가 결여되어, 『홍루몽』을 자전소설로 보는 관점에서, 작품 속의 "사실事實"을 사실史實과 무리하게 연결시키려 한 것은 흠이다. 이 점에만 유의한다면, 사실 중요한 자료 가운데 하나이다. 나중에 상하이책上下二冊의 증정본增訂本(베이징北京; 인민문학출판사人民文學出版社, 1976년 4월)이 나왔다. 또 왕리치王利器의 「『홍루몽신증』정오『紅樓夢新證』訂誤」(『홍루몽연구집간紅樓夢研究集刊』 제2집, 상하이上海;상하이고적출판

지냈는데, 자못 재산이 부유했고, 풍아風雅한 사람이었다. 쉐친은 거
인으로 그 생애는 고찰할 수 없다. 하지만 옹정과 건륭 시대 사람으
로 역시 문채文采와 풍류가 있는 문사였다는 사실은 상상할 수 있다.
그러므로 그가 『홍루몽』의 작자라는 것은 별다른 의견이 없는데, 마
찬가지로 [그가 작자라는] 유력한 증거 역시 없다. 하지만 위안메이
袁枚의 『수원시화隨園詩話』에서는 차오쉐친이 지은 것이라고 분명히
밝히고 있다.

> 강희康熙 연간에 차오렌팅曹練亭은 쟝닝江寧의 직조織造였고,
> ………그의 아들 쉐친雪芹은 『홍루몽紅樓夢』이라는 책을 지었는
> 데, 당시의 풍류가 극히 번화했던 사실을 빠짐없이 기술하였다.
> 그 가운데 이른바 대관원大觀園이라는 것은 바로 나의 수원隨園이
> 다.(2권)[83]

또 모리 가이난은 일찍이 『와세다문학잡지』에서 『동음청화桐陰淸
話』를 인용해 이 책이 강희 연간 경사京師의 어떤 집안의 막빈幕賓인
아무개 효렴孝廉의 손에 의해 이루어졌는데, 아주 믿을 만하다고 논

사上海古籍出版社, 1980년 3월)는 이 증정본의 잘못을 지적하고 비판한 논문
이다.
펑치융馮其庸의 『차오쉐친가세신고曹雪芹家世新考』(상하이上海; 상하이고
적출판사上海古籍出版社, 1980년 3월). 양팅푸楊廷福의 후서後序가 있다. 차
오 씨 가문의 적관이 선양沈陽이라고 논증한 논고이다. 대단히 실증적인
논문으로 차오 씨 가문의 가계와 출신지를 아는 데에는 필독서이다.
이 문제에 대해서는 최용철의 다음의 글이 참고가 된다. 최용철, 「중국
『금병매』 및 『홍루몽』 국제학술대회 참가보고」, 『중국소설연구회보』 제31
호, 서울; 한국중국소설학회, 1997.9.
83) 원문은 다음과 같다. "康熙中, 曹練亭爲江寧織造, …其子雪芹撰『紅樓夢』
一書, 備記風月繁華之盛. 中有所謂大觀園者, 卽余之隨園也"(卷二)

했다. 아울러 이 책은 80회 본과 120회 본이 있는데, 후 40회는 일설에는 가오어高鶚가 속작을 했다고 한다. 가오어는 자字가 란수蘭墅이고, 건륭乾隆 60년에 진사進士가 되었다. 시로써 유명했고, 장원타오張問陶[84]의 누이동생과 결혼했는데, 그 역시 시재詩才가 있었다. 근래에 『원본홍루몽』이라 제한 80본이 상하이에서 인쇄되었는데, 하지만 이야기는 절반 정도만 하고 있을 뿐 결말이 없다. 곧 통행본 첫머리의 청웨이위안程偉元의 서문을 보면 "그러나 원본의 목록은 120권인데, 하지만 단지 80권만 전할 뿐이다. 그 뒤 힘을 다하여 수집하였는데 장서가로부터 심지어 오래된 종이 더미까지 유념하지 않은 것이 없었다. 수 년 동안 겨우 20여 권을 모았을 뿐이다. 하루는 우연히 길거리의 고서상에서 10여 권을 찾아내어 비싼 값으로 그것을 구입하였다.……그러나 글자를 알아 볼 수 없을 정도로 낡아 수습할 수 없는 것은 우인友人과 함께 세밀한 수정을 가하여, 중복된 것은 잘라 버리고 부족한 부분은 채워 넣어 전체를 베껴 썼고, 다시 동호인들에게 인쇄를 해 주었다. 이에 『석두기』 전서는 비로소 완성을 보게 되었다."[85]고 하였다.

---

84) 장원타오張問陶(1764~1814년)는 자가 충즈仲冶로, 또는 류먼柳門이라고도 했다. 고향인 쓰촨四川 쑤이닝遂寧 성 서쪽에 촨산船山이 있어 이것을 호로 삼았다. 원숭이를 잘 그려 수산라오위안蜀山老猿이라는 호를 쓰기도 했다. 청대 쓰촨四川 퉁저우 주퉁川州 쑤이닝 현遂寧縣 헤이바이거우黑柏沟(지금의 쑤이닝 시遂寧市 펑시 현蓬溪縣) 사람이다. 건륭 55년(1790년)에 진사에 급제해, 일찍이 한림원검토翰林院檢討, 강남도감찰어사江南道監察御史, 이부낭중吏部郎中 등의 직책을 역임했다. 『선산시초船山诗草』에 시 3,500 여 수를 남겼다.

85) 원문은 다음과 같다. "然原本目錄百二十卷, 然只傳八十卷.……爰爲竭力搜羅, 自臧書家甚至故紙堆中, 無不留心. 數年以來, 僅積有二十餘卷. 一日, 偶于鼓擔上得十餘卷, 遂重價購之.……然漶漫不可收拾, 乃同友人細加厘剔, 截

그렇다면 어쨌든 차오쉐친은 120회의 계획을 세웠을 것이다. 후반부 40회는 미완인 것을 가오어가 이어서 완성했는지도 모른다. 그런데 이것도 확증은 없기 때문에 결구로 논하거나 문필로 보더라도 동일 인물의 손에 의해 완성되었다고 하는 것이 온당할 것이다. 게다가 그 문체는 순수한 베이징 관화일 뿐만 아니라 풍속 습관 모두가 베이징 식이기 때문에 베이징 사람이 아니면 해낼 수 없는 것이다. 그렇다면 종래의 설에 의해 차오쉐친이 엮은 것이라고 하는 게 좋을 것이다. 그런데 그 연대는 건륭 초년이다. 첫머리의 연기緣起에서도 말한 대로 차오쉐친 역시 어떤 원본이 있어 그것에 근거해 편찬해 이룬 것이다. 실제로 차오인은 애서가였기에 그 집안에는 많은 진귀한 비본 류가 소장되어 있을 거라 생각한다. 이런 책들이 이윽고 『홍루몽』의 밑그림이 되었을 것이다. 만약 차오쉐친 이후의 일들이 영사影射되었다고 한다면 그것은 물론 후대 사람의 보필補筆일 것이다. 참고를 위해 위웨俞樾의 설을 인용하겠다.(『춘재당총서春在堂叢書』 중 『곡원잡찬曲園雜纂』의 『소부매한화小浮梅閒話』)

이 책의 말권에 스스로 작자의 성명을 차오쉐친이라 하였다.
위안메이의 시화에서도 다음과 같이 말했다. 강희康熙 연간에 차

長補短, 鈔成全部, 復爲鐫板以公同好.『石頭記』全書至是始告成矣." 한편 시오노야 온의 인용문은 루쉰의 『중국소설사략』의 그것과 약간의 차이를 보인다. 여기서는 루쉰의 『사략』의 인용문을 취하였다. 아울러 루쉰은 통행본에 전재된 청웨이위안程偉元의 서를 인용한 듯하다. 이제 건륭 56년 신해辛亥에 간행된 이른바 가오어高鶚 증보일백이십회본增補一百二十回本 『홍루몽』(이른바 정갑본程甲本)의 청웨이위안의 서에 근거해 다음과 같이 교감한다. "原本目錄百二十卷→原目百卄卷", "二十餘卷→卄餘卷", "『石頭記』全書→『紅樓夢』全書"

오롄팅曹練亭은 쟝닝江寧의 직조織造였고, 그의 아들 쉐친雪芹은 『홍루몽紅樓夢』이라는 책을 지었는데, 당시의 풍류가 극히 번화했던 사실을 빠짐없이 기술하였다. 이것으로 차오쉐친은 진실로 고찰할 수 있다. 또 『선산시초船山詩草』에 「동년86)인 란수 가오어에게 즘贈高蘭墅鶚同年』이라는 시가 한 수 있는데, '염정인이 스스로 '홍루'를 말했다艶情人自說『紅樓』'고 하였다. 그 주注에서는 다음과 같이 말했다. '『홍루몽紅樓夢』 80회 이후는 모두 란수蘭墅가 보충한 것이다.' 그러므로 이 책은 한 사람의 손에서 나온 것이 아니다. 내 생각으로는, 향시鄕試. 회시會試에 오언팔운시五言八韻詩가 추가된 것은 건륭조乾隆朝에서 비롯되었는데 책 가운데 과거장의 일을 서술한 곳에 시가 있는 것으로 보아 그것이 가오 군高君에 의해 보충된 것임을 증명할 수 있다.(자주自注: 나란싱더納蘭成德의 『음수사집飮水詞集』에 만강홍 사가 있는데, 차오쯔칭曹子淸이 그 선인 롄팅棟亭을 위해 지은 것이라한 즉 [차오쯔칭]이 차오쉐친이다..)87)

이와 관련해 위웨는 차오쯔칭이 바로 차오쉐친이라 했는데, 쯔칭은 쉐친의 아비인 인의 자이다(예더후이葉德輝 선생의 설).

---

86) 동년同年에는 다음과 같은 세 가지 의미가 있다. 첫째는 같은 해이다. 두 번째는 동갑이다. 세 번째는 같은 해에 급제한 사람을 가리킨다. 이 가운데 어느 것을 의미하는지는 앞으로 연구가 필요하다.

87) 원문은 다음과 같다. "此書末卷, 自具作者姓名, 曰: 曹雪芹. 袁子才詩話云: 康熙中, 曹練亭爲江寧織造, 其子雪芹撰『紅樓夢』一書, 備極風月繁華之盛, 則曹雪芹固有可考矣. 又『船山詩草』有「贈高蘭墅鶚同年」一序云, '艶情人自說『紅樓』.' 注云, '『紅樓夢』八十回以後, 俱蘭墅所補.' 然則此書非出一手. 按鄕會試增五言八韻詩, 始乾隆朝, 而書中敍科場事已有詩, 則其爲高君所補可證矣.(自注: 納蘭容若, 飮水詞集, 有滿江紅詞, 爲曹子淸題其先人所構棟亭則曹雪芹也)"

『홍루몽』에 기록된 바가 당시의 귀족사회의 진실한 모습을 그려낸 것이라면 주인공인 쟈바오위는 어떤 사람을 영사影射한 것일까를 연구하는 것은 자못 흥미로운 문제이다. 그 첫 번째는 나란청더納蘭成德88) 설이다. [위웨의] 『곡원잡찬』에 의하면 다음과 같다.

『홍루몽』이란 책이 사람들 입에 회자되고 있는데, 세간에 전하기로 밍주明珠의 아들이 지었다고 한다. 밍주의 아들은 누구인가? 나는 말한다. 밍주의 아들 이름은 싱더性德이고, 자는 룽뤄容若인데, 『통지당경해通志堂經解』 일종마다 나란청더 룽뤄의 서문이 있으니, 곧 그 사람이다.……89)

밍주는 만주의 세족으로 강희 연간 재상이었던 사람이다. 그 아들 나란청더는 소년 시절 재명才名이 있었고, 강희 15년에 진사 출신을 하사받을 정도로 천자의 총애를 받았으나 불행히도 강희 24년 서른한 살의 나이로 죽었다. 청더는 전사塡詞에 능해 주이쭌朱彝尊, 천웨이쑹陳維崧과 이름을 나란히 하여, 『음수사飮水詞』라는 사집詞集을 남겼다. 쉬졘안徐健菴의 문하에서 노닐며, 당대의 명사인 옌성쑨嚴繩孫90)

88) 나란싱더納蘭性德(1655~1685년)는 원래 이름이 청더成德로, 나중에 싱더性德라고 이름을 고쳤다. 자는 룽뤄容若이고, 청 만주 정황기正黃旗 사람이다. 대학사 밍주明珠의 맏아들로 일찍이 일등시위一等侍衛를 지냈다. 저작에 『음수사飮水詞』, 『통지당집通志堂集』 등이 있다.

89) 원문은 다음과 같다. "紅樓夢一書, 膾炙人口, 世傳爲明珠之子而作. 明珠之子何人也? 余曰: 明珠子名性德, 字容若. 『通志堂經解』, 每一種有納蘭成德容若序, 卽其人也……"

90) 옌성쑨嚴繩孫(1623~1702년)은 자가 쑨유蓀友이고, 호는 츄수이秋水로, 만년에는 어우당위런藕蕩漁人이라 했다. 명 천계天啓 3년(1623년) 우시 현无錫縣 쟈오산膠山(지금의 쟝쑤江蘇 우시无錫 동북東北 탕 향搪鄕) 사람이다. 청대의 시인, 서화가이다.

(1623~1702년), 쟝시밍姜西溟91)과 돈독한 관계를 맺었다. 실제로 만주인 가운데 이런 정도의 학식과 문재가 있는 사람은 없었다. 게다가 멋스러운 풍류를 아는 귀공자라 그를 쟈바오위에 빗댈 만한 자격이 충분하다. 또 두 사람의 사적事跡이나 성정을 비교하면 서로 잘 부합한다. 차오쉐친의 아비 차오인은 청더와 깊은 교분이 있어 기록 중의 일사逸事는 쉐친이 아비에게서 들은 것이라 한다. 이것은 종래의 일반적인 사람들의 견해이다.

두 번째는 청 세조世祖 순치제順治帝 설이다. 왕멍롼王夢阮92)과 선핑안沈瓶庵93)이 공동으로 편찬한『홍루몽색은紅樓夢索隱』의 제요에서 다음과 같이 설파했다.

> 대개 일찍이 경사의 늙은 노인이 말하는 것을 들은 적이 있었는데, 이 책은 전부가 청 세조와 둥 악비에 대한 것으로, 아울러 당시의 여러 이름난 군왕과 진기한 여인을 다룬 것이라 하였다 ......94)

---

91) 쟝시밍姜西溟(1628~1699년)은 자가 시밍西溟이고 호는 잔위안湛園이며, 저쟝浙江 츠시慈溪 사람이다. 강희 26년(1697년) 일흔 살의 나이에 탐화探花가 되어 편수編修를 제수받았다. 처음에는 포의布衣로 명사를 찬수하여 주이쭌朱彛尊, 옌성쑨嚴繩孫과 더불어 "삼포의三布衣"라 불렸다. 산수의 필묵이 굳세어 해서를 잘 썼다. 저서로『서명전집西溟全集』이 있다.

92) 왕멍롼王夢阮에 대해서는 자세하게 알려진 것이 없다.

93) 선핑안沈瓶庵은 중화서국中華書局의 편집編輯으로, 일찍이『중화소설계中華小說界』라는 잡지를 편집하였다. 왕멍롼과 선핑안이 함께 편찬한『홍루몽색은紅樓夢索隱』은 1916년 중화서국에서 출판된 120회본『홍루몽』에 부간附刊되어 있으며, 권 첫머리卷首에 그들이 쓴『홍루몽색은제요紅樓夢索隱提要』가 있다.

94) 원문은 다음과 같다. "蓋嘗聞之京師故老云, 是書全爲淸世朝與董鄂妃而作, 兼及當時諸名王奇女也......"

즉 세조는 마오冒 씨95)의 첩 둥샤오완董小宛96)을 받아들여 비로 삼았는데, 둥 비는 불행히도 일찍 세상을 떠났고, 황제는 슬픔을 이기지 못해 우타이산五臺山으로 숨어들어 중이 되었다. 이것이 곧 이른바 정승情僧이고, 린다이위林黛玉는 둥 비의 영사影射에 지나지 않는다. 『홍루몽』을 지은 것은 필경 세조를 풍자하기 위한 것이다. 그러나 순치제와 친화이秦淮의 명기 둥샤오완은 실제로는 나이가 많이 차이난다(샤오완은 순치 8년에 스물여덟의 나이로 죽었는데, 그때 황제는 겨우 열네 살이었다). 그러므로 그 오류는 논할 만한 것이 못된다. 이 설은 『석두기색은』의 부록 「둥샤오완 고」에 상세히 변석辨析되어 있다.97)

---

95) 마오 씨는 마오샹冒襄(1611~1693년)으로 그의 자는 비쟝辟疆이고, 호는 차오민巢民이며, 청초의 루가오如皐 사람이다. 명말에 부공副貢을 지냈고, 청으로 들어와서는 벼슬하지 않고 은거하였다. 저작으로 『소민시집·문집巢民詩集·文集』이 있다.

96) 둥샤오완董小宛(1624~1651년)의 이름은 바이白으로, 원래는 친화이秦淮의 이름난 기생이었으나 뒤에 마오샹의 총첩寵妾이 되었다.

97) 『홍루몽색은제요』의 원문은 다음과 같다. "둥 비로 말할 것 같으면,……사람들은 모두 친화이의 명기인 둥샤오완으로 알고 있다. 샤오완은 루가오의 자가 비쟝인 공자 마오샹을 9년 동안 섬겨, 서로의 애정이 무척 깊었다. 마침 적병들이 강남으로 크게 밀려 내려와 비쟝은 온 집안이 병사들을 피해 저쟝의 염관鹽官에게로 갔다. 샤오완이 아름답다는 명성은 일찍부터 짜했으므로, 예왕이 그 소문을 듣고 손에 넣고자 하였으니, 비쟝은 위기에 처했다. 샤오완은 어쩔 수 없음을 알고 계책으로 비쟝을 온전히 돌아가게 한 뒤 왕을 따라 북쪽으로 갔다. 뒤에 세조에 의해 궁중으로 들여져 애오라지 총애를 받았다. 황후를 폐하고 새로 세울 때의 의도는 본래 악비를 염두에 두고 있었으나, 황태후는 악비의 출신이 비천하다 하여 불가하다는 입장을 견지하였다. 여러 왕들 역시 그녀를 무시하여 드디어 황후가 되지 못하고 귀비로 봉하여졌다.……악비는 뜻을 이루지 못하자 앙앙불락하다가 죽었다. 세조는 비를 잃은 사실로 절통해 하다가 머리를 깎고 중이

세 번째는 강희제의 폐 태자 인렁胤礽 설이다. 이것은 「석두기 색은」의 저자인 차이위안페이蔡元培[98]) 씨의 주장이다. 차이 씨는 내가 독일에서 유학 중에 서로 알고 지내던 사람으로 남방 파의 중요 인물이다. 제1차 혁명 후에 교육총장에 임명되었고, 현재는 베이징대학 교장이다. 학문이 넓고 식견이 고매하여 그 설이 자못 경청할 만하여 이에 특별히 소개한다. 차이 씨는 그의 권수卷首에서 다음과 같이 말했다.

> 『석두기石頭記』라는 책은 청대淸代 강희조康熙朝의 정치소설이다. 작자는 민족주의를 매우 열렬하게 지지하고 있는데, 작품이 겨냥하고 있는 것은 명明의 멸망을 애도하고 청淸의 잘못된 정치를 폭로하는 데 있으며, 이러한 점은 한족의 명사로서 청조淸朝에서 벼슬을 하고 있는 자에 대하여 통탄하고 애석해 하는 뜻을 기탁하고 있는 데에서 더욱 잘 나타나 있다.……[99])

되어 오대산으로 가서 돌아오지 않았다.至于董妃…人人知爲秦淮名妓董小琬也. 小琬事如皐辟疆冒公子襄九年, 雅相愛重. 適大兵下江南, 辟疆擧家避兵于浙之鹽官. 小琬艶名夙熾, 爲豫王所聞, 意在必得, 辟疆機瀕于危. 小琬知不免, 乃以計全辟疆使歸, 身隨王北行. 後經世祖納之宮中, 寵之專房. 廢后立后時, 意本在妃. 皇太后以妃出身賤, 持不可, 諸王亦尼之, 遂不得爲后, 封貴妃,…妃不得志, 乃怏怏死. 世祖痛妃切, 至落髮爲僧, 去之五臺不返."

98) 차이위안페이蔡元培(1868~1940년)의 자는 허칭鶴卿이고, 호는 제민子民이며, 저장浙江 사오싱紹興 사람이다. 일찍이 난징 임시정부의 교육총장과 베이징대학의 교장을 지냈다. 그가 지은 『석두기색은石頭記索隱』에서는 린다이위를 강주선자絳珠仙子라 하였는데, "주珠"와 "주朱"는 음이 같으며, 린다이위가 사는 소상관瀟湘館을 주이쭌朱彝尊의 호인 "주차竹垞"에 억지로 비유한 것은 린다이위가 주이쭌을 암시한다고 생각했기 때문이다. 천웨이쑹陳維崧의 자인 치녠其年과 호인 쟈링迦陵은 스샹윈史湘雲이 차고 있는 기린麒麟과 음이 비슷하므로 스샹윈은 바로 천웨이쑹을 암시한 것으로 여겼다.

그는 『홍루몽』의 '홍紅'은 '주朱' 자를 영사하여, [주 씨 성인] 명
왕조와 한인漢人을 의미하고 있고, '석두石頭'는 옛 수도인 '진링金陵'
(지금의 난징南京, 예전에는 스터우청石頭城이라 했음)에서 그 이름을
취했으며, '쟈 부賈府'는 가짜 조정(가賈와 동음인 가假)의 뜻으로 곧
청 왕조를 가리킨다고 하였다. 그리고 쟈바오위는 가짜 왕조의 제계
帝系이고, 바오위는 국새國璽를 전하는 의미로 폐태자 인렁胤礽의 사
적과 쟈바오위의 기사를 대조한 것이라고도 하였다. 또 작중의 남자
들은 만주인들을 가리키고 여자들은 한인漢人을 가리키는데, '진링
12차金陵十二釵'는 청초淸初 강남江南의 학자들을 빗댄 것이다. 좀 더
상세하게 예를 들면 아래와 같다.

린다이위林黛玉……주이쭌朱彝尊
쉐바오차薛寶釵……가오쟝춘高江村
탄춘探春……쉬졘안徐健菴
왕시펑王熙鳳……위궈주余國柱
스샹윈史湘雲……천웨이쑹陳維崧
먀오위妙玉……쟝시밍姜西溟
시춘惜春……옌성쑨嚴繩孫
바오진寶金……마오샹冒襄
류 씨 할멈劉老老……탕빈湯斌

기타 여러 사람들을 일일이 열거하는 것은 지난한 일인지라 그것
을 억지로 하다 보면 견강부회에 빠지게 된다. 하지만 대체적으로는

---

99) 원문은 다음과 같다. "『石頭記』者, 淸康熙朝政治小說也. 作者持民族主義
甚摯, 書中本事, 在弔明之亡, 揭淸之失, 而尤于漢族名士仕淸者寓痛惜之
意..……"

아주 재미있는 연구이다. 이것이 근본으로 삼은 것은 『낭잠기문郎潛
紀聞』의 쉬스둥徐時棟100)이 다음과 같이 말한 것이다.

> 소설 『홍루몽』은 곧 돌아간 재상 밍주明珠의 집안 일을 적은
> 것인데, 금차십이金釵十二는 모두 나란 시어納蘭侍御가 상객으로
> 모셨던 인물들로, 바오차는 가오단런高澹人을 가리키고, 먀오위는
> 곧 시밍 선생西溟先生을 가리킨다.……101)

『소설총고小說叢考』의 편찬자인 첸징팡錢靜方 씨의 「홍루몽고紅樓夢
考」(「석두기색은」 부록)에도 똑같은 설이 있지만 차이 씨가 말한 것만
큼 상세하지는 않다. 차이 씨야 말로 널리 인용하고 두루 찾아보았으
며博引旁搜, 정밀하게 비교하여 가히 『홍루몽』을 숙독했다 할 것이다.
  차이 씨는 민국시대 사람으로 극히 명백하게 『홍루몽』으로 민족주
의를 주장하고 있는데, 청조淸朝의 시대에는 일반적으로 만주 조정을
비방하고, 만주 귀족의 가정의 감춰진 일들을 드러내는 일은 만주
사람들의 심기를 크게 거스르는 게 되어 끝내 [칙령으로] 원본을 훼
멸하게 되었다. 그런데 훼손하면 또 각인을 하다 보니 도저히 폐절할
수 없었다. 오히려 더욱 더 널리 유행하게 되어, 그것을 평하고 찬贊

---

100) 쉬스둥徐時棟(1814~1873년)은 청나라 저장浙江 인 현鄞縣 사람으로, 자는
    딩위定宇 또는 통수同叔이고, 호는 류취안柳泉이다. 도광道光 26년(1846)
    거인擧人이 되어 내각중서內閣中書에 올랐다. 집안에 연서루烟嶼樓가 있어
    6만 권의 책을 소장하고 있었다. 저술에 뜻을 두어 집안에 머물 뿐 외출하
    지 않았다. 선진先秦의 학설을 위주로 연구했다. 저서에 『연서루독서지烟
    嶼樓讀書志』와 『유천시문집柳泉詩文集』, 『은현지鄞縣志』, 『상서일탕서고尚
    書逸湯誓考』, 『삼태서고三泰誓考』, 『시통음시音通』 등이 있다.
101) 원문은 다음과 같다. "小說『紅樓夢』一書, 卽記故相明珠家事, 金釵十二,
    皆納蘭侍御所奉爲上客者也, 寶釵影高澹人; 妙玉卽影西溟先生.……"

하는 것으로도 부족해 그것을 부연하고 그림으로 그리고 조각했다. 모든 형태의 장식이나 가구, 식기 등에 『홍루몽』의 영향을 받지 않은 게 없었고, 대화하는 중에도 그 이야기를 인용하는 등 그 유행의 기세는 실로 경탄할 만했다.

그래서 『홍루몽』의 작자의 깊은 뜻이 풍유諷諭에 있다 손치더라도 부패한 상류사회 내부의 정상을 사실적으로 그려냈기에 흥미를 가지고 읽어나가다 보면 어느 사이 부지불식간에 정신적으로 그 영향을 받아 향락주의에 흐르고 [거기에] 탐닉해 음탕하고 타락하며 퇴폐적이 되어 청년들의 원기를 크게 소모시키게 되니 아편에 중독되는 것과 크게 다르지 않다. 이것이 『홍루몽』의 망국론이 일어난 까닭이다. 그런데 붓 한 자루로 세상 사람들 마음을 이 정도로까지 좌우할 수 있는 것일까 하고 생각해 보면, 실로 불가사의한 힘이라 하겠다.

대저 문장은 나라는 경영하는經國 대업大業이고, 불후不朽의 성사盛事인 것이다.[102] 흥하는 나라에는 자연히 흥하는 나라의 문학이 있고, 망하는 나라에는 망하는 나라의 문학이 있어, 문학으로 나라를 흥하게 할 수도 망하게 할 수 있다. 그렇기에 충분히 주의해서 책을 선택하지 않으면 안 되고 책을 읽는 방법 또한 고려하지 않으면 안 된다. 일반적으로 망국의 문학이라고 해서 배척하는 것 역시 술의 폐해만을 받아들여 금주를 강요하는 것과 같은 게 되어버리니 극히 철저하지 못한 의론을 면하기 어렵다. 그런 고루한 견해로는 도저히 일세의 사람들 마음을 지도할 수 없다. 다만 읽는 이의 마음가짐이 중요하기에 한 마디 주의 말씀드리는 바이다.

---

102) 원래 이 말은 차오피曹丕의 「전론·논문典論·論文」에 나온다. "文章經國之大業, 不朽之盛事."

『홍루몽』의 속편은 매우 많다. 이를테면『홍루몽보紅樓夢補』,『홍루후몽紅樓後夢』,『홍루속몽紅樓續夢』등이 있는데, 그밖에도『홍루몽부紅樓夢賦』,『홍루몽시紅樓夢詩』,『홍루몽사紅樓夢詞』,『홍루몽논찬紅樓夢論贊』,『홍루몽보紅樓夢譜』,『홍루몽도영紅樓夢圖詠』,『홍루몽산투紅樓夢散套』,『홍루몽전기紅樓夢傳奇』가 있다. 이것들만 모아도『홍루몽』문학이 훌륭하게 성립된다. 중국인들은 이것을 홍학紅學이라 부르기도 한다. 영문으로 번역된 것으로 르네라프트 졸리Reneraft Joly의 번역본 2권이 있는데, 제56회까지만 번역했다. 일역본은 내가 아는 바로는 최근에야 기시슌 후로岸春風樓 씨의『신역홍루몽』103)과 이마제키 덴뽀今關天彭104) 씨의『홍루몽전기경개紅樓夢傳奇梗概』(『지나희곡집』)가 있을 따름이다. 어찌 되었든 이『홍루몽』과 같은 명문은 읽는 것도 쉽지 않다. [하물며] 이것을 번역하는 데에는 비상한 노력과 특별한 능력이 필요한데, 모쪼록 완전한『홍루몽』훈역이 나오기만을 간절하게 바라는 바이다.

---

103) 기시슌 후로가 번역한『신역홍루몽』은 1916년에 나왔는데, 이 책의「예언例言」에서 이 책은 원래 세 권 분량으로 120회를 모두 번역해 내고자 했다는 것으로 최초의『홍루몽』일역본이라는 것을 알 수 있다. 이 책은 지금 상책만 남아 있는데, 39회까지의 내용을 번역했으며 나머지 두 권은 원인불명의 사유로 아직 발견되고 있지 않다. 하지만 그 이전의『홍루몽』일역본들이 단편적인 절역節譯에 그치고 있었다는 사실을 감안하면 이것은 그 자체로 큰 시도라 할 수 있다.

104) 이마제키 덴뽀今關天彭(1882~1970년)는 메이지明治부터 쇼와昭和시대에 걸쳐 활동했던 중국연구가이다. 이시가와 고사이石川鴻齋, 모리 가이난森槐南 등에게서 학문을 배워, 조선총독부 촉탁 등의 일을 하면서 베이징에 이마제키 연구실을 설립했다. 전후에는 한시 잡지『아우雅友』를 창간했다. 저작으로『근대 중국의 학예近代支那의 學藝』와『덴뽀 시집天彭詩集』등이 있다.

『홍루몽』을 제외하고 청대 소설로는 거의 볼 만한 게 없다. 우선 그 가운데 유명한 서목을 들어본다.

리위李漁의 『십이루十二樓』
『아녀영웅전兒女英雄傳』
『유림외사儒林外史』
『품화보감品花寶鑑』
『경화연鏡花緣』
『화월흔花月痕』

리위의 『십이루』(합영루合影樓, 탈금루奪錦樓, 삼여루三與樓, 하의루夏宜樓, 귀정루歸正樓, 췌아루萃雅樓, 불운루拂雲樓, 십근루十巹樓, 학귀루鶴歸樓, 봉선루奉先樓, 생아루生我樓, 문과루聞過樓)는 단편의 요미키리[読み切り] 소설이다. 『아녀영웅전』은 옌베이셴런燕北閑人이 지은 것으로, 『홍루몽』에 맞서기 위해 지었다고 하는데, 만주인의 무용담이다. 베이징 관화를 고찰함에 있어서는 『홍루몽』과 함께 필독서이다. 『유림외사』는 과거 시험장에서 헛되이 늙어가는 서생들의 기질을 설파한 작품이고, 『품화보감』은 상공相公(미소년)의 내밀한 이야기이고, 『경화연』은 부인의 섬 순례이며, 『화월흔』은 재사才士의 가화佳話이다. 모두 중국의 인정풍속을 알고 국민성을 연구하는 데 아주 좋은 재료들이다.

근래는 서양의 번역물이나 신소설이 성행하여 신문이나 잡지에 게재될 뿐 아니라 『소설월보小說月報』 등의 소설 전문 잡지마저 있다. 과연 중국은 본래 대국이고 문학을 존중하는 나라이다. 청말 혁명 이래 영웅들이 시세를 타고 등장하고, 쟁란이 그칠 새 없으니, 백성들이 떠돌고, 천하에 귀신 울음소리가 가득 할 때 상하이의 조계만 홀로 마치 별천지를 이루니 학사와 문인들 가운데 피난을 오는 자가 많아 문예가 부흥했다. 린수林紓 등을 필두로 신진 작가들이 배출되고, 그 뿐만 아니라 희곡 소설에 관한 출판물이 속속 간행되었으니 경탄하지 않을 수 없다. 『휘각전기총서彙刻傳奇叢書』 십수 종을 필두로 『독곡총간讀曲叢刊』(『녹귀부錄鬼簿』, 『극설劇說』 외 5종), 『오대평화五代平話』, 『경본통속소설京本通俗小說』, 『전기휘고傳奇彙考』, 『송원희곡사』, 『고곡주담顧曲麈談』, 『소설총고小說叢考』, 『이원가화梨園佳話』 (이상 네 책은 상무인서관商務印書館에서 간행한 양장의 소책자) 등이 나와 종래에는 쉽게 손에 넣을 수 없었던 서적을 볼 수 있게 한 것이니 이전 사람들이 미처 말하지 못한 새로운 설을 들을 수 있게 된 것은 진실로 후학의 경사라 하겠다. 덧붙여 근래에 일본에서도 이런 류의 학풍이 왕성하게 전개되어 앞서 기술한 바대로 여러 군자들의 새로운 연구를 접할 수 있게 되어 몽매함을 깨치고 실익을 얻게 된 것은 진정 마음에 드는 바이다. 소생은 여기서 두 나라의 국민문학계의 융성을 삼가 기원하며 본 강의를 마치고자 한다.

『중국소설사략』 표절 논쟁

1. 적막한 운명을 안고 태어난 책

이 책은 말할 필요도 없이 적막한 운명을 짊어진 책이다. 그러나 마스다 와타루 군이 어려움을 무릅쓰고 번역을 하고, 사이렌사 사장 미카미 오토키치 씨가 이해를 돌보지 않고 출판해 주었다. 이에 이 적막한 책을 서재로 가져오게 될 독자 여러분들과 함께 진심으로 감사하는 바이다.

1935년 6월 9일 등불 아래서, 루쉰(1935년 6월『중국소설사략』「일역본 서」)

중국고대소설 연구에서 루쉰이 차지하고 있는 위상과 그의『중국소설사략』(이하『사략』으로 약칭함)이 갖고 있는 의의에 대해서는 굳이 별도의 설명이 필요 없을 것이다. 그런데 루쉰은 자신의 대표작이라 할 수 있는 『사략』에 대해서 왜 "적막한 운명을 짊어진 책"이라고 했던 것일까?

루쉰은 평생 다양한 분야의 글을 쓰면서 각각의 분야에 크나큰 족적을 남겼다. 루쉰은 중국고대소설 연구가였을 뿐 아니라, 『광인일기』나 『아큐정전』과 같은 걸작을 남긴 소설가였으며, 죽을 때까지 수많은 번역 작품을 남겼던 번역가이기도 했고, 무엇보다 불의한 사회 현실에 대해 끊임없이 발언하고 실제로 치열한 글쓰기로 적들과 맞서 싸웠던 투사였다. 그것은 루쉰이 마음만 먹으면 얼마든지 교수로서 대학 강단에 서서 학생들을 가르치며 안온하게 살아갈 수도 있었지만, 그런 편한 길을 마다하고 전업 작가로 살아가며 현실과 타협하지 않고 의연하게 자신의 길을 걸어갔던 것으로도 알 수 있다.

그랬기에 그는 평생 많은 동지와 지기를 얻기도 했지만, 동시에 수많은 적들에 둘러싸여 살았다. 그가 「일역본 서」를 썼던 1935년은 그가 죽기 1년 여 전으로 엄혹한 국민당 통치 시절이었다. 당시 루쉰은 죽을 때까지 풀리지 않은 국민당의 체포령으로 언제 옥에 갇힐지 모르는 상황 속에서 검열 때문에 자신의 이름으로 글을 발표할 수도 없었다. 궁여지책으로 수많은 필명을 써가며 겨우겨우 문필가로서의 명맥을 이어갔으나, 건강 또한 날로 악화되어 내일을 장담할 수 없었다. 그런 현실 속에서 『사략』의 일역본이 나왔다는 것은 기쁜 일이기도 했지만, 정작 중국에서는 자신의 저작이 갖고 있는 가치를 제대로 평가하고 알아주는 이가 없다는 사실이 그를 우울하게 만들었던 것이다.

루쉰이 전업 작가를 자처하며 강단을 떠난 뒤 학계를 주도했던 것은 후스胡適와 같은 실증파였다. 그들은 텍스트 자체에 대한 연구보다는 텍스트가 만들어진 역사에 주의를 기울였다. 곧 소설이 갖고

있는 사회사료社會史料적인 가치에 중점을 두었을 뿐 문학 작품으로
서 소설이 갖고 있는 심미적인 특질 등은 소홀히 했던 것이다.1) 이에
대해 루쉰은 1932년 타이징눙臺靜農에게 보낸 편지에서 자신의 생각
을 다음과 같이 풀어낸 바 있다.

　　"정 군(정전둬鄭振鐸를 가리킨다. 필자 주)의 학문하는 방법은
　후스의 방법입니다. 종종 유일본 비책祕策에 기대어 사람들을 놀
　라게 하는 도구로 삼습니다. 이는 정말 이목을 휘황하게 하고 학
　자에게 귀중하게 감상하게 할 거리가 되는 것이 마땅합니다. 나
　의 방법은 좀 다릅니다. 대개 대강대강 보고 다 보급판이며 구하
　기 쉬운 책입니다. 그래서 학림學林의 바깥에 홀로 있습니다. 『중
　국소설사략』은 시대 구분을 하지 않았다고 바로 남에게 폄하를
　당했습니다. 그렇지만 이 책의 수정판은 일찌감치 지난해에 출판
　됐습니다. 이미 서점에 한 책을 부쳐달라고 부탁했으니 도착하면
　받아 주시기 바랍니다. 수정했다고 말했지만 고친 것은 사실 많
　지 않습니다. 최근 몇 년 동안 역외에서 특별한 책이, 또 사막에서
　잔권이 발견됐습니다.2) 틈날 때마다 중국에 소개하지만 아직 이
　때문에 『사략』을 크게 고칠 필요는 없어서 많은 부분은 그대로
　됐습니다. 정 군이 쓴 『중국문학사』는 벌써 상하이에서 예약판매
　하고 있습니다. 나는 『소설월보』에서 소설에 관한 몇 장을 본 적
　이 있는데 정말이지 술술 끊이지 않고 기술되어 있었습니다. 그

---

1) 바오궈화鮑國華, 「魯迅『中國小說史略』與鹽谷溫『中國文學槪論講話』」, 『魯
　迅硏究月刊』, 2008年 第5期. 15쪽.
2) "당시 국내외에서 연속하여 오랫동안 실전된 중국 고서들이 발견된 일을
　가리킨다. 일본에서 발견된 원대元代에 간행된 전상평화全相平話 5종(잔본)
　과 둔황에서 발견된 당대唐代의 변문變文 잔본 등이 대표적이다."(루쉰(박
　자영 역), 『루쉰전집』 제14권, 그린비출판사, 2018년, 401쪽)

렇지만 이는 문학사 자료 장편이었지 '역사'가 아니었습니다. 그
런데 만약 역사적인 감식을 갖고 있는 사람이라면 자료를 역사로
만들어서 사용할 수 있습니다.[3]

루쉰이 보기에 정전둬나 후스 같은 이들은 "유일본 비책에 기대어
사람들을 놀라게 하는 도구로 삼"을 뿐 "역사적인 감식"을 갖고 있
지 못하다는 의미에서 진정한 역사가라 할 수 없었다. "학림學林의
바깥에 홀로 있"는 루쉰은 학자를 자처하지 않았다. 그가 기대는 것
은 누구나 "구하기 쉬운" "보급판"으로 그것도 "대강대강" 볼 뿐이
었다. 하지만 루쉰의 입장에서 중요한 것은 그런 자료에 대한 천착이
라기보다 역사를 꿰뚫어 보는 '감식鑑識'일진대, 그런 '소설사 의식史
識'이 없는 문학사는 그저 '자료 장편'에 지나지 않는 것[4]이었다. 루
쉰이 느꼈던 적막감은 바로 여기에서 비롯된 것이었으리라.

한편『사략』은 그에게 명성을 안겨주기도 했지만, 일부 사람들이
제기한 표절 문제로 루쉰에게 평생 씻을 수 없는 큰 상처를 입히기도
했다. 그로 인한 응어리는 제법 오랫동안 남아 루쉰은 그 사실 자체
에 대한 포한抱恨으로 주변 사람들과의 관계까지도 소원해질 정도였
다. 그 가운데 대표적인 것이 역사학자 구졔강顧頡剛[5]에 대한 루쉰의

---

3) 루쉰(박자영 역),『루쉰전집』제14권, 그린비출판사, 2018년, 400쪽
4) "『사략』은 학술사 전저專著로 자료 장편과 다르고, 논문집 휘편滙編과도
   다르다." (장융루張永祿, 장쑤張謖, 「論鹽谷溫對魯迅小說史研究的影向」,
   『中國現代文學研究叢刊』 2015年 第5期, 156쪽)
5) 구졔강顧頡剛(1893~1980년)은 이름이 쑹쿤诵坤이고 자는 밍젠铭坚이며 졔
   강頡剛은 그의 호이다. 쟝쑤 셩江苏省 쑤저우苏州 사람으로, 중국의 저명한
   역사학자이자 민속학자이며, 고사변학파古史辨学派의 창시자이다. 1920년
   베이징대학을 졸업한 뒤, 샤먼대학厦门大学과 중산대학中山大学, 옌징대학

구원舊怨이다. 이 글에서는 루쉰의 『사략』을 둘러싼 '표절' 논란의 시말과 그 정당성에 대해 살펴보고자 한다.

2. 사건의 발단과 전개

사실상 『사략』의 '표절' 여부에 대한 논란은 애당초 학술적인 차원에서 제기된 것은 아니었다. 루쉰의 『사략』은 1923년 12월에 상권이, 이듬해인 1924년 6월에 하권이 정식으로 간행되었다. 하지만 당시만해도 루쉰은 소설가로서 명성을 날리고 있어 오히려 그의 중국소설사 연구는 그것에 가려져 있었다. 그래서 논란이 촉발된 것 역시 학술 연구의 범위에서 일어난 게 아니라 전혀 엉뚱한 일련의 사건 때문이었다. 그것은 바로 이른바 '여사대 사건'이었다.

1920년 8월 일본 유학에서 돌아온 지 얼마 되지 않은 시점에 "루쉰은 베이징대학과 베이징고등사범학교(현 베이징사범대학)의 강사로 초빙되었다. 베이징대학에서의 강의는 같은 해 12월 24일 시작되었고, 베이징 고등사범학교의 강의는 이듬해인 1921년 1월 12일에 시작해 1926년 8월 루쉰이 베이징을 떠날 때까지 계속되었다."6) 베이

燕京大学, 베이징대학北京大学, 윈난대학雲南大学, 란저우대학兰州大学 등지에서 교수를 역임했다. 그는 소년 시절에 고전을 배울 때부터 이미 그 진위眞僞를 생각하였다. 베이징대학 철학과에 들어간 뒤에는 후스胡適의 영향을 받아 사학史學을 지망하였고, 가요歌謠를 수집하는 동안 민속학 연구가 사학에 도움이 된다는 것을 알고, 허난 성河南省 발굴에도 종사하여 고고학考古學을 고대사 연구에 이용하였다. 의고파擬古派의 거두巨頭이며, 『고사변古史辨』이 그의 대표 저작이다.

6) 조관희, 『청년들을 위한 사다리 루쉰』, 서울: 마리북스, 2017, 143쪽.

징대학에서의 강의는 원래 학교 측에서 루쉰의 아우인 저우쭤런周作人에게 부탁한 것이었다. 하지만 저우쭤런은 자신이 그 강의를 맡는 게 적당치 않다고 여겨 자신의 형인 루쉰에게 넘겼다.

"위차이豫才(루쉰의 자, 필자 주)는 고소설 일문의 수집 때문에 나중에 『소설사략』이라는 저작을 남길 수 있었는데, 그 연유緣由를 말하자면 재밌다.……그때 나는 베이징대학 중문과에서 '새내기 교수' 노릇을 하고 있었고, 마유위馬幼漁 군이 주임을 맡아 보았는데, 어느 해인가 나더러 두 시간짜리 소설사를 강의하라고 했다. 나는 되는 대로 답을 하고 집에 돌아와 위차이와 이야기를 하다가 형이 가르치러 가는 게 더 낫겠다고 말했더니, 형도 한번 가보는 게 좋겠다고 말했다. 그래서 나는 마 군을 찾아가 무슨 다른 수업으로 바꾸고 위차이에게 소설사를 가르치도록 청했다. 나중에 강의 원고를 인쇄한 것이 바로 그 책이다."[7]

저우쭤런이 말한 대로 루쉰은 그 전부터 중국고대소설 자료들을 수집하고 정리하고 있었기 때문에 사실상 중국소설사 강의 준비를 이미 끝낸 상태였다. 그렇게 강의가 시작되었고, 루쉰이 원활한 강의를 위해 미리 준비한 원고를 모아 간행한 것이 바로 『사략』이었다.

그런데 이와는 별도로 루쉰은 1923년 10월 베이징여자고등사범학교(1925년 베이징여자사범대학으로 바뀌었다가 1931년 베이징사범대학으로 병합됨)에서도 강의를 시작했다. 이듬해인 1924년 2월에는 일본과 미국에서 유학을 하고 돌아온 양인위楊蔭楡(1884~1938년)가 베이징여자사범학교의 교장이 되었다. 여성으로서는 중국 최초로 대

---

7) 저우쭤런周作人, 『魯迅的靑年時代』, 河北敎育出版社, 2002, 121쪽.

학의 교장인 된 양인위는 학생들에게 학문에 몰두하고 사회 현실에 대한 비판은 자제해 줄 것을 요구했다. 사실 그 자체로는 양인위의 주장이 잘못되었다고 할 수는 없었다. 하지만 학생들에게 학업에만 충실하라고 하기에는 당시 중국이 처한 현실이 너무도 암담했다. 학생들은 부조리한 사회 현실에 저항하고 자신들의 목소리를 내지 않을 수 없었던 것이다. 결국 본인의 의도가 그러했든 아니었든, 양인위의 주장은 당시 북양군벌 정부의 독재를 비호하고 전통적인 가부장적인 권위주의에 기대는 쪽으로 흘러갔다. 더욱 안 좋았던 것은 양인위가 자신의 생각을 고수하기 위해 학생들의 사상과 행동의 자유를 제한하고 자기와 의견이 맞지 않는 교원들은 배제했다는 사실이었다. 그로 인해 양인위는 주위에 많은 적을 만들었다.

1924년 7월 강의를 위해 잠시 시안西安에 갔다가 베이징에 돌아온 루쉰은 8월 13일 베이징여사대의 초빙서를 돌려보냈다. 루쉰 역시 양인위의 전횡 때문에 더 이상 강의를 계속하고 싶지 않았던 것이다. 하지만 학생들의 만류로 루쉰은 다시 학교로 돌아왔다. 그해 가을 개학을 즈음해 남방 지역의 홍수와 쟝쑤江蘇, 저쟝浙江 등지에서 벌어진 군벌 간의 전투로 인해 일부 학생들이 한두 달가량 학교에 늦게 돌아왔다. 양인위는 이들에게 엄격하게 학칙을 적용해 해당 학생들을 퇴학시키려 했다. 하지만 문제는 이로 인해 정작 퇴학 조치를 받은 학생들이 평소 학교 측의 말을 잘 듣지 않았던 국문과 학생 세 명뿐이었다는 데 있었다. 이것은 공정한 처리를 기대했던 학생들과 교직원들의 반발을 불러일으켰다. 이것이 이른바 '베이징여사대 사건'의 시발점이었다.8)

---

8) 이상의 내용은 조관희, 『청년들을 위한 사다리 루쉰』(서울: 마리북스,

같은 해 11월 베이징에서는 주간지 『어사語絲』가 창간되었다. 그리고 12월에는 『현대평론』이 창간되었다. 두 잡지를 주도했던 인물들은 초기에는 문학혁명이라는 커다란 기치 아래 뜻을 같이하다가 시간이 지남에 따라 서로 자신들의 길을 걸어갔다. 곧 쉬즈모徐志摩 같이 주로 서구에서 유학하고 돌아온 인물들이 중심이 된 『현대평론』측 인사들과 루쉰이 중심이 된 『어사語絲』측 인사들이 대립적인 관계를 맺고 현실 문제에 대해 일대 논전을 벌여나갔던 것이다.

해가 바뀌어 1925년 1월 베이징여사대 학생자치회는 양인위에게 사퇴를 권고했다. 이에 그치지 않고 대표단을 뽑아 교육부에 보내 그간의 양인위의 여러 가지 병폐들을 보고하고는 교장을 바꾸어 줄 것을 청원했다. 그러나 당시 교육부장관이었던 장스자오章士釗는 오히려 양인위를 감싸고 들었다. 『현대평론』측 인사들도 양인위를 공개적으로 지지했다. 그중에서도 양인위와 동향인 베이징대학 교수 천위안陳源은 1925년 2월 7일 『현대평론』 9기에 「베이징의 학생운동」이라는 글을 실어 학생들을 조롱하고 그들의 행위를 질책했다. 이후에도 양측은 3월의 쑨원孫文 사망과 '5 · 30 사건' 등을 놓고 첨예하게 대립하는 가운데 논전을 이어갔다. 결국 견디다 못해 같은 해 8월 양인위는 교장에서 물러났다. 하지만 장스자오는 이를 받아들이지 않고, 오히려 루쉰이 불법적인 '교무유지회'에 참여해 활동했다는 것을 명목으로 그를 교육부 참사 직에서 해임했다.

이 사건은 사회적으로 큰 반향을 일으켰다. 세간에서는 이 사건을 두고 갑론을박이 이어졌는데, 크게 양인위를 옹호하는 입장과 반대하는 입장으로 나뉘었다. 루쉰 형제는 당연하게도 양인위에 반대하

2017.) 181~184 쪽을 참고할 것. 184쪽.

고 학생들을 옹호하는 입장을 취했는데, 앞서 말한 대로 천위안陳源 등은 양인위를 옹호했다. 애당초 논쟁은 천위안과 저우쮜런 사이에서 벌어졌다. 그런데 천위안이 저우쮜런을 비판하는 가운데 느닷없이 필봉을 바꿔 창끝을 루쉰에게 돌렸다. 1925년 11월 21일 천위안陳源은 자신의 필명인 시잉西瀅이라는 이름으로『현대평론』에 한 편의 글을 게재하면서 다음과 같이 말했다.

최근 저술계에서는 "표절"이나 "베껴쓰기抄襲"의 풍조가 성행하고 있다. 이것은 모두가 공인하는 사실이다. 일반적으로 사람들이 자기 두뇌로 사색하거나 연구하지 않고 다른 사람의 사색이나 연구 결과를 이용해 이름을 바꿔 이득을 꾀하는 것은 도처에서 목도할 수 있다.……

하지만 아주 불행하게도 우리 중국의 비평가는 어떤 때는 실제로 아주 해박하시다. 그들은 몸을 납작 엎드린 채 눈을 부릅뜨고서 땅 위에서 도둑질거리를 찾다가 아예 통째로 표절을 하는 데 이른 것이다. 그들은 오히려 왕왕 보고도 못 본 채 한다. 예를 들어보라고? 이야기하지 않는 게 낫겠다. 나는 감히 '사상계의 권위'에게 죄를 지을 엄두가 나지 않는다.……

문학이란 게 그 경계가 이렇듯 분명할 수 없는 것이다. 여러 가지 감정들은 인류가 공통으로 지니고 있는 것으로, 그들의 감정이 이르는 바가 시가로 발휘되면, 역시 여러 가지 공통점이 생기게 마련이다.……

'표절'이나 '베껴쓰기抄襲'의 죄는 문학에서 일반적인 둔재만 압도할 수 있으며, 오히려 천재적인 작가는 아무런 손상을 입힐 수 없다.…… 문학사에는 평등한 권리라는 게 없다. 문학이란 게 '관리는 제멋대로 굴어도 백성들은 옴짝달싹할 수 없는' 것이다.……위대한 천재에게 우연찮은 표절 몇 개쯤이랴.(시잉西瀅, 「閑話」, 『現代評論』第2卷 第50期, 1925年 11月 21日)

여기서 천위안은 아직까지는 구체적으로 루쉰을 적시하지는 않았다.
한편 1925년 10월 1일 쉬즈모徐志摩가 책임 편집을 맡은 『신보 부간
晨報副刊』 표지에 링수화凌叔華가 그린 반라의 서양 여성 흑백 초상화
가 실렸다. 그런데 10월 8일 『경보 부간京報副刊』에 충위重餘(천쉐자오
陳學昭)라 서명한 「일찍이 어디서 본 듯한 『신보부간』 편수의 도안似曾
相識的晨報副刊篇首圖案」이라는 글에서 이 그림이 영국 화가 비어즐리9)
의 그림을 표절한 듯하다고 주장했다. 또 1925년 11월 7일 『현대평론』
제2권 제48기에는 링수화凌叔華의 소설 「꽃 절花之寺」이 발표되었는
데, 11월 14일 『경보 부간』에 다시 천무晨牧라 서명한 「자질구레한
일零零碎碎」이라는 글이 실려 「꽃 절」이 체홉의 소설 「벚꽃동산」을
표절했다고 주장했다. 사실상 천위안이 자신의 글에서 '표절'을 주제
로 삼은 것은 자신들이 주편하는 『현대평론』에 실린 링수화의 글에
대한 변호를 위한 것이었다. 이와 동시에 천위안은 『경보부간』에 실린
두 글이 루쉰의 손에서 나온 것이라 의심했다. 그래서 1926년 1월
천위안은 『신보부간』의 통신에서 이 문제를 다시 거론했다.

그는 자주 다른 사람이 표절하는 것을 비꼰다. 모뤄(궈모뤄郭沫
若를 가리킴, 필자 주)의 시 몇 수를 베낀 학생에게 이 노선생은
뼈에 사무칠 정도로 속 시원하게 욕을 했으면서, 정작 그 자신의
『중국소설사략』은 일본인 시오노야 온鹽谷溫의 『지나문학개론강

---

9) 오브리 빈센트 비어즐리Aubrey Vincent Beardsley(1872~1898년)는 영국
의 삽화가 겸 작가다. 그의 흑색 잉크 드로잉은 일본의 목판화 양식에서
영향 받았고 그로테스크, 퇴폐, 에로틱에 중점을 두었다. 오스카 와일드,
제임스 A. 맥닐 위슬러가 참여한 유미주의 운동의 핵심적 인물로서, 브리
즐리는 폐결핵으로 인한 짧은 생애에도 불구, 아르누보 및 포스터 양식의
개발에 중대한 공헌을 했다.

화』의 '소설' 부분에 근거했다. 사실 다른 이의 저술을 저본으로 삼는 일은 양해될 수 있는 일이다. 다만 책에서 그렇다고 설명해야 하는데 루쉰 선생은 이를 밝히지 않았다. 당신이 부정한 일을 한 건 언급하지 않겠는데, 왜 불쌍한 학생 하나까지 힘들게 괴롭힐까 싶다. 그런데도 그는 있는 힘껏 최대한 사람을 각박하게 대한다. '바늘을 훔치는 자는 주살당하지만 나라를 훔치는 자는 제후가 된다'라는 건 이전부터 존재하던 이치이다.(시잉西瀅, 「閑話的閑話之閑話引出來的幾封信」之九「西瀅致志摩」, 1926년 1월 30일『晨報副刊』)10)

이제 루쉰은 더 이상 참을 수 없었다. 앞서의 글에서는 두루뭉술하게 '사상계의 권위'나 '위대한 천재'라는 말로 눙치고 넘어갔지만, 이번에는 대놓고 '루쉰'의 이름을 거명했던 것이다. 루쉰은 즉각 「편지가 아니다」를 써서 천위안의 주장을 반박했다.

　　이 '소문'은 진작 들은 바 있다. 나중에 「한담」에도 나오는데 "한 권을 통째로 표절했다"라고 말했다. 그러나 직접적으로 나라고 지목하지 않았지만 그 당시 사람들의 입을 통해 나의『중국소설사략』을 지적한 것이라는 소문이 돌았다. 천위안 교수는 이러

<hr />

10) "1926년 천시잉이『현대평론』제3권 제56기(1926년 1월 2일)에 「한담」을 발표한 이후에 다음과 같은 일련의 관련 논의들이 연속적으로 신문에 실렸다. 쉬즈모徐志摩, 「'한담'에서 나온 한담」, 『천바오 부간』, 1926년 1월 13일; 치밍啓明(곧 저우쭤런周作人), 「한담의 한담에 대한 한담」(閑話的閑話之閑話), 『천바오 부간』, 1926년 1월 20일; 쉬즈모, 「아래 일련의 편지에 관하여 독자에게 알림」(關於下面一束通信告讀者們), 『천바오 부간』, 1926년 1월 30일; 천시잉, 「한담의 한담에 대한 한담이 이끌어 낸 편지 몇 통」(閑話的閑話之閑話引出來的幾封信), 『천바오 부간』, 1926년 1월 30일."(루쉰(박자영 역), 『루쉰전집』제4권, 그린비출판사, 2014년, 303~304쪽)

한 낚시질을 할 만한 위인이라고 생각한다. 그러나 그가 지목도 하지 않았는데 내가 그에게 한바탕 욕지거리를 삼가 돌려 드리면 이는 정말 '그의 일언반구를 건드리'는 일 정도에 그치지 않을 것이다. 그런데 이번에 거론했다. '소인의 마음'으로도 '군자의 의중'을 잘못 짐작하지 않은 것이다. 그러나 죄명은 '저본으로 삼았다'로 바뀌어서 죄가 이전보다 많이 가벼워져서 '일언반구'라고 겸손하게 말했던 '몰래 쏜 화살'촉이 좀 무뎌진 것 같다.

시오노야 온 씨의 책은 확실히 나의 참고서적 중 하나였다. 나의 『중국소설사략』 28편 중 2편은 그의 저작에 근거한 것이고 또 『홍루몽』에 관한 몇 가지 논의와 「가씨 계보도賈氏系圖」 한 장도 이에 의거한 것이지만 대략적인 틀만 비슷할 따름이고 순서와 의견은 모두 다르다. 나머지 26편은 모두 내가 독자적으로 준비한 것인데 그 증거로 그의 서술과 자주 상반되는 논의를 들 수 있다. 가령 현존하는 한대漢人 소설을 그는 진짜라고 봤지만 나는 가짜라고 판단했다. 당대 소설의 분류를 그는 모리 가이난森槐南의 것에 근거했지만 나는 내 방법을 사용했다. 육조 소설을 그는 『한위총서』에 근거했는데 나는 다른 책과 나 자신의 편집본에 의거했다. 이 일에 2년여의 시간을 들인 바 있으며 책 10권의 원고도 여기에 갖고 있다. 당대 소설에 대해서 그는 오류가 가장 많은 『당인설회』에 의거했지만 나는 『태평광기』를 사용했으며 이밖에도 한 권 한 권 찾아봤다.……그 외에도 분량과 취사선택, 고증의 차이를 일일이 헤아리기 어렵다. 물론 전체적으로야 다르지 않을 수 없는데 가령 그가 한대 뒤에 당대가 있고 당대 뒤에 송대가 있다고 말한 건 나도 그렇게 말했는데 모두 중국의 역사적 사실을 '저본'으로 삼았기 때문이다.……

나는 '새롭게 날조할' 줄 모른다. 그렇지만 나는 창조해서는 안 되는 것 같다는 생각인데 역사는 시나 소설과는 다르기 때문이다. 시와 소설은 천재라면 본 것이 비슷하고 쓴 것도 유사해도 괜찮다고 말하는 사람이 있지만, 그래도 독창성이 가장 중요하다고 나는 생각한다. 역사는 사실을 기록한 것으로 당연히 표절하여 책을 쓰면 안 되지만 완전히 다를 필요까지도 없다. 시와 소설은 비슷해도 괜찮으면서 역사는 몇 가지가 근사하면 '표절'이라고 말하는 것은 '정인군자'의 특별 의견으로 이는 '일언반구'로 '루쉰 선생'을 '건드릴' 때에만 적용된다.

다행히 시오노야 온의 책이 이미 중국어로 '번역됐다(?)'고 하니(!) 두 책이 어떻게 다른지, 어떻게 '통째로 표절을 했는지' 아니면 '저본'으로 삼았는지는 조만간(?) 밝혀질 것이다. 그 전에는 천위안 교수조차도 어떻게 된 건지 사정을 잘 모를 것이라고 생각한다. 그 사람이야 다만 들리는 '말을 확인도 않고 그대로 믿은 것'에 불과하기 때문이다. (시오노야 온 교수의 『지나문학개론강화』의 번역서는 올해 여름에 나왔는데 5백여 쪽의 원서를 얇은 책 한 권으로 옮겨서 소설 부분을 내 책과 비교할 수가 없게 됐다. 이를 '편역'이라고 광고하고 있는데 말 쓰임새가 정말이지 아주 근사하다. 10월 13일 부기.)"11)

이 글로 두 사람 사이의 분쟁은 잠시 사그라들었지만, 루쉰의 포한은 그대로 남았다. 그 일이 있은 뒤 10년이 지난 1935년 루쉰은 그동안의 마음고생을 다음과 같이 풀어냈다.

셋째, 「『중국소설사략』 일역본 서문」에서 나는 나의 기쁨을 언명했지만, 그 원인에 대해서는 아직 말한 적이 없다. 그것은 10년

11) 루쉰(박자영 역), 『루쉰전집』 제4권, 그린비출판사, 2014년, 297~298쪽

의 긴 시간 동안 나는 내 개인의 사적인 원한을 보복했던 것이다. 1926년에 천위안陳源 즉 시잉西瀅 교수가 베이징에서 공개적으로 나에 대한 인신공격을 했고, 나의 이 저작을 거론했다. 즉 시오노야 온鹽谷溫 교수의 『지나문학개론강화支那文學槪論講話』 가운데 '소설' 일부를 훔친 것이라는 말이었다. 『한담』의 소위 '있는 그대로 전부 표절'이 가리키는 것 역시 나왔다. 지금 시오노야 교수의 책이 이미 중역中譯되어 나와 있고, 나의 책도 일역日譯이 되었으니 양국의 독자는 일목요연하게 알 수 있을 것이다. 나의 '표절'을 지적하는 사람이 있을까? 아아, '비열하고 저질적인 일을 하는' 것은 가히 인간 세상에서 가장 부끄러운 일이다. 나는 10년간 '표절'이란 악명을 달고 살았다. 하지만 지금은 그것을 내릴 수 있게 되었다. 게다가 '거짓말하는 개'라는 레테르label를 자칭 '정인군자'正人君子인 천위안 교수에 돌려주고자 한다. 만약 그가 씻어 내지 않는다면 어쩔 수 없이 그 레테르를 붙이고서 생활하고 그대로 무덤까지 갖고 들어가는 수밖에 없다.(『『차개정잡문且介亭雜文2集』후기後記』)[12]

3. 구제강顧頡剛, 논란의 근원根源

그러나 루쉰 사후에도 '표절' 문제는 여전히 사람들의 입에 오르내리며 갑론을박이 이어졌다. 그런데 애당초 천위안이 루쉰을 비판했던 것은 '여사대 사건'을 놓고 서로 간에 감정이 어그러져 누군가에게서 들은 '표절' 이야기로 루쉰에게 상처를 주고자 했던 것이다. 천위안이 두 사람의 저작을 진지하게 검토하고 비교했다는 증거는 어

---

12) 루쉰(서광덕 역), 『루쉰전집』 제8권, 그린비출판사, 2015년, 589~590쪽

디에서도 찾아볼 수 없다. 그렇다면 천위안은 그런 이야기를 누구에게 들었던 것일까? 루쉰이 죽은 바로 그해에 후스胡適가 이 문제에 대해 언급한 데에서 그 단초를 찾아볼 수 있다.

　　무릇 한 사람을 논하려면 항상 평정심을 유지해야 한다. 사랑하면서도 그의 나쁜 점을 알아야 하고, 미워하면서도 그의 장점을 알아야 평정심을 유지하게 된다. 루쉰에게는 그 나름의 장점이 있다. 이를테면 그의 초기 문학작품과 그의 소설사 연구는 모두 상등의 작업들이다. 천위안陳源 선생이 당년에 일개 소인배인 장펑쥐張鳳擧의 말을 잘못 알아듣고 루쉰의 소설사가 시오노야 온鹽谷溫의 것을 베껴 쓴 것이라고 말해서 루쉰은 죽을 때까지 그 원한을 잊지 못했다! 지금 시오노야 온鹽谷溫의 문학사는 이미 쑨랑궁孫俍工에 의해서 번역이 되어 나왔는데, 이 책은 나와 루쉰의 소설 연구에 앞선 작품으로 그 고증 부분은 천박하고 비루하여 가소로울 지경이다. 루쉰이 시오노야 온을 베껴 썼다는 것은 진실로 충분히 억울한 일이다. 시오노야 씨에 대한 이 안건은 우리가 마땅히 루쉰을 위해 명백하게 씻어 내야 한다.[13]

후스의 말대로라면 장펑쥐가 그런 소문의 근원지라 할 수 있다. 하지만 천위안에게 그런 말을 한 것은 장펑쥐뿐이 아니었다. 당시 베이징대학에 있었던 구제강顧頡剛 역시 루쉰이 시오노야의 책을 베껴 썼다는 혐의를 두었고, 이를 천위안에게 알려줌으로써 천위안이 그런 말을 했던 것이다.[14] 이 사실은 다른 사람의 입을 통해서도 언

---

13) 후스胡適, 「쑤쉐린에게 쓴 편지致蘇雪林」1936년 12월 14일, 『胡適文集』 第7卷, 人民文學出版社, 1998, 185쪽.

14) 바오궈화鮑國華, 「魯迅『中國小說史略』與」鹽谷溫『中國文學槪論講話』, 『魯迅研究月刊』, 2008年 第5期, 7쪽.

급이 된 바 있다. 곧 1949년 당시 윈난대학雲南大學 교수였던 류원뎬
劉文典도 강연 도중에 이 사실을 폭로한 바 있는데, 그 원고는 남아
있지 않고, 강연 다음날인 1949년 7월 12일 자 쿤밍昆明의 『대관만보
大觀晚報』에 실린 「류원뎬이 루쉰에 대해 이야기하다劉文典談魯迅」라
는 글에 기록된 강연의 요점에서 구졔강顧頡剛과 그의 '베껴 썼다'는
설이 언급되어 있다.

> "구졔강은 일찍이 루쉰이 지은 『중국소설사략』이 일본인 아무
> 개의 저작을 베껴 쓴 것이라 매도했다. 류 교수는 루쉰을 위해
> 변호하며 루쉰이 그 책에서 소재를 취한 것이 있기는 해도, 베껴
> 썼다는 것은 어떤 다른 뜻을 가지고 공격한 것에 불과하다."[15]

여기서 류씨는 루쉰이 "베껴 썼다"는 설에 대해 부정적인 의견을
보였지만, 강연 도중 구졔강이 무엇을 근거로 루쉰이 "베껴 썼다"고
매도했는지에 대해서는 밝히지 않았다.

이후에 구졔강의 딸 구차오顧潮가 부친의 저작을 회고하던 중 이
일을 거론한 바 있다.

> '여사대사건' 중 루쉰과 저우쭤런은 굳건하게 학생들의 운동을
> 지지했으나, 교장인 양인위楊蔭楡와 동향인 천위안陳源은 학생 운
> 동을 압제한 양 씨를 변호해 쌍방 간에 격렬한 논전이 벌어졌다.
> 루쉰과 천위안은 이로 인해 깊은 원한을 맺게 되었다. 루쉰이 『중
> 국소설사략』을 지었을 때 일본 시오노야 온의 『지나문학개론강

---

15) 중국사회과학원 문학연구소 루쉰 연구실中國社會科學院 文學研究所 魯迅研究
    室 編, 『魯迅研究學術論著資料滙編(1913~1983)』第4卷, 中國文聯出版公
    司, 1987年, 839쪽.

화』를 참고서로 삼았는데, 어떤 내용은 이 책의 대의에 근거해 지었지만 명확하게 주를 달지는 않았다. 당시 어떤 이는 이렇게 한 것을 두고 베껴 썼다는 혐의가 있다고 여겼다. 아버님 역시 이런 관점을 갖고 천위안과 말씀을 나누셨다. 1926년 초 천 씨는 잡지에 이 일을 공표했다.……이 일로 인해 루쉰은 자연스럽게 아버님과 원한을 맺게 되었다.[16]

구차오의 이 기술은 구제강의 일기가 아직 공개되기 전에 나온 것으로, 2007년 구제강의 일기가 정리되어 정식으로 출판되었을 때, 그 진상이 세상에 드러나게 되었다. 1927년 2월 11일 일기에서 구제 강은 이렇게 말했다.

　루쉰의 나에 대한 원한은 내가 천위안陳源에게『중국소설사략』 이 시오노야 온鹽谷溫의『지나문학개론강화』를 베껴 쓴 거라고 알 려줬기 때문이다. 그 자신이 다른 사람을 베꼈으면서, 도리어 다 른 사람이 그가 베껴 쓴 것을 지적하는 것을 마땅찮게 여긴다니, 그 비겁함과 오만함을 상상할 수 있다. 이런 류의 사람이 궁극에 는 군중들의 우상이 되는 것은 진실로 청년들의 불행이다. 그는 비록 나에게 원한을 품고 있지만, 나에게 욕을 할 수 없다. 그저 단지 여러 가지 요언謠言만을 지어낼 따름이다.[17]

사실 루쉰과 구제강이 처음부터 이렇게 사이가 좋지 않은 것은 아니었다. 앞서도 언급한 대로, 1924년 11월 베이징에서 주간지『어

---

16) 구차오顧潮, 『歷劫終敎志不灰—我的父親顧頡剛』, 華東師範大學出版社, 1997年, 103쪽.
17) 구제강顧頡剛,『顧頡剛日記』第2卷(1927~1932), 臺北; 聯經出版事業股份 有限公司, 2007年, 15쪽.

『사어絲』가 창간되었을 때 루쉰의 제자였던 쑨푸위안孫伏園의 주도 하에 저우쥐런과 첸쉬안퉁錢玄同, 쟝사오위안江紹原, 구졔강顧頡剛, 리샤오펑李小峰, 장팅쳰章廷謙 등이 모여 간행물의 명칭과 출판에 관련된 사안들을 논의했다. 곧 이때만 해도 루쉰과 구졔강은 뜻을 같이 하는 동인이었음을 알 수 있다. 그러나 『사략』을 둘러싸고 '표절' 논란이 일자 그 배후로 의심되었던 구졔강에 대해 루쉰이 원한을 품게 된 것이었다.

그래서 1927년 루쉰이 샤먼廈門을 떠나 광저우廣州의 중산대학中山大學에 자리를 잡았을 때, 구졔강이 중산대학으로 온다는 소문을 듣고, 그가 오면 자신이 그곳을 떠나야 한다고 생각했다.[18] 그리고 같은 해 7월 경 루쉰은 자신이 그토록 싫어했던 구졔강으로부터 한 통의 편지를 받게 된다.

　　루쉰 선생.
　　제가 무슨 연유로 인해 선생님께 죄를 범하게 되어 선생님께서 저를 이렇게 강렬하게 공격하고 가르침조차 받지 못하고 있는지 몰라서 진실로 마음 졸이고 있었습니다. 이틀 전에 한커우漢口의

---

18) "나는 샤먼에 있을 때 '현대'파 사람 몇 명에게 배척당했는데 그곳을 떠난 절반의 원인도 여기에 있습니다. 그렇지만 내가 베이징에서 초빙한 교원의 체면을 생각하여 비밀로 하고 말하지 않았습니다. 그런데 그중 한명(곧 구졔강을 가리킴; 필자 주)이 거기에도 발을 붙이지 못하고 이곳으로 파고 들어와 교수를 하고 있습니다. 이들 패거리의 음험한 성격은 바뀌지 않을 것이니 오래지 않아 자연히 배척하고 사리사욕을 꾀하겠지요. 이곳에서의 나의 교무와 수업은 이미 충분히 많습니다. 거기에 중상모략을 방어하고 하찮은 일로 화를 내는 일까지 더해질 수 있습니다. 그래서 나는 이삼 일 내에 모든 직무를 사직하고 중산대학을 떠나는 것으로 결정했습니다." (루쉰(박자영 역), 『루쉰전집』 제14권, 그린비출판사, 2018년, 62쪽)

『중앙일보』부간에서 선생님과 셰위성謝玉生 선생이 통신한 내용을 보고서, 처음으로 선생님을 비롯한 사람들이 저를 반대하는 까닭을 알게 되었는데, 모두들 국민당과 중화민국의 대의를 널리 펼치고자 하는 이 무렵에 오히려 제가 지은 죄악은 세상이 용납하지 않는다고 하니 그저 몹시 당황스러울 뿐입니다. 송구스럽게도 이 내용의 옳고 그름은 글이나 말로 명확하게 할 수 있는 게 아니지요. 9월 중순 광저우로 돌아갈 것이니 그때 소송을 제기하여 법적으로 해결되도록 기다리겠습니다. ……선생님과 셰 선생께서는 당분간 광저우를 떠나지 마시고 재판이 시작할 때까지 기다려주신다면 대단히 감사하겠습니다.

......

중화민국 16년 7월 24일[19]

이보다 앞서 5월 11일 한커우의 『중앙일보』 부간에 편집자인 쑨푸위안孫伏園이 「루쉰 선생이 광둥의 중산대학을 벗어나다」라는 글을 실었다. 여기에 루쉰과 셰위성이 쑨푸위안에게 보낸 편지가 공개되었는데, 모두 구제강을 개인적으로 비난하는 내용이었다. 그래서 구제강이 루쉰에게 이와 같은 편지를 보내게 된 것이었다. 구제강의 편지를 받은 당일 루쉰은 그에게 답장을 보냈다. 그는 구제강에게 사과할 마음도 그에게 굴복할 생각도 없었다. 그저 "생활비가 엄청나게 비싼 광저우에서 책을 저당 잡히고 옷을 팔아서라도 한 달 넘게 재판이 시작되기를 기다"릴[20] 생각이 없다는 사실을 밝힘으로써 그가 곧 광저우를 떠날 것이라는 사실을 공표했다. 이 일은 다행히도 실제 송사로 이어지지는 않고 단순한 해프닝으로 끝났다.

---

19) 루쉰(김하림 역), 『루쉰전집』 제5권, 그린비출판사, 2014년, 297~298쪽.
20) 루쉰(김하림 역), 『루쉰전집』 제5권, 그린비출판사, 2014년, 299쪽.

이보다 앞서 구제강은 1913년에 베이징대학에 입학하고 1920년 졸업과 동시에 학교에 남아 일을 했다. 그리고 같은 해에 루쉰이 베이징대학에 강사로 초빙되었다. 그러나 그 당시에는 두 사람이 어떤 식으로든 교류했다는 흔적은 찾아볼 수 없고, 구제강이 루쉰을 언급한 것은 1924년이 되어서였다.

구제강은 1921년 신년 초에 할머니의 중병으로 고향인 쑤저우蘇州로 내려갔다가 3월에 다시 베이징에 돌아와 국학연구소國學研究所에서 근무했다. 4월에는 스승인 후스胡適의 『홍루몽고증紅樓夢考證』 원고 때문에 경사도서관京師圖書館과 국자감國子監 등지에서 자료를 수집하였으며, 4월 말에는 고향으로 가는 도중 『홍루몽』을 열독하였다. 그리고 6월 21일에 동향인 궈사오위郭紹虞(곧 궈시펀郭希汾)가 귀향을 하여 구제강을 만났다. 당시 궈사오위는 시오노야 온의 저작 가운데 소설 부분을 편역해 출간[21]했고, 아마도 친한 친구였던 구제강 역시 이 책을 봤을 것이다.

한편 루쉰은 베이징대학의 강의를 위해 유인본油印本 『소설사대략小說史大略』 17편을 완성했는데, 이것은 정식으로 출판된 것이 아니라 구체적인 날짜를 확정하기는 어렵다. 루쉰이 베이징대학에서 강의를 시작한 것이 1920년 12월 24일이었으므로 아마도 그 즈음부터 쓰기 시작해서 1921년에서 1922년 사이에 완성했을 것이다. 그 결과 『소설사대략』은 1922년 『중국소설사대략中國小說史大略』이라는 이름으로 베이징대학 인쇄과에서 배인排印되었다. 이때 원래 17편이던 내용

---

21) 궈시펀郭希汾, 『中國小說史略』, 上海: 中國書局, 1921年 5月. 자세한 것은 조관희, 「루쉰魯迅의 중국 고대소설 연구 4―일본 학자 시오노야 온鹽谷溫과의 학문적 교류」(『중국소설론총中國小說論叢』 제64집, 한국중국소설학회, 2021년 8월), 163쪽을 참고할 것.

역시 26편으로 증가하였다.[22]

　앞서도 이야기한 대로 구제강은 1921년에 『홍루몽』에 빠져 있었다. 그리고 이때 궈사오위가 편역한 『지나문학개론강화』의 절역본인 『중국소설사략』을 보았고, 아울러 그 즈음에 베이징대학에서 중국소설사 강의를 하고 있던 루쉰의 강의 원고도 보았을 것이다. 그러므로 구제강이 본 것은 아마도 1922년의 유인본 『소설사대략』일 가능성이 크다. 두 저작을 비교한 결과 구제강은 루쉰의 책 일부가 시오노야 온의 책을 베껴 썼다는 심증을 굳혔다. 1973년 구제강은 천쩌광陳則光에게 보낸 편지에서 다음과 같이 말했다.

> 　루쉰은 『중국소설사략』에서 『홍루몽』 인물에 관한 관계 표를 실었는데, 이 표는 일본인 시오노야 온의 『지나문학강화』에서 베껴 온 것이다. 나의 고고학적 안목으로는 루쉰은 응당 출처를 적어야 했다. 이런 생각을 천위안陳源에게 이야기했고, 쑨푸위안孫伏園에게도 알려주었다.[23]

---

22) 이후 초판 『중국소설사략』이 상권은 1923년 12월에, 하권은 1924년 6월에 신조사新潮社에서 정식 출간되었다. 1925년 9월에는 재판 합정본合訂本 『중국소설사략』이 북신서국北新書局에서 나왔는데, 이것은 초판 상하권에 대해 '소설사 의식史識'의 수정을 진행해 1권으로 출판된 것이다. 1931년 9월에는 정정본訂定本 『중국소설사략』이 역시 북신서국北新書局에서 나왔는데, 여기에서는 시오노야 온鹽谷溫의 원대元代 지치至治 연간 『전상평화全相評話』에 관한 연구를 수용하였다. 최후의 수정본 『중국소설사략』은 1935년 6월에 북신서국北新書局에서 나왔는데, 『품화보감品花寶鑑』, 『화월흔花月痕』, 『홍루몽紅樓夢』의 작자에 대한 정정이 추가되었다.

23) 구제강顧頡剛, 『顧頡剛書信集』 2卷, 北京: 中華書局 2011年, 529쪽.(스샤오옌施曉燕, 「魯迅『中國小說史略』與鹽谷溫『中國文學槪論講話』的文本比對」, 『中國現代作家手稿及文獻國際學術硏討會論文集』, 2014年 8月 14日, 287쪽에서 재인용.)

그렇다면 루쉰은 시오노야 온의 저작을 언제 보았던 것일까? 시오노야 온의 『지나문학개론강화』 일문 판 저작은 1919년 5월 출간되었고, 궈사오위의 중문판은 1921년 5월에 출간되었다. 일본에 유학한 바 있는 루쉰은 일본어에 정통했으므로, 시오노야 온의 저작을 직접 읽어봤을 가능성도 있으나, 정작 루쉰의 일기에는 이에 관한 것이 없고, 저우쭤런周作人의 일기에 나와 있다.

> "『지나문학개론강화』 시오노야 온, 티셴逷先[24])에게 주었다.『支那文學槪論講話』 鹽谷溫, 讓予逷先"(1920년 6월)[25])

같은 해의 저우쭤런의 일기에는 도쿄의 마루젠서점丸善書店을 통해 몇 차례 책을 샀다는 기록이 나온다. 저우쭤런은 첫 번째로 구매한 『지나문학개론강화』을 앞서 말한 대로 티셴逷先, 곧 당시 베이징대학 동료였던 주시쭈朱希祖에게 주었기 때문에 이 책을 다시 구매했다. 당시 루쉰 형제는 장서를 공유했기에, 아마도 루쉰은 이즈음에 『지나문학개론강화』를 보았을 것이다.[26])

한편 구계강은 쑤저우蘇州 사람이고, 천위안陳源은 우시無錫 사람이기 때문에, 두 사람은 쟝쑤 성江蘇省이라는 동향 관계에 있었고 그로

---

24) 티셴逷先은 중국의 역사학자 주시쭈朱希祖(1879~1944년)의 자이다. 그는 저쟝 성浙江省 하이옌海盐 사람으로 베이징대학北京大学과 베이징사범대학北京师範大学, 칭화대학清华大学, 푸런대학輔仁大学, 중산대학中山大学 및 중앙대학中央大学(난징대학南京大学의 전신) 등의 대학에서 교수를 역임했다.

25) 자오징화趙京華, 「魯迅與鹽谷溫」, 『魯迅研究月刊』, 2014年 第2期. 8쪽에서 재인용.

26) 자세한 시말은 자오징화趙京華의 「魯迅與鹽谷溫」(『魯迅研究月刊』, 2014年 第2期), 8쪽을 참고할 것.

인해 서로 친밀감을 갖고 있었다. 구제강의 일기에서는 1923년 12월 부터 천위안의 이름이 나오기 시작한다. 결국 루쉰이 시오노야 온의 저작을 '베껴 썼다抄襲'는 말은 구제강에게서 나온 것이라 볼 수 있다. 그런데 당시 구제강은 루쉰과 같이 어사사語絲社의 동인으로서, 피차 간에 가까운 사이는 아니었으나 그렇다고 원한 관계가 있는 것도 아 니었다. 그가 루쉰을 비판했던 것은 천위안의 경우처럼 어떤 사적인 원한('여사대 사건') 때문이 아니었다. 그는 자신이 견지하고 있는 학술적 입장에서 루쉰을 바라보고 그 나름의 판단을 했던 것이다.

구제강은 학문적으로 후스胡適의 영향을 깊게 받았다. 후스에게 소 설사학小說史學은 그가 제창하고 이끌었던 '국고정리國故整理' 운동의 중요한 구성 부분으로27), '고증'이라는 시야로 본 소설은 하나의 사료 일 따름이었다. 그런 까닭에 예술을 논하는 것은 후스의 장기가 아닐 뿐더러 그가 원하는 바는 더더욱 아니었다. 구제강이야말로 이러한 후스의 학술 사상을 이어받아 소설사小說史를 사학사史學史의 범주에 넣고 토론을 진행해, 역사 연구의 학술 규범과 평가 잣대로 소설사 저술의 이론적 창견創見과 문화적 직능職能을 판단했던 것이다.28)

> "구소설은 문학사의 자료일 뿐 아니라 가장 믿을 만한 사회사
> 료를 보존하고 있어, 소설을 이용해 중국사회사를 고증하는 것은
> 머지않은 장래에 반드시 이에 종사하는 이가 나올 것이다."29)

---

27) 자세한 것은 천핑위안陳平原, 『現代中國學術之建立—以章太炎, 胡適之爲中心』, 北京大學出版社, 1998, 185~239쪽을 참고할 것.

28) 바오궈화鮑國華, 「魯迅『中國小說史略』與」鹽谷溫『中國文學概論講話』」, 『魯迅硏究 月刊』, 2008年 第5期, 8쪽.

29) 구제강顧頡剛, 『當代中國史學』, 上海勝利出版公司, 1942년. 118~119쪽.(바오 궈화鮑國華, 「魯迅『中國小說史略』與」鹽谷溫『中國文學槪論講話』」, 『魯迅硏究月刊』,

곧 구제강은 역사학이라는 전제 하에 소설사 저술을 토론했기에, '중사경문重史輕文'의 경향을 띠게 되었던 것이다. 따라서 구제강에게 는『중국소설사략』과 같이 심미적인 감수성에 장점이 있는 소설사 논저는 묘사와 개괄이 비교적 많고 구체적인 문제에 대한 깊이 있는 고찰이 결핍되어 공소한 느낌을 주기 때문에 비록 수미가 완정하긴 하나 심도가 부족해 독본 정도로밖에 보이지 않았다. 같은 이유로 시오노야 온의『지나문학개론강화』역시 문류文類의 특징을 개술한 것이라『사략』과 어금버금한 수준의 저작으로 그저 서로가 서로를 '베껴 쓴沿襲' 저작으로밖에 볼 수 없었던 것이다. 이것이야말로 구제 강이 루쉰의 저작이 시오노야의 저작을 '베껴 썼다抄襲'고 주장했던 근거이고,『중국소설사략』의 학술 가치가 구제강에게 충분한 인정을 받지 못했던 까닭이다.[30]

결국 구제강이 루쉰의 저작을 폄하했던 것은 어떤 사적인 감정에 의해서 그런 것이 아니라 양자의 학술적인 차이에서 비롯된 것이라 할 수 있다. 아울러 천위안과 루쉰 사이에 벌어졌던 일련의 논쟁은 결국 '여사대 사건'을 두고 어그러진 감정을 억제하지 못하고, 천위 안이 구제강에게서 들은 이야기로 루쉰에게 상처를 입히기 위해 도 발한 것이라 할 수 있다. 그렇기 때문에 천위안이 차분하게 두 사람 의 저작을 검토하고 비교했다면 애당초 이런 분란을 일어나지 않았 을 것이다.

2008年 第5期, 8쪽에서 재인용)

30) 바오궈화鮑國華,「魯迅『中國小說史略』與」鹽谷溫『中國文學槪論講話』,『魯迅硏究 月刊』, 2008年 第5期, 9쪽.

4. '베껴 쓰기' 논란의 진위

그렇다면, 루쉰의 『사략』은 시오노야 온의 『강화』로부터 어떤 영향을 받았는가? 루쉰이 시오노야 온의 저작을 '베껴 썼다'고 주장하는 사람들이 지적하는 것은 크게 두 가지이다. 그것은 첫째, '신화와 전설' 부분과 둘째, 『홍루몽』 인물 표이다. 이 점은 앞서도 언급한 바와 같이 루쉰 역시 인정하고 있는 바이다. 곧 "나의 『중국소설사략』 28편 중 2편은 그의 저작에 근거한 것이고 또 『홍루몽』에 관한 몇 가지 논의와 「가씨 계보도賈氏系圖」 한 장도 이에 의거한 것"(「편지가 아니다」)이 바로 그것이다.

첫 번째로 『사략』의 제2편 신화와 전설 부분은 루쉰 자신도 인정했듯이 시오노야 온의 저작을 차감借鑒한 것이 분명하다. 사실 신화와 전설에 대한 논의는 중국 고유의 것이 아니라 서구의 소설론에서 그 주요 논거를 가져 온 것인데, 주로 20세기 초반 일본을 통해 중국에 들어온 것이다.

> 그때 루쉰은 일본에서 유학하고 있으면서 처음으로 신화학을 접했는데, 일본어 자료를 통해서였다. 이것은 그의 『파악성론破惡 聲論』에서 신화의 문화적 가치를 천술闡述하고 그것을 문학과 사상의 기원으로 본 것으로 알 수 있다.31)

당시 중국의 신화학 연구는 초보적 단계에 있었으므로 일본의 영향을 받은 것은 부인할 수 없다. 하지만 루쉰이 시오노야 온의 주장

---

31) 바오궈화鮑國華, 「魯迅『中國小說史略』與『鹽谷溫『中國文學槪論講話』, 『魯迅硏究 月刊』, 2008年 第5期, 14쪽.

을 단순히 인용만 한 것은 아니다. 『사략』의 초기 유인본油印本 강의
록에서는 주요 관점을 시오노야 온의 저작에서 가져온 것이 분명하
지만, 1923년 신조사新潮社에서 최초로 간행된 『사략』 상권의 경우
신화 부분을 대폭 개작하고, 자료 역시 증보하고 순서나 관점 또한
상당한 조정과 수정을 거쳤다.

　중국의 신화가 단편적으로만 남아있는 까닭에 대해, 어떤 논
자[32]는 두 가지 이유를 들었다. 첫째는 한족漢族은 처음에는 황하
黃河 유역에 살았기에 자연의 혜택이 부족하여 그들의 생활 또한
근면해야 했으므로 실제를 중시하고 낭만적인 상상玄想을 멀리했
으니 예로부터 전해오는 이야기를 집대성해 위대한 문학을 이루
기란 더욱 불가능했을 것이라는 것이다. 둘째로는 공자가 수신.제
가.치국.평천하修身齊家治國平天下 등의 실제에 힘쓰는 가르침을 들
고 나와, 귀신을 말하고자 하지 않았으므로, 유가에서는 태고의
황당한 이야기들을 말하지 않았다. 그러므로 그 후로는 발전하지
못했을 뿐만 아니라 흩어져 없어져 버렸다는 것이다.
　그러나 상세히 고찰해 보면, 앞서 말한 이유는 거의 신神과 귀
鬼를 구별하지 않았던 데 있는 것 같다. 비록 옛날에는 하늘 신天
神, 땅 신地祇, 사람 귀신人鬼을 분별하고는 있었지만, 사람 귀신
역시 신神이나 기祇가 될 수 있었다. 인간과 신이 서로 뒤섞여
있었다는 것은 원시 신앙이 그 자체의 형태로부터 탈각하지 못했
다는 것으로, 원시 신앙이 남아 있는 한 전설과 유사한 이야기가
그치지 않고 날로 나타나게 된다. 그래서 이전부터 있던 이야기

---

32) 일본의 시오노야 온鹽谷溫를 가리킨다. 그는 중국의 고대신화가 아주 적은
　이유를 두 가지로 설명했는데, 그가 지은 『중국문학개론강화中國文學槪論講
　話』(쑨량공孫俍工 역) 제6장에 보인다.(루쉰(조관희 역), 『중국소설사』소명
　출판, 2004, 62쪽)

는 활기를 잃고 사라져 버리고, 새로 나온 것 역시 그렇게 광채를 발하는 것이 없게 된다. 이를테면 다음의 예 가운데 앞의 둘은 새로운 신이 수시로 생겨나는 것이고, 뒤의 셋은 이전 단계의 신이 [모습과 명칭에 있어서는] 약간의 변화가 있지만, [궁극적으로는] 아무런 진화의 흔적을 찾아 볼 수 없는 것들이다.33)

여기서 루쉰은 시오노야 온의 주장을 먼저 인용하고 나서 그와는 차별되는 자신만의 주장을 덧붙였다. 여기에 그치지 않고 자신의 주장을 뒷받침할 사료들로 그것을 증명했다. 따라서 '신화와 전설'에 관한 장절이 『강화』의 영향을 받은 것은 사실이나, 그렇다고 무분별하게 '베껴 썼다'는 혐의를 두는 것은 가당치 않다.

두 번째로 『홍루몽』의 경우, 우선 "몇 가지 논의"라는 것은 이른바 『홍루몽』 작자의 '영사 설影射說'을 가리킨다. 곧 『홍루몽』의 주인공인 쟈바오위賈寶玉의 실제 모델이 누구인가 하는 것인데, 시오노야 온은 3가지 설을 제시했고, 루쉰은 시오노야 온의 설에 하나를 더해 4가지 설을 제시했는데, 그 내용은 크게 다르지 않다. 첫 번째는 청 세조 순치제順治帝와 동악비董鄂妃 설이고, 두 번째는 강희제康熙帝 때의 정치 상황 설이며, 세 번째는 나란청더納蘭成德(또는 싱더性德) 설이다. 루쉰은 여기에 작자인 차오쉐친曹雪芹의 '자서自敍' 설을 추가했다. 여기서 두 사람의 주장하는 바나 근거로 들었던 문헌 등은 크게 다르지 않으나, 결론은 조금 다른데, 여기에 루쉰은 위안메이袁枚의 『수원시화隨園詩話』와 후스胡適의 『홍루몽고증』을 근거로 '자서自敍' 설을 더했다.34) 곧 루쉰은 당대 학자들의 연구 성과까지 종합해

---

33) 루쉰(조관희 역), 『중국소설中國小說史』, 서울:소명출판사, 2004, 62~63쪽.
34) 루쉰(조관희 역), 『중국소설中國小說史』, 서울:소명출판사, 2004, 596~601쪽.

새로운 관점에서 논의를 진행했기에 시오노야 온의 저작을 '베껴 썼다'고 보기 어렵다.

루쉰이 시오노야 온의 저작을 '베껴 썼다'는 주장을 결정적으로 뒷받침하는 것은『홍루몽』인물세계표이다. 앞서 말한 바와 같이 루쉰도 "「가씨 계보도賈氏系圖」한 장도 이에 의거한 것"(「편지가 아니다」)이라고 밝힌 바 있다. 그러나 양자는 얼핏 보면 비슷해 보이지만, 자세히 보면 다음과 같은 차이가 있다.[35]

1. '궈 본郭本'의 표에서는 위안춘元春 등의 인물의 배행排行에 대해 표기를 했고, 인물 성명 옆에 아라비아 숫자 1234로 표시를 했으나, 루쉰의 표에는 배행이 없다.

2. 루쉰의 표에는 쟈란賈蘭, 쟈환賈環(그 어미는 자오 씨趙氏로 바오위寶玉와는 이복 형제)이 있는데, '궈 본郭本'에는 이 두 사람이 나오지 않는다.

3. '궈 본郭本'의 먀오위妙玉 아래에는 '부모의 성씨를 모른다不知父母姓氏'를 말이 부기되어 있으나, 루쉰의 표에는 단지 먀오위라고만 적혀 있다.

4. 루쉰 표의 남자 이름에는 네모로 된 칸이 없고, 여자의 이름은 네모로 된 칸이 둘러져 있으나, 쟈민賈敏에게는 네모 칸이 둘러져 있지 않고 옆에 (여)라고 씌어 있다.

---

35) 스샤오옌施曉燕,「『魯迅『中國小說史略』與鹽谷溫『中國文學槪論講話』的文本比對」,『中國現代作家手稿及文獻國際學術硏討會論文集』, 2014年 8月 14日, 302쪽. 여기서 스샤오옌이 비교한 것은 시오노야 온의 원저가 아니라 궈사오위郭紹虞 절역본(여기서는 '궈 본郭本'으로 약칭함)이다. 하지만 양자의 차이가 있는 것은 아니다.

5. 루쉰의 표에서는 부부 관계는 X로 표시했다.

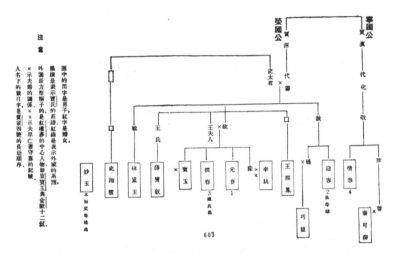

그림 1. 『중국문학개론』의 『홍루몽』 가계도

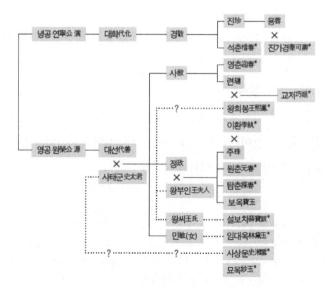

그림 2. 『사략』의 『홍루몽』 가계도

이상으로 루쉰의 표에서는 부부 관계나 남녀의 성별을 표시하는 등 시노오야 온의 도표를 그대로 답습하지 않고 자기 나름의 수정을 가했다는 것을 알 수 있다. 그래서 루쉰은 이 가계도가 시오노야 온의 것에 의거하긴 했지만, "대략적인 틀만 비슷할 따름이고 순서와 의견은 모두 다르다"(「편지가 아니다」)고 말했던 것이다.

그 밖에도 루쉰은 시오노야 온이 새롭게 발굴한 자료들을 적극 활용해『사략』의 집필에 그 성과를 반영했다. 그 가운데 대표적인 것이 '삼언三言'과 '전상평화잔본(全相平話殘本)'이다. 이것 말고도『사략』에는 시오노야 온의 자료에 힘입은 것들이 많이 있는데, 구체적인 상황은 다음과 같다.36)

1. 제14편 원명元明으로부터 전래되어 온 강사講史 상上

"일본 나이카쿠분코(內閣文庫37)에는 원元 지치至治(1321~1323년) 연간 신안新安의 우씨 간본虞氏刊本 전상全相(지금의 이른바 수상전도繡像全圖와 같다)평화平話 5종이 있다. 그것은『무왕벌주서武王伐紂書』,『악의도제칠국춘추후집樂毅圖齊七國春秋後集』,『진병

---

36) 머우리펑牟利鋒, 「鹽谷溫『支那文學槪論講話』在中國的傳播」, 『中國現代文學硏究叢刊』 2011年 第11期, 169쪽.

37) 일본 내각에서 소장하고 있는 고적과 고문서를 보관하는 문고. 메이지明治 17년 설립되어, 다이죠칸분코太政官文庫라고 했다가 다음해 나이카쿠분코라 칭했다. 에도江戸시대 도쿠가와 쇼군 집안의 모미지야마분코紅葉山文庫와 쇼에이자카가쿠몽죠(昌平坂學問所 등의 장서를 인수하였다. 처음에는 고쿄皇居(천황이 사는 곳) 안에 있었지만, 1971년 기타노마루 공원北の丸公園에 개설된 국립공문서관의 일부분이 되었다. 소장하고 있는 한적 목록으로『개정 나이카쿠분코 한적 분류 목록改訂內閣文庫漢籍分類目錄』(東京;內閣文庫, 1971)이 있다.【日】루쉰(조관희 역),『중국소설中國小說史』, 서울: 소명출판사, 2004, 315쪽.

륙국秦倂六國』, 『여후참한신전한서속집呂后斬韓信前漢書續集』, 『삼
국지三國志』이며, 매 집이 각각 3권으로 되어 있다.(『시분斯文』 제
8편 제6호, 시오노야 온鹽谷溫의 『명의 소설 '삼언'에 관하여關于明
的小說"三言"』) 지금은 다만 『삼국지』만이 인본印本이 있고(시오
노야 온 박사의 영인본 및 상무인서관常務印書館의 번인본翻印本),
다른 4종은 볼 수가 없다38)."

2. 제16편 명明의 신마소설神魔小說 상上

"원대의 잡극에는 오창령吳昌齡의 『당삼장서천취경唐三藏西天取
經』(종사성鐘嗣成 『녹귀부(錄鬼簿)』)이 있어, 일명 『서유기西游記』
(지금 일본의 시오노야 온鹽谷溫 교인본이 있다)라고도 하였다."39)

3. 제21편 명明의 송대 시인소설市人小說을 모방한 소설과 후대의
   선본選本

"『통언』은 40편으로, 천계天啓 갑자년(1624년) 예장豫章 무애
거사無碍居士의 서가 있고, 40편 가운데 『경본통속소설京本通俗小
說』에 있는 작품 7편이 들어 있다[시오노야 온鹽谷溫의 『명의 소
설 "삼언"에 관하여關于明的小說"三言"』 및 『송명통속소설유전표
宋明通俗小說流傳表』에 보인다]."40)

---

38) 그러나 다른 4종 역시 뒤에 나왔는데, 구라이시 다케시로倉石武四郎에 의해
   영인본이 간행되었고, 그 뒤 1956년에 문학고적간행사文學古籍刊行社에서
   구라이시 다케시로의 영인본에 『삼국지三國志』(涵芬樓影印本)를 합쳐서, 『전
   상평화오종全相平話五種』으로 간행되었다. 또 상하이上海의 고전문학출판
   사古典文學出版社에서 1955년 표점활자본標點活字本이 간행되었다.【日】루쉰
   (조관희 역), 『중국소설中國小說史』, 서울:소명출판사, 2004, 316쪽.
39) 루쉰(조관희 역), 『중국소설中國小說史』, 서울: 소명출판사, 2004, 396쪽.
40) 루쉰(조관희 역), 『중국소설中國小說史』, 서울: 소명출판사, 2004, 501쪽.

4. 제21편 명明의 송대 시인소설市人小說을 모방한 소설과 후대의
  선본選本
  "책이 이루어진 시기는 숭정崇禎 연간으로, 삼언이박과의 시대
관계는 시오노야 온鹽谷溫이 일찍이 다음과 같이 도표로 만들었
다(『명대의 소설 "삼언"明的小說"三言"』)."41)

  이상이 루쉰이 『사략』에서 시오노야 온을 직간접적으로 언급한 것
과 시오노야 온이 수집한 자료를 인용하고 그의 구체적인 논술과 관
점을 빌려온 것들이다.
  시오노야 온 역시 루쉰의 학술 성취를 존중해 소설과 희곡의 새로
운 자료를 발굴할 때마다 루쉰에게 기증했다.42) 여기서 주목할 것은
두 사람이 유일하게 만난 시기이다. 루쉰과 시오노야 온은 생전에
딱 한 번 만난 적이 있다. 두 사람은 1928년 2월 23일 상하이 우치야
마 서점內山書店에서 만났다.

  23일 맑음. ……저녁에 우치야마서점에 가서 『문학과 혁명文學
  と革命』 1본을 샀다.……시오노야 세츠잔鹽谷節山을 만나 『삼국지
  평화三國誌平話』 1부部와 『잡극서유기雜劇西遊記』 5부를 선물 받았
  다. 또 가라시마 다케시辛島驍 군이 소설, 사곡詞曲 필름 74엽葉을
  건네주기에 『당송전기집唐宋傳奇集』 1부를 선물로 주었다.43)

---

41) 루쉰(조관희 역), 『중국소설中國小說史』, 서울: 소명출판사, 2004, 521쪽.
42) 자세한 것은 자세한 것은 조관희, 「루쉰魯迅의 중국 고대소설 연구 4—일본
   학자 시오노야 온鹽谷溫과의 학문적 교류」(『중국소설론총中國小說論叢』 제
   64집, 한국중국소설학회, 2021년 8월), 166~168쪽을 참고할 것.
43) 루쉰(공상철 역), 『루쉰전집』 제18권, 그린비출판사, 2018년, 102쪽.

이것은 의미가 있다. 천위안陳源이 『신보 부간晨報副刊』에 루쉰의 『사략』이 시오노야 온의 『강화』의 소설 부분을 '베껴 썼다'고 도발한 것이 1926년 1월 30일이었다. 그리고 루쉰이 「편지가 아니다不是信」를 발표해 반박한 것이 2월 8일이다. 루쉰과 시오노야 온이 만난 것은 그로부터 2년이 지난 1928년이었다. 중국에서 자신의 저작을 놓고 한 바탕 떠들썩한 소동이 일었다는 사실을 시오노야 온은 알고 있었을까? 현재 남아 있는 자료로는 판단하기 어렵다.44) 하지만 그 이후에도 여전히 두 사람은 학술적인 교류를 했고 상대방을 존중했다. 앞서 살펴본 대로 루쉰은 『사략』에서 시오노야 온의 연구 성과를 가감 없이 인용했고, 그와 만날 때도 아무 거리낌 없는 태도를 취했다. 시오노야 온 역시 루쉰이 이루어놓은 학문적 성취를 존중해 소설과 희곡의 새로운 자료를 발굴할 때마다 루쉰에게 그것들을 보내주었다. 만약 루쉰이 정말로 시오노야 온의 저작을 '베껴 썼다'면 이런 일은 있을 수 없었을 것이다.

5. 맺음말

어떻게 보면 사소한 감정싸움에서 빚어진 논란이지만, 의외로 그 반향은 작지 않았다. 그것은 루쉰이라는 인물이 중국 현대문학사에서 차지하고 있는 위치나 중요성과 무관하지 않다. 그만큼 대 작가이고 대 학자였기에 세간의 주목을 받을 수밖에 없었던 것이다. 그러한 논란과 무관하게 루쉰의 『사략』은 지금까지도 중국소설사로서는 하

---

44) 자오징화趙京華, 「魯迅與鹽谷溫」, 『魯迅研究月刊』, 2014年 第2期, 9쪽.

나의 경전으로서 후대 학자들의 흠모의 대상이 되고 있고, 한 걸음 더 나아가 『사략』을 뛰어넘는 소설사 저작이 나오지 않고 있다.

그런 까닭에 『사략』은 여전히 사람들의 관심을 받고 있는데, 그만큼 루쉰이 시오노야 온의 저작을 '베껴 썼다'는 논란 역시 사그러들지 않고 이와 관련된 논문들이 끊임없이 나오고 있다. 그 대부분은 루쉰이 시오노야 온의 저작을 '베껴 썼다'는 데 대해서 회의적이지만, 그와 반대로 '베껴 썼다'는 설을 지지하는 이들도 존재하는 것이 사실이다. 그 대표적인 사람이 장징화張京華이다. 그는 대부분의 학자들이 루쉰이 시오노야 온의 저작을 '베껴 썼다'는 데 찬동하지 않는 것은 애당초 논란의 중심이 '전서全書'에 맞춰 논의를 전개했기 때문이라고 지적하고, 논점을 축소해 이를테면 『홍루몽』 가계도 등에 그 초점을 맞춘다면 루쉰이 시오노야 온의 것을 그대로 가져다 쓴 것을 쉽게 알 수 있다고 주장했다.45) 그러나 그의 주장은 자신이 말한 대로 논점을 국지적인 한 부분에 맞추었기에 설득력이 떨어진다고 할 수 있다.

중국이나 일본에서 근대적인 의미에서 문학사와 소설사가 나온 것은 서구의 영향을 받은 뒤였다. 근대화에서 중국보다 한 걸음 앞선 일본이 그 선구가 되었다면, 중국은 그 뒤를 밟아 한층 더 깊이 있는 논의를 진전시켰다. 아울러 학술이라는 것은 아무것도 없는 황무지에서 파천황 격으로 전혀 새로운 것이 불쑥 튀어나오는 것이 아니라, 오랜 기간 많은 사람들의 손에 의해 쌓여가는 공동의 자산인 것이다.

'콩알을 세는 사람Bean Counter'이라는 비유적 표현이 있다. 이것은 큰 그림을 그리지 못하고 세세한 숫자만 늘어놓고 말단지엽적인

---

45) 장징화張京華, 「魯迅與鹽谷溫」, 『中華讀書報』, 2014年 4月 2日, 第013版.

문제에 매몰되어 있는 것을 의미한다. 『사략』의 '베껴 쓰기' 논란 역시 이것과 궤를 같이 하는 문제라 할 수 있다. 그런 의미에서 시오노야 온의 『강화』과 루쉰은 『사략』을 놓고 더 이상 누가 누구를 '베껴 썼다'는 차원에 머물러 마치 '뫼비우스의 띠'처럼 밑도 끝도 없는 소모적인 논쟁을 이어가서는 안 된다. 곧 이 문제는 "국민문학 시대에 중일의 학자가 공통으로 전혀 새로운 중국문학사를 편찬 체제를 세운다는 시각에서 출발해 루쉰과 시오노야 온 사이에 학술적으로 서로 인정하고 상호 작용interaction했던 관계를 중점적으로 토론해야"46) 하는 것이다. 그렇게 함으로써 근대 이후 새로운 문학사와 소설사를 서술하고자 했던 두 나라 학자들 사이에서 이루어졌던 학술적 교류의 상황이 좀 더 입체적으로 드러날 수 있을 것이다.

---

46) 자오징화趙京華, 「魯迅與鹽谷溫」, 『魯迅硏究月刊』, 2014年 第2期, 6~7쪽.

구제강顧頡剛, 『顧頡剛書信集』 2卷, 北京: 中華書局 2011年.

구제강顧頡剛, 『顧頡剛日記』 第2卷(1927~1932), 臺北; 聯經出版事業股份
　　有限公司, 2007年.

구제강顧頡剛, 『當代中國史學』, 上海勝利出版公司, 1942년.

구차오顧潮, 『歷劫終敎志不灰—我的父親顧頡剛』, 上海: 華東師範大學出版
　　社, 1997年.

궈시펀郭希汾, 『中國小說史略』, 上海: 中國書局, 1921年.

루쉰(박자영 역), 『루쉰전집』 제4권, 그린비출판사, 2014년.

루쉰(김하림 역), 『루쉰전집』 제5권, 그린비출판사, 2014년.

루쉰(서광덕 역), 『루쉰전집』 제8권, 그린비출판사, 2015년.

루쉰(박자영 역), 『루쉰전집』 제14권, 그린비출판사, 2018년.

루쉰(공상철 역), 『루쉰전집』 제18권, 그린비출판사, 2018년.

루쉰(조관희 역), 『중국소설中國小說史』, 서울:소명출판사, 2004년.

머우리펑牟利鋒, 「鹽谷溫『支那文學槪論講話』在中國的傳播」, 『中國現代文
　　學硏究叢刊』 2011年 第11期.

바오궈화鮑國華, 「魯迅『中國小說史略』與」鹽谷溫『中國文學槪論講話』, 『魯
　　迅硏究月刊』, 2008年 第5期.

스샤오옌施曉燕, 「魯迅『中國小說史略』與鹽谷溫『中國文學槪論講話』的文
　　本比對」, 『中國現代作家手稿及文獻國際學術硏討會論文集』, 2014年 8
　　月 14日.

자오징화趙京華, 「魯迅與鹽谷溫」, 『魯迅硏究月刊』, 2014年 第2期.

장융루張永祿, 장쒀張謖, 「論鹽谷溫對魯迅小說史硏究的影向」, 『中國現代文
學硏究叢刊』 2015年 第5期.

장징화張京華, 「魯迅與鹽谷溫」, 『中華讀書報』, 2014年 4月 2日, 第013版.

저우쭤런周作人, 『魯迅的靑年時代』, 河北敎育出版社, 2002.

조관희, 「루쉰魯迅의 중국 고대소설 연구 4—일본 학자 시오노야 온鹽谷溫
과의 학문적 교류」, 『중국소설론총中國小說論叢』 제64집, 한국중국소
설학회, 2021년 8월.

조관희, 『청년들을 위한 사다리 루쉰』, 서울: 마리북스, 2017.

중국사회과학원 문학연구소 루쉰 연구실中國社會科學院 文學硏究所 魯迅硏究
室 編, 『魯迅硏究學術論著資料滙編(1913~1983)』 第4卷, 中國文聯出
版公司, 1987年.

천핑위안陳平原, 『現代中國學術之建立—以章太炎、胡適之爲中心』, 北京大
學出版社, 1998.

후스胡適, 「쑤쉐린에게 쓴 편지致蘇雪林」1936년 12월 14일, 『胡適文集』 제7
권, 人民文學出版社, 1998.

시오노야 온의 『중국문학개론강화』와 루쉰의 『중국소설사략』 비교

1. 들어가는 말

소설은 근대 이후에야 제대로 된 평가를 받고 본격적으로 조명이 이루어진 문학 장르이다. 아이러니컬한 것은 그럼에도 불구하고 그 이전부터 많은 소설 작품들이 창작되고 유통되었다는 사실이다. 문 인들로부터 정통 문학으로 대접받지 못했기 때문에 소설은 일차적으로 그저 시간을 때우기 위한 일종의 '유희호기遊戲好奇'적인 차원에서 다루어졌고, 기껏해야 우매한 민중들을 교화하는 수단 정도로만 여겨져 왔다.

그런 까닭에 소설은 출판사를 겸했던 서점 주인들과 그들에게 고 용되었던 과거에 급제하지 못한 하급 문인들의 돈벌이 수단으로 치 부되었다.1) 이에 따라 소설은 '정본正本'이라는 말이 무색할 정도로 수많은 판본들이 난무해 그 계통을 정리하고 바로잡는 일조차 버거운 일이 되고 말았다. 여기서 한 걸음 더 나아가 소설이라는 장르 자체를 규정하고 그 범주를 확정하는 일 또한 간단하지 않다.[2] 학문이라는 것이 그 본질적인 속성상 대상을 범주화하는 것을 그 출발점으로 삼는다면, 오랜 기간 동안 수없이 많이 쏟아져 나온 각양각색의 글들 가운데 어떤 것들을 소설이라는 범주에 묶을 수 있을까?

근대 이후 중국소설사를 처음 구상했던 이들 역시 같은 문제의식을 갖고 있었다. 그렇다고 해서 근대 이전에 이와 연관된 논의들이 전혀 없었던 것은 아니었다. 문제는 그런 논의들이 파편적이고 각자 저마다의 기준을 갖고 있었기 때문에 소설이 무엇이어야 한다는 주제에 대해 어떤 일치된 결론을 내리지 못했다는 것이다. 결국 근대 이후 서구의 소설 관념이 수입된 이후에야 소설에 대한 논의가 진전되었고, 소설사 집필 또한 가능해졌다.

물론 서구라고 해서 처음부터 소설에 대한 연구가 제대로 진행되었던 것은 아니다. 사실상 서구에서 소설이라는 개념이 확립되고 소설사 기술이 가능했던 것은 19세기 이후다. 곧 "문학사 서사의 흥기와 발전은 그 시대의 요구에 맞춰 필연적으로 일어나는 일종의 학술 제도의 구축"[3]인 것이다. 19세기에 제국주의를 앞세운 서구의 전 세계적인 침탈은 동아시아 국가들의 서구 문물의 무차별적인 수입으로

---

1) 탄판(譚帆, 조관희 역), 『중국 고대소설 평점 간론』, 서울: 학고방, 2014, 193~213쪽을 참고할 것.
2) 소설 본질론에 대한 논의는 조관희의 「중국소설의 본질과 중국소설사의 유형론적 기술에 대하여」(『中國語文學論集』第9號, 서울; 中國語文學研究會, 1997.8)를 참고할 것.
3) 자오징화趙京華, 「魯迅與鹽谷溫」, 『魯迅研究月刊』, 2014年 第2期, 4쪽.

귀결되고 이에 따라 중국과 일본은 저마다 자신들만의 문학사와 소설사 기술에 착수했다.4)

시오노야 온의 『중국문학개론강화中國文學槪論講話』(원제는 『지나문학개론강화支那文學槪論講話』, 이하 『강화』로 약칭함)와 루쉰은 『중국소설사략中國小說史略』(이하 『사략』으로 약칭함)은 이러한 시대적 상황에서 나온 기념비적인 저작으로 출간 당시는 물론이고 현재까지도 그 영향력을 잃지 않고 있다. 이 두 저작은 출간 이후 루쉰이 『강화』를 '베껴 썼다'는 시빗거리를 남기기도 했지만, 오히려 시오노야 온과 루쉰은 학술적인 측면에서 계속 교류를 해나가며 서로를 존중했다.5) 이 글에서는 두 사람의 대표작이라 할 수 있는 『강화』와 『사략』의 내용 분석을 통해 양자의 차이와 장단점 등에 대해 살펴보고자 한다.

2. 『중국문학개론강화』와 『중국소설사략』의 내용 분석

주지하는 대로 시오노야 온은 1919년에 『강화』를 출간했고, 루쉰은 1923년 12월(상권)과 1923년 6월(하권)에 『사략』을 정식 출간했다. 『강화』는 원래 대중을 위한 강연 원고에 바탕해 씌어진 것으로

---

4) 자세한 것은 조관희, 「루쉰魯迅의 중국 고대소설 연구 4—일본 학자 시오노야 온鹽谷溫과의 학문적 교류」(『중국소설론총』 제64집. 한국중국소설학회, 2021년) 155~156쪽을 참고할 것.
　자세한 것은 조관희, 「루쉰魯迅의 중국 고대소설 연구 5—『중국소설사략』 표절 논쟁을 중심으로」(『중국소설론총』 제67집, 한국중국소설학회, 2022)를 참고할 것.

모두 6장으로 이루어져 있는데, 이 가운데 소설을 다룬 것은 '제6장第六章 소설小說'이다.6) 『강화』의 제6장은 다음과 같이 구성되어 있다.7)

---

6) 나머지 제1장부터 5장까지의 구체적인 내용은 조관희, 「루쉰魯迅의 중국 고대소설 연구 4—일본 학자 시오노야 온鹽谷溫과의 학문적 교류」(『중국소설론총』 제64집, 한국중국소설학회, 2021년) 160쪽을 참고할 것.

7) 필자가 주로 참고한 것은 시오노야 온鹽谷溫, 『중국문학개론中國文學槪論』(講談社, 1983.)이다. 하지만 이것은 원래 있었던 소설의 원문 인용이 모두 삭제된 대중 독물讀物 용으로 재편집된 것이라는 사실을 밝혀둔다. 삭제된 내용 가운데 일부는 시의성이 떨어져 더 이상 참고가 되기 어렵기 때문에 삭제한 것들도 있다. 여기에 필요한 경우 1919년 5월 도쿄東京의 다이니혼유벤카이大日本雄辯會에서 펴낸 『지나문학개론강화『지나문학개론강화』 역시 참고하였다.

제3항第三項 홍루몽紅樓夢[8]

한편 루쉰은 어려서부터 중국 소설을 좋아했고, 한때는 중국 소설 자료들을 열심히 수집하고 정리했다.[9] 아울러 『사략』이 정식으로 출간된 것은 1923년이지만, 사실상 루쉰은 1920년 12월 24일 베이징대학에서 소설사 강의를 시작하면서 강의 원고를 집필하기 시작했다. 그렇게 모아진 원고는 1922년 경 베이징대학 인쇄과에서 『중국소설사대략中國小說史大略』이라는 이름으로 인쇄되었다. 이것이 『사략』의 남본藍本이라 할 수 있으며, 시간적으로 볼 때 『강화』의 출간과 얼마 떨어지지 않은 시기에 나왔기에 여기서는 『강화』의 제6장과 『중국소설사대략』의 내용을 비교할 것이다. 우선 양자의 목차를 대비하면 다음과 같다.

---

8) 시오노야 온은 1949년에 소설 부분을 따로 분리해 『중국소설의 연구中國小說之研究』라는 이름의 단행본으로 출간하면서, 제4절의 내용을 다음과 같이 확대하고 수정한 바 있다.
　第四節 敦煌發見的俗文學
　第五節 通俗小說
　　　第一項 通俗小說的起源及其發展
　　　第二項 全相評話
　　　第三項 四大奇書
　　　第四項 三言兩奇 今古奇觀
　　　第五項 紅樓夢
　附錄 文學革命
여기서 부록의 「문학혁명」은 현대 중국문학의 동향을 소개한 글이다.
9) 자세한 것은 조관희, 「루쉰의 중국 고대소설 연구 1—『고소설구침』과 『당송전기집』, 『소설구문초』를 중심으로」(『中國小說論叢』第52號, 서울; 韓國中國小說學會, 2017.8.31.)를 참고할 것.

『강화』	『소설사대략』
	제1편第一篇 사가의 소설에 대한 기록史家對于小說之論錄
제1절第一節 신화 및 전설神話及傳說	제2편第二篇 신화와 전설神話與傳說
제2절第二節 양한육조소설兩漢六朝小說	
일一 한대소설漢代小說	제3편第三篇 한 예문지 수록 소설漢藝文志所錄小說
	제4편第四篇 오늘날 보이는 한대 소설今所見漢小說
이二 육조소설六朝小說	제5편第五篇 육조의 귀신 지괴서(상)六朝之鬼神志怪書(上)
	제6편第六篇 육조의 귀신 지괴서(하)六朝之鬼神志怪書(下)
	제7편第七篇 세설신어와 그 전후世說新語與其前後
제3절第三節 당대소설唐代小說	제8편第八篇 당 전기체 전기(상)唐傳奇體傳記(上)
일一 별전別傳 이二 검협劍俠 삼三 염정艷情 사四 신괴神怪	제9편第九篇 당 전기체 전기(하)唐傳奇體傳記(下)
제4절第四節 원사소설諢詞小說	제10편 송대 사람의 화본第十篇 宋人之話本
일一 원사소설의 기원諢詞小說底起源	제11편第十一篇 원명대 전해오는 역사연의元明傳來之歷史演義
	제12편第十二篇 명의 역사적 신괴소설明之歷史的神怪小說
이二 사대기서四大奇書	제13편第十三篇 명의 인정소설明之人情小說
삼三 홍루몽紅樓夢	제14편第十四篇 청의 인정소설淸之人情小說
	제15편第十五篇 청의 협의소설과 공안淸之俠義小說與公案
	제16편第十六篇 청의 협사소설淸之狹邪小說
	제17편第十七篇 청의 견책소설淸之譴責小說

　　루쉰의 『소설사대략』(이하 『대략』으로 약칭함)의 제1편 '사가의 소설에 대한 기록史家對于小說之論錄'은 전편을 아우르는 일종의 총론에 해당한다. 이것은 명백하게 시오노야 온의 『강화』 제6장(이하 『강화』로 약칭함) 제2절 '양한육조소설兩漢六朝小說' 서두 부분의 영향을 받았다. 비록 루쉰이 『한서漢書』 「예문지藝文志」에 수록된 소설로부터 시작해서 그 이후 수隋와 당대唐代의 역사가들의 소설에 대한 정의 및 분류를 덧붙여 그 내용을 늘렸다고는 해도 기본적인 자료와 발상

은 시오노야 온의 『강화』에서 가져온 것이라 할 수 있다.

『대략』의 제2편 '신화와 전설神話與傳說'은 『강화』 제1절 '신화 및 전설'에 근거했으며, 이것은 루쉰 자신도 인정한 것이다. 신화와 전설에 대한 논의는 중국 고유의 것이 아니라 서구로부터 수입된 것으로 일본이 중국보다 먼저 받아들였다. 따라서 루쉰도 어쩔 수 없이 시오노야 온의 저작에서 기본적인 틀과 자료를 가져올 수밖에 없었다. 그러나 이에 머물지 않고 루쉰은 시오노야 온의 주장에 대해 자신만의 보충 의견을 제시하고 더 많은 자료를 제시하였다.[10]

『대략』의 제3편 '한 예문지 수록 소설漢藝文志所錄小說'과 제4편 '오늘날 보이는 한대 소설今所見漢小說'은 『강화』 제2절 제1항 '한대 소설漢代小說'을 발전시킨 것이다. 『강화』의 '한대 소설'에서는 소설이라는 용어의 출처와 『한서』 「예문지」에 나열된 소설 15가를 소개하면서, 우초虞初가 소설의 시조라 여겼다. 그 다음에 당시 소설들인 『신이경神異經』, 『해내십주기海內十洲記』, 『한무고사漢武故事』, 『한무내전漢武內傳』, 『별국동명기別國洞冥記』, 『비연외전飛燕外傳』, 『잡사비신雜事秘辛』을 하나씩 소개한 뒤 이것들이 기본적으로 후대 사람들의 가탁이라는 결론을 내렸다. 그리고 『오월춘추吳越春秋』와 『월절서越絶書』는 후대의 연의소설, 곧 군담소설軍談小說의 비조라 하였다.

『대략』의 제3편과 제4편에서는 『강화』의 '한대 소설'에서 간략하게 언급한 『이윤설伊尹說』과 『육자설鬻子說』, 『청사자靑史子』, 『우초주설虞初周說』, 『연단자』에 대해 구체적으로 소개하고 평했다. 『신이경』, 『해내십주기』, 『한무고사』, 『한무내전』, 『한무동명기漢武洞冥記』, 『이문기異聞記』 등은 그 내용을 개괄한 뒤 연대와 작자에 대해 논단

---

10) 이에 대해서는 차후에 후속 연구가 필요하다.

하고, 각각의 조대 별 사지史志 가운데 서술된 내용과 구체적인 인용문을 소개했다. 전체적으로 '한대 소설'의 편목은『강화』와 대체로 같으나 소개 방식은 크게 다르고, 해당 소설의 사지史志 중의 자료를 증가시켜 풍부하고 구체적이다.11)

『대략』의 제5편 '육조의 귀신 지괴서(상)六朝之鬼神志怪書(上)'과 제6편 '육조의 귀신 지괴서(하)六朝之鬼神志怪書(下)'는『강화』의 제2절 중 제2항 '육조소설六朝小說'에 해당한다.『강화』의 '육조소설'에서는 이 시기의 소설이『십주기』나『동명기』와 마찬가지로 신선 도술神仙道術에서 나왔으며, 주의할 만한 것은 불교의 영향이 소설에 표현된 것이라고 하였다. 이어서『습유기拾遺記』를 소개하면서, 이 책이 복희伏羲로부터 한漢, 삼국三國 및 진晉에 이르는 시기의 진문기사珍聞奇事를 수록했다고 하였다. 그리고『수신기搜神記』는 특이하게도 일본의 경우와 대비시켜 이 책의 내용 가운데 '5권卷五'의 내용12)이 일본의『우라시마 모노가타리浦島物語』13)와 비슷하고, '7권卷七'에서 늙은 여

---

11) 스샤오옌施曉燕, 「魯迅『中國小說史略』與鹽谷溫『中國文學槪論講話』的文本比對」,『中國現代作家手稿及文獻國際學術硏討會論文集』, 2014年 8月 14日. 293쪽.

12) 시오노야가 참고한『수신기』는 이른바 '패해본稗海本'(『수신기사종搜神記四種』, 陝西旅游出版社, 1993. 832~833쪽)으로, 일반적인 통행본이라 할 수 있는 20권 본에는 해당 고사가 수록되어 있지 않다. 이 20권 본은 "송대宋代에 이미 유실된 것을 명대明代의 후잉린胡應麟이『법원주림法苑珠林』및 각 유서類書 가운데에서 집록輯錄하여 완성한 것"이다.(강종임姜宗姙, 「『수신기』세계관 연구-"神"의 의미 층위를 중심으로」, 이화여대 석사논문, 1993. 21쪽)

13)『우라시마 모노가타리浦島物語』는 일본의 옛날이야기인 오토기바나시御伽話 가운데 하나이다. 주인공인 우라시마 다로浦島太郞라는 젊은 어부가 어떤 맑은 날 낚시를 하던 중 작은 거북이 한 마리가 아이들에게 괴롭힘을 당하고 있는 걸 발견한다. 다로는 거북이를 구해주고 바다로 돌아가게 하

우가 인간으로 화하는 것은 일본의 소시草子[14) 등에도 비슷한 이야
기가 보이며, 교쿠테이 바킨曲亭馬琴[15]의 『핫켄덴八犬傳』[16)의 서두에

였다. 다음 날 거대한 거북이가 그에게 나타나 그가 구해준 거북이가 용왕
의 딸이며, 용왕이 그에게 감사하고 싶어 한다고 말한다. 다로는 용궁성에
가서 용왕과 공주 오토히메乙姬를 만난다. 다로는 그 곳에서 그녀와 함께
며칠간 머물렀다. 다로는 다시 그의 마을로 돌아가고 싶었고, 그녀에게
떠나게 해달라고 말했다. 공주는 어떤 일이 있어도 절대 열어보지 말라며
이상한 상자(玉手箱: 다마테바코) 하나를 주어 떠나보낸다. 다로가 거북이
를 타고 바닷가로 돌아가니 바깥세상은 이미 300년이 지난 이후였고, 그의
집과 어머니는 모두 사라져 있었다. 슬픔에 빠진 다로는 별 생각 없이
공주가 준 상자를 열어보았다. 그 안에서 하얀 구름이 나오더니 다로를
늙게 만들었다. 그리고 우라시마 다로는 학이 되어 하늘로 날아갔는데,
바다 위에서 거북이를 만났고 이를 본 사람들은 "학은 천년, 거북이는
만년"이라 노래했다.
이 이야기의 모티프는 『일본서기日本書紀』와 『망요슈萬葉集』, 『단바노쿠니
풍토기 일문丹後国風土記逸文』 등과 같은 문헌에 기록되어 있다. 곧 유랴쿠
천왕(雄略天皇) 22년(478년) 가을 7월 조에 단바노쿠니丹波國 요사 군餘社郡
스가가와管川 사람인 미즈에노 우라시마코瑞江浦嶋子라는 사람이 배를 타
고 낚시하러 나갔다가 큰 바다거북을 잡았는데, 그 거북이 여자로 변해서
우라시마코의 아내가 되었고, 함께 바다로 들어가 봉래산蓬莱山까지 가서
신선들의 세계를 보고 돌아왔다고 하는 기록이 있다.
14) 소시草子는 일본 고대문학 장르 가운데 하나로 수필 류의 단편적인 글을
가리키는데, 중국의 필기筆記와 비슷하며, 『마쿠라노소시枕草子』가 대표적
이다. 이것은 11세기 초 세이쇼나곤淸少納言이라는 뇨보女房(우리나라의
상궁에 해당하는 고위 궁녀)가 천왕비인 데이시定子 후궁에 출사해 경험한
궁중 생활을 바탕으로 쓴 것으로, 당시 귀족들의 생활, 연중행사, 자연관
등을 개성적인 문체로 엮었다. '마쿠라노소시枕草子'라는 제목이 의미하는
바는 '베갯머리에 두고 보는 가벼운 읽을거리'라는 뜻이다.
15) 교쿠테이 바킨曲亭馬琴(1767~1848)은 에도 시대 후기의 요미혼讀本 작
가이다. 원래 이름은 다키자와 오키쿠니滝沢興邦이다. 교쿠테이 바킨이라
는 필명은 중국의 고전에서 따왔다고 한다. 성씨와 필명이 섞인 '다키자와
바킨瀧澤馬琴'이라는 이름은 메이지 시대 이후에 널리 알려진 것으로, 바킨

이 생전에 쓴 이름은 아니다. 호는 쇼사도슈진著作堂主人이다.

바킨은 에도 동쪽의 하타모토旗本(사무라이 계급의 하나)인 마츠다이라 노부나리松平信成의 밑에서 일하던 사람의 아들로 태어났다. 24세 때 우키요시浮世畵師(풍속화가)이자 극작가인 산토 교덴山東京傳을 방문한 뒤 그의 제자가 되었다. 1791년에는 당시에 에도에서 유행하던 미부쿄겐壬生狂言(교토의 미부데라壬生寺에서 열리던 것에서 유래한 가면 무언극)을 소재로 한 『츠카이하타시테니부쿄겐尽用而二分狂言』이라는 책을 '교덴의 문인, 다이에이 산진京傳門人大栄山人'이라는 이름으로 내며 집필 활동을 시작했다. 그 후, 홍수로 집을 잃자 교덴의 식객으로 생활했다. 이 때 교덴의 구사소시본을 대신 써주는 일을 맡아 필사로도 알려지게 되었다.

1796년에는 출간한 요미혼 『다카오센지몬高尾船字文』이 출세작이 되었으며, 1802년에는 교덴의 삽화를 여비로 삼아 간사이 지방으로 여행을 떠났다. 간사이 지방의 문인들과 교류한 바킨은 간사이 지방의 명승지들을 돌아본 기행문 『기료만로쿠羈旅漫錄』를 남기기도 했다. 그 후, 1814년부터 28년 동안 『난소사토미핫켄덴南総里見八犬傳』을 집필하는 데 몰두했는데, 1830년대에 나이가 70세에 가까워지면서 시력을 점차 잃게 되었고, 1839년에는 실명하기에 이르러 직접 글을 쓸 수 없게 되자 며느리에게 글을 대신 쓰게 하도록 했다. 1848년에 82세의 나이로 숨을 거두었다.

16) 정식 명칭은 『난소사토미핫켄덴南総里見八犬傳』으로 일본의 요미혼 중 하나이다. 에도江戸 시대 후기인 1814년부터 간행되기 시작해 1842년에 완결된 총 98~102권에 달하는 장편 소설이다. 무로마치室町시대 아와쿠니安房國(지금의 지바 현千葉縣 남부)를 배경으로, 아와 사토미 가安房里見家의 딸인 후시히메伏姬와 신견神犬인 '야쯔후사八房'의 인연으로 이어진 8명의 젊은이, '핫켄시八犬士'가 주인공이다. 이름에 '견犬' 자가 들어가 있는 '핫켄시'들은 저마다 인仁·의義·예禮·지智·충忠·신信·효孝·제悌 등의 문자가 담긴 구슬들인 '인의팔행仁義八行'의 구슬을 가지고 있으며, 몸의 어딘가에 모란 모양의 반점이 새겨져 있다고 한다. 간토 지방의 여러 지역에서 태어난 이들은 저마다 역경을 겪으며 성장하지만, 인연이 맞닿아 서로를 알게 되어 사토미 가문 아래서 모이게 된다는 내용을 담고 있다. 108명의 호걸들이 양산박으로 모인다는 내용을 담은 『수호전水滸傳』의 영향을 받았지만, 『수호전』과는 달리 충신, 효자 등은 복을 얻고 간신과 악인은 벌을 받는다는 유교적 도덕을 바탕으로 한 전형적인 권선징악의 모습들을 담고 있다.

서 후시히메伏姫가 한 말은 '3권卷三'의 반호盤瓠의 고사에 근거한 것이라는 사실을 부각시켰다.

『대략』의 제5편 '육조의 귀신 지괴서(상)六朝之鬼神志怪書(上)'에서는 진한秦漢대의 신선설과 한대漢代 말기의 귀도鬼道의 성행, 소승 불교의 유입이 한대 이후 귀신 지괴서가 많이 나오게 된 요인이라고 하였다. 작품으로는 『열이전列異傳』, 『수신기搜神記』, 『수신후기搜神後記』, 『이원異苑』, 『속제해기續齊諧記』 등의 내용을 소개하고 작자를 고증하면서 예문을 들었다. 『대략』의 제6편 '육조의 귀신 지괴서(하)六朝之鬼神志怪書(下)'에서는 내용 별로 방사方士와 석가釋家로 나누고, 방사 계열인 『신이기新異記』, 『습유기拾遺記』와 석가 계열인 『원혼지冤魂志』의 예문을 제시했다. 그리고 제7편 '세설신어와 그 전후世說新語與其前後'에서는 시오노야 온이 따로 언급하지 않은 『세설신어世說新語』류의 소설들을 서술했다. 여기서는 비교적 이른 시기의 저작인 동진東晉의 『배자어림裵子語林』을 먼저 소개하고, 그 다음으로 『세설신어』와 선웨沈約의 『속설俗說』, 인원殷芸의 『소설小說』 및 『수지・소림隋志・笑林』을 이어서 소개했다. 이들 작품들은 모두 『설부說郛』나 『태평광기太平廣記』, 『태평어람太平御覽』에 그 유문遺文이 남아 있다. 마지막으로 송에서 민국 시기까지의 이와 유사한 저작들을 간략하게 열거하였다.[17]

『대략』의 제5편과 제6편은 『강화』의 '육조소설'에서 소홀히 넘어간 『열이전』 등을 증보하는 등 소설의 편목의 변화가 있긴 하나 전체

[17) 스샤오옌施曉燕, 「魯迅『中國小說史略』與鹽谷溫『中國文學槪論講話』的文本比對」, 『中國現代作家手稿及文獻國際學術硏討會論文集』, 2014年 8月 14日. 294쪽.

적으로는 대동소이하다고 볼 수 있다.18) 그렇다고는 해도 시오노야 온이 단순히 '귀신지괴지서'로만 서술했던 '육조소설'을 루쉰은 다시 '방사'와 '석가'로 나누었고, 여기서 한 걸음 더 나아가 '지인志人' 소설을 따로 분류해 제7편 '세설신어와 그 전후世說新語與其前後'를 별도의 장으로 기술한 것은 루쉰의 공이라 할 수 있다. 혹자는 이것을 두고 루쉰이 시오노야 온의 계발을 받았다는 사실을 완전히 배제할 수 없다고 주장했다. 그것은 시오노야 온이 "'육조소설'에 이어서 '당대 소설'을 논하면서 소설을 분류할 때 『서경잡기西京雜記』와 『세설신어世說新語』류의 '잡지를 서술敍述雜志'한 소설이 '기이한 견문을 기록記錄異聞'한 소설과 다르기" 때문이다.19) 이에 대해 또 다른 연구자는 이러한 주장은 견강부회에 지나지 않는다고 반론하면서, 결국 시오노야 온이나 루쉰이나 후잉린胡應麟(지괴志怪, 전기傳奇, 잡록雜錄, 총담叢談, 변정辨訂, 잠규箴規의 6분류법)20)과 지윈紀昀(잡사雜事,

18) 황린黃霖, 구웨顧越, 「鹽谷溫對于中國小說史的硏究」, 『復旦學報』, 1999年 第6期. 108쪽.

19) 황린黃霖, 구웨顧越, 「鹽谷溫對于中國小說史的硏究」, 『復旦學報』, 1999年 第6期. 108쪽.

20) "소설가는 그 안에서 다시 몇 가지로 나뉜다. 첫째는 지괴로, 『수신기』, 『술이기』, 『선실지』, 『유양잡조』류가 그것이고, 둘째는 전기로 『비연외전』, 『양태진외전』, 『앵앵전』, 『곽소옥전』류가 그것이며, 세째는 잡록으로 『세설신어』, 『어림』, 『북몽쇄언』, 『인화록』류가 그것이고, 네째는 담총으로 『용재수필』, 『몽계필담』, 『동곡소견』, 『도산청화』류가 그것이며, 다섯째는 변정辨訂으로 『서박』, 『계륵편』, 『자가집』, 『변의』류가 그것이고, 여섯째는 잠규로 『안씨가훈』, 『원씨세범』, 『권선록』, 『성심록』류가 그것이다. 담총과 잡록 이 두 가지는 쉽게 혼동되기도 하지만 또 가장 혼동되기 쉬워서 종종 다른 사가四家를 포괄하기도 하는데, 사가는 주로 단독으로 전해지는 것이니 이 두 부류에 속할 수는 없다. 지괴나 전기로 말할 것 같으면 더욱 혼동되기 쉬워, 어떤 경우에는 하나의 책에 두 가지 이야기가 같이 들어가

이문異聞, 쇄어瑣語의 3분류법)[21] 등의 분류법에서 계발을 받은 것이라 주장했다.[22] 아울러 자료의 인용이라는 측면에서 볼 때, 시오노야 온은 주로 『한위총서漢魏叢書』와 『사고전서제요소설가류四庫全書提要小說家類』에 의지했지만, 루쉰은 『태평어람』, 『태평환우기太平寰宇記』, 『법원주림法苑珠林』, 『태평광기』, 『설부』 등 훨씬 많은 저작을 참고하였다.[23] 이것은 루쉰이 일찍이 앞서 말한 대로 『고소설구침古小說鉤沈』을 통해 유관 자료들을 수집했기 때문이었다.

『대략』의 제8편 '당 전기체 전기(상)唐傳奇體傳記(上)'과 제9편 '당 전기체 전기(하)唐傳奇體傳記(下)'는 『강화』 제3절 '당대소설唐代小說'

있기도 하고, 하나의 이야기 안에 두 가지 성분이 모두 들어있기도 하다. 잠시 그 중요한 것을 열거하였을 따름이다. (『구류서론』 하)小說家一類，又自分數種。一曰志怪：『搜神』、『述異』、『宣室』、『酉陽』之類是也。一曰傳奇：『飛燕』、『太眞』、『崔鶯』、『霍玉』之類是也。一曰雜錄：『世說』、『語林』、『瑣言』、『因話』之類是也。一曰叢談：『容齋』、『夢溪』、『東谷』、『道山』之類是也。一曰辨訂：『鼠璞』、『鷄肋』、『資暇』、『辨疑』之類是也。一曰箴規：『家訓』、『世範』、『勸善』、『省心』之類是也。談叢，雜錄二類最易相紊，又往往兼有四家，而四家類多獨行，不可擥入二類者。至於志怪、傳奇，尤易出入，或一書之中，二事幷載；一事之內，兩端具存。姑擧其重而已。(『九流緖論』下)"(胡應麟, 『少室山房筆叢』)

21) "……그 유별의 자취를 캐면 무릇 세 가지 유파가 있다. 그 하나는 잡사를 서술한 것이고, 그 둘은 이문을 기록한 것이며, 그 셋은 쇄어를 그러모은 것이다.……跡其流別，凡有三派：其一敍述雜事，其一記錄異聞，其一綴緝瑣語也。"(紀昀, 『四庫全書總目提要』)

22) 장융루張永祿, 장쭈張謜, 「論鹽谷溫對魯迅小說史硏究的影向」, 『中國現代文學硏究叢刊』 2015年 第5期, 154쪽.

23) "육조 소설을 그(곧 시오노야 온, 필자 주)는 『한위총서』에 근거했는데 나는 다른 책과 나 자신의 편집 본에 의거했다. 이 일에 2년여의 시간을 들인 바 있으며 책 10권의 원고도 여기에 갖고 있다."(「편지가 아니다」, 루쉰(박자영 역), 『루쉰전집』 제4권, 그린비출판사, 2014년, 297쪽.)

과 서로 같으나 분류상 차이가 있다. 시오노야 온은 소설이 당대에 이르러 발전했다고 보았는데, 작자들 역시 가탁假託이 없지는 않으나 대부분 과거에 급제하지 못한 불우한 수재들로 자신들의 불평不平을 토로하기 위해 일사逸事와 기담奇談을 내용으로 한 전기傳奇를 썼다고 하였다. 아울러 시오노야 온은 지원紀昀의 『사고전서총목제요四庫全書總目提要』의 소설 분류를 살짝 변형한 모리 가이난森槐南의 3분류에서 벗어나 자신만의 분류법을 창안했다. 모리 가이난은 지원紀昀의 '잡사雜事', '이문異聞', '쇄어瑣語'를 (1) '별전別傳'(한 사람이나 한 가지 사건에 관한 일사逸事와 기문奇聞으로 이른바 전기소설傳奇小說), (2) '이문쇄어異聞瑣語'(가공의 괴담怪談이나 진귀한 견문), (3) '잡사雜事'(역사 바깥의 여담으로 허구와 진실이 반씩 섞여 실록의 결핍된 부분을 보완하는 것)으로 나누었다.

하지만 시오노야 온은 이 가운데 (2)와 (3)은 소설로 보기 어렵다고 비판하면서, 당대 소설의 정화는 (1) '별전', 곧 '전기소설'에 있다고 보았다. 여기서 한 걸음 더 나아가 시오노야 온은 이른바 '전기소설'을 다시 '별전'과 '검협劍俠', '염정艷情', '신괴神怪'로 나누었다. 이것은 현재의 당대 전기 분류법과도 크게 다르지 않은 것으로 그 의의가 크다고 할 수 있다. 시오노야 온은 그러한 분류법 하에 각각 '별전'에서는 『해산기海山記』, 『미루기迷樓記』, 『개하기開河記』, 『리위공별전李衛公別傳』, 『규염객전虯髯客傳』, 『리림보외전李林甫外傳』, 『동성로부전東城老父傳』, 『고력사전高力士傳』, 『매비전梅妃傳』, 『장한가전長恨歌傳』, 『태진외전太眞外傳』을 소개하고, '검협'에서는 『홍선전紅線傳』, 『류무쌍전柳無雙傳』, 『검협전劍俠傳』을 소개했으며, '염정'에서는 『곽소옥전霍小玉傳』, 『리와전李娃傳』, 『장태류전章台柳傳』, 『회진기會眞記』, 『유선굴游仙窟』을, 마지막으로 '신괴'에서는 『류의전柳毅傳』, 『두

자춘전杜子春傳』,『남가기南柯記』,『침중기枕中記』,『비연전飛燕傳』,『리혼기離魂記』,『주진행기周秦行記』,『목인천전睦仁倩傳』,『장자문전蔣子文傳』,『인호전人虎傳』을 소개했다.

한편 시오노야 온은 이들 당대 전기 작품들은 나중에 원명대元明代의 희곡 작품의 주요 소재가 되었다고 하면서 그 가운데서도『회진기會眞記』야말로 "중국문학사에 남겨진 공적이 가장 위대한" 작품이라 평했다. 그리고『유선굴游仙窟』은 일본에서는 첫 손가락 꼽는 음서淫書라 할 만한데, 정작 중국에서는 실전失傳되어 일본에만 남아있다고 하였다. 말미에는『태평광기太平廣記』와『이견지夷堅志』,『전등신화剪燈新話』,『요재지이聊齋志異』등과 같은 작품들을 나열하고, 이러한 책들이 진즉이 일본에 전해져 수많은 작가들에게 영감을 불어넣어 많은 모방작과 번안물들이 나왔다는 사실을 밝혀놓았다.

이에 반해 루쉰은『대략』제8편과 제9편에서 당대 전기를 '이문'과 '일사'로만 구분하였다. 제8편은 '이문'을 주로 서술하면서,『침중기枕中記』,『남가태수전南柯太守傳』,『류의전柳毅傳』,『진몽기秦夢記』를 소개하였다. 제9편은 '일사'로 이것을 다시 '당시 사람들의 애정사를 기록한 것'과 '번외의 일문更外逸文'으로 나누었다. 전자로는『곽소옥전霍小玉傳』,『앵앵전鶯鶯傳』,『리와전李娃傳』이 있고, 후자로는『동성로부전東城老父傳』,『장한가전長恨歌傳』,『조비연외전趙飛燕外傳』,『해산기海山記』,『개하기開河記』,『미루기迷樓記』등이 있다.

여기에 더해 루쉰은 원대의『전등신화剪燈新話』가 당대 사람들을 모방한 것이고, 청대의『요재지이聊齋志異』는 당대 사람들의 전기傳奇 문장을 배운 것으로 그 의도는 육조 시기의 지괴에 가까우며,『열미초당필기閱微草堂筆記』의 집필 의도 역시 당대와 송대에 있다고 하였다. 곧 이 세 권의 책은 모두 당 왕조와 상관이 있다고 하여 제9편의 말미에서 다루었다.

전체적으로 볼 때, 시오노야 온의 분류법은 현재까지도 그 의의를 잃지 않고 있다는 측면에서 루쉰보다 낫다고 할 수 있다. 루쉰 자신도 자신의 분류법을 마뜩치 않게 여겨 이후에 『대략』을 수정해 『중국소설사략』을 펴낼 때는 (혹은 천위안陳源의 '표절' 논쟁을 의식해서인지) 아예 더 이상 당 전기를 분류하지 않고 시간 순서대로 작품들을 나열했다.24) 다만 루쉰은 시오노야 온보다 더 많은 자료들을 수집해 작품들의 원문을 대량으로 인용했을 따름이다.25)

『대략』의 제10편 '송대 사람의 화본第十篇 宋人之話本'에서 제17편 '청의 견책소설淸之譴責小說'까지는 『강화』의 제4절 '원사소설諢詞小說' 전체에 해당한다. 시오노야 온은 제4절을 다시 '일一 원사소설의 기원諢詞小說底起源', '이二 사대기서四大奇書', '삼三 홍루몽紅樓夢'으로 나누었다.

'일一 원사소설의 기원諢詞小說底起源'에서 시오노야 온은 중국소설의 발달 과정을 개괄하면서 소설은 한대漢代에서 기원해 육조시기를 거쳐 당대에 점차 발전해 왔는데, 문체상으로는 문어체였기에 결국 이들 작품들은 사인詞人 문사文士들의 여업餘業일 수밖에 없었고, 진정한 국민문학으로서의 소설은 송대에 나왔다고 하였다. 아울러 『철

---

24) 장융루張永祿, 장쑤張謖, 「論鹽谷溫對魯迅小說史硏究的影向」, 『中國現代文學硏究叢刊』 2015年 第5期, 154쪽.

25) "당대 소설의 분류를 그(시오노야 온을 가리킴. 필자 주)는 모리 가이난森槐南의 것에 근거했지만 나는 내 방법을 사용했다.……당대 소설에 대해서 그는 오류가 가장 많은 『당인설회唐人說薈』에 의거했지만 나는 『태평광기』를 사용했으며 이밖에도 한 권 한 권 찾아봤다 ……. 그 외에도 분량과 취사선택, 고증의 차이를 일일이 헤아리기 어렵다."(「편지가 아니다」, 루쉰 (박자영 역), 『루쉰전집』 제4권, 그린비출판사, 2014년, 297쪽.)

경록輟耕錄』26)에 송대에 '희곡창戱曲唱'과 '원사설諢詞說'이 있었다는 내용이 나오는 것27)으로 보아 소설과 희곡은 그 때부터 있었던 의미라고 하였다. 이것이 바로 그가 말하는 '원사소설諢詞小說'로 여기서 '원諢'은 희언戱言이나 소어笑語, 골계담滑稽談을 의미한다. 곧 '원사소설'은 속어체로 재미있게 쓴 소설을 가리키며, 일본의 '고단講談'28)이나 만담의 일종인 '라쿠고落語'와 같은 것이라 하였다. 아울러 근년에 일본에서 잔본殘本 '오대평화五代平話'와 『경본통속소설京本通俗小說』이 발견되어, '오대평화'가 강사講史 류 소설의 원조임을 알게 되었고, 『경본통속소설』 역시 진귀한 작품으로 당시 통용되던 약자와 속자 등이 한자 연구자들에게 아주 흥미로운 자료가 된다고 하였다.

'이二 사대기서四大奇書'에서는 『수호전水滸傳』, 『삼국연의三國演義』, 『서유기西遊記』, 『금병매金瓶梅』의 순으로 먼저 작자를 고증하고, 이어서 이야기의 출처를 밝혔으며 마지막으로 판본을 열거하였다. 말미에는 명대 소설의 걸작으로 『호구전好逑傳』, 『옥교리玉嬌梨』, 『평산랭연平山冷燕』, 『평요전平妖傳』, 『금고기관今古奇觀』, 『용도공안龍圖公案』,

---

26) 『철경록輟耕錄』은 원나라 말기에 타오쭝이陶宗儀가 편찬한 수필집으로, 원나라의 법률 제도와 지정至正 말년의 동남東南의 여러 성省의 반란에 관하여 기술했다. 서화와 문예의 고정考訂 등에서 주목할 만한 것이 많아 원나라의 사회·법제·경제·문학·예술 따위의 연구 사료史料로서 가치가 높이 평가된다. 모두 30권으로 1366년에 완성되었다.

27) 원문은 다음과 같다. "당대에는 전기가 있었고, 송대에는 희곡戱曲과 원사諢詞, 소설이 있었으며, 금대에는 원본院本과 잡극이 있었다.(唐有傳奇, 宋有戱曲. 諢詞. 小說, 金有院本. 雜劇)"(『輟耕錄』)

28) '고단講談'은 일본의 전통 기예의 하나로 공연을 하는 이는 높은 자리에 놓여 있는 '샤쿠다이釈台'라는 작은 책상 앞에 앉아 '하리오기張り扇'라 부르는 부채로 박자를 맞춰가며 군사 이야기軍記読み나 정담政談 등 주로 역사에 관한 이야기를 청중들에게 들려준다.

『여선외사女仙外史』,『량한연의兩漢演義』,『동주렬국지東周列國志』를 소개하였다. 아울러 이들 작품들은 자신의 독일 유학 경험에 비추어 서구에서도 인기가 있어 번역본이 나온 바 있다는 사실도 적시했다.

'삼三 홍루몽紅樓夢'에서는 청대 학술과 통속문학의 흥성을 먼저 논하였다. 곧 소설에서는 진성탄金聖嘆이 나오고, 희곡에서는 리위李漁가 나왔으니, 진성탄은 '육재자서六才子書'를 평선評選하였고, 리위는 '원곡元曲'의 의의를 크게 진작시켰다.

> 역대 왕조에 문학이 성하게 된 것은 시대마다 그 뛰어난 바가 다르니, 이른바 "한대의 역사와 당대의 시, 송대의 문장, 원대의 곡"이 그것으로, 이는 세상 사람들이 늘상 하는 말이다. 『한서』와 『사기』는 천년의 세월을 견뎌냈으니 위대할 손! 당대에는 시인이 쏟아져 나왔고, 송대에는 문사가 줄을 이었으니, 이 세 시기가 문단의 정족지세를 이루어 하은주夏殷周 삼대 이후의 또다른 삼대라 할 만하다. 원나라가 천하를 얻고 나서는 정치나 형법, 예악에서는 하나도 마루를 세운 것이 없으며, 언어와 문장, 그리고 도서와 서예, 그림 등을 보더라도 볼 만한 게 없었다. 만약 사곡을 숭상해 『비파기』와 『서상기』 및 『원인백종곡』과 같은 책들이 후대에 전하지 않았다면, 당대의 원나라 역시 오대나 금, 요나라와 마찬가지로 역사의 뒤안길에 묻혀버렸을 터이니, 어찌 한과 당, 송 삼대의 꼬리에 붙어 천리를 달려 문인 학사의 입에 오르내렸겠는가? 이것은 제왕과 국가의 사업이 희곡 짓기로 명성을 이룬 것이다. 이것으로 미루어 볼 때, 희곡 짓기는 절대 하찮은 기예가 아니요 역사나 전기, 문장과 근원은 같이 하되 그 유파가 다른 것일 따름이다.(제1 결구)

> 歷朝文字之盛, 其名各有所歸, "漢史", "唐詩", "宋文", "元曲", 此世人口頭語也。《漢書》,《史記》, 千古不磨, 尙矣。唐則詩人濟濟, 宋有文士踉蹡, 宜其鼎足文壇, 爲三代後之三代也。元有天下, 非特政刑礼樂一無可宗, 卽語言

文學之末, 圖書翰墨之微, 亦少槪見。使非崇尙詞曲, 得《琵琶》,《西廂》以及
《元人百種》諸書傳于後代, 則當日之元, 亦與五代、金、遼同其泯滅, 焉能附三
朝驥尾, 而挂學士文人之齒頰哉？此帝王國事, 以塡詞而得名者也。由是觀之,
塡詞非末技, 乃與史傳詩文同源而異派者也。(結構 第一)[29]

　여기서 한 걸음 더 나아가 소설 작품으로는『홍루몽』이 나와『수
호전』,『서유기』와 함께 '천지인天地人' 삼재三才를 이루어 이 작품들
은 세계 문단에 내놓아도 손색이 없을 것이라 칭송했다. 그 다음으로
『홍루몽』의 내용을 개략적으로 소개한 뒤 제5회 '태허환경 노닐다
열 두 미녀에 대한 수수께끼를 듣고, 신선주 마시며 홍루몽 노래를
듣다游幻境指迷十二釵　飮仙醪曲演紅樓夢'에 나오는 "거짓이 진실이 될
때는 진실 또한 거짓이 되고, 없음이 있음으로 변하는 곳에서는 있음
이 오히려 없음이 된다네假作眞時眞亦假, 無爲有處有還無."와 "죄의 바
다와 애정의 하늘孼海情天. 또 한 폭의 대련이 있으되, 땅은 두텁고
하늘은 높은데, 안타깝구나. 고금의 애정은 한이 없네. 어리석은 사랑
에 빠진 청춘 남녀여, 불쌍하게도 사랑의 빚은 갚기 어렵구나.又有一
副對聯, 大書云: 厚地高天, 堪嘆古今情不盡, 癡男怨女, 可憐風月債難償."[30] 이
두 대련對聯이 '정의 바다情海'의 비밀을 누설하는 전편의 경구警句라
하였다. 그런 뒤 시오노야 온은 작자인 차오쉐친曹雪芹과 가오어高鶚
에 대해 고증하고, 쟈바오위賈寶玉가 어떤 사람을 영사影射한 것인지
에 대해 몇 가지 설을 제시하였다. 말미에서는『홍루몽』의 속편과
『십이루十二樓』,『아녀영웅전兒女英雄傳』,『유림외사儒林外史』,『품화보

---

29) 리위李漁(조관희, 박계화, 홍영림 공역),『리위(李漁)의 희곡 이론』, 보고사,
　　2013, 80~81쪽
30) 번역문은 홍상훈 역,『홍루몽』(솔, 2012년) 1권, 131쪽.

감품花寶鑑』,『경화연鏡花緣』,『화월흔花月痕』과 같은 청대의 소설들의 서목을 소개하였다.

앞서 살펴본 대로『대략』의 제10편에서 제17편까지는『강화』의 제4절을 부연한 것이기는 하나, 제15편부터 17편까지는『강화』에서 다루지 않은 것이라 루쉰만의 독창적인 부분이다. 그래서 실제로『강화』와 더불어 비교할 부분은 제10편에서 제14편까지라 할 수 있다.

제10편 '송대 사람의 화본第十篇 宋人之話本'에서 루쉰은 송대가 통속소설이 일어난 시기로 '화본話本'이 그 근원을 이룬다고 하였다. 아울러『몽량록夢粱錄』,『고항몽유록古杭夢游錄』,『동경몽화록東京夢華錄』,『무림구사武林舊事』 등의 전적에서 설화를 분류한 것에 바탕해 루쉰은 화본을 크게 '강사'와 '소설' 두 가지로 나누어 서술했다. '강사'로는『신편오대사평화新編五代史平話』가 있고, 그와 유사한 것으로『대송선화유사大宋宣和遺事』, 『대당삼장취경시화大唐三藏取經詩話』가 있으며, 소설로는『경본통속소설京本通俗小說』을 제시하였는데, 그 가운데서도 '연옥관음碾玉觀音'과 '서산일굴귀西山一窟鬼'를 소개하였다.

제11편 '원명대에 전해오는 역사연의元明傳來之歷史演義'에서는 뤄관중羅貫中이『삼국三國』과『수호水滸』,『수당隋唐』을 창작했다고 보고, 각각의 소설이 이루어지게 된 역사적인 원류源流를 서술하였다. 이 가운데『수호전』을 상세히 설명하면서 여기에는 3개의 판본이 있는데 그 가운데 한 절을 뽑아 각각의 판본의 문자를 대비 분석하였다. 말미에『속수호전續水滸傳』과『후수호전後水滸傳』을 소개하였다.

제12편 '명의 역사적 신괴소설明之歷史的神怪小說'에서는『서유기』를 다루면서 주로 작자와 소재가 되는 역사적 사실들을 고증하였다. 이어서 내용을 간략하게 소개하고 이 소설에 대한 평론과 속작들을 서술하였다. 말미에서는『봉신전封神傳』과『삼보태감서양기三寶太監

西洋記』를 구체적으로 소개하였다.

제13편 '명의 인정소설明之人情小說'에서는 '인정소설'이라는 용어를 정의하고 나서 『옥교리玉嬌梨』와 『평산랭연平山冷燕』, 『호구전好逑傳』, 『철화선사鐵花仙史』를 소개했다.

제14편 '청의 인정소설淸之人情小說'에서는 주로 『홍루몽』을 다루었는데, 이 작품의 원류와 작자를 고증하고, 내용을 대체적으로 소개했다. 그리고 주인공인 쟈바오위賈寶玉의 실제 인물이 누구인지에 대한 몇 가지 가설을 제시했는데, 루쉰은 시오노야 온이 정리한 세 가지 설에 작자인 차오쉐친의 '자서설自敍說'을 추가했다. 『홍루몽』은 수많은 속작들이 있지만, 내용은 모두 차오쉐친이 타기唾棄한 바이다.

이상의 내용으로 볼 때 『대략』이 『강화』를 부연 설명한 것이라 할 수 있지만, 논자들은 그 차이점을 다음의 세 가지로 정리한 바 있다. 그것은 첫째, 『강화』의 '원사소설諢詞小說'이라는 명칭을 '통속소설'로 바꾸고 수많은 통속소설의 자료와 논술을 풍부하게 발전시켰다. 둘째, '사대기서'를 대표로 삼아 '역사연의歷史演義', '신이소설新異小說', '인정소설人情小說' 등의 유형으로 나누어 논술하였다. 셋째, 『강화』에서 근근이 언급하거나 미처 언급하지 못한 명청대의 소설들을 보충 논술하였다. 하지만 크게 보면 『대략』이 『강화』의 영향을 받았다는 것은 부인할 수 없는 사실로 적지 않은 관점과 자료를 『강화』에서 가져왔다는 사실을 알 수 있다.[31]

제15편 '청의 협의소설과 공안淸之俠義小說與公案'에서는 '협의'를

---

31) 황린黃霖, 구웨顧越, 「鹽谷溫對于中國小說史的研究」, 『復旦學報』, 1999年 第6期, 109쪽.
  장융루張永祿, 장쑤張謖, 「論鹽谷溫對魯迅小說史研究的影响」, 『中國現代文學研究叢刊』 2015年 第5期, 154~155쪽.

떨친 소설로 『아녀영웅전兒女英雄傳』, 『칠협오의七俠五義』, 『소오의小五義』, 『속소오의續小五義』를 들었고, 공안으로는 , 『팽공안彭公案』, 『시공안施公案』 등을 서술했다.

제16편 '청의 협사소설淸之狹邪小說'에서는 '주색에 빠져 방탕하게 노는冶遊' 작품들로 배우나 창기들에 관한 이야기를 다루었다. 여기에는 『품화보감品花寶鑑』, 『청루몽靑樓夢』, 『해상화열전海上花列傳』, 『화월흔花月痕』, 『얼해화孽海花』가 있다.

제17편 '청의 견책소설淸之譴責小說'에서는 사회의 적폐를 파헤치는 소설을 '견책소설'이라 정의하고, 대표적인 것으로 『유림외사儒林外史』, 『노잔유기老殘游記』, 『관장현형기官場現形記』, 『이십년목도지괴현상二十年目睹之怪現狀』을 들었다.

이상에서 살펴본 대로 시오노야 온의 『강화』와 루쉰의 『대략』은 상당히 많은 면에서 일치하는 부분이 있고, 이와 동시에 서로 다른 측면도 많다는 사실을 알 수 있다. 총괄하자면, 시오노야 온이 일종의 개척자로서 길을 열어주었다면, 루쉰은 그 길을 따라가며 부족한 부분들은 보완하고 새로운 견해를 제시해 중국소설사 서술을 좀 더 풍성하고 완정하게 만들었다고 할 수 있다. 그러나 양자의 결정적인 차이는 입론立論에 있다고 할 수 있다. 곧 저술을 대하는 태도와 출발점에서 두 사람은 서로 다른 입장을 취했던 것이다.

3. 전사專史와 개론槪論

앞서도 언급한 바와 같이 『강화』는 대중 강연을 목표로 씌어진 개론서이기에, 얼핏 보면 단순히 조대 별로 각 시대를 대표하는 소설 작품들을 나열한 것처럼 보인다. 하지만 "진정으로 펼쳐 보인 것은 조대朝代의 변천으로, 소설에 대한 논술, 각 시기 사이에는 여전히 병렬적인 방식을 취하고 있다."[32] 한 마디로 시오노야 온의『강화』가 이런 체제를 취한 것은 이것이 원래 소설사를 목표로 저술된 것이 아니기 때문이었다. 원래 시오노야 온의『강화』의 집필 의도는 대중들에게 중국문학 전반을 소개하기 위해 소설뿐 아니라 시와 희곡 등 여러 장르의 특징을 드러내 보이는 데 있었다. 곧『강화』「서언序言」에서 시오노야 온은 "『중국문학개론』을 완성한 뒤 여기서 한 걸음 더 나아가『중국문학사』를 저술하는 게 평생의 소원"[33]이라고 말한 바 있다. 이것으로 그의 집필 의도가 소설이라고 하는 장르의 역사를 종적으로 고찰하여『중국소설사』를 저술하는 데 있지 않았다는 것을 알 수 있다.[34]

이에 반해 루쉰은 처음부터 중국소설사를 쓰고자 하는 생각을 갖고 있었다. 루쉰은 어린 시절 중국의 고대소설에 많은 관심을 갖고 있었다. 그래서 한때는 여기저기 아무렇게나 흩어져 있는 소설 작품들을 수집해『고소설구침古小說鉤沉』과『당송전기집唐宋傳奇集』,『소설구문초小說舊聞鈔』라는 일련의 자료집을 만든 적도 있었다. 이러한 노력들은 그가 의도했든 의도하지 않았든 나중에『사략』을 집필하는

---

32) 바오궈화鮑國華,「魯迅『中國小說史略』與」鹽谷溫『中國文學槪論講話』,『魯迅研究月刊』, 2008年 第5期, 13쪽.

33) 원문은 다음과 같다. "『支那文學槪論』を完成して、然後更に進みて『支那文學史』を編述せんこと、余が平生の願なり"

34) 그렇다고는 해도『강화』제6장의 내용은 일종의 소설사로 봐도 무방한 것이 사실이다. 그래서 이것을 중국어로 번역했던 궈사오위郭紹虞 역시 그 제목을『중국소설사략中國小說史略』이라 붙였던 것이다.(황린黃霖, 구웨顧越,「鹽谷溫對于中國小說史的硏究」,『復旦學報』, 1999年 第6期, 113쪽.)

데 중요한 밑바탕이 되었다. 그리고 앞서 언급한 대로 1920년부터 베이징대학을 비롯한 몇몇 대학에서 시작한 중국소설사 강의가 결정적인 계기가 되어 루쉰의 『사략』이 세상에 나오게 된 것이다.

결국 『강화』와 『대략』을 계승한 『사략』의 가장 큰 차이는 바로 개론서와 소설사의 구별에 있다. 1933년 12월 20일 차오징화曹靖華에게 보낸 편지에서 루쉰은 다음과 같이 말했다.

> "중국문학개론은 여전히 일본의 시오노야 온鹽谷溫이 쓴 『중국문학강화』가 좀 더 분명합니다. 중국에 번역본이 있습니다. 문학사로는 ① 셰우량謝無量의 『중국대문학사』, ② 정전둬의 『삽화본 중국문학사』(4권까지 출간됨, 발간 중), ③ 루칸루陸侃如와 펑위안쥔馮沅君의 『중국시사』(전 3권), ④ 왕궈웨이王國維의 『송원 사곡사宋元詞曲史』, ⑤ 루쉰 『중국소설사략』이 읽을 만하다고 생각합니다. 그렇지만 이들 모두 자료로 읽을 만하고 견해는 모두 정확하지 않습니다."[35]

여기서 루쉰은 분명하게 자신의 『사략』과 시오노야 온의 『강화』를 '문학사'와 '문학개론'으로 구분했다. 이 점은 후대의 많은 논자들 역시 인정하고 있다.

> "루쉰은 여기에서 두 가지 문학사 서술 책략의 차이, 곧 '문학개론'과 '문학사'의 구별을 언급했다."[36]

---

35) 루쉰(박자영 역), 『루쉰전집』 제14권, 그린비출판사, 2018년, 614쪽. (부기附記 필자가 번역문을 약간 수정하였음.)

36) 머우리펑牟利鋒, 「鹽谷溫『支那文學槪論講話』在中國的傳播」, 『中國現代文學研究叢刊』 2011年 第11期, 170쪽.

"시오노야 온의 저서는 중국문학개론에 속하고,……루쉰의 저
서는 전문적인 중국소설사로……"37)

"시오노야 온의 『강화』는 '문학의 성질과 종류를 횡적으로 천
명'한 '개론'이고 루쉰의 『사략』은 소설의 전문적인 역사專史이
다."38)

"'중국문학사는 문학의 발달과 변천을 종횡으로 강술하는 것
으로, 중국문학개론은 문학의 성질과 종류를 횡으로 설명하는 것
이다.'(『강화』「서문」) 시오노야 온이 『강화』의 이름을 사가 아닌
개론이라 명명한 것은 각 장이 문류文類를 중심으로 하여 문학사
가 종횡으로 엮어진 것과 구별되기 때문이다."39)

시오노야 온이 『강화』의 「서문」에서 밝히고 있듯이, 문학사는 "문
학의 발달과 변천을 종횡으로 강술"하는 것을 목표로 서술한 것이다.
이렇게 볼 때 『강화』는 "조대朝代 분기에 의거해 매 시기 중국 소설
의 틀과 면모를 순서대로 펼쳐 보이려 했지만, 진정으로 펼쳐 보인
것은 조대의 갈마듦으로 소설에 대한 논술은 각 시기 사이에 여전히
병렬적인 방식을 취하고 있다." 그렇기 때문에 『강화』는 "조대의 순
서대로 소설을 논술하되, 소설사라는 의미가 도드라져 보이지 않는"
것이다. 결론적으로 『강화』는 "횡적으로 각각의 문류文類의 특징을
드러내 보"일 뿐, "그 발전의 갈마듦을 종적으로 고찰할 수 없기에

---

37) 셰충닝謝崇寧, 「中國小說史的構建—魯迅與鹽谷溫論著之比較」, 『中山大學
學報』 2011年 第4期 第51卷, 43쪽.
38) 자오징화趙京華, 「魯迅與鹽谷溫」, 『魯迅研究月刊』, 2014年 第2期, 13쪽.
39) 바오궈화鮑國華, 「魯迅『中國小說史略』與』鹽谷溫『中國文學槪論講話』, 『魯
迅研究月刊』, 2008年 第5期, 12쪽.

",[40] 한갓 개론서일 뿐 소설사로 보기 어려운 것이다.

여기서 한 가지 흥미로운 사실은 루쉰 자신은 조대에 의거해 분기한 소설사 류에 대해 이의를 제기했다는 것이다.

> "중국에 한 논자가 있어 일찍이 조대별朝代別로 쓴 소설사가 있어야 한다고 했던 것 역시 천박한 말은 아닐 것이다."(「제기題記」『사략』)

루쉰은 여기서 '논자'가 누구를 지칭하는지 분명하게 밝히지 않았다. 하지만 많은 사람들은 그 '논자'가 정전둬鄭振鐸라는 사실을 알고 있었다.

> 이 「제기」의 원고는 내가 받아서 지금까지도 내 손에 있는데, 원문은 약간 다르다. "중국에 일찍이 한 논자가 있어"에는 명확하게 "정전둬鄭振鐸 교수가 말했다"라고 그 이름이 씌어져 있었다. 하지만 인쇄될 때, 정전둬 교수가 자신의 이름이 나온 것을 알고 나오지 않게 해달라고 부탁했다. 그래서 교정할 때 "일찍이 한 논자가 있어"라고 고친 것이다. 얼핏 보면 그가 정전둬의 견해에 대해 동감하고 있는 것 같이 읽혀, 나는 그에게 왜 정전둬가 자신의 이름을 내세우고 싶어 하지 않는지 물어보았다. 그는 나에게 설명해주었다. "거의 천박한 의론은 아니다'라는 것은 실제로는 "천박한 의론이다"라는 것이 되기에, 그래서 정전둬 본인이 싫어했던 것이다."[41]

---

40) 바오궈화鮑國華, 「魯迅『中國小說史略』與』鹽谷溫『中國文學槪論講話』, 『魯迅硏究月刊』, 2008年 第5期, 13쪽.

41) 마스다 와타루增田涉, 『魯迅の印象』, 角川書店, 1970. 72~73쪽.(중역본은 마스다 와타루增田涉(鍾敬文 譯), 『魯迅的印象·三十三 魯迅文章的"言外

이것으로 루쉰이 조대 별로 소설사를 기술하는 것에 대해 그리 높은 평가를 하고 있지 않다는 사실을 알 수 있다. 곧 『사략』에서 조대라고 하는 것은 "단지 소설 변천의 역사적 배경일 따름"이다. 루쉰은 "소설 발전의 역사 시기를 배경으로 삼고, 소설 유형의 갈마듦을 실마리로 삼아 유형으로 한 시기 소설 발전의 틀과 면모를 개괄하였다." 이것이 이른 바 루쉰의 '소설사 의식'으로, 루쉰이 보기에 "조대를 표준으로 삼는 것은 외재적인 요소로 문학 연구의 표준을 삼는 것으로 소설의 문학성을 홀시하는 것"[42)]일 따름이었다.

결국 『강화』와 『사략』, 또는 개론과 소설사를 가름하는 결정적인 기준이 되는 것은 '소설사 의식'의 유무라고 할 수 있다. 여기에 한 가지 더 추가하자면 그것을 뒷받침할 수 있는 '자료'가 충족되어야 한다는 점이다. '소설사 의식'을 논하기에 앞서 '자료'에 대해 살펴보자면, 앞서 말한 대로 루쉰은 그 나름대로 중국 고대 소설 작품들을 수집하는 데 공을 들였으나, 시대적 한계로 말미암아 양질의 판본이나 새로운 자료를 입수하는 데 어려움을 겪었다. 이에 반해 시오노야 온은 중국에서는 진즉이 사라진 잔본殘本 '오대평화'와 『경본통속소설』, '삼언' 등의 자료들을 새로 발굴해 자신의 연구 성과에 반영하였다. 그 밖에도 영국과 프랑스에 유학한 적이 있는 가노 나오키狩野直喜를 통해 둔황敦煌 석실에서 발견된 '변문變文'의 존재도 알고 있어 당송대에 전기傳奇이외에도 고문과 백화가 엇섞여 있는 평민의 소설이 있었다는 사실을 파악하고 있었다.[43)]

意"(鍾敬文 著/譯, 王得后 編, 『尋找魯迅·魯迅印象』, 北京出版社, 2002, 343~344쪽.)

42) 바오궈화鮑國華, 「魯迅『中國小說史略』與』鹽谷溫『中國文學槪論講話』, 『魯迅硏究月刊』, 2008年 第5期, 13쪽.

하지만 자료를 선택하고 그 가치를 알아보는 안목에 있어서는 루쉰이 시오노야 온보다 우위에 있었다. 그 예가 바로 『유림외사』이다. 루쉰이 중국의 대표적인 풍자소설이라고 칭송했던 이 작품을 시오노야 온은 그저 중국의 인정人情과 풍속을 고찰하고 그 국민성을 연구하는 데 중요한 자료라는 정도만 언급하고 넘어갔다. 아울러 문헌 자료를 변위辨僞하는 능력에서도 루쉰이 앞선다고 할 수 있다. 이를 테면, 루쉰은 현행 본 『술이기述異記』 2권과 『이원異苑』을 고찰한 결과 이 두 작품이 당송대 사람의 위작이라고 주장했다.

> "임천왕臨川王 류이칭劉義慶(403~444년)은 성격이 간소하고 문학을 좋아하여 저술이 대단히 많다.……그의 책은 지금은 비록 전하지 않지만, 다른 책에는 인용되어 남아 있는 것이 대단히 많은데, 대개 『수신搜神』이나 『열이列異』와 같은 종류의 이야기들이다. 그러나 모두 전인前人들의 저작에서 집록한 것으로, 스스로 지은 것은 아니다."44)

그밖에도 당대의 『침중기』가 원래는 간바오干寶의 『수신기搜神記』에서 소재를 취한 것이고, 나아가 명대의 탕셴쭈湯顯祖의 『한단기邯鄲記』는 『침중기』에 근거한 것이라는 사실 등을 밝혀냈다.45) 이렇게 볼 때 새로운 자료를 발굴하고 소개하는 면에서는 시오노야 온의 공적이 없지 않으나, 광범위한 자료 수집과 변석辨析이라는 측면에서는

---

43) 셰충닝謝崇寧, 「中國小說史的構建—魯迅與鹽谷溫論著之比較」, 『中山大學學報』 2011年 第4期 第51卷, 44쪽.
44) 루쉰(조관희 역), 『중국소설中國小說史』, 서울: 소명출판사, 2004, 119~120쪽.
45) 셰충닝謝崇寧, 「中國小說史的構建—魯迅與鹽谷溫論著之比較」, 『中山大學學報』 2011年 第4期 第51卷, 44쪽.

루쉰이 낫다고 할 수 있다.

이렇게 수집된 소설 자료들이 구슬이라면 이것들을 꿰어내는 것이 '소설사 의식'이다. 주지하는 대로 동아시아에서 소설이라는 장르를 규정하고 의의를 부여한 것은 근대 이후 서구의 영향을 받은 뒤였다. 이에 가장 앞선 것이 일본이었고, 중국은 일본 유학생들을 통해 일본의 선진 문물을 받아들이는 과정에서 본격적인 소설 연구에 착수할수 있었다. 앞서 살펴본 대로 소설 자료의 수집과 정리라는 측면에서는 시오노야 온이 루쉰보다 못한 점이 있기는 하나 오히려 루쉰의 중국 고대소설 연구에 가장 큰 계발을 준 것은 바로 시오노야 온의 '소설사 의식'이었다. 곧 시오노야 온의『강화』의 의의는 바로 "중국 소설사 서술의 틀을 세운"46) 데 있다고 할 수 있다. 아울러 그의 이른바 "개척의 공"은 "1. 소설사의 사작寫作 체례, 2. 소설 관념"47)의 확립으로 구체화되며, 이 두 가지가 시오노야 온이 루쉰에게 영향과 계발을 준 핵심적인 요소라 할 수 있다.

시오노야 온은 한학漢學을 가업으로 하는 집안에서 태어나 중국의 전통 학문을 충실하게 학습했지만, 독일 유학을 통해 새로운 학문의 세계를 접할 수 있었다. 그 당시 유럽문학사는 '유형사類型史'의 패러다임을 채용하고 있었는데, 중국에도 그와 유사한 형태의 저작으로 쓰마첸司馬遷의『사기』가 있었다.『사기』는 "본기本紀, 표表, 서書, 세가世家, 열전列傳 등 다섯 가지 패러다임을 씨줄로 삼고, 시간을 날줄로 삼아 헌원씨軒轅氏 황제黃帝 이래 몇 천 년의 정치, 군사, 제도,

---

46) 황린黃霖, 구웨顧越,「鹽谷溫對于中國小說史的研究」,『復旦學報』, 1999年 第6期, 107쪽.

47) 장융루張永祿, 장쉬張謥,「論鹽谷溫對魯迅小說史研究的影响」,『中國現代文學研究叢刊』 2015年 第5期, 153쪽.

문화, 외교 및 여러 가지 역사 인물의 궤적을 집합해 입체감과 생명력이 풍부한 방대한 구조를 건립했다."48)

이와 같은 체제는 대부분의 문학사나 소설사 등에서 채택하고 있는 전형적인 서술 형식이라 할 수 있다. 여기에 소설사에서는 '유형론'이 더해져 각각의 시대를 대표하는 소설 작품들을 그 내용과 주제에 따라 '역사연의소설'이나 '신마소설', '인정소설' 등으로 분류하는 것이 상례이다. 소설사에 그와 같은 '유형론'적 분류를 최초로 도입한 것 역시 루쉰의 『사략』이다. 이후에 나온 수많은 중국소설사들은 거의 모두가 『사략』의 체례를 따르고 있다 해도 지나친 말이 아니다. 이와 동시에 아직까지도 『사략』을 뛰어넘는 저작이 나오지 않고 있는 게 현실이다. 그만큼 소설사 기술에서 『사략』이 차지하고 있는 비중과 의의가 크고 막중하다고 할 수 있다. 하지만 그런 『사략』이 나오기까지 『강화』와 같은 앞선 이들의 선구자적 역할이 있었다는 사실 또한 무시할 수 없다.

4. 맺음말

1924년 7월 루쉰은 시안西安의 시베이대학西北大學에서 강연을 요

---

48) "양자의 다른 점은 외국의 '유형사'가 먼저 시간을 날줄로 삼은 뒤에 유형을 씨줄로 삼는 포국을 취해 강렬한 시간 의식을 드러내 '시서時序'를 중시했다면, 중국의 『사기』류의 저작은 강렬한 공간의식을 구비해 '사서事序'를 추구했다는 데 있다. 그럼에도 양자는 모두 시공의식을 결합했다는 점에서는 공통점이 있고, 다만 어느 것을 앞세우는가의 문제가 있을 뿐이다." (장융루張永祿, 장쒀張謏, 「論鹽谷溫對魯迅小說史硏究的影向」, 『中國現代文學硏究叢刊』 2015年 第5期, 155쪽.)

청받고 7월 21일부터 29일까지 모두 8일 동안 11차례, 12시간 동안 중국소설사에 관한 강연을 했다.[49]

"내가 강연하는 것은 중국 소설의 역사적 변천이다. 수많은 역사가들이 인류의 역사는 진화하는 것이라 말한 바 있는데, 그렇다고 한다면 중국 역시 예외가 될 수는 없을 것이다. 하지만 중국이 진화된 상황을 보자면 오히려 매우 특별한 현상이 두 가지 있는데, 하나는 새로운 것이 들어온 지 오래되고 나면 낡은 것이 다시 되돌아오는 것으로 곧 반복이고, 다른 하나는 새로운 것이 들어와 오래되더라도 낡은 것이 폐기되지 않는 것으로 곧 뒤섞이는 것이다. 그렇다면 진화하지 않는다는 것인가? 그것 역시 그렇지 않다. 다만 비교적 느려서 우리처럼 성급한 사람들은 하루가 삼년과 같은 느낌이 들뿐이다. 문예, 문예의 하나인 소설 역시 당연히 그러하다."[50]

여기서 루쉰이 강조하고 있는 것은 낡은 것과 새로운 것의 갈마듦과 양자의 혼융이다. 그러나 루쉰은 여기에 머물지 않고 "발전에 거스르는 잡다하게 널려 있는 작품들로부터 발전적 방향으로 나아가는 실마리를 찾아"(「중국 소설의 역사적 변천」)내고자 하였다. 그 실마

---

49) "이때 강연한 내용은 나중에 『중국소설의 역사적 변천』이라는 책으로 묶여져 『중국소설사략』의 부록으로 실렸다. 이것은 말 그대로 중국소설의 변천 과정을 역사적으로 살펴본 것인데, 내용상 『중국소설사략』의 축소판이라 할 수 있으며, 여기에 『중국소설사략』에서 미처 언급하지 못했던 관점과 사례들을 보충한 것이다." (조관희, 『청년들을 위한 사다리 루쉰』, 서울: 마리북스, 2017, 181쪽.

50) 루쉰(조관희 역), 「중국 소설의 역사적 변천」, 『중국소설中國小說史』, 서울: 소명출판사, 2004, 754쪽

리의 핵심을 이루는 것은 '소설관'과 '소설사관'이다. "전자는 일종의 '성질론'의 범주에 속하며, '소설이란 무엇인가'라는 질문에 답하는 것이다. 후자는 '발전론'의 범주에 속하며, '소설사의 대상과 범위는 무엇이고, 소설의 발생과 변천에는 무슨 법칙이 있는가'라는 등등의 문제에 답하는 것이다."51) 이 양자가 곧 앞서 말한 '소설사 의식'의 주요 성분이라고 할 수 있다.

과연 『사략』은 이러한 '소설사 의식' 하에 중국 소설의 발전 과정을 진지하게 모색한 학술 전저專著로 후대에 지대한 영향을 주었다. 그리고 『사략』 이전에 『강화』가 있었다. 양자는 비록 전문적인 소설사와 문학 개론서라는 차이가 있기는 하지만, 그 의의는 "그들이 20세기 초 국민문학의 시대에 처해 있으면서 역사적인 요구에 호응해 통속문학인 소설 희곡이 중심이 되는 문학사의 틀을 수립하고 나아가 중국문학, 특히 소설 역사의 완전히 새로운 패러다임을 형성했다"52)는 데 있다. 그러한 패러다임의 밑바탕을 이루는 것은 선명한 역사의식이라 할 수 있고, 그러한 바탕 위에서 진화 발전론적 시각으로 중국 소설의 연변演變 과정을 서술했던 것이다. 좀 더 구체적으로 시오노야 온은 중국소설의 역사를 맹아에서 성숙 단계까지 4개의 단계53)로 나누었고, 루쉰은 시대의 순서에 따라 "원고遠古(신화와 전

---

51) 장융루張永祿, 장쑤張謖, 「論鹽谷溫對魯迅小說史研究的影向」, 『中國現代文學研究叢刊』 2015年 第5期, 156쪽.

52) 자오징화趙京華, 「魯迅與鹽谷溫」, 『魯迅硏究月刊』, 2014年 第2期, 14쪽.

53) "신화神話(선구자)-한대 육조漢代六朝(단편적인 일화逸話와 기문奇聞, 신괴황탄神怪荒誕)-당대唐代('하나의 문장에 하나의 사건一文一事', '그 사건이 신기하고 감정은 구슬프고 아름다우며, 여기에 더해 문장이 법도에 맞고 아리따우니, 일창삼탄의 오묘함에 이르렀다其事新奇, 而情悽婉, 加以文章典麗遂至一唱三嘆之妙')-송원대宋元代(속어체로 씌어진 아주 재미있는 소설로

설)-육조六朝(귀신지괴서)-당唐(전기체　전기傳奇體傳記)-원명元明(두 가지 주류: 신마神魔와 세정소설世情小說)-청清(사대 유파四大流派: 인정소설人情小說, 협의俠義와 공안公案, 狹邪, 견책소설譴責小說)"로 나누었다.

　이렇게 볼 때 소설이 성숙되기 전까지의 분류는 양자가 대동소이하되, 소설이 본격적으로 발전하기 시작한 송원대 이후는 루쉰의 분류와 서술이 훨씬 세분되어 있고 구체적이라는 것을 알 수 있다. 특히 진화론적 관점 하에서 루쉰은 중국 고전소설사 발전과 변천의 3대 법칙을 드러내 보였다. 그것은 "첫째, '신적인 존재에 대한 묘사寫神'에서 '인간에 대한 묘사寫人'의 방향으로 나아갔다는 것이고 둘째, 무의식적으로 소설을 쓰는 데서 의식적으로 소설을 쓰는 것이며 셋째, 문언문에서 백화문으로 나아갔다"는 것이다.[54]

　총괄하자면 초기에 루쉰이 부지불식간에 시오노야 온의 영향을 받은 것은 사실이나, 루쉰은 그 나름대로 소설사를 서술하기 위한 준비를 하고 있었고 자신만의 소설관을 갖고 있었다. 구체적으로 잔본 '오대평화'나 『경본통속소설』, '삼언'과 같은 중국에서 발견되지 않은 새로운 자료나 시기 구분 등에서는 루쉰이 시오노야 온의 영향을 받았으나, 입론의 기본 재료와 관점은 루쉰 자신의 것이라 할 수 있다.[55] 곧 시기적으로 볼 때 시오노야 온이 루쉰보다 앞서는 것은 사

『수호전』의 구조는 웅대하고 문장은 강건하며 인물 묘사는 세세하여 중국소설의 으뜸으로 세계 문단에 내세울 만하다)"(장융루張永祿, 장쑤張謖, 「論鹽谷溫對魯迅小說史硏究的影向」, 『中國現代文學硏究叢刊』 2015年 第5期, 158쪽.)

54)　장융루張永祿, 장쑤張謖, 「論鹽谷溫對魯迅小說史硏究的影向」, 『中國現代文學硏究叢刊』 2015年 第5期, 158쪽.

실이나, 소설사의 체례, 편폭, 자료의 취사 선택, 연구의 깊이나 넓이, 무엇보다 자료의 분석과 내용의 서술 등에서는 루쉰이 더 낫다는 것이다.[56]

그러나 학술의 세계는 어느 한 사람의 창견創見도 중요하지만, 시간의 흐름 속에 많은 사람들의 연구 성과가 축적되어 가는 과정 속에서 상호 작용이 이루어져 한 걸음 한 걸음 나아가는 것이 좀 더 의미가 있다고 할 수 있다. 어찌 중국소설사의 서술이 시오노야 온과 루쉰 두 사람에 그치겠는가? 앞서 언급한 바 있는 후잉린胡應麟이나 지윈紀昀 이외에도 수많은 소설 비평가와 이론가들이 이루어놓은 논의가 있었기에 그 바탕 위에서 『강화』도 나오고 『사략』도 나올 수 있었던 것이다. 그런 의미에서 시오노야 온과 루쉰의 관계는 일종의 '마중물引水'과 '우물물井水'로 비유할 수 있다. 곧 '마중물'이 있어야 '우물물'이 콸콸 흐르는 것이다.[57] 그렇게 흘러나온 우물물이 후대에까지 오래도록 적시고 있음에랴.

55) 머우리펑牟利鋒, 「鹽谷溫『支那文學槪論講話』在中國的傳播」, 『中國現代文學硏究叢刊』 2011年 第11期, 171쪽.
56) 셰충닝謝崇寧, 「中國小說史的構建—魯迅與鹽谷溫論著之比較」, 『中山大學學報』 2011年 第4期 第51卷, 50쪽.
57) 장융루張永祿, 장쑤張謖, 「論鹽谷溫對魯迅小說史硏究的影向」, 『中國現代文學硏究叢刊』 2015年 第5期, 158쪽.

강종임姜宗姙, 「『수신기』 세계관 연구-"神"의 의미 층위를 중심으로」, 이화
　　여대 석사논문, 1993.

루쉰(조관희 역), 『중국소설中國小說史』, 서울: 소명출판사, 2004.

마스다 와타루增田涉, 『魯迅の印象』, 東京: 角川書店, 1970.

마스다 와타루增田涉(鍾敬文 譯), 『魯迅的印象·三十三　魯迅文章的"言外
　　意"』(鍾敬文 著/譯, 王得后 編, 『尋找魯迅·魯迅印象』, 北京出版社,
　　2002.

머우리펑牟利鋒, 「鹽谷溫『支那文學槪論講話』在中國的傳播」, 『中國現代文
　　學硏究叢刊』 2011年 第11期.

바오궈화鮑國華, 「魯迅『中國小說史略』與」鹽谷溫『中國文學槪論講話』, 『魯
　　迅硏究月刊』, 2008年 第5期.

셰충닝謝崇寧, 「中國小說史的構建―魯迅與鹽谷溫論著之比較」, 『中山大學
　　學報』 2011年 第4期 第51卷.

스샤오옌施曉燕, 「魯迅『中國小說史略』與鹽谷溫『中國文學槪論講話』的文本
　　比對」, 『中國現代作家手稿及文獻國際學術硏討會論文集』, 2014年 8
　　月 14日.

시오노야 온鹽谷溫, 『중국문학개론中國文學槪論』, 東京: 講談社, 1983.

자오징화趙京華, 「魯迅與鹽谷溫」, 『魯迅硏究月刊』, 2014年 第2期.

장융루張永祿, 장쑤張謖, 「論鹽谷溫對魯迅小說史硏究的影向」, 『中國現代文
　　學硏究叢刊』 2015年 第5期.

조관희, 『청년들을 위한 사다리 루쉰』, 서울: 마리북스, 2017.

조관희, 「중국소설의 본질과 중국소설사의 유형론적 기술에 대하여」, 『中

國語文學論集』第9號, 서울; 中國語文學硏究會, 1997.8.

조관희, 「루쉰의 중국 고대소설 연구 1―『고소설구침』과 『당송전기집』, 『소설구문초』를 중심으로」, 『中國小說論叢』 第52號, 서울; 韓國中國小說學會, 2017.

조관희, 「루쉰魯迅의 중국 고대소설 연구 4―일본 학자 시오노야 온鹽谷溫과의 학문적 교류」, 『중국소설론총』 제64집, 한국중국소설학회, 2021.

조관희, 「루쉰魯迅의 중국 고대소설 연구 5―『중국소설사략』 표절 논쟁을 중심으로」, 『중국소설론총』 제67집, 한국중국소설학회, 2022.

차오쉐친曹雪芹(홍상훈 역), 『홍루몽』 1권, 서울: 솔, 2012년.

탄판(譚帆 조관희 역), 『중국 고대소설 평점 간론』 서울: 학고방, 2014.

황린黃霖, 구웨顧越, 「鹽谷溫對于中國小說史的硏究」, 『復旦學報』, 1999年 第6期.

| 지은이 소개 |

시오노야 온鹽谷溫(1878~1962년)

호가 세츠잔節山으로 일본의 저명한 중국학자이자 중국 속문학 연구의 개창자 가운데 한 사람이다. 조상 3대가 한학가인 가문에서 태어나 5살부터 사서오경을 배송背誦하기 시작하는 등 어린 시절부터 엄격한 전통 유학 교육을 받았다. 1902년에 동경제국대학 문과대학 한학과를 졸업하고, 학교에 남아 대학원에서 공부를 하다가 1905년에 동경제국대학 대학원의 강사가 되었고, 1906년에는 중국문학과 조교수가 되었다. 주로 중국 희곡 방면의 연구를 진행했으며, 다른 한편으로 원대의 「전상평화全相平話」와 명대의 백화소설집 『고금소설古今小說』을 재발견하는 등 중국 근대의 소설, 희곡 연구와 소개에도 큰 업적을 남겼다. 주요 저작으로 『지나문학개론강화支那文學槪論講話』, 『원곡 한문강좌元曲 漢文講座』, 『한시와 일본 정신漢詩と日本精神』, 『천마행공天馬行空』 등이 있다.

| 옮긴이 소개 |

조관희(trotzdem@sinology.org)

연세대학교 중어중문학과를 졸업하고, 같은 학교 대학원에서 공부했다(문학박사). 상명대학교에서 학생들을 가르치고 있다. 한국중국소설학회 회장을 역임했다. 주요 저작으로는 『조관희 교수의 중국사』(청아), 『조관희 교수의 중국현대사』(청아), 『소설로 읽는 중국사 1, 2』(돌베개), 『청년들을 위한 사다리 루쉰』(마리북스), 『후통, 베이징 뒷골목을 걷다』(청아), 『베이징, 800년을 걷다』(푸른역사), 『교토, 천년의 시간을 걷다』(컬쳐그라퍼) 등이 있고, 루쉰魯迅의 『중국소설사中國小說史』(소명출판)와 데이비드 롤스톤(David Rolston)의 『중국 고대소설과 소설 평점』(소명출판)을 비롯한 몇 권의 역서가 있으며, 다수의 연구 논문이 있다. 옮긴이에 대한 상세한 정보는 홈페이지(www.amormundi.net)로 가면 얻을 수 있다.

중국소설개론

초판 인쇄 2023년 12월 19일
초판 발행 2023년 12월 31일

지 은 이 | 시오노야 온
옮 긴 이 | 조관희
펴 낸 이 | 하운근
펴 낸 곳 | 學古房

주   소 | 경기도 고양시 덕양구 통일로 140 삼송테크노밸리 A동 B224
전   화 | (02)353-9908 편집부(02)356-9903
팩   스 | (02)6959-8234
홈페이지 | http://hakgobang.co.kr/
전자우편 | hakgobang@naver.com, hakgobang@chol.com
등록번호 | 제311-1994-000001호

ISBN 979-11-6995-473-0 93820

값 : 25,000원

■ 파본은 교환해 드립니다.